W0293029

Vengeance à froid

Des mêmes auteurs
aux Éditions J'ai lu

Douglas Preston et Lincoln Child

LA CHAMBRE DES CURIOSITÉS *(N° 7619)*

LES CROASSEMENTS DE LA NUIT *(N° 8227)*

ICE LIMIT *(N° 8433)*

LE VIOLON DU DIABLE *(N° 8671)*

DANSE DE MORT *(N° 8815)*

LE LIVRE DES TRÉPASSÉS *(N° 9078)*

CROISIÈRE MAUDITE *(N° 9257)*

RELIC *(N° 9373)*

VALSE MACABRE *(N° 9561)*

LE GRENIER DES ENFERS *(N° 9644)*

FIÈVRE MUTANTE *(N° 9915)*

LE PIÈGE DE L'ARCHITECTE *(N° 9916)*

Douglas Preston

Le Codex *(N° 8602)*

T-REX *(N° 8892)*

CREDO *(N° 9179)*

IMPACT *(N° 9766)*

Lincoln Child

DEEP STORM *(N° 9170)*

Douglas Preston et Mario Spezi

LE MONSTRE DE FLORENCE *(N° 9544)*

DOUGLAS
PRESTON
&
LINCOLN
CHILD

Vengeance à froid

Traduit de l'anglais (États-Unis)
par Sebastien Danchin

J'AI LU

Titre original :
COLD VENGEANCE

Éditeur original :
Grand Central Publishing, New York, 2011.

© Splendide Mendax Inc. et Lincoln Child, 2011.

Pour la traduction française :
© L'Archipel, 2012.

1

Cairn Barrow, Écosse

La silhouette en pierre de Kilchurn Lodge s'estompait dans l'obscurité à mesure qu'ils gravissaient les pentes désolées du Beinn Dearg, seule flottait encore dans le brouillard la lueur jaune pâle de ses fenêtres. Parvenus au sommet, Judson Esterhazy et l'inspecteur Pendergast éteignirent leurs torches électriques, l'oreille tendue. Il était 5 heures du matin et les cerfs ne tarderaient pas à bramer à l'annonce de l'aube.

Les deux hommes gardaient le silence, attentifs au murmure du vent dans les hautes herbes, au gémissement des pierres fendues par le gel. Rien ne bougeait.

— Il est encore tôt, finit par déclarer Esterhazy.

— Sans doute, chuchota Pendergast en retour.

Ils poursuivirent leur affût tandis que le ciel plombé s'éclaircissait imperceptiblement à l'est. Les pics désolés des monts Grampians émergeaient peu à peu de l'ombre avec les premières lueurs de l'aurore. Dans son écrin de sapins, Kilchurn Lodge dressait derrière eux la masse de ses remparts et de ses tourelles de pierres marbrées d'humidité. Un peu plus loin s'élevaient les fortifications granitiques du Beinn Dearg, encore plongées dans la pénombre. Sur ses flancs ricochait le chapelet des cascades qui allaient rejoindre, trois cents mètres plus bas, les eaux noires du Loch Duin, à peine visibles dans le jour naissant. À la droite des deux hommes, légèrement en contrebas, s'étendaient les vastes landes de Foulmire au-dessus desquelles flottaient des écharpes de brume, porteuses d'odeurs de décomposition, d'effluves délétères et de fortes senteurs de bruyère en fleur.

Sans un mot, Pendergast passa son fusil en bandoulière et partit en biais à l'assaut de la colline. Esterhazy, les traits indéchiffrables sous sa casquette à la Sherlock Holmes, lui emboîta le pas. Les landes leur apparurent bientôt dans leur immensité austère, bordées à l'ouest par les eaux obscures des grands marais d'Inish. Pendergast arrêta son compagnon d'un geste.

— Que se passe-t-il ? s'enquit Esterhazy.

Un son angoissant échappé de la vallée lui répondit : le brame d'un cerf rouge en rut. Un mugissement intermittent dont l'écho, renvoyé par la montagne, se répercutait à travers la lande tel un cri de damné. Le grondement rageur, synonyme de lutte à mort, du mâle décidé à tuer son rival pour la possession d'un harem de biches.

Au premier brame succéda un deuxième, plus proche, aux abords immédiats du Loch, suivi d'un troisième dans le lointain, qui firent trembler le paysage tout entier. Tous les sens aux aguets, les deux hommes repéraient soigneusement chaque nouveau cri dont ils mémorisaient la direction, le timbre et la puissance.

— L'animal qui se trouve dans la vallée doit avoir une taille monstrueuse, souffla Esterhazy, sa voix couverte par la rumeur du vent.

Comme Pendergast ne répondait pas, il insista :

— Je propose que nous allions de ce côté-là.

— Celui du Foulmire est plus gros encore, murmura Pendergast.

Son compagnon laissa s'écouler quelques instants.

— Le règlement du Lodge interdit de s'aventurer sur le Mire.

Pendergast balaya l'argument d'un geste.

— Tu sais ce que je pense des règlements en général. Tu n'es pas de mon avis ?

Esterhazy pinça les lèvres.

Tandis qu'ils demeuraient là, immobiles, le gris de l'aube céda la place à un rougeoiement qui embrasa lentement les couleurs sévères des Highlands écossais. En contrebas, le Mire révélait peu à peu la complexité de son labyrinthe d'étangs noirs, de marécages, de tourbières et de sables mouvants, perdus au milieu de prés à la tranquillité trompeuse. Pendergast s'empara d'une lorgnette de poche avec laquelle il scruta longuement le paysage avant de la tendre à son voisin.

— Il est entre le deuxième et le troisième promontoire rocheux, à un kilomètre d'ici. Un mâle seul, sans femelles.

Esterhazy observa l'animal à son tour.

— Un douze cors régulier, si je ne m'abuse.

— Un treize cors, le corrigea Pendergast.

— L'animal qui se trouve dans la vallée serait plus facile à chasser. Nous pourrions demeurer à couvert. Je doute que celui du Mire nous laisse la moindre chance. Il nous verra arriver de loin, sans parler de… des risques que nous encourons sur la lande.

— Il suffit de calculer notre approche en restant dissimulés derrière le deuxième promontoire rocheux. Le vent souffle dans la bonne direction.

— Il n'empêche, le terrain est dangereux.

Pendergast se tourna vers Esterhazy dont il observa quelques secondes le front haut et les traits aristocratiques.

— Aurais-tu peur, Judson ? demanda-t-il d'une voix étrange.

Un instant désarçonné, Esterhazy lui opposa un petit rire forcé.

— Bien sûr que non. Je réfléchissais à nos chances de succès. Pourquoi perdre notre temps dans le Mire alors qu'un mâle tout aussi beau nous attend dans la vallée ?

Pendergast tira de sa poche une pièce d'une livre.

— Pile ou face ?

— Face, choisit Esterhazy à regret.

Pendergast lança la pièce en l'air, la rattrapa au vol et la découvrit sur sa manche.

— Pile. Je tirerai le premier.

Sans attendre, il descendit le Beinn Dearg, avançant silencieusement sur le tapis de mousse, de fleurs sauvages et de rochers. À mesure que le jour chassait la nuit, la brume s'épaississait sur le Mire duquel n'émergeaient plus que quelques buttes rocheuses.

Les deux hommes s'approchèrent en silence du Mire. Parvenu au creux d'un vallon au pied du Beinn, Pendergast s'immobilisa afin d'observer la scène. Sachant le cerf rouge doté de sens extrêmement aiguisés, il leur fallait à tout prix éviter d'être vus, entendus ou sentis par la bête.

Un kilomètre plus loin, le cerf avançait lentement dans le Mire. Il releva alors la tête, huma l'air et laissa échapper un brame sonore dont l'écho se perdit au milieu des rochers, puis il secoua sa crinière et recommença à brouter l'herbe.

— Seigneur, chuchota Esterhazy. Il est énorme.

— Nous allons devoir agir vite, ajouta Pendergast dans un souffle, avant qu'il ne s'enfonce dans le Mire.

Ils contournèrent le vallon, veillant à rester invisibles en se protégeant derrière un promontoire. La lande, partiellement asséchée par les mois d'été, leur permettait d'avancer silencieusement sous le vent. Le cerf leur apporta la preuve qu'il ne les avait pas repérés en bramant de plus belle. Pendergast frissonna en croyant reconnaître le rugissement d'un lion. Faisant signe à Esterhazy de l'attendre, il longea le pied de la colline en suivant sa proie des yeux chaque fois que les rochers lui fournissaient une trouée.

L'animal, le mufle dressé, commençait à s'agiter. Il secoua la tête en agitant ses bois et poussa un brame. Les treize cors dressés sur sa tête ne devaient pas mesurer moins de dix mètres. Curieusement, l'animal ne semblait pas avoir rassemblé de harem alors que la saison des amours était bien avancée. Un mâle solitaire.

Pendergast était trop éloigné pour tirer. Il aurait été dangereux de blesser une bête de cette taille, la première balle devait être la bonne.

Il rebroussa chemin et rejoignit Esterhazy.

— Il se situe à un peu moins d'un kilomètre. Trop loin.

— C'est bien ce que je craignais.

— Il semble diantrement sûr de lui, s'étonna Pendergast. Il a probablement baissé la garde car personne ne chasse dans le Foulmire. Profitons de notre position face au vent pour nous approcher.

Esterhazy secoua la tête d'un air dubitatif.

— Le sol est trop spongieux, remarqua-t-il.

Pendergast lui désigna une bande de terre sablonneuse sur laquelle le cerf avait laissé ses empreintes.

— Il suffit de suivre ses traces. Tu peux être certain qu'il connaît le terrain.

— À toi l'honneur, répliqua Esterhazy en tendant le bras.

Les deux hommes saisirent leurs fusils et quittèrent l'abri du promontoire rocheux. L'animal, distrait par les odeurs portées par le vent du nord, ne se souciait guère de ses arrières et ses brames répétés suffisaient à couvrir le bruit de leurs pas.

Ils avançaient prudemment, s'immobilisant à la moindre alerte, et s'approchèrent lentement du cerf qui continuait de s'enfoncer dans le Mire en humant l'air. Ils poursuivirent leur traque en silence, protégés par leur tenue de camouflage. Les traces de l'animal zigzaguaient sur les rares bandes de terre ferme, au milieu d'un labyrinthe d'eau croupissante, de boue et de plaques herbeuses. La tension était à son comble, les deux hommes avaient les nerfs à vif avant la curée, ou peut-être à cause des pièges du terrain.

Quelques minutes plus tard, ils réduisaient l'écart et se trouvaient à trois cents mètres de l'animal. Ce dernier tourna la tête, le museau en l'air. Pendergast adressa à son compagnon un geste à peine perceptible et les chasseurs se mirent à l'affût. L'inspecteur s'agenouilla, mit son H&H 300 en joue, glissa un œil dans la lunette et visa lentement tandis qu'Esterhazy s'accroupissait une dizaine de mètres en arrière.

Pendergast ajusta son tir juste au-dessus de l'épaule du cerf et pesa sur la détente.

Au même instant, il sentit le canon de l'arme de son compagnon se poser sur sa nuque.

— Désolé, mon vieux, dit Esterhazy. Je vais te demander de poser ton arme très doucement. Pas de geste brusque.

Pendergast obtempéra.

— Relève-toi. Lentement.

Esterhazy recula d'un pas sans cesser de le menacer de son fusil, puis il éclata d'un rire sec qui traversa la lande. Du coin de l'œil, l'inspecteur vit le cerf sursauter et s'évanouir dans la brume.

— J'aurais préféré ne pas en arriver là, poursuivit Esterhazy. Je regrette que tu sois allé fourrer ton nez dans mes affaires, après toutes ces années.

Pendergast ne répondit rien.

— Tu dois te demander ce qui se passe.

— Pas vraiment, répliqua Pendergast d'une voix égale.

— L'inconnu du projet Aves, celui dont Charles Slade a refusé de te livrer le nom, c'était moi[1].

---

1. Voir *Fièvre mutante* (L'Archipel, 2011 / J'ai lu, 2012).

Comme Pendergast ne réagissait pas, Esterhazy enchaîna :

— À quoi bon t'expliquer ? Je regrette de devoir te tuer, sache que ça n'a rien de personnel.

Toujours pas de réaction.

— Fais tes prières, vieux frère.

Esterhazy épaula, visa et pressa la détente.

2

Un claquement mat se fit entendre.

— Putain ! gronda Esterhazy entre ses dents en actionnant la culasse afin de glisser un second projectile dans le canon.

Clic.

Pendergast bondit précipitamment et mit en joue son compagnon avec son propre fusil.

— Ton misérable petit stratagème n'a pas fonctionné comme tu l'espérais. Je te soupçonnais depuis l'envoi de cette lettre si maladroite dans laquelle tu me demandais quelle arme je comptais emporter. J'ai bien peur que tes munitions aient été trafiquées. La vieille histoire de l'arroseur arrosé : après avoir armé le fusil d'Hélène de balles à blanc, à ton tour de goûter à cette petite plaisanterie.

Esterhazy plongeait déjà la main dans sa musette à la recherche de nouvelles balles.

— Arrête ou je te tue, l'avertit Pendergast.

Poussé par l'énergie du désespoir, Esterhazy rechargea son arme en un clin d'œil.

— Tu l'auras voulu. De la part d'Hélène, réagit Pendergast en appuyant sur la détente.

Le percuteur s'abattit avec un bruit sec.

Prenant la mesure de la situation, Pendergast se jeta derrière un rocher à l'instant où Esterhazy tirait. La balle ricocha contre la pierre dans une gerbe d'éclats. Pendergast exécuta une roulade afin de se mettre à couvert tout en sortant le Colt de calibre .32 qu'il avait pris la précaution d'emporter. Il se releva prestement, visa et tira, mais Esterhazy avait trouvé refuge derrière un petit monticule et une balle s'écrasa à quelques centimètres du visage de l'inspecteur.

Ils se faisaient face à présent, de part et d'autre du bloc rocheux. Le rire d'Esterhazy traversa l'air.

— On dirait que ton propre stratagème n'est pas non plus la panacée. Tu t'imaginais sans doute que j'allais te laisser emporter un fusil en état de marche ? Désolé, vieux frère, mais j'ai neutralisé ton percuteur.

Allongé par terre, collé au rocher, Pendergast peinait à reprendre son souffle. La victoire était acquise au premier qui arriverait en haut du rocher...

Pendergast se redressa et entreprit d'escalader le promontoire. Parvenu au sommet, il se trouva nez à nez avec Esterhazy et les deux adversaires se lancèrent dans une lutte au corps à corps qui les fit atterrir pêle-mêle sur la lande. Repoussant son opposant, Pendergast voulut diriger sur lui le canon du Colt, mais Esterhazy le contra à l'aide de son fusil. Les deux armes s'entrechoquèrent avec un bruit métallique. Pendergast réussit à saisir le canon du fusil afin de désarmer son antagoniste.

Agrippés au fusil, ils se battaient comme des chiens. Pendergast enfonça ses dents dans la main d'Esterhazy, lui déchirant les chairs. Esterhazy repoussa l'inspecteur d'un coup de tête en poussant un hurlement et lui laboura les côtes avec ses pieds. Sous la violence du choc, les deux hommes roulèrent sur les rochers, rendus tranchants par le gel, qui déchiraient leurs tenues de camouflage.

À force de tirailler le fusil dans tous les sens, Pendergast finit par poser un doigt sur la détente et tira jusqu'à épuisement des balles. Lâchant prise, il expédia son poing sur la tempe d'Esterhazy au moment où ce dernier saisissait l'arme par le canon et lui enfonçait la crosse en pleine poitrine. Saisissant le fusil au vol, Pendergast tenta de le lui arracher des mains, mais c'était sans compter sur la dextérité de son adversaire qui lui envoya un coup de pied au visage. L'inspecteur s'écroula en arrière, le visage en sang. Il tenta de se reprendre en secouant la tête, mais Esterhazy se jeta sur lui en le frappant de plus belle avec la crosse de l'arme. Dans un brouillard sanglant, Pendergast vit son beau-frère fouiller sa gibecière et glisser hâtivement des cartouches dans le fusil.

L'inspecteur dévia la course du canon du pied et roula de côté au moment où retentissait la détonation. L'instant suivant, il récupérait son pistolet et ouvrait le feu, mais Esterhazy avait trouvé refuge derrière le promontoire rocheux.

Pendergast mit à profit ce répit pour s'éloigner en courant, tirant derrière lui à plusieurs reprises afin d'empêcher son compagnon de le pourchasser, puis il s'enfonça résolument dans le Mire en direction d'un repli de terrain mangé par la brume dans lequel il s'évanouit.

Il s'immobilisa brusquement, enlisé dans une boue gélatineuse qui tremblait sous ses pieds. Sondant le sol de la pointe de sa botte, à la recherche d'un terrain moins meuble, il continua son chemin, sautant de rocher en rocher afin de mettre le maximum de distance entre lui et son poursuivant sans risquer d'être piégé par les sables mouvants. Une série de coups de feu résonna dans son dos, mais Esterhazy tirait à l'aveuglette sans risque de l'atteindre.

Pendergast n'en changea pas moins de cap et s'autorisa à ralentir l'allure. À l'exception des tumulus rocheux, le Mire offrait de rares abris et la brume était encore la meilleure des protections, à condition de progresser courbé.

Il avançait aussi vite que la lande le lui permettait, s'interrompant fréquemment afin de tâter le terrain. Esterhazy allait se lancer à sa poursuite, il n'avait guère le choix, et c'était un pisteur de première force, probablement meilleur que Pendergast. Tout en marchant, l'inspecteur tira de son sac un mouchoir à l'aide duquel il s'efforça de contenir le flot de sang qui s'échappait de son nez. À la douleur qui lui vrillait la poitrine, il comprit que son adversaire lui avait cassé une côte. Il se reprocha de n'avoir pas pris la précaution de vérifier une dernière fois son arme juste avant le départ. Les fusils étaient restés enfermés dans la pièce du Lodge qui leur était réservée, ainsi que le voulait la coutume ; Esterhazy avait sans nul doute usé d'un prétexte quelconque pour s'y introduire et neutraliser le percuteur. Pendergast avait eu le tort de sous-estimer son adversaire, il se promit de ne jamais recommencer la même erreur.

Il s'arrêta afin d'examiner le sol et découvrit la trace du cerf qu'ils avaient effrayé. L'oreille dressée, il se retourna et essaya de savoir s'il était poursuivi. Les écharpes de brume recouvrant le Mire empêchaient de distinguer les montagnes bordant l'immensité désolée de la lande. L'éminence sur laquelle ils s'étaient affrontés était plongée dans un épais brouillard et son adversaire restait invisible sous un ciel d'un gris inquiétant traversé d'éclairs. L'orage ne tarderait pas à les rejoindre.

Pendergast rechargea son Colt et s'enfonça dans le Mire en suivant les traces à peine visibles du cerf sur le sentier, connu de lui seul, qui évitait tourbières et marécages.

Mais la partie était loin d'être gagnée, Esterhazy était à ses trousses, l'un des deux hommes n'en sortirait pas vivant.

3

Pendergast suivait les empreintes du cerf à travers les méandres des marais du Mire. Au-dessus de sa tête, le ciel s'assombrissait et les premiers grondements tonnaient sur la lande à mesure qu'approchait l'orage. Il avançait d'un pas alerte, s'arrêtant uniquement pour s'assurer qu'il n'avait pas perdu la piste de l'animal. Le Mire était particulièrement dangereux à cette époque de l'année, la végétation estivale dissimulant à la vue marécages et sables mouvants.

Un éclair zébra le ciel, apportant avec lui les premières gouttes d'une pluie grasse. Le vent se leva en faisant bruisser la bruyère, entraînant dans son sillage les odeurs méphitiques des marais d'Inish, une vaste étendue visqueuse parcourue de roseaux et de quenouilles qui ployaient sous les bourrasques. Pendergast continua sa marche pendant près de deux kilomètres, jusqu'à ce que le cerf qui l'avait précédé le mène à un sentier moins instable qui se dirigeait vers une hauteur. À travers une trouée dans la brume, il aperçut les ruines d'une cabane de berger entourée d'un enclos de pierres dont la silhouette se découpait dans le ciel à la lueur des éclairs.

Un sillage d'ajoncs brisés signala à Pendergast le passage du cerf qui avait poursuivi sa route en direction des marais.

Il grimpa en haut de la petite colline et explora brièvement les restes de la cabane. Le toit de la masure s'était écroulé et un manteau de lichen avait pris possession des murs entre lesquels le vent s'engouffrait avec de longs gémissements qui se perdaient ensuite parmi les vapeurs nauséabondes de l'immense marécage.

Le lieu était idéal pour une embuscade, tout en offrant une retraite inexpugnable, mais Pendergast préféra ne pas s'y réfugier. Il descendit le flanc opposé de la colline et ne tarda pas à retrouver la piste du cerf.

L'inspecteur longea le marais jusqu'à un champ de roseaux au milieu duquel se dressaient des roches glaciaires offrant un abri modeste. Il marqua une pause, sortit de sa poche un mouchoir blanc, l'enroula autour d'un caillou et le déposa entre deux rochers avant de s'éloigner. Il ne tarda pas à découvrir ce qu'il cherchait : une pierre plate affleurant la surface du marécage sur laquelle le cerf s'était appuyé dans sa course à travers les marais. Parce qu'il constituait un abri improbable, cet affût naturel convenait à merveille à Pendergast qui s'y dissimula.

Accroupi entre les roseaux, il attendit. Un éclair traversa le ciel, accompagné par un roulement de tonnerre. Une longue bande brumeuse s'éleva au-dessus du marais, lui cachant brièvement la colline et ses ruines. L'ennemi ne tarderait plus, l'issue était proche.

Judson Esterhazy interrompit sa marche afin d'examiner le sol et ramassa une poignée de graviers déplacés par les sabots du cerf. Au moment où il croyait avoir perdu la piste de Pendergast, son œil s'arrêta sur une touffe d'herbe écrasée. Le policier avait eu l'intelligence de suivre les traces de l'animal afin d'éviter les pièges du Mire. Nul n'aurait commis la folie de s'aventurer sans guide dans cet enfer, et le cervidé valait tous les guides. La brume allait en s'épaississant à mesure que l'orage approchait et Esterhazy n'était pas mécontent de disposer d'une torche dont il veillait à protéger l'éclat avec la main.

Les intentions de Pendergast étaient transparentes : il avait décidé d'attirer Esterhazy dans le Mire afin de s'en débarrasser. Derrière sa façade aristocratique sudiste, l'inspecteur était un adversaire implacable.

Un éclair illumina brièvement le paysage désolé et il eut tout juste le temps d'entrevoir, dans la brume, la silhouette déchiquetée d'une ruine perchée sur une colline à cinq cents mètres de là. Il stoppa net. Le lieu idéal pour une embuscade. Le tout était de s'approcher sans être vu et de coincer à revers ce petit malin de Pendergast, tout en prenant ses précautions.

La lande ne lui offrait aucun abri, mais il pouvait tirer avantage de la brume pour avancer sans risque d'être repéré. Au même instant, un banc de brouillard fondit sur lui et il partit à l'assaut de la colline au pas de course. Arrivé à une centaine de mètres du sommet, il contourna les ruines de façon à surprendre l'ennemi par l'arrière. La pluie tombait à verse, rythmée par les grondements du tonnerre.

La brume se déchira un instant et Esterhazy se plaqua contre le sol détrempé, le temps d'observer les alentours. Pas de Pendergast en vue. À nouveau protégé par le brouillard, le fusil à la main, il gagna l'enceinte de pierre qu'il longea courbé en deux en attendant qu'une nouvelle trouée lui permette de glisser un œil entre deux pierres.

L'enclos était vide, mais Pendergast pouvait fort bien se dissimuler dans la cabane au toit écroulé.

Il s'en approcha au plus près et parvint à se coller au mur arrière du bâtiment, près de l'une des fenêtres, attendant que le brouillard se dissipe brièvement. À la première occasion, il passa le canon de son arme à travers l'ouverture et balaya la cahute d'un geste ample.

Rien.

D'un bond, il franchit le rebord de la fenêtre et se retrancha derrière le mur, en jurant entre ses dents. Pendergast n'avait pas cédé à la facilité, restait à déterminer quelle direction il avait prise.

Sous la protection de la brume, Esterhazy examina les alentours et finit par découvrir les traces de son adversaire, que la pluie battante commençait à effacer. Au pied de la colline lui apparaissait par intermittence l'étendue du marais d'Inish. Comment imaginer que Pendergast ait pu se cacher au milieu des roseaux ? Une langue de terre attira son attention ; sortant sa lorgnette, il repéra des reliefs glaciaires derrière lesquels il était aisé de s'abriter. Il sut qu'il avait deviné juste en distinguant une tache blanche, à peine visible entre deux rochers.

Pendergast s'était donc embusqué là, prêt à l'abattre au moment où il passerait à sa hauteur.

S'attendre à l'inattendu. Esterhazy allait lui rendre la monnaie de sa pièce.

Le retour de la brume lui permit de descendre de la colline sans être vu en suivant les empreintes du cerf auxquelles se mêlaient celles de Pendergast. À mesure qu'il approchait des marais, il se vit contraint de sauter de roche en roche afin de ne pas risquer l'enlisement. De retour sur un terrain moins instable, il quitta la piste et gagna une position depuis laquelle il serait en mesure de dominer l'abri de Pendergast derrière les rochers. Tapi derrière une butte de terre, il attendit un répit entre deux nappes de brouillard.

Une minute s'écoula avant que l'occasion se présente. La tache blanche, sans doute un carré de chemise, lui indiquait précisément le but à atteindre.

— Lève-toi très lentement, dit dans son dos une voix surgie des marais.

4

Esterhazy resta pétrifié en reconnaissant la voix.

— Veille soigneusement à tenir ton fusil de la main gauche en te relevant, le bras loin du corps.

Esterhazy ne parvenait pas à sortir de sa stupeur. Comment était-ce possible ?

Bang ! Une balle s'enfonça entre ses pieds en soulevant une gerbe de terre.

— Je ne te le demanderai pas une troisième fois.

Esterhazy obtempéra à regret.

— Lâche ton arme et retourne-toi.

Il fit volte-face et découvrit Pendergast à une vingtaine de mètres de lui, son pistolet à la main, tout juste sorti de sa cachette entre les roseaux, entre deux bandes de sables mouvants.

— J'ai encore une question à te poser, reprit Pendergast d'une voix que le vent rendait plus flûtée. Comment as-tu pu commanditer le meurtre de ta propre sœur ?

Esterhazy ne répliqua pas, comme hypnotisé par son adversaire.

— J'exige une réponse.

Esterhazy était comme paralysé, partagé entre l'angoisse de mourir, le repentir et le soulagement. Quitte à perdre la partie, autant ne pas offrir à Pendergast la satisfaction de le voir s'effondrer comme une loque.

— Vas-y, et qu'on en finisse, déclara-t-il.

— Sans explication ? s'étonna Pendergast. Ni récrimination, ni justification, ni supplication ? Comme c'est dommage.

Le doigt de l'inspecteur blanchit sur la détente.

Esterhazy s'apprêtait à serrer les paupières lorsqu'un éclair de fourrure rousse traversa son champ de vision dans un fracas de fin du monde. Jaillissant des roseaux, le cerf faucha Pendergast de l'un de ses bois, envoyant valser le pistolet dans l'eau, avant de disparaître dans le brouillard. Le temps de recouvrer ses esprits, Esterhazy s'aperçut que le choc avait projeté son adversaire dans un bourbier gluant.

Ramassant précipitamment son fusil, il tira. La balle frappa Pendergast en pleine poitrine ; l'inspecteur bascula en arrière dans la masse visqueuse. Il allait tirer à nouveau lorsqu'il comprit qu'une seconde balle rendrait impossible toute version accidentelle de la mort de son compagnon, au cas où le corps viendrait à réapparaître.

Il baissa le canon de l'arme et regarda Pendergast se débattre dans la gangue de boue qui l'emprisonnait. Ses forces l'abandonnaient déjà. La tache rouge qui s'élargissait sur son torse montrait que le coup l'avait touché de plein fouet, suffisamment près du cœur pour provoquer des dégâts irrémédiables. Le malheureux faisait peine à voir, sa chemise déchiquetée couverte de sang, ses cheveux blond cendré collés sur le sommet du crâne par la pluie et la boue. Pendergast toussa violemment et une bave sanguinolente lui monta aux lèvres.

Esterhazy n'était pas médecin pour rien, il savait que la blessure était fatale. La balle avait crevé le poumon de son adversaire dont elle avait probablement sectionné l'artère subclavière gauche. Quand bien même les sables mouvants ne l'auraient pas avalé, Pendergast serait mort dans quelques minutes.

Enlisé jusqu'à la taille, il avait d'ailleurs renoncé à lutter et fixait son assassin. Ses yeux argentés exprimaient un tel désespoir qu'Esterhazy en fut troublé.

— Tu veux toujours une réponse à ta question ? demanda-t-il au mourant. Eh bien, figure-toi que je n'ai jamais organisé l'assassinat d'Hélène. Elle est toujours en vie !

Incapable d'assister plus longtemps à l'agonie de l'inspecteur, Esterhazy tourna les talons et s'éloigna d'un pas vif.

5

Les fenêtres du relais de chasse dessinaient des trouées de lumière jaune dans le rideau de pluie. Judson Esterhazy saisit à pleine main la poignée de bronze, poussa la porte et pénétra d'un pas mal assuré dans la grande pièce sur laquelle veillait une impressionnante collection d'armures et de bois de cerf.

— À l'aide ! s'écria-t-il. Aidez-moi !

Les hôtes, occupés à déguster café, thé et single malt près du feu qui ronflait dans l'immense cheminée, posèrent sur lui des regards ébahis.

— Mon beau-frère a été blessé !

Un roulement de tonnerre noya la fin de sa phrase en faisant vibrer les vitres de la pièce.

— Il est blessé ! répéta Esterhazy en s'effondrant. De l'aide, vite !

Un instant figés par l'horreur, plusieurs des présents se précipitèrent. Allongé par terre, les yeux clos, Esterhazy les entendit s'attrouper autour de lui dans un murmure de paroles indistinctes.

— Reculez-vous, leur ordonna le gérant du relais de chasse, Cromarty, de sa voix grave teintée d'accent écossais. Laissez-le respirer. Reculez, je vous en prie.

On approcha un verre de whisky des lèvres d'Esterhazy qui en but quelques gouttes, ouvrit les yeux et se redressa péniblement.

— Que s'est-il passé ? Racontez-nous.

Il reconnut la barbe soigneusement taillée, les petites lunettes à monture métallique, les cheveux blonds et le menton carré de Cromarty, penché sur lui. Esterhazy, encore sous le choc de la scène qu'il venait de vivre, sut qu'il n'aurait aucun mal à jouer la comédie. Il avala une autre gorgée de whisky et le parfum tourbé du single malt acheva de le réchauffer.

— Mon beau-frère... nous poursuivions un cerf dans le Mire...

— Dans le Mire ? s'étonna Cromarty d'une voix sèche.

— Une bête énorme..., répondit Esterhazy en tentant de rassembler ses esprits.

— Venez vous asseoir près du feu.

Cromarty l'aida à se relever tandis que Robbie Grant, le vieux garde-chasse, se hâtait de lui saisir l'autre bras. Ensemble, ils le débarrassèrent de sa veste de camouflage dégoulinante d'eau et l'installèrent dans un fauteuil près de l'âtre.

— Parlez, lui intima Cromarty.

Les hôtes, le visage blême, firent le cercle autour du nouvel arrivant.

— Tout a commencé à Beinn Dearg lorsque nous avons repéré un cerf dans le Foulmire.

— Vous connaissez pourtant le règlement !

Esterhazy secoua la tête.

— Je sais, mais c'était une bête monstrueuse. Un treize cors. Mon beau-frère a beaucoup insisté et nous l'avons suivi dans le Mire. Une fois arrivés au marais, nous nous sommes séparés...

— Mais enfin ! Vous êtes complètement fous ? l'interrompit le garde-chasse d'une voix aiguë. Vous vous êtes séparés ?

— Il fallait bien coincer l'animal dans le marais. La brume était tombée, la visibilité était mauvaise, il est sorti à découvert... J'ai vu bouger, alors j'ai tiré...

Il laissa s'écouler un court silence, brisé par un soupir.

— ... et mon beau-frère a pris la balle en pleine poitrine...

Il enfouit la tête entre ses mains.

— Vous avez abandonné un blessé dans le Mire ? éructa Cromarty.

— Mon Dieu...

Esterhazy éclata en sanglots.

— Il s'est effondré dans les sables mouvants... je l'ai vu s'enfoncer...

— Attendez, le coupa Cromarty d'une voix glaciale.

Il poursuivit lentement, articulant chaque syllabe.

— Vous êtes en train de me dire que vous vous êtes aventuré dans le Mire, que vous avez tiré accidentellement sur votre beau-frère et qu'il est tombé dans les sables mouvants ? C'est bien ça ?

Esterhazy hocha la tête en silence, le visage toujours enfoui dans les mains.

— Seigneur Dieu. Y a-t-il la moindre chance qu'il soit encore en vie ?

Esterhazy secoua la tête.

— Vous en êtes absolument sûr ?

— Sûr et certain, balbutia péniblement Esterhazy. Il s'est écroulé. Si vous saviez... si vous saviez comme je suis désolé ! sanglota-t-il en se balançant d'avant en arrière. J'ai tué mon beau-frère ! Dieu me pardonne !

Un silence oppressé lui répondit.

— Il a perdu la tête, marmonna le garde-chasse. Cette lande est maudite.

— Faites sortir tout le monde, gronda Cromarty en désignant les hôtes. Robbie, appelez la police.

Il se tourna vers Esterhazy.

— Vous l'avez atteint avec ce fusil ? demanda-t-il en montrant l'arme de son interlocuteur qui gisait à terre.

Esterhazy opina tristement.

— Que personne n'y touche.

Les hôtes s'en allèrent par petits groupes en proférant des paroles inintelligibles. Un éclair traversa la pièce, suivi par un coup de tonnerre. La pluie fouettait les carreaux. Esterhazy, prostré sur son siège, ôta les mains de son visage, revigoré par la chaleur du feu qui pénétrait peu à peu ses vêtements. Une onde plus réconfortante encore lui pénétrait l'âme, chassant peu à peu l'horreur de ce qu'il avait vécu, et il se sentit envahi par un soulagement proche de l'exultation. Toute cette histoire était terminée. *Terminée*. Il n'avait plus rien à craindre de Pendergast. Le génie avait enfin réintégré la lampe. Son adversaire était mort. Quant à son collègue D'Agosta, et cette femme flic new-yorkaise, Hayward... Morte la bête, mort le venin. Tout était bien qui finissait bien. À en juger par leurs réactions, ces abrutis d'Écossais avaient mordu à l'hameçon. Aucun indice ne viendrait jamais contredire sa version des faits. Avant de quitter le marais, il avait pris la précaution de ramasser les cartouches, à l'exception de celle qu'il était censé avoir tirée, et les avait enfouies avec le fusil de Pendergast dans les sables mouvants où personne ne les retrouverait jamais. Les enquêteurs se demanderaient sans doute ce qu'était devenue l'arme, mais ils ne s'étonneraient pas davantage. Le Mire ne rendait jamais ses prises. Quant au pistolet, personne ne soupçonnait son existence et Esterhazy s'en était également débarrassé. Les traces du cerf, si l'orage ne les avait pas effacées, viendraient confirmer son récit.

— Vacherie de vacherie, grommela Cromarty.

Il saisit la bouteille de whisky sur la cheminée et s'en servit un grand verre qu'il but à petites gorgées en faisant les cent pas face à l'âtre, ignorant Esterhazy.

Son manège fut interrompu par le retour de Grant.

— La police nous dépêche d'urgence une équipe depuis Inverness, monsieur. En plus des crampons de la police locale.

Cromarty vida son verre, s'en servit un autre et posa sur Esterhazy un regard mauvais.

— Vous ne bougez pas d'ici en attendant leur arrivée, espèce de triple idiot.

Un nouveau roulement de tonnerre ébranla la vieille demeure sur laquelle soufflait de plus belle le vent de la lande.

6

Une heure plus tard, plusieurs voitures remontaient l'allée de gravier du relais de chasse, précédées par l'éclat intermittent de leurs gyrophares. L'orage s'était éloigné, laissant dans son sillage un ciel plombé traversé de nuages pressés. Vêtus de cirés bleus, bottes et chapeaux à l'avenant, les policiers s'avancèrent sur le seuil, bombant le torse histoire de se donner de l'importance. Esterhazy, qui les observait de son fauteuil, se trouva d'emblée rassuré par leur allure placide et sans imagination.

Le responsable de l'enquête, reconnaissable à sa tenue civile, pénétra dans la pièce à la suite de ses hommes et Esterhazy l'observa subrepticement : son visage allongé et pointu trahissait un tempérament de fonceur. Seul son nez rouge, qu'il essuyait régulièrement à l'aide d'un mouchoir, apportait une touche de fantaisie à ses traits austères. L'homme portait des vêtements de chasse usés, pantalon de grosse toile, pull en coton et blouson Barbour ouvert.

— Bonjour, Cromarty, dit-il en tendant spontanément la main au gérant du relais qui se précipitait à sa rencontre.

Les deux hommes s'isolèrent dans un coin de la grande pièce et se lancèrent dans un long conciliabule à voix basse, jetant régulièrement des coups d'œil en direction d'Esterhazy.

L'officier de police finit par s'approcher de l'Américain à côté duquel il prit place, réquisitionnant d'autorité une bergère.

— Inspecteur-chef Balfour, Section Nord, se présenta-t-il d'une voix calme.

Il se pencha vers son interlocuteur, les coudes plantés sur les genoux, sans prendre la peine de lui serrer la main.

— Vous êtes le docteur Judson Esterhazy ?

— Oui.

Le policier sortit de sa poche un petit carnet.

— Très bien, docteur. Racontez-moi ce qui s'est passé.

Esterhazy entreprit un récit détaillé des événements, s'arrêtant fréquemment pour avaler ses larmes, tandis que Balfour prenait des notes. Son compte-rendu terminé, le policier referma son carnet.

— Nous allons nous rendre sur le lieu de l'accident. Je vous demanderai de nous accompagner.

— Je ne suis pas certain… d'en avoir le courage, bredouilla Esterhazy.

— Mais si, mais si, rétorqua sèchement Balfour. Nous sommes venus avec deux chiens, et M. Grant sera également de la partie. Il connaît le Mire comme sa poche.

Il se leva et consulta sa grosse montre marine.

— Nous avons cinq heures devant nous avant la tombée de la nuit.

Esterhazy quitta son fauteuil à regret, une expression funèbre sur le visage. Devant le relais de chasse, les équipes de police préparaient sacs, cordes et autres équipements nécessaires à l'expédition. Un maître-chien tenait ses deux limiers un peu plus loin.

Après une heure de marche, l'expédition avait contourné le Beinn Dearg et se trouvait en vue du

Foulmire que délimitait une rangée irrégulière de gros rochers. Un manteau de brume recouvrait la lande. Le soleil avait entamé sa course vers le couchant, baignant l'immensité de ce paysage désolé dans une lumière grise et terne qui rendait plus noire encore l'eau immobile des étangs. Une faible odeur de décomposition végétale flottait dans l'air.

— Docteur Esterhazy ?

Balfour, bras croisés et sourcils froncés, s'était tourné vers le médecin.

— Pourriez-vous nous indiquer le lieu de l'accident ?

Esterhazy scruta les alentours d'un air perplexe.

— C'est-à-dire… tout se ressemble.

Il n'avait rien à gagner à leur faciliter la tâche.

Balfour secoua tristement la tête.

La voix du garde-chasse, colorée par son fort accent, s'éleva au milieu de la brume.

— Les chiens ont trouvé une piste, inspecteur. Et je crois distinguer des empreintes.

— Vous êtes entré dans le Mire par ici ? insista Balfour auprès du médecin.

— Il me semble que oui.

— Très bien. Monsieur Grant, je vous demanderai de passer devant avec les chiens. Les autres vous suivront, je fermerai la marche avec le docteur Esterhazy. Que chacun d'entre vous veille à suivre M. Grant, il est le seul à savoir quel chemin emprunter.

L'inspecteur sortit de sa poche une pipe déjà bourrée qu'il alluma lentement.

— Si jamais l'un d'entre vous tombait par mégarde dans les sables mouvants, inutile de l'imiter bêtement en se précipitant à sa rescousse. Nous avons emporté des cordes et des crochets exprès.

Il tira sur sa pipe à plusieurs reprises en observant le paysage.

— D'autres précisions, monsieur Grant ?

— Oui, répondit le petit homme au visage parcheminé de sa voix aiguë en s'appuyant sur sa canne. Si jamais vous êtes pris par les sables, ne vous débattez surtout pas. Basculez lentement en arrière et laissez-vous flotter.

Il jeta à Esterhazy un regard noir, surmonté d'épais sourcils.

— J'aurais une question à poser au docteur Esterhazy. En vous baladant dans le Mire à la suite du cerf, avez-vous remarqué des points de repère ?

— Lesquels ? répliqua Esterhazy, perdu. L'endroit est complètement désert.

— Des ruines, des cairns, des pierres levées.

— Des ruines ? Oui, je crois que nous sommes passés à côté de ruines.

— À quoi ressemblaient-elles ?

Esterhazy feignit de réunir ses souvenirs en plissant le front.

— Si je me souviens bien, il s'agissait d'un enclos en pierre avec une cabane sur une hauteur, à l'entrée des marais.

— Ouais. L'ancien refuge de Coombe.

Sans un mot de plus, le garde-chasse s'élança sur la mousse au milieu des massifs de bruyère. Derrière lui, le maître-chien et ses deux limiers peinaient à le suivre. Il avançait d'un pas vif de toute la puissance de ses petites jambes en faisant voler sa canne, la masse de ses cheveux blancs formant une auréole autour de sa casquette de tweed.

Ils progressèrent en silence pendant un quart d'heure, leur avance rythmée par les jappements des chiens auxquels leur maître murmurait régulièrement des instructions. La couverture nuageuse ne cessait de s'épaissir et un crépuscule précoce s'était abattu sur la lande, contraignant les hommes à allumer leurs torches électriques afin de creuser des trouées dans le brouillard. Esterhazy, faute de reconnaître le paysage qui l'entourait, en arrivait à se demander si la petite troupe ne s'était pas réellement perdue.

Au creux d'un vallon, les chiens stoppèrent brusquement et reniflèrent le sol en dessinant un cercle autour d'un point précis avant de se précipiter dans une direction bien déterminée en tirant furieusement sur leur laisse.

— Holà ! Doucement, leur ordonna le maître-chien en les retenant.

Les animaux, loin de lui obéir, donnèrent de la voix, leurs aboiements rauques se perdant dans la brume.

— Qu'est-ce qui leur prend ? s'inquiéta Balfour.

— Je ne sais pas. Allez ! Tranquille !

— Bon sang, retenez-les ! s'énerva Grant de sa voix de crécelle.

— Putain de Dieu !

Débordé, le maître-chien tirait de toutes ses forces sur les laisses, mais ses bêtes refusaient de se calmer, menaçant de l'entraîner à leur suite.

— Attention ! s'écria Grant.

Le maître-chien poussa un hurlement de terreur en glissant sur une plaque de sphaigne et s'enfonça dans les sables mouvants, entraînant avec lui l'un des chiens dont les aboiements se transformèrent en jappements apeurés. La pauvre bête se débattait de tous ses membres, peinant à maintenir la tête hors de la boue.

— Ne remuez surtout pas ! hurla le garde-chasse au maître-chien dont les cris se mêlaient à ceux des limiers. Allongez-vous sur le dos !

Paniqué, le maître-chien ne l'écoutait pas.

— Au secours ! beugla-t-il en envoyant de la boue de tous côtés.

— Vite, le crochet ! ordonna Balfour à ses hommes.

L'un des policiers tira précipitamment de son sac un bâton télescopique, muni à l'une de ses extrémités d'une grosse poignée ronde, à l'autre d'un anneau de corde. Il le déplia en un tournemain, s'agenouilla au bord du bourbier, passa l'anneau de corde autour de son torse et tendit la poignée au maître-chien.

Le chien enlisé jappait en se débattant de plus belle.

— À l'aide ! hurla son maître.

— Attrape donc la poignée au lieu de crier, espèce d'idiot ! s'exclama Grant.

La voix aiguë du vieil homme électrisa le maître-chien qui se tut aussitôt et agrippa la poignée que lui tendait le policier.

— Tirez !

Le sauveteur s'arc-bouta de toutes ses forces afin d'extraire le maître-chien des sables mouvants. Accroché à l'extrémité du bâton, l'homme émergea lentement du bourbier avec un bruit de succion inquiétant et se retrouva bientôt sur la terre ferme où il resta longtemps prostré, tremblant de peur, le souffle court, ses vêtements couverts d'une boue grasse.

De son côté, le chien enlisé hurlait à la mort en s'agitant désespérément.

— Attrapez-lui les pattes avant au lasso ! cria Grant.

L'un des policiers confectionna précipitamment une boucle à l'aide d'une corde. Il la lança en direction de l'animal et rata sa cible. Le chien, les yeux révulsés, se débattit furieusement.

— Encore !

Le policier recommença et atteignit cette fois sa cible.

— Serrez et tirez !

Il voulut obéir mais l'animal, sentant la corde autour de son cou, s'en débarrassa d'un mouvement de tête.

Esterhazy observait la scène, pétrifié d'horreur.

— Il va couler ! hurla le maître-chien qui reprenait peu à peu ses esprits.

Un collègue du premier policier fit à la hâte un nœud coulissant qu'il projeta vers l'animal. Son coup manqué, il ramena la corde à lui, mais le chien s'enfonçait rapidement. Seule sa tête était encore visible, les tendons de son cou tendus à craquer, sa gueule grande ouverte sur un trou rose béant d'où s'élevait un hurlement d'un autre monde.

— Vite, pour l'amour du ciel ! s'écria le maître-chien.

Woooooouhhhhh ! Woooooouhhhhh ! lui répondit la pauvre bête.

— Allez ! Recommencez !

Le policier au lasso tenta à nouveau sa chance, sans succès.

Au tumulte succéda soudain le silence. L'ultime cri étouffé de l'animal s'éteignit au-dessus de la lande, le bourbier se referma, un dernier remous agita sa surface et la nature reprit ses droits.

Le maître-chien tomba à genoux.

— Mon chien ! Oh, mon Dieu !

Balfour posa sur lui un regard sans appel.

— Je suis infiniment désolé, dit-il d'une voix douce, mais ferme. Nous devons continuer les recherches.

— On ne peut tout de même pas l'abandonner !

Balfour se tourna vers le garde-chasse.

— Monsieur Grant, conduisez-nous jusqu'au refuge de Coombe. Quant à vous, monsieur, veillez sur votre second limier. Il nous sera utile.

La petite troupe se remit en marche sans autre forme de procès. Le maître-chien, dégoulinant de boue, tenait en laisse le chien survivant qui tremblait de tous ses membres, incapable de poursuivre sa tâche. Grant repartit à toute la vitesse de ses courtes jambes, s'arrêtant ici ou là afin de tâter la solidité du terrain à l'aide de sa canne, d'un air maussade.

Esterhazy fut surpris de reconnaître peu après les ruines du refuge au milieu de son enclos de pierre.

— Par où êtes-vous passé ? lui demanda Grant.

— Nous avons traversé le terrain avant de redescendre de l'autre côté.

Le petit groupe escalada la petite colline en direction des ruines.

— Je crois bien que c'est là que nous nous sommes séparés, expliqua Esterhazy en désignant à ses compagnons l'endroit où il s'était éloigné de la piste de Pendergast afin de le prendre à revers.

Le garde-chasse examina le sol et poussa un grognement approbateur.

— Montrez-nous le chemin, ordonna Balfour au médecin.

Esterhazy prit la tête de la troupe, suivi de Grant. Il était armé d'une puissante torche dont le faisceau traversait la brume en éclairant de sa lumière jaune les joncs et les roseaux bordant le marais.

— Ici, déclara Esterhazy en s'immobilisant soudain. C'est là que… que je l'ai vu s'enfoncer.

Du doigt, il indiquait à ses compagnons une large mare d'une boue épaisse. Sa voix se brisa et il s'enfouit la tête dans les mains en laissant échapper un sanglot.

— C'était un cauchemar. Que Dieu me pardonne !

— Que tout le monde recule, ordonna Balfour en repoussant ses hommes d'un geste. Commençons par installer les lumières. En attendant, docteur Esterhazy, montrez-nous précisément l'endroit où s'est produit le drame. Mes techniciens commenceront par passer le sol au peigne fin avant de sonder la mare.

— Sonder la mare ? répéta Esterhazy.

— Naturellement, rétorqua sèchement Balfour. Il faut bien récupérer le corps.

7

Esterhazy observait le travail des spécialistes de l'identité judiciaire à l'écart de la zone de recherche délimitée par de la bande plastique jaune. Les techniciens, pliés en deux comme des vieillards, achevaient de fouiller le terrain centimètre par centimètre, éclairés par une rangée de spots aveuglants qui jetaient une lumière crue sur le paysage sévère du marais.

Il suivait les efforts des techniciens avec une satisfaction croissante. Tout marchait comme sur des roulettes. Les policiers avaient découvert la douille de cuivre qu'il avait veillé à abandonner sur place, ils avaient également retrouvé quelques empreintes du cerf épargnées par la pluie, ainsi que des bruyères écrasées lorsque Pendergast et lui-même étaient passés par là. Tous les éléments recueillis sur place concordaient avec sa description.

— Très bien, messieurs, déclara Balfour. Vous pouvez ranger vos équipements, nous allons sonder la mare.

Esterhazy, entre répulsion et excitation, fut parcouru d'un frisson. Si écœurante soit-elle, la vue du cadavre de son adversaire serait un soulagement pour lui. Un tel spectacle ne pouvait que l'aider à oublier la lutte titanesque qui l'avait opposé à Pendergast.

Balfour avait exécuté un croquis de la mare, accompagné de ses dimensions approximatives, il ne restait plus qu'à draguer la vingtaine de mètres carrés qui en constituaient la superficie. Les techniciens commencèrent par nouer à l'extrémité d'une corde un grappin dont les dents brillaient d'un éclat sinistre à la lueur des projecteurs, puis ils y ajoutèrent un poids. Tandis que deux des policiers, prudemment installés en retrait, tenaient le rouleau de corde, un de leurs collègues s'approcha du bourbier et lança le grappin à l'endroit que lui indiquait Balfour, son dessin à la main. Le lourd crochet atteignit lentement le fond et les deux premiers policiers le tirèrent en arrière. Esterhazy se raidit machinalement en voyant la corde se tendre tandis que le grappin remontait.

Quelques instants plus tard, il reparaissait à la surface, chargé de boue et de plantes aquatiques. Balfour examina les dents du grappin une à une en les manipulant avec des gants de caoutchouc, puis il secoua la tête.

L'équipe des sondeurs se déplaça de cinquante centimètres le long du bord et répéta l'opération, sans plus de succès, avant de recommencer plus loin.

Esterhazy assistait à chaque remontée du grappin avec une inquiétude croissante, les intestins tordus par l'angoisse, à mesure que les policiers s'approchaient de l'endroit où il avait vu disparaître son beau-frère. Le moment tant attendu arriva enfin et il vit la corde se tendre.

L'outil s'arrêta brusquement, bloqué dans son élan.

— On tient quelque chose, commenta l'un des hommes.

Esterhazy retint son souffle.

— Doucement, les gars, leur conseilla Balfour en se penchant en avant, les nerfs à vif.

Un quatrième policier se joignit à ses trois collègues, et ils tirèrent la corde en veillant soigneusement à respecter les instructions de Balfour qui leur enjoignait de ne pas brusquer la manœuvre.

— Ça vient, remarqua l'un des flics.

La surface du bourbier s'écarta, dévoilant un objet de forme allongée dont la boue empêchait de déterminer la nature exacte.

— Allez-y prudemment, leur recommanda Balfour.

Les policiers entourèrent le cadavre de lanières de nylon et le ramenèrent vers le bord.

— Parfait.

Au terme d'un dernier effort, les hommes tirèrent le corps jusqu'à une housse de plastique dépliée sur la rive. Des coulées de boue s'échappaient de la carcasse qui exhalait une odeur de charogne si insoutenable qu'Esterhazy recula d'un pas.

— Qu'est-ce que... ? murmura Balfour en tâtant la forme d'une main gantée. Rincez-moi ça, ajouta-t-il à l'intention de ses hommes.

Un policier armé d'un bidon d'eau acheva de nettoyer les traces de boue laissées par les sables mouvants sur la tête de la charogne.

La puanteur était atroce. Esterhazy sentit une montée de bile lui envahir la gorge tandis que plusieurs des policiers allumaient des cigares et des pipes.

Balfour se releva brusquement.

— C'est un mouton, laissa-t-il tomber d'une voix neutre. Mettez-le de côté, on poursuit les recherches.

La manœuvre reprit aussitôt. Invariablement, le grappin s'enfonçait avant de remonter avec sa cargaison habituelle de boue et d'herbes, l'odeur pestilentielle du mouton contribuant à l'atmosphère macabre de l'opération. Esterhazy parvenait difficilement à dissimuler son angoisse, incapable de comprendre pour quelle raison les policiers ne retrouvaient pas le corps de son ennemi.

Ils atteignirent l'extrémité de la mare et Balfour réunit ses troupes à l'écart afin de faire le point. Leur discussion terminée, l'inspecteur s'approcha d'Esterhazy.

— Vous êtes certain que votre beau-frère s'est enlisé ici ?

— Bien sûr, répliqua le médecin en s'efforçant de ne pas craquer.

— Nous ne trouvons rien.

— Il est forcément là ! s'énerva Esterhazy. Vous avez retrouvé vous-même la douille de mon fusil et les traces de notre passage. Vous savez bien que j'ai raison !

Balfour lui lança un regard étrange.

— Tout concorde, effectivement, mais...

Il laissa sa phrase en suspens.

— Il faut impérativement le retrouver ! Dites à vos hommes de recommencer, pour l'amour du ciel !

— C'est bien mon intention, mais vous avez pu constater comme moi que la mare avait été draguée sur toute sa longueur. Si un cadavre en était prisonnier...

— Les courants ! s'exclama Esterhazy. Qui nous dit que les courants n'ont pas entraîné son corps ?

— Il n'y a pas de courant.

Esterhazy s'obligea à respirer lentement afin de ne pas perdre les pédales. Il aurait voulu s'exprimer calmement, mais sa voix tremblait légèrement.

— Écoutez, monsieur Balfour. Je *sais* que le corps se trouve ici. Je l'ai vu s'enfoncer.

Balfour lui adressa sèchement un signe de tête et se tourna vers ses hommes.

— On recommence depuis la rive perpendiculaire.

Un murmure de protestation accueillit sa requête et les policiers répétèrent l'opération à contrecœur sous le regard anxieux d'Esterhazy. Le brouillard s'épaississait avec la nuit tombante, les lampes à vapeur de sodium transformant les membres du petit groupe en spectres qui se déplaçaient à la façon des damnés dans le dernier cercle de l'enfer. *Impossible*, pensa Esterhazy. Pendergast ne pouvait pas avoir survécu, il n'avait pas pu s'en tirer. Absolument impossible.

Il s'en voulait de n'être pas resté jusqu'au bout. Si seulement...

Il s'approcha de l'inspecteur.

— J'aurais une question à vous poser : est-il possible de s'extraire seul de ces sables mouvants ?

Balfour tourna vers lui son visage en lame de couteau.

— Je croyais que vous l'aviez vu s'enfoncer ?

— Oui, bien sûr ! Mais j'étais tellement bouleversé et la brume était si épaisse, j'en arrive à me demander s'il n'aurait pas pu réussir à s'en sortir.

— J'en doute, répliqua Balfour en posant sur lui deux yeux plissés. À moins, bien sûr, que vous ne l'ayez abandonné à son sort pendant qu'il continuait de lutter.

— Mais non ! Je vous dis que j'ai tout tenté pour le sauver, mais mon beau-frère est un personnage plein de ressources. Si jamais...

Il s'évertua à colorer sa voix d'une lueur d'espoir, soucieux de dissimuler sa panique.

— Si jamais il s'en était sorti ? Je voudrais tellement croire qu'il s'en est sorti !

— Je crains que vos espoirs ne soient vains, docteur, lui répondit Balfour d'une voix teintée de compassion. Mais vous avez raison, nous ne devons rien négliger. Notre chien survivant, traumatisé par ce qu'il a vécu, n'est plus bon à rien. En revanche, nous avons deux experts à notre disposition. Monsieur Grant ? Monsieur Chase ?

Le garde-chasse les rejoignit, accompagné du responsable des hommes de l'identité judiciaire.

— Oui, inspecteur ?

— J'aurais aimé que vous procédiez à l'examen des abords immédiats de la mare. Nous souhaiterions savoir s'il est possible que la victime ait trouvé le moyen de s'extraire des sables mouvants et de s'en aller. Je vous demande de vous montrer particulièrement vigilants.

— Bien, inspecteur.

Les deux hommes s'éloignèrent, instantanément avalés par l'obscurité. Seuls les pinceaux de leurs torches restaient visibles.

Esterhazy prit son mal en patience en compagnie de Balfour, tandis que le brouillard transformait en givre chaque détail du paysage. Enfin, Grant et Chase rejoignirent les deux hommes.

— Pas la moindre empreinte, inspecteur. À la limite, on pourrait se dire que la pluie a pu effacer des traces discrètes, mais je vois mal un homme blessé et couvert de boue, saignant abondamment, sortir du marais en rampant sans laisser aucun signe de son passage. L'homme n'a pas pu s'échapper.

Balfour se tourna vers le médecin.

— Vous avez la réponse à votre question, dit-il avant d'ajouter : Nous allons poursuivre les recherches. En attendant, docteur, je vous demanderai de ne pas quitter la région tant que l'enquête n'aura pas été bouclée. Me suis-je bien fait comprendre ?

Il s'essuya le nez à l'aide de son mouchoir.

— Ne vous inquiétez pas, répliqua Esterhazy avec conviction. Je n'ai aucune intention de m'en aller tant que je ne saurai pas exactement ce qui est arrivé à mon... à mon cher beau-frère.

8

New York

Au volant de sa voiture, le docteur John Felder suivait la camionnette de police qui cahotait sur la petite route de Little Governor's Island. Le temps était anormalement chaud pour une soirée d'octobre et des écharpes de brume s'élevaient des marécages voisins. Ils avaient quitté Bedford Hills un peu moins d'une heure auparavant et leur destination finale était en vue.

Le conducteur de la camionnette s'engagea dans une allée de châtaigniers morts et Felder l'imita. On distinguait l'East River et les immeubles de l'East Side de Manhattan à travers les troncs. Un lieu à la fois si proche et si lointain…

La camionnette ralentit et stoppa devant une haute grille de fer forgé. Un gardien sortit d'une guérite et s'approcha du conducteur. Il jeta un coup d'œil aux documents que le policier lui présentait, hocha la tête, regagna son abri et déclencha l'ouverture de la grille. Au passage, Felder déchiffra l'inscription figurant sur la plaque de bronze apposée à l'entrée : *Hôpital Mount Mercy – Unité de psychiatrie criminelle*. Les autorités compétentes avaient récemment rebaptisé le service en lui donnant un nom moins daté et rébarbatif, mais la lourde plaque donnait l'impression de vouloir résister au changement.

La camionnette s'immobilisa sur un petit parking gravillonné et Felder rangea sa Volvo sur l'emplacement voisin. Il descendit de voiture et examina la grande bâtisse de style gothique, ses larges fenêtres protégées par des barreaux. À n'en pas douter, il s'agissait de l'asile d'aliénés le plus pittoresque des États-Unis. Felder avait sué sang et eau pour obtenir le transfert de la prisonnière, sans parler de la paperasserie nécessaire, et la disparition inopinée de celui qui lui avait promis de tout lui révéler sur la jeune femme, en échange de ce transfert, l'irritait au plus haut point.

Un infirmier s'approcha de l'arrière du véhicule. Les portes s'écartèrent, un garde en uniforme armé d'un fusil descendit et se posta près du marchepied tandis que l'infirmier aidait l'occupante de la camionnette à descendre.

Une jeune femme d'une vingtaine d'années aux cheveux noirs coupés court apparut, que Felder observa avec curiosité. Elle remercia l'infirmier qui lui tendait la main, d'une voix posée dont les intonations désuètes trahissaient son caractère réservé. Vêtue d'un uniforme carcéral, les poignets menottés, elle se déplaçait avec une grâce et une dignité surprenantes, le front droit et le torse raide.

Felder se joignit au petit groupe.

— Bonsoir, docteur Felder, dit la jeune femme en lui adressant un signe de tête. C'est toujours un plaisir de vous voir.

— Un plaisir partagé, Constance.

L'entrée principale de l'établissement, verrouillée de l'intérieur, s'ouvrit à leur approche et un personnage à l'élégance méticuleuse, une blouse blanche passée sur un costume chic, franchit le seuil afin de les accueillir.

— Bonsoir, mademoiselle Greene. Nous vous attendions.

Il s'exprimait d'une voix plaisante, donnant l'impression de s'adresser à une enfant.

La jeune femme lui répondit par une légère courbette.

— Je suis le docteur Ostrom. Je serai votre médecin traitant tout au long de votre séjour à Mount Mercy.

Constance opina.

— Enchantée de faire votre connaissance, docteur. Appelez-moi Constance, je vous en prie.

Ils rejoignirent un grand hall surchauffé dans lequel flottait une légère odeur de désinfectant.

— Je connais fort bien votre... votre tuteur, Aloysius Pendergast, expliqua le docteur Ostrom. Je suis sincèrement désolé qu'il n'ait pas été possible de vous accueillir ici plus tôt, mais les formalités ont pris une éternité.

Le regard d'Ostrom croisa brièvement celui de Felder. Ce dernier savait les raisons de ce retard : après avoir fait l'objet d'une fouille en règle, la chambre de Constance à Mount Mercy avait été entièrement aseptisée à l'eau de Javel avant de recevoir trois couches de peinture, des mesures de précaution rendues nécessaires par le penchant marqué de l'occupante précédente pour les poisons dangereux.

— Je vous suis très reconnaissante de vos attentions, docteur, répliqua Constance avec la pudeur dont elle ne se départait jamais.

Le docteur Ostrom parapha l'ensemble des papiers que lui tendait le gardien chargé du transfert.

— Vous pouvez lui retirer les menottes à présent, ordonna le médecin.

Le gardien s'exécuta et quitta l'établissement en compagnie de son collègue. À peine la porte d'entrée fermée à clé, le docteur Ostrom se frotta les mains d'un air satisfait.

— Parfait. Le docteur Felder et moi-même allons vous conduire à votre chambre. J'ose espérer qu'elle sera à votre goût.

— J'en suis convaincue, docteur Ostrom, assura Constance. Merci de votre gentillesse.

Tout en remontant un couloir sonore interminable, le docteur Ostrom détaillait à sa pensionnaire les règles de vie à Mount Mercy. Son collègue Felder en profita pour observer Constance à son insu. Tout chez elle respirait la bizarrerie, à commencer par sa façon datée de s'exprimer, ces yeux infiniment plus mûrs que le visage qu'ils éclairaient. Rien dans son apparence n'aurait pu laisser croire que Constance Green était folle. Felder n'avait jamais eu l'occasion de croiser un cas semblable de toute sa carrière. La jeune femme prétendait être née dans les années 1870 au sein d'une famille dont seuls les registres de l'état civil avaient conservé la mémoire. Tout récemment, sur le paquebot qui la ramenait d'Angleterre, elle reconnaissait s'être débarrassée de son bébé en le jetant par-dessus bord, au prétexte qu'il était l'incarnation du mal.

Depuis plusieurs mois qu'il avait la jeune femme en observation, dans un premier temps à l'hôpital Bellevue, puis à la prison de Bedford Hills, Felder s'était employé à diagnostiquer la maladie dont elle souffrait. Mais si sa fascination pour la patiente allait croissant, il ne parvenait toujours pas à percer le secret de sa condition.

Le docteur Ostrom et ses compagnons attendirent qu'un infirmier leur ouvre un lourd battant métallique, puis ils empruntèrent un dernier corridor et s'arrêtèrent devant une porte anonyme. L'infirmier la déverrouilla et Ostrom invita ses hôtes à pénétrer dans une pièce aveugle meublée de façon spartiate. Le lit, la table et sa chaise étaient boulonnés au sol. L'étagère solidement fixée au mur ne contenait qu'une demi-douzaine de volumes, et un pot de fleurs en plastique composé de jonquilles cueillies dans le jardin de l'hôpital ornait la table.

— Eh bien ? s'inquiéta Ostrom. Qu'en pensez-vous, Constance ?

La jeune femme prit le temps d'examiner chaque objet avant de répondre.

— C'est parfait, je vous remercie.

— Je suis ravi de l'entendre. Le docteur Felder et moi-même allons vous laisser le temps de vous installer. En attendant, je demanderai à l'infirmière-chef de vous apporter une tenue plus appropriée.

— Je vous en serais infiniment reconnaissante.

Le regard de Constance s'arrêta sur l'étagère.

— Bonté divine ! Le *Magnalia Christi Americana* de Cotton Mather ! L'autobiographie de Benjamin Franklin, *Clarisse Harlowe* de Richardson ! S'agirait-il des livres ayant appartenu à la grand-tante Cornelia ?

Le docteur Ostrom acquiesça.

— Des exemplaires neufs, plus exactement. Vous occupez à présent la chambre qui était la sienne et votre tuteur nous a demandé de vous acheter ces quelques livres.

— Ah, laissa tomber Constance en rougissant brièvement de plaisir. J'ai l'impression de me retrouver chez moi.

Elle se tourna vers Felder.

— Quel plaisir de poursuivre ici la tradition familiale !

Malgré la chaleur qui régnait dans la pièce, Felder sentit un souffle glacial lui caresser l'échine.

9

Le regard rivé à sa table de travail, le lieutenant D'Agosta tentait de ne pas céder à l'abattement. Depuis la fin de son congé maladie, son supérieur hiérarchique, le capitaine Singleton, le cantonnait à des tâches subalternes et il passait des journées entières à remuer de la paperasse. Il glissa un œil par la porte entrouverte en direction de la ruche voisine dans laquelle travaillaient ses collègues. On courait dans tous les sens, les téléphones sonnaient sans interruption dans le ballet des suspects que l'on amenait avant leur inculpation. Un univers *vivant*. Il reporta son attention sur la tâche qui l'attendait en poussant un long soupir. D'Agosta détestait remplir des formulaires, mais il savait que Singleton l'avait affecté à ce poste de gratte-papier pour son bien. Six mois plus tôt, il se trouvait entre la vie et la mort dans un lit d'hôpital de Baton Rouge après avoir reçu une balle en pleine poitrine. Il pouvait remercier le Ciel d'être en vie, a fortiori d'avoir retrouvé son emploi. Et puis toute cette paperasse ne durerait pas éternellement, il s'agissait d'une affectation temporaire en attendant qu'il ait recouvré tous ses moyens.

Il lui fallait également voir le bon côté de la situation. Ses amours avec Laura Hayward n'avaient jamais été aussi florissantes. Laura avait changé depuis qu'elle avait failli le perdre : elle s'était adoucie, se montrait plus affectueuse et démonstrative. D'ailleurs, il pensait très sérieusement à lui demander sa main le jour où il serait redevenu cent pour cent lui-même. Les conseillers conjugaux conseillent rarement de recevoir une balle dans la poitrine pour sauver un couple, mais il fallait bien reconnaître que la recette avait parfaitement fonctionné dans ce cas-là...

La méditation de D'Agosta se trouva interrompue par une présence sur le seuil de son bureau. Intrigué, il leva les yeux et découvrit une jeune fille. Âgée de dix-neuf ou vingt ans, toute menue, un sac de cuir noir hérissé de pointes métalliques en bandoulière, elle était vêtue d'un jean et d'un vieux T-shirt des Ramones. Ses cheveux d'un noir de jais étaient manifestement teints et une reproduction d'un tableau d'Escher était tatouée sur son bras.

Une gamine gothique dans toute sa splendeur.

— Puis-je vous aider, mademoiselle ? lui demanda-t-il.

— Parce que vous trouvez que j'ai l'air d'une demoiselle ? rétorqua la visiteuse.

D'Agosta laissa échapper un soupir.

— En quoi puis-je vous aider ?

— C'est vous, Vincent D'Agosta ?

Elle s'avança en le voyant acquiescer.

— Il m'a parlé plusieurs fois de vous. Les noms, c'est pas tellement mon truc, mais je me suis souvenu du vôtre parce qu'il était italien.

— J'ai des origines italiennes, concéda D'Agosta.

— Je ne dis pas ça de façon péjorative. C'est juste que dans le trou du Kansas d'où je viens, personne s'appelle comme ça.

— Les immigrants italiens sont généralement restés sur les côtes, approuva D'Agosta froidement. Maintenant, qui est ce « il » auquel vous faisiez allusion il y a un instant ?

— L'inspecteur Pendergast.

— Pendergast ? s'exclama D'Agosta, incapable de dissimuler son étonnement.

— Ouaip. Je lui ai servi d'assistante la fois où il est venu à Medicine Creek, au Kansas[1], pour résoudre une histoire de meurtres en série.

D'Agosta la regarda avec des yeux écarquillés. Cette fille ? L'assistante de Pendergast ? Elle délirait complètement.

— Il a dû vous parler de moi, je m'appelle Corrie Swanson.

D'Agosta fronça les sourcils.

— Je me souviens vaguement de l'affaire de Medicine Creek, mais je ne crois pas l'avoir entendu prononcer votre nom.

— Faut dire qu'il est pas du genre bavard. Je lui servais de taxi en lui parlant des gens du patelin. Avec son costard de croque-mort et son balai dans le… Bref, il avait besoin des services d'une autochtone comme moi.

D'Agosta n'en était pas surpris outre mesure. Elle disait probablement la vérité, tout en exagérant sans doute un peu. Son assistante ! L'irritation du lieutenant céda la place à des sentiments plus complexes.

— Entrez, l'invita-t-il alors qu'elle se trouvait déjà dans la pièce. Et asseyez-vous.

Elle se laissa tomber sur la chaise réservée aux visiteurs dans un tintement de quincaillerie et remonta sa crinière noire en révélant des mèches violettes et jaunes. D'Agosta se cala confortablement sur son fauteuil en veillant à ne rien laisser paraître.

— Dites-moi ce qui vous amène.

1. Voir *Les Croassements de la nuit* (L'Archipel, 2005 / J'ai lu, 2007).

— Je suis à New York depuis le mois de septembre. Je suis en deuxième année de fac, je viens d'intégrer l'Institut John Jay.

— Continuez, lui dit D'Agosta, impressionné d'apprendre qu'elle effectuait ses études dans une université de justice criminelle aussi prestigieuse.

En dépit des airs qu'elle se donnait, cette fille-là ne devait pas être bête.

— Je me suis inscrite dans une filière baptisée « Déviances et contrôle social ».

— Déviances et contrôle social, répéta D'Agosta.

Le genre de cours que Laura, avec son goût de la sociologie, aurait très bien pu suivre à l'époque où elle était étudiante.

— Les profs nous demandent de rédiger un mémoire sur une affaire particulière. J'ai choisi les crimes en série de Medicine Creek.

— Je ne suis pas certain que Pendergast serait d'accord s'il le savait.

— Mais il était d'accord, justement. Et c'est bien ça le problème. En arrivant ici à la rentrée, on a fixé une date pour un déjeuner. Ça aurait dû être hier, sauf qu'il est jamais venu. Alors je me suis rendue chez lui, au Dakota, mais le concierge m'a jetée. Pendergast n'a même pas pris le temps de m'appeler pour annuler alors qu'il a mon numéro de portable. C'est comme s'il avait disparu dans la nature.

— C'est curieux, en effet. Vous êtes certaine d'avoir bien noté la date de ce rendez-vous ?

Corrie fouilla dans son sac à main et sortit une enveloppe qu'elle lui tendit.

D'Agosta déplia la lettre.

Le Dakota
N° 1, 72e Rue Ouest

New York, NY 10023

Le 5 septembre

Mlle Corrie Swanson
Appt 3B, 844 Amsterdam Avenue
New York, NY 10025

Ma chère Corrie,

Je suis heureux d'apprendre que vos études suivent leur cours. Permettez-moi de vous soutenir dans les choix que vous avez effectués. Je suis persuadé que vous trouverez l'unité de chimie criminelle fort intéressante.

J'ai bien réfléchi à votre projet de mémoire et vous donne mon accord, à condition d'avoir un droit de veto sur le résultat final, et votre promesse de ne pas révéler certains détails mineurs.

C'est très volontiers que je vous retrouverai à l'occasion d'un déjeuner. Je dois séjourner à l'étranger à la fin de ce mois, mais je serai de retour mi-octobre et note la date du 19 sur mon agenda. Puis-je me permettre de vous suggérer le restaurant Le Bernardin sur la 51e Rue Ouest, à 13 heures ? Je prendrai soin d'y réserver une table à mon nom.

Dans l'attente du plaisir de vous revoir, chère Corrie, veuillez agréer l'expression de toute ma considération.

A. Pendergast

D'Agosta lut la lettre à deux reprises. Il n'avait pas reçu de nouvelles de Pendergast depuis plusieurs semaines, c'est vrai, mais ce silence n'avait rien d'exceptionnel, l'inspecteur ayant l'habitude de disparaître pendant de longs mois. En revanche, Pendergast était homme de parole et ce lapin ne lui ressemblait guère.

Il rendit l'enveloppe à son interlocutrice.

— La table était-elle réservée ?

— Oui. Il a appelé le lendemain du jour où il m'a écrit, et il n'a jamais téléphoné pour annuler.

D'Agosta hocha la tête en dissimulant sa peur.

— J'espérais que vous pourriez me renseigner. Cette histoire m'inquiète, c'est vraiment pas son genre.

D'Agosta s'éclaircit la gorge.

— Je ne me suis pas entretenu avec Pendergast depuis un moment, mais il doit y avoir une explication. Il est probablement pris par une affaire, précisa-t-il en adressant à la jeune fille un sourire qu'il voulait rassurant. Je vais mener ma petite enquête et je vous tiens au courant.

— Je vous laisse mon portable, proposa-t-elle en gribouillant un numéro sur un bloc déniché sur le bureau du lieutenant.

— Je vous tiendrai informée, mademoiselle Swanson.

— Merci. Et appelez-moi Corrie.

— Très bien, Corrie.

Plus D'Agosta réfléchissait à cette disparition, plus il devenait soucieux. C'est tout juste s'il vit la jeune fille ramasser son sac et sortir du bureau.

10

Cairn Barrow

La Grand-Rue bifurquait légèrement à hauteur de la place du village avant de se perdre au milieu des collines verdoyantes entourant le Loch Lanark. Les façades des maisons et des magasins étaient toutes de couleur ocre, avec les mêmes toits d'ardoise pentus à pignons. Des jardinières pimpantes, plantées de primevères et de jonquilles, apportaient à l'ensemble une touche de couleur bienvenue. Il était 10 heures, ce que confirmèrent paresseusement les cloches du clocher trapu de la Wee Kirk o' the Loch.

Le tout composait un tableau proche de la carte postale, même aux yeux blasés de l'inspecteur-chef Balfour qui remontait la Grand-Rue d'un pas alerte.

Une dizaine de voitures étaient rangées devant le pub local, The Old Thistle. L'équivalent d'un embouteillage, surtout aussi tard dans la saison, les touristes étrangers et les randonneurs ayant déserté Cairn Barrow depuis longtemps. Balfour pénétra dans le pub, adressa un signe de tête à Phillip, le maître des lieux, poussa une petite porte à côté de la cabine téléphonique et monta les marches grinçantes du vieil escalier de bois conduisant à la Common Room. Cette pièce, la plus grande salle de réunion publique à trente kilomètres à la ronde, était bondée. Témoins et curieux des deux sexes patientaient sur des bancs face à une grande table en chêne derrière laquelle était installé le coroner chargé de l'enquête, le docteur Ainslie, un personnage austère aux traits marqués dont les rides épaisses trahissaient un désarroi profond face aux mécanismes du monde. Près de lui, assis derrière une table nettement plus modeste, se tenait Judson Esterhazy.

Ainslie salua sèchement Balfour, l'invita à prendre place à son côté, jeta un coup d'œil circulaire et s'éclaircit la gorge.

— Cette commission d'enquête se réunit en ce jour afin de se pencher sur la disparition et le décès possible de M. Aloysius X. L. Pendergast. J'emploie l'adjectif « possible » vu que le corps de la victime n'a jamais été retrouvé. Le seul témoin de la mort de M. Pendergast est M. Judson Esterhazy, son beau-frère.

Le front d'Ainslie se plissa encore davantage, et l'on put craindre un instant qu'il ne tombât en poussière tant il était desséché.

— M. Pendergast ne disposant d'aucun proche, on peut penser que M. Judson Esterhazy se trouve ici non seulement en sa qualité de responsable de l'accident survenu à M. Pendergast, mais aussi en tant que membre de sa famille. La présente procédure ne saurait tenir lieu d'enquête ordinaire puisque le corps n'a pas été retrouvé et que les circonstances précises du décès restent à établir. Cela ne nous empêchera pas de tenter de définir ici lesdites circonstances afin de décider, si les faits nous y autorisent, de quelle façon il y aurait eu mort ou non. Nous commencerons par entendre l'ensemble des témoins concernés avant de parvenir à une conclusion.

Ainslie se tourna vers le médecin.

— Docteur Esterhazy, acceptez-vous de reconnaître votre implication dans la présente affaire ?

— Oui, répondit Esterhazy avec un hochement de tête.

— Vous reconnaissez avoir, de votre plein gré, refusé l'aide d'un avocat ?

— C'est exact.

— Très bien. Avant de débuter, je souhaite rappeler à tous les présents le point 36 du règlement applicable en l'état : l'enquête publique ne vise pas à déterminer les responsabilités civiles ou criminelles de quiconque, elle peut cependant conduire à spécifier si les circonstances tendent à établir la culpabilité telle que la définit la loi, à charge pour les tribunaux compétents d'apporter la preuve de ladite culpabilité. Des questions ?

Faute de réaction dans la salle, Ainslie hocha la tête.

— Dans ce cas, passons à l'examen des éléments dont nous disposons. En commençant par le témoignage de Hugh Cromarty.

Sous l'oreille attentive de l'inspecteur Balfour, le gérant du relais de chasse évoqua en détail le séjour de Pendergast et d'Esterhazy dans son établissement, ses impressions lors du dîner qui les avait tous réunis la veille du drame, les sanglots d'Esterhazy le lendemain lorsqu'il s'était accusé d'avoir tiré sur son beau-frère. Ainslie passa ensuite au récit des hôtes de Kilchurn Lodge qui avaient assisté au retour affolé d'Esterhazy. Les témoignages s'enchaînaient, qu'Ainslie écoutait avec le même masque soupçonneux et désapprobateur, puis vint le tour de Grant, le garde-chasse.

— Vous vous appelez bien Robert Grant ?

— Oui, monsieur, répliqua le vieil homme aux traits burinés.

— Depuis quand exercez-vous les fonctions de garde-chasse à Kilchurn Lodge ?

— Cela fera bientôt trente-cinq ans, monsieur.

À la requête du coroner, Grant décrivit par le menu leur randonnée dans le Mire et la mort du chien enlisé.

— Les chasseurs qui fréquentent le Lodge ont-ils pour habitude de s'aventurer dans le Foulmire ?

— Jamais, vous voulez dire ! s'exclama le garde-chasse en faisant chanter son accent écossais. C'est contraire au règlement.

— M. Pendergast et le docteur Esterhazy ont donc enfreint le règlement.

— Pour ça, oui.

Balfour vit du coin de l'œil Esterhazy s'agiter sur sa chaise.

— Un tel comportement laisse supposer un certain manque de bon sens. Dans ce cas, pourquoi les avoir laissés partir chasser seuls ?

— Parce que je me souvenais d'eux.

— Précisez, je vous prie.

— Ils étaient déjà venus une fois, il y a une dizaine d'années. Je les avais conduits moi-même. De sacrés tireurs, si vous voulez que je vous dise. Ils connaissaient le maniement des armes, surtout le docteur Esterhazy, ajouta le garde-chasse en montrant le médecin du menton. Je ne les aurais jamais laissés partir sans guide si je n'avais pas su ça.

Balfour se redressa sur son siège. Il savait que les deux hommes étaient déjà venus chasser à Kilchurn Lodge par le passé, bien évidemment. Esterhazy le lui avait indiqué lors de son interrogatoire, mais il s'était bien gardé de se vanter de ses qualités de tireur, et Balfour s'en voulait de n'avoir pas eu le nez assez fin.

Ainslie interrompit le cours de ses pensées en l'appelant à livrer son témoignage.

Balfour décrivit son arrivée au relais de chasse, le trouble d'Esterhazy, les recherches menées près de la mare, suivies de celles effectuées dans les hameaux voisins, avec l'espoir de retrouver le disparu. Il s'exprimait d'une voix lente, avec méticulosité. Ainslie l'écoutait d'une oreille attentive, l'interrompant rarement par une question.

Son témoignage terminé, le coroner reprit la parole :

— J'imagine que la police aura continué ses recherches au cours des dix derniers jours, c'est-à-dire depuis le drame ?

— C'est exact, acquiesça Balfour. Le bourbier a été dragué à deux reprises le premier jour, et deux autres fois par la suite. Nous avons également dragué les bourbiers voisins, eu recours à des chiens pour tenter de retrouver la piste du disparu à partir du lieu de l'accident, sans résultat, mais il est vrai qu'il avait beaucoup plu le jour du drame.

— Vous n'êtes donc pas en mesure d'apporter la preuve que Pendergast est mort, ou bien qu'il est vivant, insista Ainslie. Est-ce exact ?

— Exact. Nous n'avons retrouvé ni corps ni effets personnels, pas même son fusil.

— Inspecteur, poursuivit Ainslie. Diriez-vous que le docteur Esterhazy s'est montré coopératif tout au long des recherches ?

— Globalement, oui. Même s'il décrit ses qualités de tireur différemment de M. Grant.

— Comment décrit-il ses qualités de tireur ?

— Il affirme manquer d'expérience en la matière.

— Ses déclarations comme ses actes correspondent-ils à ceux d'une personne responsable d'un accident aussi grave ?

— D'après ce que j'ai pu en juger, oui.

Malgré son malaise, Balfour n'avait jamais pris Esterhazy en défaut dans sa façon de manifester sa honte, sa culpabilité et son chagrin.

— Diriez-vous que le docteur Esterhazy est un témoin fiable ?

Balfour marqua une hésitation.

— Je dirais qu'aucun des éléments dont nous disposons à ce jour ne nous permet de remettre en cause ses déclarations.

Le coroner médita longuement cette réponse avant de conclure :

— Je vous remercie, inspecteur.

Le témoin suivant était Esterhazy lui-même. Il avait retrouvé beaucoup de sa superbe depuis le jour du drame, même si une légère angoisse semblait marquer ses traits. C'est d'une voix sincère, calme et grave qu'il évoqua son amitié avec Pendergast, née lorsque ce dernier avait épousé sa sœur, avant de rappeler brièvement la mort terrible d'Hélène Pendergast, dévorée par un lion, devant un auditoire médusé. Puis le coroner le dirigea d'une voix douce vers les événements ayant conduit au décès de Pendergast : la partie de chasse sur la lande, la décision de suivre le cerf rouge dans le Foulmire, l'arrivée du brouillard, l'irruption soudaine de l'animal et le réflexe instinctif qui l'avait amené à tirer, ses tentatives désespérées de venir à l'aide de son beau-frère, la disparition de ce dernier au milieu des sables mouvants. À l'heure de raconter ces péripéties tragiques et son retour précipité à Kilchurn Lodge, le calme qu'il affectait se fissura et sa voix se brisa, sous le regard compatissant des membres de l'assistance. Balfour observait Ainslie, pas une fois il ne le vit se départir du scepticisme grave qui le caractérisait. Il posait relativement peu de questions, sinon pour sonder Esterhazy sur l'heure précise de l'accident ou son opinion de médecin sur la blessure reçue par Pendergast. Un quart d'heure plus tard, le témoignage du médecin s'achevait. Une prestation sans faute.

Une prestation. Pourquoi diable ce terme était-il venu aussi naturellement à l'esprit de Balfour ?

Tout simplement parce qu'il ne pouvait s'empêcher d'éprouver la plus grande méfiance vis-à-vis d'Esterhazy. Il n'aurait pas su dire ce qui clochait, tout concordait, mais si Balfour avait décidé de tuer son compagnon en mettant en scène un accident, il ne s'y serait pas pris autrement.

Les témoins se succédaient et l'inspecteur continuait de gamberger. Il lança un coup d'œil en direction d'Esterhazy. Le lourdaud américain dans toute sa splendeur, à ceci près que le médecin n'était ni un lourdaud ni un imbécile. Ses diplômes pouvaient en témoigner, Balfour avait pris la peine de vérifier.

Ainslie poursuivit d'une voix sèche :

— Je l'ai déjà dit, le but de cette enquête est de déterminer s'il y a eu mort d'homme. À cet égard, les preuves dont nous disposons sont les suivantes : à en croire son témoignage, le docteur Esterhazy a tiré accidentellement sur Aloysius Pendergast ; selon ses dires, la blessure était mortelle et il a lui-même vu Pendergast s'enfoncer dans les sables mouvants. L'inspecteur Balfour et les autres témoins ont procédé aux investigations nécessaires sur le lieu de l'accident, il en ressort que les rares éléments retrouvés sur place concordent avec les affirmations du docteur Esterhazy. L'inspecteur affirme également que le corps et les effets personnels du disparu n'ont pu être retrouvés, ni dans le bourbier ni aux alentours. Le témoignage de l'inspecteur Balfour indique en outre que nulle trace de M. Pendergast n'a été découverte dans les villages voisins, et qu'aucun témoignage ne permet d'affirmer qu'il est vivant ou mort.

Il balaya du regard les membres de l'assistance.

— Deux possibilités s'ouvrent à nous à la lueur des faits : celle d'un homicide involontaire, et celle d'un verdict ouvert. L'homicide involontaire est considéré comme un crime, à ceci près que la préméditation est écartée. À l'inverse, un verdict ouvert sanctionne un cas dans lequel les causes et les circonstances de la mort n'ont pu être établies, sachant que la mort n'a pu être établie dans le cas présent.

Il marqua un temps d'arrêt en faisant peser un regard cynique sur son auditoire.

— En vertu des témoignages et des éléments présentés ce jour, je décide en conséquence de rendre un verdict ouvert.

— Monsieur le coroner ! s'exclama Balfour en jaillissant de son siège. Je proteste vivement contre un tel verdict.

Ainslie se tourna vers lui en fronçant les sourcils.

— Pour quelles raisons, inspecteur ?

— Eh bien..., commença Balfour en s'efforçant de rassembler ses esprits. Eh bien, quand bien même il ne s'agirait pas d'un meurtre, nous serions en présence d'un homicide par négligence méritant la qualification d'homicide involontaire. Le témoignage du docteur Esterhazy lui-même plaide dans ce sens. La négligence est clairement avérée, que la victime ait survécu ou non.

— Je vous donne raison sur ce point, le contra Ainslie, mais souvenez-vous que nous n'avons pas de corps, inspecteur. Nous disposons du témoignage d'un seul témoin oculaire, et rien ne nous permet d'établir avec certitude qu'il y a eu mort d'homme. Je n'ai donc pas d'autre choix que de rendre un verdict ouvert.

Balfour, debout, refusait de concéder sa défaite.

— Un verdict ouvert m'empêche de requérir la présence du docteur Esterhazy sur le sol écossais.

— Il vous reste la possibilité de demander le réexamen de cette décision par une cour divisionnaire.

Un murmure s'éleva de l'assemblée. Balfour, désarmé, jeta un coup d'œil rapide à Esterhazy.

— En l'absence de toute autre question, déclara Ainslie d'une voix sévère, l'enquête est close.

11

Inverkirkton

Le cycliste solitaire qui pédalait sur la petite route tortueuse ne cherchait pas à dissimuler sa peine. Son vélo noir à trois vitesses était muni d'un porte-bagages sur lequel étaient ficelés deux paniers de cuir. Juché sur une bicyclette noire, vêtu d'un blouson coupe-vent foncé et d'un pantalon de velours gris, l'homme composait un tableau monochromatique étrange au milieu des bruyères et des ajoncs écossais.

Au sommet de la colline, où quelques rochers usés dessinaient une rangée de crocs acérés dans le vert du paysage, la petite route s'arrêtait à un carrefour en T. Le cycliste descendit de sa machine, heureux que son effort soit terminé, et tira de sa veste une carte qu'il étala sur la selle afin de l'étudier longuement.

En dépit des apparences, Judson Esterhazy était tout sauf serein. Il avait perdu l'appétit et devait constamment repousser l'envie de regarder par-dessus son épaule. Il ne parvenait plus à trouver le sommeil, terrorisé à l'idée de revoir dans sa tête le visage de Pendergast, blessé à mort, le foudroyant de son regard implacable.

Pour la millième fois, il se reprocha amèrement d'avoir abandonné son beau-frère dans le Foulmire. Pourquoi n'avait-il donc pas attendu de le voir disparaître, englouti par les sables mouvants ? Il connaissait la réponse à sa question : à cause des yeux de son adversaire, ces yeux argentés qui le disséquaient avec la cruauté d'un scalpel. À l'instant de vérité, un moment de faiblesse aussi pathétique qu'inexcusable s'était emparé de lui. Esterhazy connaissait Pendergast, il savait à quel point il était roué. *Tu n'as pas idée, mais vraiment pas idée, du danger que représente Pendergast.* N'avait-il pas prononcé ces paroles lui-même six mois plus tôt ? *Ce type-là est aussi tenace que malin. Tu peux être certain qu'il devinera la vérité un jour ou l'autre. C'est un enquêteur de toute première force en temps ordinaire, et tu te doutes bien qu'il a toutes les raisons de se laisser pousser des ailes dans le cas présent.* Tous les plans d'Esterhazy se trouvaient brusquement réduits à néant. À moins que…

Le pire était encore de ne pas savoir.

Debout à côté du vélo, les chevilles caressées par une brise humide et froide, il tenta de se convaincre que la blessure était mortelle. Il ne voyait pas comment il pouvait en être autrement. Quand bien même Pendergast aurait trouvé le moyen d'échapper à la boue qui l'aspirait, on aurait découvert son corps lors des battues organisées dans les alentours. Selon toute probabilité, il était parvenu à s'extraire des sables mouvants avant de trouver la mort dans un bourbier voisin.

Ne pas en avoir la certitude le rendait fou. À moins de passer le reste de son existence dans l'angoisse et la peur, il lui fallait connaître la vérité.

Il avait quitté l'Écosse au lendemain de son audition par le coroner, s'efforçant de faire bonne figure, reconduit à Glasgow par un inspecteur Balfour qui ne cachait pas sa contrariété. Une semaine plus tard, il était de retour, les cheveux coupés ras et teints en noir, dissimulé derrière une paire de lunettes en écaille et une fausse moustache achetée chez un spécialiste. Au cas peu probable où il aurait croisé Balfour ou l'un de ses hommes, les chances qu'ils le reconnaissent étaient quasiment nulles. Esterhazy était devenu un touriste américain anonyme qui profitait de l'arrière-saison pour faire le tour des Highlands à vélo.

Plus de trois semaines s'étaient écoulées depuis le drame. La piste, s'il y en avait une, avait eu tout le temps de refroidir, mais il n'y pouvait rien. On l'avait tenu en étroite surveillance jusqu'à la tenue de la commission d'enquête et il était revenu dès qu'il l'avait pu, afin d'obtenir enfin la preuve que Pendergast n'avait pas réussi à sortir vivant du Mire. Sa tranquillité d'esprit était à ce prix.

Il reporta son attention sur la carte et se repéra par rapport au Beinn Dearg, au Foulmire, à Cairn Barrow. Il posa le doigt sur l'endroit précis où s'était déroulé l'affrontement et en examina les abords immédiats. Le village le plus proche était celui d'Inverkirkton, à cinq kilomètres de là. À l'exception de Kilchurn Lodge, il n'y avait aucune autre habitation à des lieues à la ronde. Si Pendergast n'était pas mort, il avait nécessairement trouvé refuge à Inverkirkton. Autant commencer par là.

Esterhazy replia sa carte, tourna ses regards vers la vallée où se nichait le petit village et remonta sur sa bicyclette. Quelques instants plus tard, il dévalait la pente, le soleil de l'après-midi dans le dos, imperméable au parfum de bruyère qui flottait dans l'air.

Inverkirkton se limitait à quelques jolies maisons bordant une rue en arc de cercle, auxquelles s'ajoutaient deux établissements incontournables en Écosse : un pub et une auberge. Il descendit de vélo devant cette dernière et posa son engin contre le mur badigeonné de blanc, puis il tira un mouchoir de sa poche et poussa la porte de l'établissement.

Le petit hall d'accueil était pimpant, avec ses photos encadrées d'Inverness et du Mull de Kintyre, quelques tartans et une carte de la région. Le lieu était désert, à l'exception du propriétaire des lieux, un personnage d'une soixantaine d'années occupé à lire le journal, debout derrière un comptoir de bois verni. Il posa sur son visiteur deux yeux bleus inquisiteurs. Esterhazy s'épongea longuement le visage et se moucha bruyamment. La nouvelle de l'accident de chasse était certainement parvenue jusqu'à ce hameau isolé, mais Esterhazy constata avec soulagement que l'homme ne le reconnaissait pas.

— Bon après-midi, l'accueillit le patron avec un accent rocailleux.

— Bon après-midi, répondit Esterhazy en feignant de reprendre son souffle.

— En vacances dans le coin ? demanda l'aubergiste en apercevant la roue avant de la bicyclette qui dépassait à travers la porte ouverte.

Esterhazy hocha la tête.

— J'aurais voulu prendre une chambre, si c'était possible.

— Bien sûr, m'sieur. À quel nom ?

— Edmund Draper, déclara Esterhazy en s'épongeant à nouveau le visage.

L'aubergiste s'empara d'un grand registre sur une étagère.

— Vous avez l'air fatigué, jeune homme.

Esterhazy acquiesça.

— Je suis venu à vélo de Fraserburgh.

Son interlocuteur se figea.

— De Fraserburgh ? Mais ça fait pas loin de soixante kilomètres à travers les montagnes.

— À qui le dites-vous. Je suis arrivé d'hier seulement, et j'ai bien peur d'avoir eu les yeux plus gros que le ventre. C'est dans mon caractère.

L'aubergiste secoua la tête.

— Au moins, vous dormirez bien ce soir. Feriez mieux de pas trop forcer demain.

— Je n'ai pas vraiment le choix, rétorqua l'autre en soufflant. Mais j'ai vu qu'il y avait un pub à côté. J'espère qu'on peut y dîner, au moins.

— Pour sûr, on y mange même bien. Sans vouloir vous commander, je vous conseille d'essayer le single malt du cru, le Glen…

L'homme se tut en voyant s'afficher sur le visage de son hôte une expression affligée.

— Ça ne va pas ? s'étonna-t-il.

— Je ne sais pas, répliqua Esterhazy d'une voix tendue. J'ai une douleur dans la poitrine, d'un seul coup.

Fronçant les sourcils, l'aubergiste se précipita et conduisit son client jusqu'au petit salon voisin où il l'aida à s'asseoir dans un fauteuil rembourré.

— La douleur me remonte jusque dans le bras… Ah, j'ai mal ! souffla Esterhazy en serrant les dents tout en s'agrippant la poitrine.

— Vous voulez boire quelque chose ? s'inquiéta l'aubergiste avec beaucoup de gentillesse.

— Non… Je crois que j'ai besoin d'un médecin. Vite…

À ces mots, il s'affaissa sur le fauteuil en fermant les yeux.

12

New York

L'allée conduisant à l'entrée principale du 891 Riverside Drive était infiniment plus accueillante que la première fois où D'Agosta l'avait remontée. Il l'avait connue jonchée de détritus à l'époque, les massifs d'ailantes et de sumac qui la bordaient à l'agonie, les ouvertures condamnées de la vieille demeure de style Beaux-Arts couvertes de tags après le passage des gangs du quartier. La propriété avait retrouvé tout son lustre depuis, les trois étages de l'impressionnante bâtisse étaient ravalés, le belvédère remis en état, mais l'ensemble conservait un air sinistre et vide.

D'Agosta ne savait pas très bien pourquoi il se trouvait là. Il avait tenté de se raisonner, de se convaincre qu'il cédait à la paranoïa et se comportait comme une vieille femme, mais la visite de Corrie Swanson l'avait ébranlé, au point de le décider à sonner à la porte de Pendergast.

Il s'accorda une minute pour reprendre son souffle. Il avait pris le métro jusqu'à la 137e Rue avant de diriger ses pas vers les eaux de l'Hudson, mais le trajet l'avait épuisé. Il détestait ces mois de convalescence interminables, cette cicatrice à la poitrine, la valve de porc qu'on lui avait greffée au cœur, la fatigue qui le privait de ses moyens. Unique note de réconfort, il avait initialement perdu du poids, mais le manque d'exercice voyait les kilos revenir au galop.

Il se résolut enfin à s'approcher de la lourde porte de chêne et saisit le marteau de cuivre qu'il laissa retomber.

Un épais silence lui répondit.

Une minute puis une autre s'écoulèrent. Rien. Il colla son oreille au battant, mais les murs étaient trop épais pour laisser filtrer le moindre son. Il frappa à nouveau. Depuis que Constance Greene avait été internée dans un asile, l'endroit était probablement désert. Il savait pourtant que Pendergast employait des gens de maison ici, comme dans son appartement du Dakota.

Le murmure d'une clé tournant dans une serrure bien huilée se fit entendre et la porte s'entrouvrit lentement. L'entrée était éclairée chichement, mais D'Agosta reconnut le visage de Proctor, le chauffeur de Pendergast qui occupait accessoirement les fonctions de maître d'hôtel. Les traits d'habitude impénétrables de Proctor affichaient cette fois une mine grave.

— Monsieur D'Agosta. Si vous voulez bien vous donner la peine d'entrer.

D'Agosta s'avança et Proctor verrouilla soigneusement la porte derrière lui.

— Puis-je vous proposer de me suivre dans la bibliothèque ? demanda-t-il.

D'Agosta lui emboîta le pas. Les deux hommes traversèrent l'immense hall et pénétrèrent dans un salon de réception au plafond bleu Wedgwood dont l'éclairage tamisé mettait en valeur des dizaines de vitrines au contenu hétéroclite.

— Pendergast est-il là ? s'enquit D'Agosta.

Proctor se retourna.

— Je suis au regret de vous répondre par la négative, monsieur.

— Où est-il ?

Le masque du chauffeur se voila brièvement.

— Il est mort, monsieur.

D'Agosta fut pris de tournis.

— Mort ? Mais comment ?

— Il participait à une partie de chasse en Écosse. En compagnie du docteur Esterhazy.

— Judson Esterhazy ? Son beau-frère ?

— Il a été victime d'un accident sur une lande, à l'occasion d'une chasse au cerf. M. Aloysius a été abattu par le docteur Esterhazy avant de disparaître dans une mare de sables mouvants.

Impossible. D'Agosta avait dû mal entendre.

— Qu'est-ce que vous me chantez là ?

— L'accident s'est produit il y a plus de trois semaines.

— Et l'enterrement ? Où se trouve Esterhazy ? Pourquoi ne m'avez-vous pas averti ?

— Il n'y avait pas de corps, monsieur. Quant au docteur Esterhazy, il a disparu.

— Mon Dieu ! Vous êtes en train de me dire qu'Esterhazy a tiré sur Pendergast accidentellement, que le corps n'a pas été retrouvé, et qu'Esterhazy s'est évanoui dans la nature ?

D'Agosta n'aurait pas dû crier, mais il n'en avait cure. Le visage de Proctor ne laissait filtrer aucune émotion.

— La police locale a procédé à de longues recherches, le marais a été dragué, sans résultat. Le corps n'a pas été retrouvé.

— Si c'est le cas, comment pouvez-vous affirmer qu'il est mort ?

— C'est ce qui ressort du témoignage du docteur Esterhazy lors de l'enquête. Il a expliqué l'avoir atteint à la poitrine avant de le voir s'enfoncer au milieu des sables mouvants.

D'Agosta avait du mal à respirer.

— Esterhazy vous l'a raconté lui-même ?

— Je l'ai appris par un appel téléphonique de l'inspecteur de police chargé de l'enquête. Il souhaitait me poser des questions au sujet de M. Aloysius.

— Personne d'autre ne vous a contacté ?

— Personne, monsieur.

— Où l'accident s'est-il produit, exactement ?

— Au relais de chasse de Kilchurn Lodge, dans la région des Highlands, en Écosse.

D'Agosta serra les mâchoires.

— Mais enfin, on ne disparaît pas comme ça ! Cette histoire ne tient pas debout.

— Croyez bien que je suis désolé, monsieur. Je ne sais rien d'autre.

D'Agosta, tout tremblant, prit longuement sa respiration.

— Seigneur ! Très bien. Merci, Proctor. Je suis désolé de vous avoir parlé sur ce ton. L'émotion.

— Je comprends, monsieur. Puis-je me permettre de vous servir un verre de sherry dans la bibliothèque avant que vous ne repartiez ?

— Vous plaisantez ? Je n'ai pas l'intention de rester les bras croisés.

Proctor posa sur lui un regard inquisiteur.

— Comment comptez-vous agir, monsieur ?

— Je ne sais pas encore, mais vous pouvez être sûr que je vais me remuer le cul.

13

Inverkirkton

Judson Esterhazy, installé au bar fatigué du Half Moon Pub, éclusait une pinte de Guinness. Le pub, à l'aune du village, était minuscule : trois tabourets, quatre box aménagés le long des murs de la pièce. L'Américain était seul avec MacFlecknoe, le barman, mais il n'était pas encore 17 heures et le lieu ne tarderait pas à se remplir.

Il vida son verre et MacFlecknoe se précipita.

— Je vous en sers une autre, monsieur ?

Esterhazy feignit d'hésiter.

— Pourquoi pas ? dit-il enfin. Je ne pense pas que le docteur Roscommon y trouve à redire.

Le barman ricana.

— Ce sera notre petit secret.

À cet instant, la silhouette du médecin du village apparut de l'autre côté de la vitre du pub. Esterhazy le vit remonter la rue d'un pas vif et s'arrêter devant son cabinet dont il déverrouilla la porte d'un mouvement de poignet avant de disparaître à l'intérieur du bâtiment.

Lorsqu'il avait simulé une crise cardiaque la veille, Esterhazy s'était amusé à imaginer son confrère sous les traits d'un personnage rougeaud et bourru, costaud malgré son âge, plus habitué à traiter les vaches et les chevaux malades que les gens. Il n'aurait pas pu se tromper davantage. Roscommon, la quarantaine, était mince avec des yeux vifs et un visage intelligent. Il avait procédé à l'examen de son patient avec des gestes précis et un professionnalisme qui avaient impressionné Esterhazy. Après s'être assuré que ce dernier ne souffrait d'aucune affection sérieuse, Roscommon lui avait prescrit quelques jours de repos. Le diagnostic et le remède convenaient idéalement à Esterhazy qui disposait désormais d'un excellent prétexte pour séjourner dans le village, avec l'espoir de s'attirer les bonnes grâces de son confrère afin de lui soutirer des renseignements. Si Pendergast avait réussi à échapper aux sables mouvants, Roscommon serait la première personne à laquelle il se serait adressé.

L'affaire n'était pas gagnée car Roscommon était l'archétype de l'Écossais réservé. Restait à savoir s'il était discret de nature ou s'il cachait bien son jeu. Tout en dégustant la Guinness fraîche, Esterhazy se demanda ce qu'un homme tel que Roscommon pouvait trouver à un patelin tel qu'Inverkirkton. Son cursus médical lui aurait permis d'ouvrir un cabinet nettement plus lucratif en ville.

La porte s'écarta et Jennie Prothero pénétra dans le pub dont Esterhazy connaissait déjà les habitués. Mme Prothero tenait la boutique de souvenirs du village et acceptait des lessives afin d'arrondir ses fins de mois. C'était une femme ronde et avenante, dotée d'un visage couleur écrevisse. La météo de cette journée d'octobre avait beau être clémente, elle avait le cou emmitouflé dans une épaisse écharpe de laine.

— Hello, Paulie, apostropha-t-elle le patron du pub en prenant place sur l'un des tabourets avec toute la grâce à laquelle l'autorisaient ses cent kilos.

— … ’jour Jennie, répondit MacFlecknoe en essuyant le bar devant elle avant de lui servir d’autorité une pinte de brune qu’il déposa sur un sous-verre.

La femme se tourna vers Esterhazy.

— Comment ça va aujourd’hui, monsieur Draper ?

Esterhazy lui adressa un sourire.

— Beaucoup mieux, je vous remercie. Je me suis froissé un muscle, apparemment.

Elle acquiesça d’un air entendu.

— Ravie de l’entendre.

— C’est grâce au docteur Roscommon.

— Un bon médecin, approuva le patron. On a une sacrée chance de l’avoir.

— On dirait.

MacFlecknoe hocha la tête.

— Franchement, je me demande comment il tient encore dans un village aussi petit, remarqua Esterhazy.

— Faut dire que c’est le seul toubib à trente kilomètres à la ronde, expliqua Prothero. Depuis que le vieux Crastner a cassé sa pipe le printemps dernier, en tout cas.

— Il a beaucoup de patients ? s’enquit Esterhazy en buvant nonchalamment une gorgée de bière.

— Pour ça, oui, répondit MacFlecknoe. Il est sollicité nuit et jour.

— Nuit et jour ? C’est étonnant. Je veux dire, pour un médecin de campagne.

— Faut pas croire, y a des urgences ici comme partout, répliqua le patron en montrant de la tête le cabinet du médecin, de l’autre côté de la rue. La lumière reste parfois allumée chez lui bien après minuit.

— Pas possible, s’étonna Esterhazy. C’est arrivé récemment ?

MacFlecknoe prit le temps de réfléchir.

— Oui, il y a peut-être trois semaines. Ou même un peu plus. Je sais plus très bien. C’est pas tout le temps.

Je me souviens de cette fois-là parce qu'il a pris sa voiture deux fois de suite. Tard. Après 21 heures.

— Ça devait être la pauvre Mme Bloor, suggéra Prothero. Elle va pas très fort, ces temps-ci.

— Non, je l'ai pas vu partir du côté de Hithe, la corrigea le patron. Il s'est dirigé de l'autre côté.

— De l'autre côté ? Y a rien par là-bas, à part le Mire.

— Peut-être que quelqu'un était malade au relais de chasse, répondit MacFlecknoe.

La femme porta la pinte à ses lèvres.

— Maintenant que t'en parles, le docteur m'a donné pas mal de linge à laver à ce moment-là. Du linge plein de sang.

— Vraiment ? s'étonna Esterhazy en sentant son cœur s'emballer. Quel genre de linge ?

— Comme d'habitude. Des pansements et des draps.

— C'est normal, Jennie, intervint le patron. Les paysans du coin ont souvent des accidents.

— C'est juste, approuva Esterhazy, l'air songeur. Mais rarement en pleine nuit.

— Qu'est-ce que vous dites, monsieur Draper ? demanda Jennie Prothero.

— Rien, rien, répliqua Esterhazy en éclusant le fond de sa pinte.

— Une autre ? proposa le patron.

— Non merci. Mais laissez-moi vous offrir une tournée, à vous et à Mme Prothero.

— Avec grand plaisir, m'sieur. Et mille mercis.

Esterhazy hocha la tête distraitement, trop occupé à observer la façade du cabinet médical, de l'autre côté de la rue.

14

Malfourche, Mississippi

Ned Betterton se gara devant la vitrine crasseuse de l'Idéal Café, pénétra dans l'établissement où régnait une forte odeur d'oignon et de bacon, et commanda un café léger. L'Idéal était un lieu minable, ce qui n'avait rien de surprenant dans un patelin aussi misérable que Malfourche, lourdement touché par l'exode rural. Les jeunes quittaient le village à la première occasion, bien décidés à laisser derrière eux les losers du cru afin de tenter leur chance en ville. En l'espace de quatre générations, cette foutue bourgade s'était transformée en ville fantôme. Ned connaissait la chanson, lui-même avait grandi dans un trou, mais il avait eu le tort de ne pas fuir assez loin. Non, ne n'était pas exactement ça : il avait eu le tort de fuir n'importe où et de se retrouver bloqué dans un cul-de-sac.

Le café était potable, ce qui n'était pas si mal, et le troquet lui rappelait celui du bourg où il avait grandi. Il devait avouer qu'il avait un faible pour les rades pourris, avec des serveuses obèses qui gueulaient en passant la commande, une tripotée de routiers accoudés au bar, des hamburgers graisseux et du kawa bien fort.

Ned était le premier de la famille à sortir du lycée avec un diplôme, sans parler de ses années de fac. Petit et sec, il avait été élevé par sa mère, rien qu'eux deux, son paternel s'étant retrouvé en prison pour avoir cambriolé une usine Coca-Cola. Il avait pris vingt ans, à cause d'un putain de procureur carriériste et d'un juge pas commode. Son père était mort en taule d'un cancer, mais Betterton savait bien que c'était le désespoir le vrai responsable. Et la mort de son père avait tué sa mère.

Betterton avait retenu de cette expérience douloureuse que tous les représentants de l'autorité étaient, par définition, des salopards, des profiteurs et des menteurs. Cette constatation l'avait poussé sur la voie du journalisme, avec l'idée qu'une carrière dans la presse lui permettrait de combattre ses ennemis à armes égales. Seule ombre au tableau, son diplôme en communication, obtenu dans une petite université publique, ne lui avait valu qu'un poste au *Bourdon d'Ezerville* où il végétait depuis maintenant cinq ans, attendant son heure pour percer dans un canard digne de ce nom. *Le Bourdon* n'avait de journal que le nom et se contentait de balancer de la pub aux habitants du coin. Un gratuit que l'on trouvait par piles entières dans les stations-service et les supermarchés des environs. Le propriétaire, éditeur et rédacteur en chef du journal, Zeke Kranston, craignait avant tout de heurter la sensibilité de ses annonceurs potentiels, et sa politique se résumait à trois consignes simples : pas d'enquêtes, pas de révélations sulfureuses, pas de politique. « Notre boulot, c'est de vendre de la pub, répétait-il à l'envi en mâchonnant le cure-dent baveux collé à sa lèvre inférieure. Pas la peine de chercher le prochain Watergate, ça servirait qu'à nous mettre à dos les lecteurs. Et nos clients. » En conséquence, le press-book de Betterton se limitait à des annonces de services, des chiens écrasés, des comptes-rendus de kermesses paroissiales, de tournois sportifs scolaires et de réunions de quartier. Pas étonnant qu'aucun journal ne s'intéresse à lui.

Betterton secoua la tête. Pas question de foutre sa vie en l'air en restant à Ezerville, seul un scoop pouvait le sauver de la faillite professionnelle. N'importe quel scoop : un meurtre, un sujet de société, des Martiens armés de fusils à rayon laser. Un vrai sujet.

Il vida son gobelet de café et retrouva le soleil de la rue. Une brise tiède et nauséabonde montait des marais du Black Brake. Betterton remonta dans sa voiture et tourna la clé de contact en mettant la clim à fond, prenant le temps de réfléchir avant de démarrer. Non sans difficultés, il avait convaincu Kranston de l'autoriser à effectuer ce reportage à grands coups de promesses. Un fait divers pour le moins étrange qui pourrait bien lui fournir son premier article d'importance. Une occasion aussi belle ne se représenterait pas de sitôt.

Installé au volant dans la voiture dont l'air surchauffé se rafraîchissait lentement, il révisait dans sa tête les questions qu'il avait longuement préparées, cherchant à anticiper les objections qu'on ne manquerait pas de lui opposer. Cinq minutes plus tard, il était prêt. Il passa un dernier coup de peigne dans ses cheveux raides et s'épongea le front, sortit le plan Internet qu'il avait pris la précaution d'imprimer, démarra, exécuta un demi-tour et remonta la Grand-Rue en sens inverse.

Ned s'était toujours montré attentif aux rumeurs qui circulaient, quel que soit leur degré d'importance. Depuis quelque temps, on parlait beaucoup dans le coin de ce couple mystérieux, disparu des années auparavant sur fond de suicide, qui avait resurgi sans crier gare quelques mois plus tôt. Une visite au commissariat local lui avait confirmé que la rumeur était fondée, mais le rapport de police, pour le moins succinct, soulevait davantage de questions qu'il n'en réglait.

Il jeta un coup d'œil au plan, reporta son attention sur les rangées de masures alignées des deux côtés d'une rue parcourue de nids-de-poule et repéra rapidement ce qu'il cherchait : un pavillon ripoliné de blanc, entouré de magnolias.

Il se rangea le long du trottoir, coupa le moteur et prit une dernière fois le temps de rassembler ses pensées, puis il descendit de voiture, ajusta le revers de sa veste et se dirigea vers la porte d'un pas décidé. Faute de sonnette, il se contenta du heurtoir qu'il laissa retomber avec autorité.

L'écho se répercuta à l'intérieur de la maison sans que rien se passe. Betterton allait insister lorsqu'il entendit un bruit de pas. La porte s'écarta et une femme élancée parut sur le seuil.

— Oui ?

Betterton s'attendait à tout sauf à découvrir une femme aussi belle. Plus très jeune, c'est vrai, mais d'une beauté à couper le souffle.

— Madame Brodie ? June Brodie ?

La femme le détailla de la tête aux pieds de son regard d'un bleu froid.

— C'est moi.

— Je m'appelle Betterton et je travaille pour *Le Bourdon d'Ezerville*. Pourriez-vous m'accorder quelques minutes ?

— June ? Qui est là ? s'éleva une voix aiguë d'homme à l'intérieur de la maison.

Super. Ils sont là tous les deux.

— Nous n'avons rien à déclarer à la presse, répliqua June Brodie en reculant, prête à refermer la porte.

Betterton glissa dans l'entrebâillement le pied de la dernière chance.

— Je vous en prie, madame Brodie. Je connais déjà plus ou moins la situation. J'ai consulté les registres de police, qui sont ouverts au public. Je vais consacrer un article à votre histoire de toute façon, mais je pensais que vous souhaiteriez me donner votre version des faits.

Elle l'examina longuement de ses yeux intelligents.

— De quelle histoire parlez-vous ?

— De la façon dont vous avez mis en scène votre suicide avant de disparaître sans laisser de traces pendant douze ans.

Un court silence accueillit la réponse du journaliste.

— June ?

La même voix masculine.

Mme Brodie écarta le battant et s'effaça.

Betterton pénétra dans la maison précipitamment avant qu'elle se ravise. Devant lui s'ouvrait un salon bien rangé aux odeurs de naphtaline et d'encaustique. La pièce était meublée simplement d'un canapé, de deux fauteuils, d'une table basse et d'un tapis persan.

Un petit homme frêle au teint pâle apparut au détour du couloir, tenant une assiette d'une main et un torchon de l'autre.

— Qui était... ?

Il s'arrêta en découvrant le visiteur.

— Je te présente M. Betterton, qui est journaliste.

Le petit homme regarda alternativement sa femme et Betterton, à qui il réserva aussitôt une mine hostile.

— Qu'est-ce qu'il veut ?

— Il souhaite consacrer un article à notre retour.

Elle s'exprimait avec une pointe d'ironie, ou peut-être de mépris, qui mit Betterton légèrement mal à l'aise.

Brodie déposa délicatement l'assiette sur la table basse. Il était aussi mal fagoté que sa femme était élégante.

— Vous êtes Carlton Brodie ? lui demanda Betterton.

L'homme acquiesça.

— Pourquoi ne pas nous dire ce que vous savez, ou plutôt ce que vous croyez savoir ? s'enquit June.

Elle avait soigneusement veillé à ne pas proposer un siège ou un rafraîchissement à son visiteur.

Betterton s'humecta les lèvres.

— Je sais que votre véhicule a été retrouvé sur le pont Archer, il y a douze ans, avec un petit mot sur lequel était écrit : « Je n'en peux plus. Tout est ma faute. Pardonnez-moi. » Les secours ont dragué les eaux du fleuve sans retrouver de corps. Quelques semaines plus tard, la police s'est rendue chez votre mari, Carlton, et s'est aperçue qu'il avait quitté le domicile conjugal sans laisser d'adresse. Plus personne n'a entendu parler de vous par la suite, jusqu'à ce que vous refassiez brusquement surface ici il y a quelques mois.

— Voilà qui résume assez bien la situation, réagit June Brodie. Mais je ne vois pas là matière à un article.

— Bien au contraire, madame Brodie. Il s'agit d'une histoire vraiment extraordinaire et je suis prêt à parier que les lecteurs du *Bourdon* seront de mon avis. Quelle raison pouvait avoir une femme d'agir de la sorte ? À quoi s'est-elle occupée pendant toutes ces années ? Et pourquoi revenir ici comme si de rien n'était, douze ans plus tard ?

June Brodie fronça les sourcils dans un silence glacial.

Le premier, Carlton Brodie rompit le charme.

— Écoutez, jeune homme, soupira-t-il. J'ai bien peur que notre histoire ne soit pas aussi intéressante qu'il y paraît.

— Ne réponds pas à ses questions, Carlton, lui intima Mme Brodie.

— Au contraire, ma chérie. Le mieux est encore de tout dire une bonne fois pour toutes. Ne pas répondre ne ferait qu'attirer plus encore l'attention de la presse.

Il se tourna vers Betterton.

— Notre couple traversait une mauvaise passe.

Le journaliste hocha la tête.

— Tout allait mal, enchaîna Brodie. Sur ces entrefaites, l'employeur de June est mort dans un incendie, les Laboratoires Longitude ont fait faillite et elle a perdu son travail. La situation l'a rendue à moitié folle, elle voulait tout quitter. Moi aussi. Ce n'était peut-être pas une bonne idée de mettre en scène un faux suicide, mais c'était le seul moyen qui s'offrait à nous à l'époque. Je l'ai rejointe par la suite, nous avons beaucoup voyagé. Un soir où nous nous trouvions dans une maison d'hôtes, nous sommes tombés amoureux de la maison. Elle était à vendre, nous l'avons achetée et nous l'avons tenue pendant plusieurs années. Et puis, le temps aidant, nous n'avions plus les mêmes angoisses et nous avons décidé de rentrer. C'est tout.

— C'est tout, répéta Betterton d'une voix sourde.

— Si vous êtes allé au commissariat, vous savez déjà que la police a mené une enquête. Les faits remontaient à longtemps, nous n'avions pas enfreint la loi, il n'y avait pas d'escroquerie à l'assurance, pas de dettes, nous n'avions rien à nous reprocher. Nous aspirons simplement à vivre ici en paix.

Betterton digéra les informations qu'il venait de recueillir. Le rapport de police mentionnait bien l'existence d'une maison d'hôtes, sans plus de détails.

— Où se trouvait votre hôtel ?

— Au Mexique.

— Dans quelle région ?

Légère hésitation.

— À San Miguel de Allende. Nous sommes tombés amoureux de l'endroit le jour de notre arrivée. Une petite ville de peintres dans les montagnes mexicaines.

— Comment s'appelait votre maison d'hôtes ?

— La Casa Magnolia. Un lieu magnifique, à quelques pas du Mercado de Artesanias.

Betterton prit longuement sa respiration. Il n'avait plus d'autre question et la franchise de son interlocuteur ne lui laissait pas espérer de piste prometteuse.

— Très bien, je vous remercie de votre confiance.

Brodie opina en reprenant l'assiette et le torchon.

— M'autorisez-vous à vous rappeler, au cas où j'aurais d'autres questions ?

— En aucun cas, répliqua June Brodie d'une voix sèche. Bonne journée à vous.

Betterton regagna sa voiture d'un pas allègre. Il tenait quand même un bon papier. Pas le scoop du siècle, mais une histoire sortant de l'ordinaire, susceptible d'attirer l'œil du lecteur. Et d'enrichir son press-book. Avec un peu de chance, les agences reprendraient l'info.

— Ned, mon petit vieux, murmura-t-il à voix haute en ouvrant la portière de l'auto. D'accord, ce n'est pas le Watergate, mais tu tiens peut-être ton aller simple pour une vraie carrière de journaliste.

June Brodie, debout à la fenêtre, regarda la voiture disparaître d'un air impassible, puis elle se tourna vers son mari.

— Tu crois qu'il a mordu à l'hameçon ?

— La police nous a bien crus, laissa tomber Carlton en achevant de sécher son assiette.

— Nous n'avions pas le choix. L'ennui, c'est que notre histoire risque fort de devenir publique.

— Elle l'était déjà.

— Elle n'avait pas encore été publiée dans un journal, tout de même.

Brodie émit un ricanement.

— Tu accordes beaucoup d'importance au *Bourdon d'Ezerville*.

Il s'arrêta net, surpris par l'expression qu'il découvrait sur les traits de sa femme.

— Que se passe-t-il ?

— Tu te souviens de ce que Charles nous avait dit ? Tu sais à quel point il avait peur ? « Nous devons rester cachés. » Il le répétait à tout bout de champ. « Il faut à tout prix préserver notre anonymat. Ils ne doivent pas savoir que nous sommes en vie, sinon ils viendront nous chercher. »

— Et alors ?

— Et alors, s'ils tombaient sur cet article ?

Brodie ricana de plus belle.

— June, je t'en prie. Ces élucubrations n'existaient que dans la tête de Slade, un vieux fou complètement paranoïaque. Crois-moi, c'était ce qu'il y avait de mieux à faire. Raconter notre histoire une bonne fois pour toutes afin de couper court aux rumeurs.

Sur ces mots, il regagna la cuisine, son torchon à la main.

15

Cairn Barrow

Dans sa Ford de location, D'Agosta contemplait tristement le paysage. Il avait garé le véhicule sur un point haut qui lui permettait de mesurer l'infini brumeux de la lande d'un vert morne étendue à ses pieds. Avec la chance qui le caractérisait depuis quelque temps, il voyait mal comment il parviendrait un jour à en percer le secret.

Il ne s'était jamais senti aussi las de toute son existence. Aujourd'hui encore, sept mois après l'attentat, sa blessure continuait de l'handicaper. Il ne pouvait escalader des marches ou traverser un hall d'aéroport sans être essoufflé. Ces trois derniers jours en Écosse avaient été pénibles physiquement. Grâce à la gentillesse de l'inspecteur-chef Balfour, il avait pu consulter l'ensemble des documents pertinents – dépositions, comptes-rendus d'interrogatoires et autres rapports d'enquête. Il s'était rendu sur le lieu de l'accident, s'était entretenu avec le personnel de Kilchurn Lodge, avait exploré les fermes, les granges, les cabanes en pierre, les marais, les vallons et les collines à quarante kilomètres à la ronde, sans succès, et il en ressortait épuisé.

Le climat pluvieux et froid ne lui avait pas facilité la tâche. Il avait toujours entendu dire que les îles Britanniques étaient humides, c'est vrai, mais c'était pire que tout ce qu'il avait pu imaginer. C'est simple, il n'avait pas vu le soleil depuis son départ de New York. La nourriture était infecte, pas un plat de pâtes à se mettre sous la dent. Le soir de son arrivée, on l'avait convaincu de tester la spécialité locale, le haggis, et son système digestif ne s'en était pas remis. Kilchurn Lodge ne manquait pas de charme, mais le relais de chasse était traversé de courants d'air et le froid le pénétrait jusqu'à la moelle des os, ravivant sa blessure.

Il soupira en regardant une nouvelle fois la lande. La perspective de parcourir ces étendues désertiques ne l'enchantait guère. La veille au soir, en éclusant un verre au pub, on lui avait parlé d'un vieux couple qui vivait dans le Mire, pas très loin des marais d'Inish. L'homme et la femme, complètement toqués pour certains, gentiment sonnés pour d'autres, élevaient des moutons et faisaient pousser leurs légumes. On les apercevait rarement en ville et leur maison n'était accessible que par un sentier balisé par des cairns. Un cottage de pierres sèches à l'écart du monde, à vingt kilomètres du lieu de l'accident de chasse. D'Agosta ne voyait pas comment Pendergast aurait pu parcourir une telle distance après avoir reçu une balle en pleine poitrine, mais il n'en souhaitait pas moins vérifier cette ultime piste avant de regagner New York. Il le devait à leur amitié.

Il consulta une dernière fois la carte d'état-major qu'il s'était procurée, la replia et la fourra dans sa poche. Autant ne pas traîner, le ciel était bas et des nuages menaçants s'accumulaient vers l'ouest. Après une dernière hésitation, il ouvrit la portière et descendit de la Ford en grimaçant sous l'effort, puis il serra son imperméable autour de ses épaules et s'élança sur la lande.

Le sentier était bien visible, un sillon de petits cailloux serpentant entre les touffes d'herbe et les taches de bruyère, et il ne tarda pas à découvrir le premier cairn. Contrairement à ses attentes, il ne s'agissait pas d'un empilement de pierres, mais d'une dalle de granit enfoncée verticalement dans le sol. En s'approchant, il déchiffra une inscription gravée à même la pierre :

Glims Holm
4 miles

Il s'agissait bien du nom qu'on lui avait signalé au pub et il poussa un grognement de satisfaction. *Four miles*. Un peu plus de six kilomètres, c'est-à-dire deux heures s'il prenait son temps. Il s'élança sur le sentier en faisant crisser la semelle des chaussures de randonnée achetées avant son départ. Le vent froid lui cinglait le visage, mais il était bien emmitouflé et disposait de sept heures de jour devant lui.

Le sentier traversait le Mire en terrain solide pendant les deux premiers kilomètres. D'Agosta aspirait l'air à pleins poumons, heureux de constater que ses pérégrinations récentes lui avaient redonné de l'énergie, malgré la fatigue et sa blessure. De longues dalles granitiques rythmaient sa marche, de loin en loin.

À mesure qu'il s'enfonçait dans le Mire, le sentier disparaissait peu à peu sous la végétation et seules les stèles permettaient encore à D'Agosta de trouver son chemin. Il marquait un arrêt à chacune d'elles, prenait le temps de fouiller le paysage des yeux afin de repérer la suivante, et repartait. Le terrain, relativement plat et dégagé au début, laissait progressivement place à des creux et des buttes qui entravaient sa marche.

Aux alentours de 11 heures, le sentier se dirigea en pente douce vers des terres nettement plus marécageuses. À en croire la carte, la ligne sombre qui marquait l'horizon sur sa droite signalait les limites des marais d'Inish. Le vent était tombé et des lambeaux de brume s'élevaient au-dessus des tourbières sous un ciel chargé de nuées sombres.

Putain, pensa D'Agosta en levant les yeux. Et voilà que cette vacherie de crachin écossais recommençait à tomber.

Il s'entêta malgré tout.

Soudain, une bourrasque d'une violence inouïe chassa la pluie fine, qu'il entendit venir avant d'en ressentir les effets. Un grondement sourd qui survolait la lande en aplatissant sur son passage les massifs de bruyère, et qui fondit sur lui en plaquant son imperméable sur son torse, manquant d'emporter son chapeau. Les premières gouttes d'une pluie épaisse s'abattirent sur le sol. Le brouillard qui s'était accumulé dans le creux des vallons donna l'impression de jaillir de la terre en formant d'épais nuages qui parcouraient le paysage. À moins que le ciel plombé n'ait soudainement choisi de se poser au ras du sol.

D'Agosta regarda sa montre. Il était presque midi.

Il se posa sur un rocher afin de souffler. Plus aucune indication ne signalait la direction de Glims Holm, mais il estima la distance parcourue à près de cinq kilomètres. Encore un. Il fouilla l'horizon des yeux sans rien distinguer qui puisse s'apparenter à la silhouette d'une maison. Un nouveau coup de vent le bouscula sur son rocher tandis que les rafales de pluie redoublaient.

Vacherie de merde.

Il se leva pesamment et consulta la carte, conscient qu'elle ne lui était pas d'une grande utilité, faute de repères précis.

Quelle idée d'aller s'enterrer dans un trou pareil. Ces gens-là n'étaient pas « gentiment sonnés », ils étaient complètement fondus, oui. Quelle mouche l'avait piqué de se lancer dans une démarche aussi vaine ? Jamais Pendergast n'aurait trouvé la force de se réfugier si loin.

La pluie continuait de tomber à verse, le ciel était de plus en plus sombre. D'Agosta aurait pu s'imaginer que la nuit allait tomber s'il n'avait pas su l'heure qu'il était. Le sentier zigzaguait au milieu des tourbières et D'Agosta était parfois contraint de traverser des zones marécageuses sur des gués de rondins ou de pierres plates. Entre la brume, la pluie et le noir du ciel, il devenait de plus en plus ardu de repérer les cairns, l'obligeant à écarquiller longtemps des yeux avant d'apercevoir le suivant.

Encore combien de temps ? Il consulta sa montre : 12 h 30. Il marchait depuis deux heures et demie, il aurait dû apercevoir le cottage mais il ne voyait rien, à l'exception de la lande d'un gris terne qui émergeait ici et là du brouillard.

Vivement ce foutu cottage. En espérant y trouver un bon feu et du café brûlant, ou même du thé. Il commençait à ressentir les effets du froid à mesure que l'eau s'immisçait à travers ses vêtements. Il avait eu tort de se lancer dans une aventure pareille. À la douleur lancinante de sa blessure se mêlaient à présent des crampes à la jambe. Il hésita à s'arrêter pour se reposer avant de renoncer en se convainquant qu'il était près du but. Une halte supplémentaire risquait d'attiser le froid et les courbatures.

Il s'immobilisa en voyant le sentier se terminer au bord d'une mare boueuse. Il chercha des yeux un cairn susceptible de lui indiquer un itinéraire de contournement et ne vit rien. Bon sang, il aurait dû se montrer plus attentif. Il se retourna et constata que ce qu'il avait pris pour le sentier n'était qu'une simple bande de terre. Il revint sur ses pas et s'arrêta presque aussitôt en découvrant un embranchement. Il se pencha avec l'espoir de lire l'empreinte de ses semelles dans la terre, mais la pluie s'était chargée d'effacer ses traces. Il se redressa et scruta l'horizon, à la recherche d'une stèle de granit, sans rien voir d'autre que des écharpes de brume et des marécages.

Il calma son inquiétude en prenant longuement sa respiration. Les cairns étaient espacés entre eux de quelques centaines de mètres tout au plus, le précédent ne pouvait donc se trouver loin. Surtout ne pas perdre son calme. Il lui suffisait de remonter la piste lentement jusqu'à cette vacherie de cairn précédent.

Il opta pour la branche de droite à la patte-d'oie. Il avançait lentement en s'arrêtant régulièrement afin de chercher le cairn des yeux. Il avait parcouru une cinquantaine de mètres lorsqu'il comprit qu'il s'était trompé de route. Pas de panique, il lui suffisait d'emprunter l'autre sentier à l'embranchement. Il effectua un demi-tour et parcourut une distance équivalente, sans retrouver la patte-d'oie. Il poursuivit son chemin en pensant avoir mal évalué la distance, mais le chemin finissait en cul-de-sac au bord d'un bourbier.

Il s'obligea à contrôler sa respiration. Cette fois, il était perdu. Pas *complètement* perdu, pourtant. Le dernier cairn ne pouvait pas se trouver à plus de cent ou deux cents mètres, il lui suffisait de bien ouvrir les yeux. Pas question de continuer tant qu'il n'aurait pas retrouvé ses repères.

La pluie redoubla sous les assauts du vent et un filet d'eau glacée lui coula le long du dos. Refusant de s'écouter, il fit le point. Il se trouvait au creux d'un repli de terrain, mais il voyait à plus d'un kilomètre à la ronde, malgré la brume. Il tira machinalement la carte de sa poche avant de la remiser. À quoi bon ? Il était furieux contre lui-même de n'avoir pas emporté de boussole. Il regarda sa montre pour la énième fois : 13 h 30. Encore trois heures avant la nuit.

— Bon Dieu ! s'énerva-t-il à voix haute. *Bon Dieu !* répéta-t-il en criant dans le désert qui l'entourait.

Il se sentait déjà mieux. Il choisit un point à l'horizon à partir duquel chercher le cairn. Là ! Une barre verticale dans la brume déchirée.

Il se dirigea vers la stèle en sautillant d'un carré de terre à un autre, mais les mares de boue semblaient décidées à le cerner. Il devait constamment rebrousser chemin et tenter sa chance d'un autre côté, jusqu'à ce qu'il se retrouve coincé sur un îlot aux contours tarabiscotés, en plein milieu des marécages. Et ce putain de cairn qui le narguait à moins de deux cents mètres.

Il s'engagea le long des sables mouvants en direction d'une bande de boue étroite qu'il lui suffisait de traverser pour atteindre une piste sablonneuse conduisant au cairn. Soulagé, il se mit en quête d'un moyen de traverser la mare. À force de chercher, il finit par découvrir quelques îlots de terre ferme émergeant de la boue, suffisamment rapprochés les uns des autres pour lui permettre de franchir l'obstacle. Il prit son souffle, s'aventura prudemment sur le premier îlot dont il éprouva la stabilité d'un pied avant de ramener l'autre, et procéda de la même façon avec les suivants, sautant de butte en butte au-dessus de la boue noirâtre qui exhalait régulièrement des bulles de gaz provoquées par les vibrations de ses sauts.

Il y était presque, il ne lui restait plus qu'à franchir un dernier espace plus large. Il avança une jambe, donna une poussée de l'autre... et perdit l'équilibre. Il poussa instinctivement un cri, tenta d'atteindre le côté opposé en profitant de son élan, mais la distance était trop importante et il s'étala bruyamment dans le bourbier.

Un vent de panique souffla sur lui lorsqu'il sentit la boue se refermer autour de ses cuisses. Affolé, il tenta de dégager une jambe, mais plus il se débattait, plus la boue glacée l'aspirait dans un déferlement de bulles qui éclataient à la surface autour de lui en laissant échapper des vapeurs délétères.

— À l'aide ! hurla-t-il, conscient de l'inanité de ses cris. Au secours !

La boue lui arrivait à la ceinture et il enfonça instinctivement les bras dans le cloaque en voulant s'en extraire avant de comprendre qu'il en était à présent totalement prisonnier. Il se débattit furieusement, libéra même l'une de ses mains, mais il pataugeait dans la boue poisseuse avec l'impuissance d'une mouche engluée dans du miel.

— Pour l'amour du ciel, aidez-moi !

L'écho de sa voix se perdit dans les brumes de la lande déserte.

Arrête de gesticuler, espèce de triple idiot, lui intimait la partie de son cerveau qui conservait un semblant de bon sens. Chaque nouveau mouvement l'enlisait davantage et il dut consentir un effort surhumain pour surmonter la panique qui le submergeait.

Respire lentement et arrête de bouger.

La pression de la boue qui lui emprisonnait le torse commençait à entraver sa respiration, mais il s'engluait beaucoup plus lentement depuis qu'il s'appliquait à rester immobile.

À force d'attendre l'inéluctable, le visage giflé par une pluie battante, il finit par s'apercevoir qu'il ne s'enfonçait plus, le corps en équilibre plus ou moins stable dans sa gangue de boue. Surtout, le petit sentier qu'il tentait d'atteindre au moment de sa chute se trouvait à moins de deux mètres de lui.

Millimètre par millimètre, il leva un bras, veillant à garder les doigts bien écartés afin de faciliter le passage de la boue entre les phalanges, et parvint à le dégager.

Miracle ! L'un de ses bras était libre ! Le posant à la surface du bourbier, il se laissa aller en arrière, au risque de voir la boue lui enserrer le cou. À mesure que le haut de son corps s'enfonçait, ses membres inférieurs remontaient imperceptiblement par un effet de balancier. Il s'enhardit à laisser sa nuque s'engluer dans les sables mouvants, amplifiant le mouvement qui le rapprochait du bord tout en l'aidant à remonter ses jambes à la surface.

À l'instant où la boue allait lui envahir les narines, il saisit de sa main libre une branche de bruyère et tira lentement jusqu'à venir échouer sa tête sur le bord de la mare. Un carré d'herbe lui caressa le menton. Rassuré, il dégagea son autre bras, toujours aussi lentement, agrippa ses doigts à un autre massif de bruyère et s'extirpa définitivement du bourbier.

Il resta longtemps allongé sur la terre ferme, attendant que les battements de son cœur veuillent bien se calmer. Quelques minutes plus tard, il trouvait la force de se relever, trempé jusqu'aux os, dégoulinant d'une boue nauséabonde, claquant des dents. Il écarta la manche de son imperméable et attendit que la pluie nettoie le cadran de sa montre : 16 heures.

Pas étonnant qu'il fasse quasiment nuit. Le soleil se couche tôt à cette saison dans les pays du Nord.

D'Agosta tremblait de tous ses membres sans parvenir à se contrôler. Cette histoire était complètement ridicule, il frisait l'hypothermie. Le vent soufflait en rafales, la pluie tombait à seaux et le tonnerre grondait dans le lointain. Comme un idiot, il n'avait même pas pensé à s'équiper d'une lampe électrique ou d'un briquet. Grâce à Dieu, il avait retrouvé le petit sentier, il lui suffisait de plisser les yeux pour apercevoir le cairn qu'il cherchait à atteindre depuis si longtemps.

Il se débarrassa tant bien que mal de la boue qui lui collait aux vêtements et se dirigea prudemment vers la stèle. Mais plus il s'en approchait, plus il s'étonnait de la trouver trop fine, jusqu'à s'apercevoir qu'il s'agissait d'un arbre mort dont le vent avait arraché les branches.

D'Agosta resta pétrifié sur place, stupéfait. Un tronc noir, au milieu de nulle part, à des kilomètres du moindre arbre vivant.

Il aurait été frappé par une telle anomalie s'il était passé par là au cours de sa randonnée. Cela pouvait-il signifier qu'il ne se trouvait pas sur le bon sentier ?

En observant les alentours dans le crépuscule naissant, il comprit que son prétendu sentier n'était qu'une suite de langues de terre éparpillées au milieu des marécages.

La fin du jour était proche et le froid s'accentuait. Avec la nuit, le thermomètre risquait fort de passer sous la barre du zéro.

D'Agosta prit soudainement la mesure de la témérité imbécile qui l'avait poussé à s'aventurer seul sur une lande aussi sauvage, sans torche ni boussole, alors qu'il n'était pas au mieux de sa forme physique. Le sandwich qu'il avait pensé à emporter était englouti depuis longtemps. L'inquiétude qu'il éprouvait au sujet de Pendergast l'avait conduit à courir des risques inconsidérés, bien au-delà du raisonnable.

Quel parti adopter, à présent ? Il faisait trop sombre pour envisager de poursuivre sa route, il était désormais impossible de discerner le moindre cairn. Jamais il n'avait eu aussi froid de toute son existence, un froid humide et pénétrant qui lui glaçait la moelle des os.

Il lui fallait s'y résoudre, il allait devoir passer la nuit dehors.

En examinant les alentours, il repéra deux gros rochers entre lesquels il se glissa en claquant des dents afin de se protéger des assauts du vent, puis il se recroquevilla sur lui-même, les mains serrées sous les aisselles. La pluie lui martelait le dos, formant des gouttières sur sa tête et dans son cou. Ce n'était d'ailleurs plus de la pluie qui tombait, mais de la neige fondue qui s'écrasait pesamment sur son imperméable.

Au lieu de succomber aux assauts du froid, il se sentit envahi peu à peu par une chaleur tiède. Incroyable… le stratagème était efficace, son corps réagissait enfin en s'adaptant aux conditions extrêmes. La chaleur montait lentement de l'intérieur, accompagnée d'un sentiment de sérénité et de torpeur assez inattendu. Anormalement calme, D'Agosta en arrivait à se convaincre qu'il réussirait finalement à passer la nuit dans ces conditions. Avec un peu de chance, le soleil serait de la partie le lendemain et il ne lui resterait plus qu'à reprendre tranquillement sa route.

Il se sentait brusquement réchauffé, et même d'humeur légère. La situation n'était pas si terrible que ça, sa cicatrice ne le chatouillait même plus.

La nuit était tombée et D'Agosta se sentit gagné par le sommeil. Dormir lui ferait du bien, la nuit ne s'écoulerait que plus rapidement. La neige fondue de tout à l'heure s'était arrêtée. Décidément, la chance était de son côté. Pas tout à fait, car une neige épaisse tombait à présent. Au moins le vent s'était-il calmé. Comme il avait sommeil...

En cherchant une position plus confortable, il crut apercevoir une lueur au milieu des ténèbres. Une lueur jaune et tremblotante. Il écarquilla les yeux. Pouvait-il avoir des visions ? Il ne pouvait s'agir que de Glims Holm, le cottage se trouvait donc tout prêt. Le mieux était de s'y rendre.

Après tout, non. Il avait trop sommeil. Autant rester la nuit ici, dormir paisiblement et repartir au lever du jour. Rassuré de se savoir si près du but, D'Agosta se laissa emporter dans le néant par une vague de chaleur délicieuse...

16

Antigua, Guatemala

Installé seul à une petite table en terrasse, l'homme en costume de lin et chapeau de paille blanc dégustait un petit-déjeuner tardif, composé de huevos rancheros accompagnés de crème fraîche et de sauce au piment jalapeño. De l'endroit où il se trouvait, l'inconnu apercevait la trouée verte du Parque Central avec sa fontaine récemment rénovée autour de laquelle s'attroupaient enfants et touristes. Au-delà s'élevait la silhouette altière de l'Arco de Santa Catalina dont le clocher et la façade ocre évoquaient davantage Venise que l'Amérique centrale. Plus loin encore, derrière les toits rouges et les immeubles aux couleurs pastel, se dressaient d'impressionnants sommets volcaniques, leurs cratères noyés dans les nuages.

Même à cette heure, des bribes de musique s'échappaient des fenêtres ouvertes. Les voitures qui circulaient dans les rues avoisinantes soulevaient dans leur sillage des nuages de confettis, reliefs colorés de la fête de la veille.

L'homme, de taille moyenne, plutôt mince, mangeait avec des gestes lents, presque étudiés, mais ses yeux mi-clos ne laissaient rien échapper du spectacle qui l'entourait. Son teint pâle, curieusement épargné par le soleil local, avait un aspect parcheminé qui ne permettait pas de lui donner d'âge. Entre soixante et soixante-dix ans, probablement.

La serveuse débarrassa son assiette et il la remercia dans un espagnol parfaitement maîtrisé, puis il saisit la poignée de l'attaché-case fatigué posé à ses pieds et sortit un dossier en jetant autour de lui un regard circulaire. Il avala une gorgée d'expresso glacé, alluma un cigarillo à l'aide d'un briquet en or et ouvrit le dossier, curieux de savoir ce qui en motivait l'urgence. En temps ordinaire, les messages étaient transmis par le biais de boîtes postales anonymes, ou bien sous forme de dossiers informatiques cryptés, expédiés sur des réseaux Internet sécurisés. À l'inverse, celui-ci lui avait été livré en mains propres par l'un des rares coursiers spéciaux employés par l'organisation.

On n'est jamais trop prudent, et c'était la seule façon pour ses commanditaires de s'assurer que le dossier ne serait lu par personne d'autre.

Il but une nouvelle gorgée d'expresso, déposa le cigarillo dans un cendrier en verre et s'épongea le front à l'aide du mouchoir de soie qui lui servait de pochette. Il n'avait jamais réussi à s'adapter au climat tropical, même après toutes ces années. Il lui arrivait fréquemment de rêver des étés de son enfance dans le vieux refuge de chasse voisin de Königswinter, avec sa vue imprenable sur les Siebengebirge et la vallée du Rhin.

Il remisa son mouchoir dans sa poche et écarta la couverture de la chemise en carton. Celle-ci contenait en tout et pour tout une coupure de presse imprimée sur du mauvais papier journal. L'article, daté de quelques jours à peine, commençait déjà à jaunir. Un hebdomadaire américain au nom ridicule, *Le Bourdon d'Ezerville*. L'inconnu entama la lecture de l'article sans attendre :

Un couple mystérieux refait surface après des années de cavale
Par Ned Betterton

Malfourche, Mississippi – Il y a douze ans disparaissait June Brodie. La jeune femme, désespérée après la perte de son emploi de secrétaire de direction pour le compte des Laboratoires Longitude, avait elle-même accrédité la thèse du suicide en abandonnant sa voiture sur le pont Archer avec un court message…

L'homme reposa la feuille jaunie d'une main impassible. *Scheisse*, grommela-t-il entre ses dents. Il reprit la coupure de presse et la lut intégralement à deux reprises avant de la reposer sur la table après l'avoir pliée en deux. S'assurant que personne ne l'observait, il tira le briquet en or de sa poche, mit le feu à la feuille de papier, la déposa dans le cendrier et la regarda se consumer avant d'en disperser les cendres avec l'extrémité de son cigarillo. Il tira une bouffée de ce dernier, sortit son téléphone portable et composa un numéro interminable.

Son interlocuteur décrocha à la première sonnerie.

— *Ja ?*

— Klaus ?

La voix de l'homme se raidit à l'autre bout du fil.

— *Buenos días, señor Fischer*.

— Klaus, j'ai une mission à vous confier, reprit le dénommé Fischer en espagnol.

— À votre service, monsieur.

— Une mission en deux étapes : enquêter dans un premier temps, avant de passer à des mesures plus radicales. Vous commencez immédiatement.

— À vos ordres.

— Bien. Je vous téléphonerai ce soir de Guatemala City avec des instructions détaillées.

La communication avait beau être sécurisée, Klaus préféra poser la question suivante en code.

— Quelle est la couleur de la mission ?

— Il s'agit d'une mission bleue.

La voix de Klaus se tendit encore davantage.

— Vous pouvez considérer que c'est fait, *señor* Fischer.

— Je sais que je peux compter sur vous, laissa tomber Fischer avant de raccrocher.

17

Au cœur du Foulmire

D'Agosta s'enfonçait lentement dans un cocon de froid étrangement confortable. À l'instant où il allait définitivement sombrer dans un sommeil peuplé de songes, le peu de conscience qui veillait encore au fond de sa tête fit entendre sa petite voix en lui chuchotant un mot unique : *hypothermie*.

Et alors ? Quelle importance ?

Tu es en train de mourir.

La voix refusait de se taire, ou même de changer de sujet de conversation, s'exprimant avec conviction et insistance afin de le ramener à la réalité. Hypothermie. La voix était agaçante, mais elle avait raison. Il en avait tous les symptômes : une sensation de froid extrême suivie d'une vague de chaleur inattendue, un besoin irrépressible de dormir, un détachement absolu.

Tu es en train de mourir, espèce d'idiot.

D'Agosta poussa un rugissement et se releva, au prix d'un effort titanesque, puis il se réchauffa du mieux qu'il le pouvait à coups de claque sur la poitrine et les cuisses. Il se gifla à deux reprises et sentit revenir le froid, puis il recommença avec une telle force qu'il tituba et tomba par terre avant de se redresser en s'ébrouant à la façon d'un animal blessé.

Il avait toutes les peines à se maintenir debout tant il était faible. Ses jambes étaient paralysées par des crampes, son crâne donnait l'impression de vouloir exploser et sa blessure le lançait horriblement. Il entama une ronde désespérée en se frappant les côtes des poings afin de chasser la neige, poussa une longue série de hurlements dans la nuit, heureux de la douleur qu'il ressentait enfin. S'il avait mal, c'est qu'il était vivant. Son esprit embrumé s'éveillait peu à peu. Il sauta à pieds joints, recommença, sans jamais quitter des yeux la lueur jaune qui luisait faiblement dans l'obscurité. Comment la rejoindre ? Il effectua quelques pas d'une démarche mal assurée et chuta à nouveau, à quelques centimètres d'une mare de sables mouvants.

Il mit alors ses mains en porte-voix et hurla dans la nuit :

— Au secours ! À l'aide !

Sa voix se répercuta longtemps dans la lande déserte.

— Je suis perdu ! Je cherche à rallier Glims Holm !

Crier l'aidait énormément, le sang circulait à nouveau grâce aux battements accélérés de son cœur.

— Je vous en prie, aidez-moi !

C'est alors qu'il vit briller une petite lumière près de la première. Une lueur vive qui s'agitait dans la nuit et venait à sa rencontre.

— Par ici ! cria-t-il.

La lumière se trouvait plus loin qu'il ne l'avait cru. Elle se déplaçait lentement, s'effaçait régulièrement avant de surgir à nouveau. Elle finit par disparaître et D'Agosta attendit.

— Par ici ! hurla-t-il, pris de panique.

L'avait-on vraiment entendu ? Pouvait-il s'agir d'une coïncidence ? À moins qu'il n'ait eu la berlue.

— Je suis là !

Pourquoi ne lui répondait-on pas ? Le propriétaire de la lampe avait-il pu s'enliser dans les sables mouvants ?

La lumière réapparut brusquement tout près. La main qui tenait la torche éclaira son visage, puis elle déposa la lampe sur le sol et D'Agosta vit se détacher dans la nuit le visage d'une vieille femme à la lèvre pendante. Elle portait un imperméable, des bottes et des gants, un chapeau et une écharpe qui laissaient s'échapper quelques cheveux blancs, un nez crochu et deux yeux d'un bleu perçant. D'Agosta crut un instant à une apparition en la voyant s'avancer dans le brouillard et la nuit.

— Pourquoi diable… ? demanda la vieille femme d'une voix sèche.

— Je cherche Glims Holm.

— Vous l'avez trouvé, répondit-elle avec un fort accent écossais avant d'ajouter sur un ton facétieux : Enfin, presque !

Elle ramassa la lampe et se retourna.

— Attention où vous mettez les pieds.

D'Agosta la suivit d'un pas mal assuré. Dix minutes plus tard, ils étaient en vue d'un cottage de pierre au badigeon blanc rongé de lichen et de mousse, son toit d'ardoises grises surmonté d'une cheminée.

La vieille femme ouvrit la porte et D'Agosta entra dans une pièce au confort rassurant. Un feu vif ronflait dans un âtre gigantesque, à l'écart d'un poêle en faïence que complétaient un canapé et des fauteuils douillets, des tapis à franges, des étagères remplies de livres et d'illustrations étranges, des lampes au kérosène auréolant d'une lueur bizarre une longue rangée de bois de cerf.

Jamais chaleur n'avait paru plus douce à D'Agosta.

— Déshabillez-vous, lui ordonna la vieillarde en s'approchant du feu.

— Je…

— Déshabillez-vous, nom d'un chien, répéta-t-elle en sortant un grand panier d'osier d'un recoin de la pièce. Vous mettrez vos vêtements sales là-dedans.

D'Agosta retira son imperméable et le déposa dans le panier avant de répéter la manœuvre avec son pull détrempé, ses chaussettes, sa chemise, son T-shirt et son pantalon. Il ne tarda pas à se retrouver en caleçon.

— Lui aussi, commenta la vieille dame du poêle près duquel elle s'activait.

Elle en retira une grande bouilloire dont elle déversa le contenu dans une bassine qu'elle plaça devant la cheminée, avec un gant de toilette et une serviette-éponge.

D'Agosta attendit qu'elle lui ait tourné le dos pour retirer son caleçon. La chaleur du feu le réchauffait délicieusement.

— Comment vous appelez-vous ? l'interrogea-t-elle.

La question pouvait paraître étrange dans un tel contexte, mais D'Agosta avait dépassé le stade de la pudeur.

— D'Agosta. Vincent D'Agosta.

— Lavez-vous. Je vais vous chercher des vêtements propres. Vous êtes un tantinet gros pour la garde-robe de mon homme, mais on trouvera bien le moyen de s'arranger.

Elle s'éclipsa dans l'escalier et il l'entendit se déplacer au-dessus de sa tête. Un bruit de toux résonna à l'étage, suivi d'une voix masculine peu amène.

Quelques minutes plus tard, il achevait de se laver lorsqu'elle revint, les bras chargés de vêtements. Il voulut lui tourner le dos en remarquant qu'elle observait son anatomie avec insistance.

— Beau spectacle pour une vieille femme, ricana-t-elle en déposant le tas de vêtements près de la bassine avant d'alimenter le feu en bois et de s'activer près du poêle.

Gêné par sa présence, D'Agosta se sécha et s'habilla. Les habits étaient ceux d'un homme plus grand et plus mince que lui, mais il s'en contenta, une ceinture lui permettant de maintenir le pantalon qu'il n'avait pu boutonner. Le ragoût de mouton qui mijotait sur le feu exhalait un fumet appétissant.

— Asseyez-vous.

Elle déposa devant lui un grand bol fumant et d'épaisses tranches de pain.

D'Agosta se brûla le palais en se jetant sur la nourriture.

— Votre ragoût est délicieux, approuva-t-il. Je ne sais comment vous remercier de…

Elle ne le laissa pas achever sa phrase.

— Vous cherchiez Glims Holm, vous y êtes. Qu'est-ce que vous voulez ?

— Je suis à la recherche d'un ami.

Elle ne le quittait pas des yeux.

— Il y a un mois, un ami très proche a disparu dans les marais d'Inish, près de l'ancien refuge de Coombe. Vous connaissez l'endroit ?

— Pour sûr.

— Mon ami est américain, comme moi. Il résidait à Kilchurn Lodge au moment de sa disparition et il a été blessé accidentellement lors d'une partie de chasse. La police a dragué le Mire sans parvenir à retrouver son corps. Le connaissant, j'ai l'espoir qu'il soit parvenu à s'en tirer.

Elle l'observait d'un air soupçonneux. Cette vieille-là était peut-être « gentiment sonnée », mais elle ne manquait pas de ressources.

— Le vieux refuge de Coombe se trouve à vingt kilomètres d'ici, de l'autre côté des marais.

— Je sais bien, mais vous étiez mon dernier espoir.

— J'ai vu personne, que ce soit votre ami ou un autre.

D'Agosta savait sa quête désespérée, il n'en ressentit pas moins une déception immense.

— Peut-être votre mari a-t-il pu voir…

— Il ne sort jamais. Il est handicapé.

— Vous auriez pu apercevoir quelqu'un de loin…

— Pas vu une âme depuis des semaines.

Une voix chevrotante et mécontente résonna à l'étage. L'homme s'exprimait avec un accent à couper au couteau et c'est tout juste si D'Agosta saisit quelques mots de sa tirade. La vieille femme fronça les sourcils et remonta péniblement les marches. L'instant d'après, il entendait l'homme se plaindre tandis qu'elle lui répliquait vertement. Le même pli soucieux barrait son front lorsqu'elle redescendit peu après.

— C'est l'heure de vous coucher. Je dormirai près du poêle, vous n'aurez qu'à vous allonger au grenier, près de mon homme. J'ai mis une couverture par terre.

— Je vous remercie sincèrement de votre aide.

— Évitez de déranger mon homme, il ne se porte pas bien.

— Je veillerai à rester discret.

Elle approuva d'un mouvement de tête.

— Alors bonne nuit.

D'Agosta monta à l'étage en faisant craquer les marches. L'escalier, aussi raide qu'une échelle, débouchait sur une pièce de toit basse de plafond qu'éclairait une petite lampe au kérosène. Dans le lit en bois, coincé sous les poutres, reposait un épouvantail à crinière blanche doté d'un énorme nez rouge qui observait D'Agosta d'un œil mauvais.

— Euh... bonsoir, balbutia D'Agosta, mal à l'aise. Désolé de vous déranger.

— Pas tant que moi, grogna l'autre. J'espère que vous ne ferez pas de bruit.

Sur ces mots, le vieillard tourna le dos à son visiteur.

Soulagé, D'Agosta retira les habits prêtés par la vieille femme et se glissa sous la couverture, posée sur un châlit en bois, puis il souffla la lampe et ferma les yeux. Il régnait dans le grenier une chaleur bienfaisante et il s'endormit presque aussitôt, bercé par le vent et la tempête.

Il se réveilla instinctivement dans la nuit, sans savoir l'heure qu'il était. La pièce était plongée dans le noir et D'Agosta émergeait d'un sommeil si profond qu'il lui fallut un moment pour se souvenir de l'endroit où il se trouvait. La tempête s'était calmée et le cottage entier baignait dans un profond silence. Son cœur battait à tout rompre et il eut la sensation angoissante que quelqu'un se tenait près de lui, dans l'obscurité.

Il s'efforça de garder son calme en se persuadant qu'il avait rêvé. Mais, en dépit de tous ses efforts, il ne parvenait pas à s'ôter de l'idée qu'un inconnu se trouvait là, penché au-dessus de lui.

Un craquement de plancher se fit entendre.

Seigneur. Appeler à l'aide ? Il ne pouvait s'agir du vieillard.

Le plancher craqua à nouveau et une main de fer s'abattit sur son poignet.

18

— Mon cher Vincent, murmura une voix. Tout en me montrant touché de l'intérêt que vous portez à ma personne, laissez-moi exprimer mon mécontentement de vous trouver ici.

D'Agosta en avait oublié de respirer. Il rêvait, c'est sûr. Une flamme troua l'obscurité dans un craquement d'allumette et la lanterne au kérosène s'anima. Le vieil homme malade se tenait au-dessus de lui. Les yeux écarquillés, D'Agosta détailla le visage ridé, la barbe mitée, le nez rouge et les cheveux blancs, longs et gras, de son interlocuteur. La voix et l'éclat argenté de l'œil chassieux posé sur lui étaient néanmoins ceux de son ami.

— Pendergast ? bredouilla-t-il péniblement.

— Vous n'auriez pas dû venir, répondit Pendergast de sa voix râpeuse.

— Mais... comment...

— Permettez-moi de regagner mon lit. Je suis encore trop faible pour rester trop longtemps debout.

D'Agosta se redressa sur son châlit tandis que son compagnon pendait la lanterne à un crochet et se remettait péniblement au lit.

— Prenez une chaise, mon cher ami.

D'Agosta se releva, enfila les vêtements qui lui avaient été prêtés et s'assit sur une chaise face au faux vieillard chez qui il avait toutes les peines du monde à retrouver les traits de son ami.

— Mon Dieu, si vous saviez comme je suis soulagé de vous savoir vivant. J'ai cru…

D'Agosta se tut, la gorge nouée, submergé par l'émotion.

— Je constate que vous conservez toutes vos qualités de cœur, mon cher Vincent, répliqua Pendergast. Inutile de verser dans un sentimentalisme de mauvais aloi, j'ai bien des histoires à vous raconter.

— Vous avez été blessé par balle, reprit D'Agosta en retrouvant sa voix. Mais que fichez-vous ici ? Vous avez besoin de soins, d'aller à l'hôpital.

Pendergast l'arrêta d'un geste.

— Non, Vincent. J'ai été soigné excellemment bien, mais il me faut rester caché.

— Pourquoi ? Que se passe-t-il ?

— Je suis prêt à tout vous révéler, Vincent, à la condition que vous retourniez à New York par le premier avion sans souffler mot à quiconque de tout ceci.

— Vous avez besoin d'aide. Pas question de vous abandonner ici. Je suis votre coéquipier, bon sang.

Pendergast se redressa péniblement sur son lit.

— Il le faut. J'ai impérativement besoin de me remettre si j'entends pouvoir retrouver mon assassin.

Pendergast reposa la tête sur l'oreiller.

— C'était donc vrai, soupira D'Agosta. Ce salopard a bien essayé d'avoir votre peau.

— Pas uniquement moi. Je suis persuadé que c'est lui qui vous a tiré dessus à Penumbra. C'est également lui qui a tenté d'abattre Laura Hayward lorsqu'elle venait vous rendre visite à l'hôpital de Bastrop. Il s'agit de notre chaînon manquant. Le mystérieux participant du projet Aves.

— Incroyable. C'est donc lui qui a commandité le meurtre de votre femme ? Son propre frère ?

Pendergast accueillit la question par un silence.

— Non. Il n'a pas tué Hélène.

— Qui, alors ?

— Hélène est en vie.

D'Agosta, interdit, avait du mal à en croire ses oreilles.

Pendergast tendit le bras et serra le bras de son ami entre ses doigts d'acier.

— Après m'avoir tiré dessus, tandis que je m'enfonçais dans les sables mouvants, Judson m'a avoué qu'Hélène était vivante.

— Mais vous l'avez vue morte ! Vous avez vous-même retiré l'anneau qu'elle portait au doigt de son bras arraché. Vous me l'avez montré !

Un silence gêné s'abattit sur la petite pièce. Le premier, D'Agosta retrouva la parole.

— Cette ordure vous a dit ça pour vous torturer.

L'éclat qui brillait dans les yeux argentés de son ami lui fournit la seule réponse possible : Pendergast avait *envie* d'y croire.

— Comment allez-vous réagir ?

— Je compte bien lui mettre un pistolet sur la tempe et l'obliger à avouer ce qu'il sait au sujet d'Hélène.

D'Agosta était stupéfait. Le désespoir de son ami, le ton même de sa voix contredisaient tout ce qu'il savait de son caractère.

— Et s'il refuse de vous révéler la vérité ?

— Je réussirai à lui délier la langue, Vincent. Vous me connaissez.

D'Agosta préféra changer de sujet de conversation.

— Où avez-vous été blessé… et comment vous en êtes-vous tiré ?

— La balle m'a projeté au milieu des sables mouvants qui ont commencé à m'engloutir. Assez rapidement, mes pieds ont trouvé un appui. Une carcasse d'animal, très probablement. Pour donner l'illusion de continuer à m'enfoncer, je me suis lentement affaissé sur moi-même et j'ai eu la chance que Judson s'éloigne sans attendre de me voir disparaître dans la boue.

— Tu parles d'une chance, grommela D'Agosta.

— J'ai patienté quatre ou cinq minutes, poursuivit Pendergast. Ma blessure saignait trop abondamment pour que je puisse attendre davantage. Je me suis redressé et suis parvenu à m'extraire des lises en m'appuyant sur la carcasse de cet animal. Ma priorité était d'improviser un pansement sommaire car j'étais à des kilomètres de toute zone habitée.

Pendergast garda le silence pendant une ou deux minutes, puis il reprit son récit d'une voix mieux assurée.

— Lors de mon séjour dans la région en compagnie de Judson, il y a une dizaine d'années, j'avais rencontré un médecin nommé Roscommon avec lequel je partageais de nombreux centres d'intérêt. Il avait son cabinet dans le village d'Inverkirkton, à cinq kilomètres des marais d'Inish. Le point le plus proche à vol d'oiseau de l'endroit où j'avais été blessé.

— Comment avez-vous réussi à parcourir une telle distance ? l'interrogea D'Agosta après avoir pris le temps de digérer l'information. Sans laisser de traces de votre passage ?

— Mon pansement improvisé avait permis de stopper l'hémorragie et je me déplaçais avec moult précautions. La pluie s'est chargée du reste.

— Vous avez parcouru cinq kilomètres sous la pluie avec un poumon crevé, jusqu'au cabinet de ce médecin ?

Pendergast posa sur lui son regard perçant.

— Exactement.

— Bon sang, comment…

— J'avais trouvé un but à mon existence.

D'Agosta secoua la tête.

— Roscommon est un personnage d'une intelligence et d'une finesse rares. Il a tout de suite pris la mesure de la situation. Deux éléments jouaient en ma faveur : la balle avait frôlé l'artère subclavière sans la toucher, elle avait surtout traversé le thorax de part en part, de sorte qu'il n'y avait pas besoin de l'extraire. Roscommon a commencé par regonfler mon poumon tout en maîtrisant l'hémorragie. Profitant de la nuit, il m'a conduit dans ce cottage où sa tante s'est chargée depuis de veiller sur moi.

— Sa tante ?

Pendergast acquiesça.

— Le bien-être de cette femme est l'unique raison de sa présence dans ce coin reculé de l'Écosse, alors qu'il aurait pu sans mal trouver sa place à Londres dans les cabinets de Harley Street. Il savait que je serais ici en sécurité.

— De sorte que vous n'avez pas quitté cette maison depuis un mois.

— Je compte même y rester en attendant d'être capable de mener à bien le travail qui m'attend.

— Vous allez avoir besoin de moi, affirma D'Agosta.

— Non, le contra Pendergast avec véhémence. Non ! Plus tôt vous aurez regagné les États-Unis, mieux cela vaudra. Pour l'amour de Dieu, Vincent, comprenez donc que vous avez peut-être conduit le loup dans la bergerie avec cette visite inopinée.

D'Agosta conserva le silence.

— Votre présence seule me met en danger. Judson rôde certainement dans la région. Il doit être paniqué à l'idée que je puisse avoir survécu. Si jamais il vous voyait, en particulier près de ce cottage…

— Je peux vous aider quand même.

— En aucun cas. Vous avez failli mourir une fois déjà à cause de moi. Le capitaine Hayward ne me pardonnerait jamais si un tel accident devait se reproduire. Le mieux pour vous est encore de regagner New York, de reprendre votre place et de ne souffler mot à personne de ce que vous savez. La tâche qui m'attend incombe *à moi seul*. Pas un mot à quiconque. Ni à Proctor, ni à Constance, ni à Hayward. Vous comprenez ? Je dois retrouver toute ma vigueur avant de m'attaquer à Judson. Et je l'aurai. À moins qu'il ne me tue le premier.

D'Agosta grimaça à l'évocation d'une telle éventualité. Il observa longuement son compagnon, frappé par la détermination de Pendergast.

— Très bien, dit-il à regret. Je me range à vos arguments. Mais je raconterai tout à Laura. Je lui ai donné ma parole de ne jamais plus rien lui cacher.

— Fort bien. Qui est au courant de votre démarche ?

— Cet inspecteur, Balfour, et tous ceux que j'ai interrogés au cours de ma petite enquête.

— Dans ce cas, Esterhazy en aura eu vent. Tournons ce point à notre avantage. Répandez-vous en expliquant que votre quête s'est révélée infructueuse, que vous êtes définitivement convaincu de ma mort. Rentrez chez vous et portez ouvertement le deuil de notre amitié.

— Si c'est ce que vous voulez.

Le regard de Pendergast se posa sur lui.

— J'insiste.

19

New York

Le docteur Felder avançait d'un pas décidé dans le long corridor de l'hôpital Mount Mercy, un dossier à la main. Le responsable de l'établissement l'accompagnait.

— Je vous remercie d'avoir autorisé cette visite impromptue, docteur Ostrom.

— C'est bien naturel. Dois-je en déduire que vous vous intéressez de façon durable à la patiente ?

— Oui. Son cas est… comment dirais-je ? Unique.

— Tout ce qui concerne le clan Pendergast est unique.

Ostrom se reprit aussitôt, conscient d'en avoir trop dit.

— Où se trouve son tuteur, M. Pendergast ? s'enquit Felder. Je cherche à le joindre sans y parvenir depuis un moment.

— C'est un personnage très difficile à cerner. Il va et vient à son rythme, le temps de formuler ses exigences avant de disparaître à nouveau. J'avoue avoir du mal à le comprendre.

— Je vois. De votre côté, voyez-vous un inconvénient à ce que je rende régulièrement visite à la malade ?

— Pas le moindre. Je serai au contraire ravi de recueillir vos observations.

— Je vous remercie, docteur.

Ils arrivaient devant la chambre et le docteur Ostrom toqua à la porte d'un doigt léger.

— Entrez, je vous prie, répondit une voix.

Ostrom tourna une clé dans la serrure et s'effaça afin de laisser passer son collègue. La pièce n'avait guère changé depuis la visite précédente de Felder, à l'exception des étagères. Les quelques volumes qui s'y trouvaient auparavant avaient été rejoints par plusieurs dizaines d'autres. Felder déchiffra quelques titres d'un coup d'œil rapide : les *Poèmes complets* de John Keats, *Métamorphoses de l'âme et ses symboles* de Jung, *Les 120 Journées de Sodome* du marquis de Sade, les *Quatre quatuors* d'Eliot, *Sartor Resartus* de Thomas Carlyle, tous empruntés à la bibliothèque de Mount Mercy. Felder tiqua à l'idée que certaines de ces œuvres circulent aussi librement parmi les malades.

La table derrière laquelle se tenait Constance était couverte de feuilles noircies de textes rédigés d'une écriture serrée, de schémas complexes, de profils, de natures mortes, d'équations et de dessins à la Léonard de Vinci. La jeune femme écrivait, une plume d'oie à la main, une bouteille d'encre bleu nuit posée devant elle.

Elle leva brièvement les yeux en voyant les deux hommes pénétrer dans sa chambre.

— Bonjour, docteur Ostrom. Bonjour, docteur Felder.

Elle réunit ses feuilles en une pile, veillant à retourner la première page afin d'en dissimuler le contenu à la vue de ses visiteurs.

— Bonjour, Constance, répliqua Ostrom. Avez-vous bien dormi ?

— Très bien, je vous remercie.

— Dans ce cas, je vais vous laisser tous les deux. Docteur Felder, j'ai placé quelqu'un dans le couloir. Vous n'aurez qu'à toquer lorsque vous voudrez repartir.

Ostrom s'éclipsa et Felder l'entendit refermer discrètement la porte à clé derrière lui.

Il se tourna vers Constance qui l'observait de son regard étrange.

— Asseyez-vous, docteur Felder.

— Merci.

Le médecin s'installa sur la seule chaise libre, un siège en plastique dont les pieds métalliques étaient boulonnés au sol. Il aurait donné cher pour lire les écrits de sa patiente, mais il jugea plus opportun de laisser la question en suspens jusqu'à une visite ultérieure. Il posa sur ses genoux le mince dossier qu'il avait apporté et montra du menton la plume d'oie.

— Un mode d'écriture intéressant.

— On m'a donné le choix entre cette plume et des crayons.

Elle marqua une légère pause avant de reprendre.

— Je ne pensais pas vous revoir si tôt.

— J'espère que nos conversations ne vous pèsent pas.

— Bien au contraire.

Felder se tortilla sur sa chaise.

— Constance, si vous n'y voyez pas d'inconvénient, j'aurais voulu évoquer à nouveau avec vous votre... votre enfance.

Constance se raidit imperceptiblement.

— Tout d'abord, laissez-moi résumer ce que j'ai cru comprendre. Vous affirmez être née dans un immeuble de Water Street au début des années 1870, sans pouvoir préciser l'année exacte. Vos parents sont morts de la tuberculose, votre frère et votre sœur sont également décédés assez rapidement. Auquel cas vous seriez aujourd'hui âgée de...

Il effectua un rapide calcul dans sa tête.

— ... vous auriez plus de cent quarante ans.

Constance resta silencieuse un moment, se contentant de poser sur son interlocuteur un regard calme. Felder fut frappé une nouvelle fois par sa beauté, l'intelligence de son visage, l'élégance surannée de son chignon couleur auburn. Elle possédait une assurance et une maîtrise de soi qui cadraient mal avec les vingt-deux ou vingt-trois ans qu'elle affichait.

— Docteur, dit-elle enfin. Je vous dois beaucoup. Vous avez manifesté beaucoup de respect et de bonté avec moi, mais si vous êtes venu ici dans l'idée de vous montrer condescendant à mon égard, la bonne opinion que j'ai de vous s'en ressentira.

— Loin de moi l'idée de me montrer condescendant, se défendit Felder avec sincérité. Je suis ici à seule fin de vous aider. Encore dois-je mieux vous comprendre.

— Je vous ai dit la stricte vérité. Soit vous me croyez, soit vous ne me croyez pas.

— J'ai envie de vous croire, Constance, mais mettez-vous à ma place. D'un point de vue biologique, il est tout simplement impossible que vous soyez âgée de cent quarante ans. Je dois donc chercher d'autres explications.

Elle prit le temps de réfléchir avant de répondre.

— Une impossibilité biologique, dites-vous ? Docteur, vous qui êtes un homme de science, croyez-vous qu'il soit possible de pratiquer une greffe du cœur ?

— Bien sûr.

— Croyez-vous qu'il soit possible d'obtenir des clichés de la structure interne du corps grâce à la radiographie et aux IRM ?

— Naturellement.

— À l'époque de ma naissance, ces procédés relevaient de « l'impossibilité biologique ». À la lumière de tels exemples, est-il vraiment « impossible » que la médecine parvienne à retarder le vieillissement de façon à prolonger la vie au-delà de son cycle naturel ?

— Eh bien... prolonger la vie, je ne dis pas. Mais de là à permettre à une jeune femme de conserver le teint de ses vingt ans pendant plus d'un siècle ? Non, je suis désolé, mais ce n'est pas possible.

Tout en s'exprimant, Felder sentait vaciller ses propres convictions.

— Seriez-vous en train de me dire que c'est ce qui vous est arrivé ? Que vous avez servi de cobaye à une expérience médicale ?

Constance conserva le silence et Felder eut brusquement l'intuition qu'il se trouvait dans la bonne direction.

— Comment est-ce arrivé ? Qui a effectué l'opération ?

— En révéler davantage trahirait un secret qui m'a été confié.

Constance lissa le devant de sa robe.

— J'en ai déjà trop dit. Seule la sincérité de votre démarche m'aura incitée à vous parler, mais il m'est impossible d'aller plus avant. Je vous laisse libre de croire ce qui vous plaît, docteur.

— Soit. Merci de ces confidences, en tout cas.

Felder hésita.

— Je me demandais si vous accepteriez de me rendre service.

— Bien sûr.

— J'aurais aimé vous prier de revenir sur votre enfance, de partager certains souvenirs liés au quartier de Water Street.

Elle observait le psychiatre avec la plus grande attention, à la recherche de traces éventuelles de duperie. Elle finit par hocher la tête.

— Avez-vous conservé des souvenirs précis de Water Street ?

— Je m'en souviens très bien.

— Parfait. Arrêtez-moi si je me trompe, mais vous dites avoir grandi au n° 16 de cette rue.

— Oui.

— Vous aviez à peu près cinq ans lorsque vos parents sont morts.

— Oui.

— Parlez-moi de votre environnement immédiat. Du voisinage.

Le regard vif de la jeune femme se voila, emporté par des réminiscences lointaines.

— Il y avait un marchand de tabac au pied de l'immeuble voisin. J'ai encore en mémoire l'odeur de Cavendish et de Latakia qui flottait jusqu'à la fenêtre de notre appartement. De l'autre côté se trouvait l'échoppe d'un poissonnier. Tous les chats du voisinage avaient pris l'habitude de se donner rendez-vous sur le mur de brique de son jardin.

— D'autres souvenirs ?

— Sur le trottoir d'en face s'ouvrait la devanture de la mercerie London Town. Je revois l'enseigne. Un peu plus bas se trouvait la pharmacie Huddell's. Je m'en souviens parce que mon père nous y a emmenés un jour pour nous acheter un sachet de chocolats qui lui avait coûté un cent.

Son visage s'éclaira brièvement.

Felder avait le plus grand mal à dissimuler son trouble.

— Et l'école ? Vous alliez à l'école près de Water Street ?

— Il y avait bien une école au coin de la rue, mais je n'y allais pas. Mes parents n'en avaient pas les moyens. L'instruction publique n'existait pas à l'époque. Je vous l'ai dit, je suis entièrement autodidacte.

Elle marqua un temps d'arrêt.

— Pourquoi me posez-vous toutes ces questions, docteur Felder ?

— J'étais curieux d'entendre vos souvenirs les plus anciens.

— Pour quelle raison ? Mieux vous convaincre que je suis en proie à des délires ?

— Pas du tout, répondit-il, le cœur battant, s'efforçant de cacher son excitation.

Constance le sonda longuement de ses yeux graves.

— Si vous n'y voyez pas d'inconvénient, docteur, je suis fatiguée.

Il reprit son dossier à deux mains et se leva.

— Merci encore de votre sincérité, Constance. J'y suis sensible.

— Je vous en prie.

— Pour ce que ça vaut, déclara-t-il brusquement, je vous crois. Je n'y comprends encore rien, mais je vous crois.

Les traits de la jeune femme s'adoucirent et elle inclina légèrement la tête.

Il pivota sur ses talons et frappa à la porte. Quelle mouche avait bien pu le piquer de se laisser aller à une confidence pareille ? Quelques instants plus tard, la clé tournait dans la serrure et un infirmier apparaissait sur le seuil de la pièce.

À peine se trouvait-il dans le couloir que Felder ouvrit le rabat du dossier qu'il tenait à la main. La chemise contenait un article, publié le matin même dans le *New York Times*, relatant une découverte historique récente : le journal intime de Whitfield Speed, un jeune homme ayant résidé sur Catherine Street de 1869 à sa mort brutale, sous les roues d'un fiacre, en 1883. Très impressionné par les célèbres *Chroniques de Londres* de John Stow, Speed s'était lancé dans la rédaction d'un travail similaire en rédigeant des portraits détaillés des rues et des boutiques de Manhattan. Ce journal était resté enfermé plus d'un siècle avec ses maigres possessions dans une malle de grenier où il avait récemment été découvert. L'article du *Times* parlait d'un document historique capital, notamment parce que Speed y avait consigné des descriptions détaillées de certains quartiers totalement méconnus.

L'immeuble dans lequel vivait Speed sur Catherine Street se trouvait au coin de Water Street. En illustration de l'article, le *Times* avait reproduit un plan détaillé des lieux tels que les avait dessinés l'auteur dans son journal. Jusqu'à ce jour, personne n'aurait su dire quels magasins se trouvaient dans le voisinage au cours des années 1870.

Felder avait été pris d'une idée en découvrant l'article ce matin-là, à l'heure du petit-déjeuner. Une idée folle, évidemment, qui lui fournissait enfin un moyen de vérifier les dires de sa patiente. Confrontée au vrai Water Street des années 1870, Constance se verrait peut-être contrainte de reprendre pied dans la réalité.

Debout dans le couloir, Felder déplia l'article et se pencha sur le plan dont il déchiffra péniblement les indications manuscrites. Il sursauta violemment. Il existait bien un marchand de tabac, et la pharmacie Huddell's figurait sur le dessin, deux immeubles plus loin. De même que la mercerie London Town et l'Académie pour jeunes enfants de Mme Sarratt au coin de la rue.

Il referma lentement le dossier. L'explication était pourtant simple. Constance avait lu le journal du matin. Curieuse de tout comme elle l'était, elle se tenait forcément au courant des affaires du monde. Felder marcha d'un pas vif vers le hall d'entrée.

Il se dirigeait vers le bureau d'accueil lorsqu'il aperçut son collègue Ostrom un peu plus loin, en pleine conversation avec une infirmière.

— Docteur ? l'apostropha Felder.

Ostrom se retourna en haussant les sourcils.

— Je suppose que Constance a eu le temps de lire le journal de ce matin ? Le *Times* ?

Ostrom secoua la tête.

Felder se figea, interdit.

— Vous en êtes sûr ?

— Sûr et certain. Les journaux réservés à l'usage des patients se trouvent à la bibliothèque, et Constance n'a pas quitté sa chambre de la matinée.

— Personne n'a pu lui parler ? Un brancardier, une infirmière ?

— Personne. Elle est restée enfermée dans sa chambre toute la nuit. Le registre de nuit peut en attester. Pourquoi ? ajouta-t-il avec un froncement de sourcils. Il y a un problème ?

Felder, s'apercevant soudainement qu'il s'était arrêté de respirer, poussa un long soupir.

— Non, rien de particulier. Je vous remercie.

Sur ces mots, il poussa la porte du bâtiment et sortit à l'air libre où l'attendait un grand soleil.

20

Corrie Swanson avait lancé à tout hasard une alerte Google en tapant les mots « Aloysius Pendergast ». En ouvrant son ordinateur portable vers 2 heures du matin, elle découvrit dans ses e-mails la transcription d'une enquête publique réalisée dans un coin perdu d'Écosse, Cairn Barrow. Le document, vieux de quelques semaines déjà, n'avait été mis en ligne que le jour même.

Elle ne parvenait pas à croire ce qu'elle découvrait dans ce compte-rendu froid, rédigé dans le plus pur jargon juridique, qui détaillait les interrogatoires de témoins ayant assisté de près ou de loin à un accident de chasse dans les Highlands. Un accident incompréhensible.

Saisie de vertige, elle relut le document à plusieurs reprises. Ce rapport lapidaire ne pouvait être que le sommet de l'iceberg, la vérité se trouvait sous la surface. Tout ça n'avait aucun sens. À mesure que les minutes s'écoulaient, l'incrédulité cédait la place à l'abattement et au désespoir. Pendergast, tué dans un accident de chasse ? Impossible.

Elle sortit son agenda d'une main tremblante, chercha un numéro, jura entre ses dents, et se décida à le composer. D'Agosta ne serait pas content qu'elle lui téléphone chez lui à une heure pareille. Rien à foutre.

Ce con ne l'avait jamais rappelée, malgré toutes ses promesses.

Elle jura à nouveau en se trompant de touche et dut recomposer le numéro.

Une voix de femme répondit à la cinquième sonnerie.

— Allô ?

— J'aurais voulu parler à Vincent D'Agosta.

Elle s'aperçut que sa voix tremblait.

— Qui est à l'appareil ? s'enquit sa correspondante après un court silence.

Corrie prit longuement sa respiration. Elle allait devoir mettre de l'eau dans son vin si elle ne voulait pas que l'autre lui raccroche au nez.

— Je m'appelle Corrie Swanson. J'aurais voulu parler au lieutenant D'Agosta.

— Le lieutenant est absent, lui rétorqua la femme d'une voix glaciale. Puis-je prendre un message ?

— Dites-lui de m'appeler. Corrie Swanson. Il a mon numéro.

— C'est à quel sujet ?

Nouveau soupir. Inutile de se prendre la tête avec la femme ou la copine de D'Agosta.

— C'est au sujet de l'inspecteur Pendergast. Je cherche à le joindre actuellement. J'ai travaillé avec lui sur une enquête, précisa-t-elle.

— L'inspecteur Pendergast est mort. Je suis désolée.

Rendue muette par la brutalité de la réponse, elle avala péniblement sa salive.

— Comment ? balbutia-t-elle.

— Il a été victime d'un accident de chasse en Écosse.

C'était donc vrai. Elle en avait la confirmation. Elle aurait voulu poser d'autres questions, mais son esprit était vide. Pourquoi D'Agosta ne l'avait-il pas appelée ? De toute façon, ça ne servait à rien d'insister avec la fille du téléphone.

— Dites au lieutenant de m'appeler le plus vite possible.

— Je lui transmettrai le message, répliqua sa correspondante avant de raccrocher.

Corrie s'affala sur sa chaise, face à l'écran de son ordinateur. C'était complètement dingue. Elle se sentait soudainement dépossédée de tout, comme si elle avait perdu son père. Sans personne à qui parler, avec qui partager son chagrin. Son vrai père se trouvait à Pétaouchnok, quelque part en Pennsylvanie, jamais elle ne s'était sentie aussi désespérément seule.

Hypnotisée par l'écran, elle cliqua sur le lien du site qu'elle avait amoureusement consacré à Pendergast :

www.inspecteurpendergast.com

Pianotant à toute vitesse, elle dessina sur l'écran un cadre noir à l'intérieur duquel elle rédigea un message :

Je viens d'apprendre
que l'inspecteur A.X.L. Pendergast
est mort accidentellement
dans des circonstances étranges.
C'est horrible. J'arrive pas à y croire.
J'arrive pas à croire que la terre puisse continuer
à tourner sans lui.
C'est arrivé lors d'une partie de chasse en Écosse...

Tandis qu'elle rédigeait cette nécro improvisée en ravalant ses larmes, les conditions irréelles de cette mort s'imposèrent à elle une nouvelle fois. Au moment d'envoyer le message sur la Toile, elle n'était pas certaine de vouloir croire elle-même à ce qu'elle venait d'écrire.

21

Dans le Foulmire

Judson Esterhazy s'arrêta et reprit son souffle. Le soleil brillait pour une fois sur la lande marécageuse dont il mettait en valeur les bruns et les verts. Au loin se dessinaient les contours des marais d'Inish. Entre deux buttes de terre, à quelques centaines de mètres de son poste d'observation, se dressait le petit cottage de Glims Holm.

Esterhazy en avait entendu parler dès le début de ses recherches, mais l'endroit se trouvait à des kilomètres de l'endroit où il avait abattu Pendergast. Jamais l'inspecteur n'aurait pu y recevoir les soins dont il avait besoin, mais les doutes d'Esterhazy avaient refait surface lorsqu'il avait appris que D'Agosta avait effectué le déplacement à Glims Holm avant de mettre un terme à son enquête et de regagner les États-Unis, la queue entre les jambes.

Pouvait-il s'agir d'une déception de façade ? Plus il y réfléchissait, plus Esterhazy se disait que Pendergast, toujours prompt à ruser, avait fort bien pu choisir le vieux cottage comme lieu de convalescence.

Par le plus grand des hasards, lors de recherches menées dans les archives du comté de Sutherland,

Esterhazy avait découvert l'information qui lui manquait : la vieille femme qui habitait ce cottage n'était autre que la tante du docteur Roscommon, ce que ce dernier s'était bien gardé de raconter aux bonnes gens d'Inverkirkton.

Tapi derrière un bouquet d'ajoncs, Esterhazy sortit ses jumelles afin d'observer le cottage et ses habitants. À travers la fenêtre du rez-de-chaussée, il vit la vieille dame s'activer autour du poêle, puis ouvrir le four avant de disparaître. Quelques instants plus tard, il retrouvait sa silhouette à l'étage, un mug à la main. Elle se pencha vers un malade alité, l'aida à se redresser et lui fit boire le contenu du mug.

Le pouls d'Esterhazy s'accéléra. Sa canne de marche à la main, il contourna la maisonnette par l'arrière et découvrit une petite porte de bois brut donnant sur le potager au fond duquel se dressaient une cabane et une étable abandonnée. Nulle ouverture ne trouait la façade arrière du cottage.

Il jeta un coup d'œil prudent autour de lui. Personne. La lande était déserte à des kilomètres à la ronde. Il tira de sa poche une arme de poing et s'assura qu'elle était chargée, puis il s'avança avec précaution, s'accroupit près de la petite porte qu'il gratta d'un doigt.

La vieille mégère avait l'ouïe fine car elle s'approcha de la porte en marmonnant des propos inintelligibles. La porte s'écarta dans un bruit de verrou et la femme passa le nez dehors.

Elle eut à peine le temps d'étouffer un juron.

Esterhazy se releva d'un bond, lui plaqua une main sur la bouche et l'attira dans le jardin où il l'assomma d'un coup de crosse avant de déposer son corps inanimé à même la terre. Quelques instants plus tard, il se glissait à l'intérieur du cottage et découvrait la grande pièce du rez-de-chaussée. Il embrassa d'un coup d'œil le poêle émaillé, les chaises fatiguées, les bois de cerfs accrochés aux murs et l'escalier raide menant à l'étage, d'où lui parvenait une respiration bruyante.

Esterhazy se déplaçait sans bruit, avançant un pied après l'autre. Il commença par s'assurer que le placard et les toilettes étaient vides. Convaincu que personne ne se cachait en bas, il s'approcha de l'escalier, l'arme à la main.

Il attendit, l'oreille tendue. La respiration pénible de l'occupant du grenier lui parvenait distinctement, il entendit même l'inconnu se retourner dans son lit en grognant. Esterhazy patienta cinq bonnes minutes. Tout semblait normal.

Il posa un pied sur la première marche et s'y appuya progressivement de tout son poids, sans faire grincer le bois. Il répéta l'opération avec l'autre pied en usant des mêmes précautions et grimpa jusqu'en haut des marches avec une lenteur infinie, sans un craquement. Le pied d'un lit rustique apparut dans son champ de vision. Il se releva précautionneusement et découvrit la silhouette endormie d'un vieil homme tout sec vêtu d'une chemise de gros drap, ses cheveux presque aussi blancs que ceux de la vieille folle.

Esterhazy n'était pas né de la dernière pluie.

Un second oreiller était posé près de la tête de lit. Esterhazy glissa le pistolet dans sa poche et se jeta avec une rapidité de félin sur le vieil homme dont il enfouit la tête sous l'oreiller.

Un cri étouffé jaillit des profondeurs du lit et une main s'agrippa à Esterhazy en tentant de le griffer. Le médecin pesa de tout son poids sur l'oreiller, les cris se turent tandis que l'homme continuait de résister en silence en s'accrochant aux couvertures. Le corps du malheureux se souleva avec une énergie surprenante pour quelqu'un qui sortait tout juste de convalescence. La main tirait les couvertures dans tous les sens, les confondant sans doute avec les vêtements de l'agresseur. Le malade envoya voler les draps, révélant son torse. Les forces de Pendergast commençaient déjà à le quitter, il ne tarderait pas à s'épuiser.

Un détail attira brutalement l'attention d'Esterhazy : les mains noueuses de sa victime. Il arrêta son regard sur les jambes grêles du malade dont la peau parcheminée était parcourue de varices. Le doute n'était plus permis, il s'agissait vraiment d'un vieil homme. Au-delà des apparences, l'absence de pansement et de cicatrice au niveau de la poitrine de l'homme qui étouffait sous l'oreiller ne laissait planer aucun doute sur l'erreur qu'Esterhazy était sur le point de commettre.

À la fois choqué et furieux, le médecin réfléchissait à toute allure. Lui qui était si sûr de son fait...

Il écarta l'oreiller et découvrit le visage violacé du vieillard. La langue pendante, les yeux écarquillés par la terreur et l'asphyxie, il toussa à plusieurs reprises en tentant péniblement de reprendre son souffle.

Aveuglé par la panique, Esterhazy jeta l'oreiller par terre et dévala l'escalier à toutes jambes. Il tomba nez à nez avec la vieille sorcière qui venait de se relever et avançait en titubant, le visage couvert de sang.

— Espèce de monstre ! hurla-t-elle à tue-tête en le griffant au passage de ses doigts crochus.

L'instant suivant, il ouvrait la porte du cottage à la volée et s'enfuyait à toutes jambes dans la lande désolée.

22

Malfourche, Mississippi

Un courant d'air agita les rideaux en s'engouffrant par la fenêtre ouverte du salon. Sous la caresse de cette brise tiède, June Brodie releva la tête des formulaires du Bureau des infirmières du Mississippi qu'elle était occupée à remplir. Seul le murmure du vent troublait le silence de la nuit. Elle regarda sa montre : presque 2 heures du matin. Du petit bureau voisin lui parvenait la voix grave d'un commentateur de télévision. Carlton regardait probablement l'un de ces documentaires historiques dont il était friand.

Elle but une gorgée de Coca à même le goulot de la bouteille posée à côté d'elle. Elle avait toujours préféré le Coca en bouteille. Le goût acidulé lui rappelait son enfance, les vieux distributeurs dont on écartait la porte en verre afin d'aller chercher une bouteille en la tirant par le goulot. Le goût du Coca en bouteille était différent. Tout au long des dix années passées dans le marais du Black Brake, elle avait dû se contenter de canettes en aluminium. Charles Slade ne supportait pas le reflet de la lumière sur le verre, même les seringues hypodermiques dont elle se servait à Spanish Island étaient en plastique.

Elle reposa la bouteille. Retrouver une existence normale n'avait pas que des inconvénients. Carlton pouvait enfin regarder la télévision sans écouteurs, les stores n'étaient pas tirés en permanence, empêchant l'air et la lumière de rentrer. De son côté, elle était libre de décorer la maison de fleurs coupées – des roses, des gardénias et des callas des marais, ses préférées – sans craindre que leur parfum assaille les sens exacerbés du vieil homme. Elle qui avait toujours veillé à rester mince et suivre la mode savourait désormais le regard des autres. C'est vrai, on les avait observés au départ avec beaucoup de curiosité, voire de méfiance, mais les voisins commençaient à s'habituer à leur présence. L'enquête menée par la police était derrière eux, le journaliste un peu trop envahissant du *Bourdon d'Ezerville* ne les avait pas rappelés, seul un quotidien de Houston avait cru bon de reprendre la nouvelle de leur retour inattendu. À la mort de Slade, ils avaient pris leur temps avant de retrouver une vie normale, de façon à ne pas éveiller les soupçons. Personne ne saurait jamais rien de leur séjour à Spanish Island.

June Brodie secoua la tête d'un air pensif. Les soirs comme celui-ci, Charles Slade lui manquait terriblement, presque physiquement. Les années passées à s'occuper de son corps vieillissant, de son esprit rongé par la maladie n'avaient jamais émoussé la force de son amour. Elle avait aimé cet homme de toute son âme. Elle savait que c'était mal, que cette passion était injuste, qu'elle faisait souffrir son mari, ce qui ne l'avait pas empêchée de se laisser séduire par le P-DG des Laboratoires Longitude dont le charme et le charisme, la gentillesse aussi, n'avaient pu la laisser indifférente… Au point de renoncer à sa carrière pour se dévouer à lui. De jour comme de nuit.

Le bureau était silencieux. Sans doute Carlton avait-il éteint la télé pour se pencher sur son autre activité de prédilection, les mots croisés du *Times* de Londres.

Elle jeta un coup d'œil en soupirant aux papiers qu'elle remplissait. Autant s'en débarrasser tout de suite. Sa licence d'infirmière avait expiré en 2004, les lois du Mississippi l'obligeaient à…

Elle releva vivement la tête en apercevant la silhouette de Carlton à l'entrée de la pièce, une expression étrange sur son visage.

— Carlton ? s'étonna-t-elle. Que se passe-t-il ? Que…

Un inconnu dissimulé dans l'ombre apparut sur le seuil. Elle retint son souffle en découvrant un personnage élancé, entièrement vêtu de noir. Il portait un trench-coat de marque avec une casquette en cuir rabattue sur des yeux qui l'observaient avec le plus parfait détachement. Il tenait d'une main gantée, pointée sur la nuque de son mari, une arme au canon muni d'un silencieux.

— Asseyez-vous, ordonna l'homme en poussant Carlton Brodie dans un fauteuil.

Malgré la peur, June Brodie remarqua dans sa voix une pointe d'accent étranger. Un accent européen. Peut-être belge, plus sûrement allemand.

L'inconnu balaya la pièce du regard et referma la fenêtre dont il tira les rideaux. Il retira son trench-coat et le posa sur le dossier de la chaise la plus proche, s'installa sur celle-ci et croisa les jambes en laissant négligemment pendre le bras armé du pistolet. Il rectifia le pli de son pantalon d'une pichenette et ajusta les manches de sa chemise comme s'il s'agissait d'un costume à mille dollars et non d'une tenue de monte-en-l'air. Il se pencha vers June qui remarqua machinalement le grain de beauté anormalement long et fin qui pendait, tel un ver morbide, sous l'un de ses yeux. *Pourquoi ne s'est-il jamais fait enlever cette horreur ?* pensa-t-elle de façon incongrue.

— Je me demandais si vous alliez pouvoir éclairer ma lanterne, commença-t-il d'une voix amène.

June Brodie jeta un regard en coin à son mari.

— Pourriez-vous me dire exactement ce qu'est un *moon pie* ?

June, perplexe, crut un instant avoir mal entendu.

— J'ai toujours été fasciné par les spécialités locales, précisa l'inconnu. C'est la première fois que je viens dans votre région pour le moins pittoresque. J'ai appris la différence entre *crawfish* et *crayfish*. À savoir qu'il n'y en a pas, puisqu'il s'agit d'écrevisse dans les deux cas. J'ai goûté à ce gruau auquel vous donnez le nom de *grits*, ainsi qu'à ces croquettes que vous appelez... comment les appelez-vous déjà ? Des *hush puppies*. En revanche, je n'arrive pas à savoir quelle sorte de tarte désigne le *moon pie*.

— Ce n'est pas une tarte, le corrigea Carlton d'une voix que la peur rendait acide. C'est un gros cookie préparé avec des marshmallows et des crackers. Et du chocolat.

— Je vois. Tous mes remerciements.

L'homme les regarda tour à tour.

— À présent, auriez-vous l'amabilité de me dire où vous avez passé ces douze dernières années ?

June Brodie prit sa respiration, elle-même étonnée du calme avec lequel elle parvenait à lui répondre.

— Ce n'est pas un secret. Les journaux en ont parlé. Nous avions une maison d'hôtes au Mexique, la Casa Magnolia, et...

D'un léger mouvement du poignet, l'homme releva le canon de son arme et tira avec un pouf ! à peine audible sur la rotule gauche de Carlton Brodie. Ce dernier bondit sur son siège en hurlant sous l'effet de la surprise et de la douleur, comme électrocuté. Plié en deux, il se tenait le genou d'une main, du sang plein les doigts.

— Si tu ne te tais pas immédiatement, lui ordonna calmement l'inconnu, je t'explose la cervelle.

Carlton, les larmes aux yeux, se mordit le poing afin d'étouffer ses cris. June voulut se précipiter vers lui, mais l'homme lui indiqua de se rasseoir d'un mouvement de son pistolet.

— J'ai horreur qu'on me mente, expliqua l'homme. À votre place, j'éviterais de recommencer.

Un profond silence s'abattit sur la pièce. L'homme retira un gant, puis l'autre, et remonta sa casquette en découvrant un visage aquilin : un nez fin, des pommettes saillantes, des cheveux blonds coupés très court, un menton étroit, des yeux bleus d'une froideur inquiétante et une bouche tombante. Le bras avec lequel il tenait son arme retomba et il dévisagea ses interlocuteurs l'un après l'autre.

— Madame Brodie, nous savons que votre famille est propriétaire d'un campement de chasse et de pêche dans le marais du Black Brake, pas très loin d'ici. Un lieu baptisé Spanish Island.

June Brodie écarquilla les yeux, le cœur battant. Sur le fauteuil voisin, Carlton agrippait son genou blessé en gémissant, le corps secoué de spasmes.

— Peu avant votre réapparition, on a retrouvé près de Spanish Island le corps d'un certain Michael Ventura, qui avait longtemps dirigé les services de sécurité des Laboratoires Longitude. Il se trouve que ce personnage nous intéresse. Que savez-vous de lui ?

Nous intéresse. June repensa aux paroles si souvent murmurées avec terreur par Slade lors de sa maladie : *Personne ne doit savoir où nous sommes. Ils ne doivent jamais apprendre que nous sommes en vie, sinon ils viendront nous tuer*. Elle avait toujours attribué ces divagations à la paranoïa croissante d'un homme touché par la folie, mais avait-elle pu se tromper ?

Elle avala sa salive, la gorge nouée.

— Je ne sais rien, répondit-elle. Le campement de Spanish Island a fermé ses portes il y a longtemps et il n'a jamais plus servi…

L'homme leva le canon de l'arme et tira dans le bas-ventre de Brodie. Une masse de sang et de chair explosa sur le fauteuil. Brodie hurla de douleur et tomba de son siège en se roulant par terre.

— C'est bon ! s'écria June. C'est bon, pour l'amour du ciel, ne tirez plus, je vous en supplie !

— Faites-le taire, lui ordonna l'inconnu, ou bien je m'en charge.

June se précipita vers son mari qui hurlait de douleur et lui posa la main sur l'épaule. Il saignait abondamment au niveau de l'entrejambe et vomit soudainement sur ses chaussures dans un spasme sinistre.

— Je vous écoute, reprit l'homme d'une voix calme.

— Nous nous sommes réfugiés là-bas, s'empressa-t-elle de répondre sous l'effet de la peur. Au milieu des marais. À Spanish Island.

— Depuis combien de temps ?

— Depuis l'incendie.

L'homme fronça les sourcils.

— L'incendie des Laboratoires Longitude ?

Elle hocha la tête précipitamment.

— Pourquoi vous être réfugiés là-bas ?

— Pour nous occuper de lui.

— Lui ?

— Charles. Charles Slade.

Le masque d'indifférence de l'inconnu s'effaça pour la première fois, laissant place à l'étonnement.

— Impossible. Slade est mort dans l'incendie…

Il n'acheva pas sa phrase et ses yeux s'agrandirent en brillant d'un éclat nouveau, comme s'il venait de comprendre.

— Nous avons allumé nous-mêmes l'incendie.

— Pour quelle raison ? Pour détruire toute trace du laboratoire ?

Elle secoua la tête en signe de dénégation.

— Je ne sais pas pourquoi. La plupart des expériences étaient réalisées à Spanish Island.

L'homme semblait de plus en plus surpris. June n'avait d'yeux que pour son mari qui gémissait lamentablement en tremblant de tous ses membres. Il ne tarderait pas à perdre connaissance. À mourir. Elle sanglotait sans parvenir à se contrôler.

— Je vous en prie…

— Pourquoi vous êtes-vous cachés là-bas ? insista l'homme.

Il s'exprimait à nouveau sur un ton anodin, mais l'éclat qui brillait dans son regard ne s'était pas éteint.

— Charles est tombé malade, atteint par le virus de la grippe aviaire. Il n'était… il n'était plus le même.

L'homme hocha la tête.

— Il a souhaité que vous restiez vous occuper de lui avec votre mari ?

— Oui. Les marais nous offraient un refuge inexpugnable, tout en lui permettant de poursuivre ses travaux, jusqu'à ce que la maladie l'en empêche.

La terreur bloquait les mots dans sa gorge. Elle se trouvait en face d'un adversaire d'une brutalité inouïe, mais ils pouvaient peut-être encore s'en tirer à condition de ne rien lui cacher. Elle devait impérativement conduire Carlton à l'hôpital.

— Qui d'autre était au courant ?

— Uniquement Mike. Mike Ventura. Il s'occupait du ravitaillement et veillait à ce que nous ne manquions de rien.

L'homme parut hésiter.

— Mais Ventura est mort.

— Il l'a tué, répliqua June Brodie.

— Qui ça ? Qui l'a tué ?

— L'inspecteur Pendergast, du FBI.

— Le FBI ? s'étonna l'homme en élevant la voix pour la première fois.

— Oui. Il est arrivé avec une femme de la police de New York. Le capitaine Hayward.

— Que voulaient-ils ?

— Le type du FBI cherchait à découvrir qui avait assassiné sa femme. Un meurtre lié au projet Aves sur lequel travaillaient les équipes de Longitude. Slade avait ordonné son assassinat, des années plus tôt.

— Ah, laissa tomber l'homme en donnant l'impression de comprendre.

Il examina nonchalamment les ongles de sa main gauche.

— Cet inspecteur du FBI était au courant que Slade était encore en vie ?

— Non. Pas jusqu'à ce qu'il débarque à Spanish Island et découvre Charles.

— Que s'est-il passé ensuite ? C'est lui qui a tué Slade ?

— Plus ou moins. Slade est mort à cause de lui.

— Pourquoi les journaux n'en ont-ils pas parlé ?

— Le type du FBI préférait que ça reste secret.

— Quand s'est déroulée toute cette histoire ?

— Il y a plus de six mois. En mars dernier.

Un pli barra le front de l'inconnu.

— Quoi d'autre ?

— C'est tout, je ne sais rien d'autre. Je vous en prie, laissez-nous partir. Mon mari a besoin de soins !

— C'est vraiment tout ? insista l'homme d'une voix dans laquelle perçait un léger doute.

— C'est tout.

Qu'aurait-elle pu lui avouer d'autre ? Elle lui avait parlé de Slade, de Spanish Island, du projet Aves.

— Je vois.

L'homme observa son interlocutrice pendant un petit moment, puis il leva le canon du pistolet et abattit Carlton Brodie d'une balle entre les deux yeux.

— Non ! hurla June en sentant le corps de son mari tressauter entre ses bras.

L'inconnu baissa lentement son arme.

— Non ! sanglota June. Carlton !

Le corps du malheureux se détendit lentement tandis qu'un sifflement interminable s'échappait de ses poumons. Un long sillon rouge s'échappait de sa nuque, que le tissu du fauteuil épongeait peu à peu.

— Je vous demande de réfléchir très sérieusement, reprit l'homme. Vous êtes bien certaine de m'avoir tout dit ?

— Oui, parvint-elle à articuler entre deux sanglots tout en berçant le corps de son mari. Je vous ai tout dit.

— Très bien.

Il resta sans bouger quelques instants, puis il laissa échapper un léger ricanement.

— Le *moon pie*... Quelle abomination.

Il se leva et s'approcha calmement de la table sur laquelle travaillait June Brodie à son arrivée. Il jeta un coup d'œil aux formulaires qui y étaient étalés, coinça le pistolet dans la ceinture de son pantalon et s'empara de la bouteille de Coca-Cola dont il déversa les dernières gouttes dans un pot de fleurs.

D'un mouvement sec, il brisa le goulot sur le rebord de la table et se dirigea vers elle d'un air menaçant. June le vit s'avancer, hypnotisée par le reflet de la lampe sur le tesson acéré.

— Mais... je vous ai tout dit, balbutia-t-elle.

— Je sais, reconnut-il en acquiesçant avec bienveillance. Mais deux précautions valent mieux qu'une.

23

Inverkirkton

— Bonjour, monsieur Draper. Ça vous ravigote ce temps-là, n'est-ce pas ?

— Absolument, Robbie.

— Alors, cette promenade à vélo ?

— Excellente. J'ai effectué l'aller-retour jusqu'à Fenkirk.

— Une belle distance, dites-moi.

— Autant profiter du beau temps avant mon départ, demain matin.

— Je vais vous regretter, monsieur Draper. Je m'y attendais, remarquez bien. J'ai déjà eu de la chance de vous garder aussi longtemps.

— En attendant, si vous pouviez préparer ma note.

— Tout de suite, monsieur.

— Merci pour votre hospitalité. Je vais monter me rafraîchir avant d'aller au Half Moon goûter une dernière fois à leur tourte au bœuf et aux rognons.

— Très bien, monsieur.

Esterhazy se lava les mains au lavabo de sa chambre et les sécha. Pour la première fois depuis des semaines, il se sentait soulagé. Il n'avait jamais pu se convaincre de la mort de Pendergast jusque-là. Sa quête avait tourné à l'obsession, jusqu'à occuper ses pensées le jour, habiter ses rêves la nuit. En dépit de sa mésaventure, la visite à Glims Holm l'avait pleinement rassuré. Si l'inspecteur avait survécu, il l'aurait découvert ce matin-là dans le cottage des deux vieillards. La vieille folle du cottage ne porterait sans doute jamais plainte ; quand bien même elle s'y déciderait, tout le monde au village savait qu'elle avait un grain et personne ne la croirait.

Esterhazy se sentait tout à coup plus léger, enfin libre de reprendre l'existence qu'il menait tranquillement jusqu'à ce que Pendergast et D'Agosta sonnent à sa porte quelques mois auparavant.

Il quitta sa chambre et descendit l'escalier en sifflant. La balade à vélo, et plus encore les douze kilomètres de randonnée à travers la lande avaient aiguisé son appétit. C'était bien la première fois depuis des semaines que l'angoisse ne l'empêchait pas d'avaler.

Il retrouva la pénombre et les odeurs du Half Moon avec un plaisir non dissimulé et se jucha d'autorité sur l'un des tabourets. Jennie Prothero et MacFlecknoe, le patron, occupaient leurs places habituelles, de chaque côté du bar.

— Bonjour, monsieur Draper, l'accueillit MacFlecknoe en tirant une pinte à son visiteur.

— Bonjour, Paulie. Jennie.

Les tournées généreusement offertes par Esterhazy depuis une semaine lui valaient désormais le droit de les appeler par leur prénom.

— ... 'jour, mon chou, répondit Mme Prothero avec un petit signe de tête souligné d'un sourire.

MacFlecknoe posa la pinte devant Esterhazy et se tourna vers Jennie Prothero.

— C'est bizarre qu'on l'ait jamais vu.

— Il nous a expliqué qu'il était du côté de Glenlivet, répliqua la vieille femme entre deux gorgées de bière brune. Tu crois qu'il en a parlé à la police ?

— Naaaan ! Pour quelle raison ? Dis-toi bien qu'il a aucune envie d'être enquiquiné avec une histoire comme ça, surtout pendant ses vacances.

Esterhazy tendit l'oreille.

— Que s'est-il passé ?

MacFlecknoe et la commerçante échangèrent un coup d'œil.

— Un pasteur, expliqua le bistrotier. Vous l'avez manqué de peu, il était passé s'en jeter un.

— Et même plus d'un, rectifia Jennie avec un clin d'œil entendu.

— Un type sympa, affirma MacFlecknoe. Pour un Gallois. Il a une petite église du côté d'Anglesey, mais il visite le coin depuis un mois.

— Il s'amuse à exécuter des relevés de pierres tombales, précisa Jennie Prothero.

— Des relevés de pierres tombales ? s'étonna Esterhazy, intrigué.

— Oui. Il suffit de poser une grande feuille de papier sur la tombe et de passer partout avec une craie noire, les inscriptions gravées dans la pierre apparaissent en blanc sur la feuille, ajouta-t-elle en secouant la tête d'un air navré.

— Attends, Jennie, s'interposa MacFlecknoe. Ça n'a rien de honteux, surtout pour un prêtre.

— Peut-être bien, concéda la vieille femme. Nous a expliqué qu'il était spécialisé dans l'iniquité.

— Les antiquités, la corrigea MacFlecknoe.

Esterhazy interrompit leur joute.

— J'aurais volontiers mangé une tourte au bœuf et aux rognons, Paulie, commanda-t-il avant d'ajouter d'un air détaché : Pourquoi parliez-vous de la police tout à l'heure ?

MacFlecknoe hésita.

— C'est-à-dire, monsieur Draper, je sais pas si c'était bien sérieux. Il s'était déjà sifflé trois whiskys quand il nous en a parlé.

— Sois pas bête, Paulie ! le réprimanda Jennie Prothero. M'sieur Draper est pas comme ça. Jamais il irait chercher des histoires à ce vieux bougre.

Le propriétaire du pub rumina les paroles de la vieille femme avant de se décider.

— Bon, d'accord. C'était il y a quelques semaines. Le pasteur venait d'arriver dans la région, il allait à Auchindown quand il a repéré le cimetière de Ballbridge. Une chapelle en ruine, tout près des marais d'Inish. Alors il est allé jeter un œil aux pierres tombales. Il entrait à peine dans le cimetière qu'il voit un type surgir du brouillard. Soûl, ou alors malade, tout tremblant de froid, avec du sang et de la boue partout.

— Pauvre pasteur. Il a cru qu'il était tombé sur un type en cavale, précisa la commerçante en posant l'index sur le bout de son nez. Un criminel recherché par la police.

Esterhazy avait entendu parler de cet endroit. Une vieille chapelle abandonnée à mi-chemin entre le Foulmire et Inverkirkton.

— À quoi ressemblait donc le bonhomme en question ? demanda-t-il, le cœur battant à tout rompre.

MacFlecknoe plissa le front.

— À vrai dire, il a pas vraiment précisé. Le type avait l'air au bout du rouleau, il marmonnait des trucs incompréhensibles. Le pasteur a même cru qu'il voulait se confesser, alors il l'a écouté. Comme il nous a dit, le type avait quasiment perdu la boule. Il tremblait comme une feuille, il claquait des dents. Il a raconté toute une histoire au pasteur pour lui expliquer qu'il cherchait à contourner le marais, alors l'autre lui a dessiné un plan. Le type lui a demandé de n'en parler à personne. Et voilà le vieux prêtre qui file à sa voiture chercher une couverture. Le temps de revenir, le type avait décanillé.

— Même que je risque pas d'oublier de fermer ma porte à clé ce soir, ajouta Jennie Prothero.

— Quelle histoire ce drôle de type a-t-il pu raconter au prêtre ? insista Esterhazy.

— Ça, monsieur Draper, vous connaissez les prêtres, rétorqua le patron. Le secret de la confession, c'est un truc sacré.

— Vous me dites que ce prêtre a en charge une paroisse à Anglesey, reprit Esterhazy. Il est déjà reparti ?

— Pas encore, répondit Jennie Prothero. Il lui reste quelques jours de vacances. Même qu'il nous a dit qu'il comptait s'arrêter à Lochmoray.

— Un patelin un peu plus à l'ouest, précisa MacFlecknoe sur un ton qui aurait pu laisser croire qu'Inverkirkton, par comparaison, était une mégalopole.

— C'est pas les pierres tombales qui manquent à St. Muns, ajouta Prothero en secouant à nouveau la tête.

— St. Muns, répéta doucement Esterhazy d'un air distrait.

24

Lochmoray

Judson Esterhazy grimpait la côte en pédalant, laissant le village derrière lui. À mesure que la route s'enfonçait dans les collines granitiques des Highlands, toute trace de civilisation s'effaçait et il lui fallut quatre-vingt-dix minutes d'effort avant de voir surgir un clocher de pierre grise dans le lointain.

Il ne pouvait s'agir que de la vieille chapelle de St. Muns, entourée de son cimetière plusieurs fois centenaire dans lequel il espérait trouver le vieux prêtre.

Il marqua une halte afin de mesurer la distance qui lui restait à parcourir, reprit son souffle et se lança à l'assaut de la pente.

La route traversait un bois de sapins avant un petit val en suivant une courbe de terrain, puis elle grimpait à nouveau jusqu'à la chapelle. Un vent froid poussait les nuages dans le ciel lorsque Esterhazy s'arrêta afin d'observer les alentours.

Le patron du pub ne lui avait pas menti, le prêtre arpentait le cimetière en costume de tweed surmonté d'un col romain. Il avait posé sa bicyclette contre une stèle et passait une craie grasse sur une feuille de papier étalée sur une pierre tombale. Esterhazy se rassura en caressant la crosse de son pistolet afin de vérifier qu'il était aisément accessible, puis il remonta en selle et parcourut les derniers mètres qui le séparaient de son but.

Il avait le plus grand mal à y croire. Même dans la mort, ce salaud de Pendergast s'évertuait à lui compliquer la tâche. Car c'était bien Pendergast que le prêtre avait croisé par hasard près des marais d'Inish. Un Pendergast à la limite de ses forces, rendu fou par sa blessure et le sang qu'il avait perdu, à l'article de la mort. Qu'avait-il bien pu raconter au vieil homme ? Esterhazy ne pouvait se permettre de quitter l'Écosse sans le savoir.

Le prêtre se releva péniblement en entendant Esterhazy approcher et chassa d'une main les brins d'herbe et les brindilles restés collés aux genoux de son pantalon. Un carton à dessin contenant ses relevés de pierres tombales gisait un peu plus loin avec tout son matériel.

— Ouf ! marmonna le vieil homme en rajustant sa tenue. Bien le bonjour à vous, dit-il avec un accent gallois pittoresque.

La méfiance naturelle d'Esterhazy s'évapora en découvrant le visage rougeaud du personnage sanguin qui lui tendait une main désagréablement moite et sale.

— Vous devez être le pasteur d'Anglesey, répondit Esterhazy.

— En effet, répliqua-t-il, son sourire laissant place à un certain étonnement. Comment le savez-vous ?

— J'arrive tout droit du pub d'Inverkirkton où le patron m'a parlé d'un prêtre qui visitait les cimetières à la recherche de pierres tombales anciennes.

Le visage du vieil homme s'illumina.

— Absolument !

— Quelle coïncidence. Je me présente, je m'appelle Wickham.

— Enchanté.

Un silence confortable s'installa entre les deux hommes.

— On m'a également rapporté au pub que vous aviez vécu une aventure peu banale, reprit Esterhazy. Au sujet de ce malheureux que vous avez croisé sur la lande.

— Ne m'en parlez pas !

L'expression ravie du prêtre signalait un bavard, habitué à donner son opinion sur tout.

— Je serais curieux d'en savoir davantage, dit le prétendu Wickham d'un ton faussement détaché.

— Ma foi… avec plaisir, acquiesça l'autre d'un air satisfait. La scène a dû se dérouler… je dirais, vers le début du mois d'octobre.

Pendu à ses lèvres, Esterhazy s'efforçait de ne pas laisser percer son impatience.

— Je me trouvais près des marais d'Inish lorsque je suis tombé inopinément sur un curieux personnage errant sur la lande.

— Curieux dans quel sens ? À quoi ressemblait-il ?

— Il se trouvait dans un état effrayant. Il se prétendait malade… Je n'aurais pas été surpris d'apprendre qu'il était soûl, ou bien alors qu'il avait eu maille à partir avec la justice. Il avait dû tomber quelque part, son visage était couvert de sang. Le teint blême, de la boue partout, trempé jusqu'aux os. Je crois me souvenir qu'il avait beaucoup plu cet après-midi-là. Oui, il avait plu, je m'en souviens à présent. Heureusement pour moi, j'avais pris la précaution d'emporter mon imperméable, de sorte que…

— Mais à quoi ressemblait-il physiquement ? De quelle couleur étaient ses cheveux ?

Le prêtre s'arrêta net, surpris.

— En quoi cette histoire vous intéresse-t-elle, si vous me permettez de vous poser la question ?

— Je… J'écris des romans policiers. Je suis toujours à la recherche de nouvelles idées.

— Ah, très bien ! Dans ce cas, laissez-moi rassembler mes souvenirs… un personnage grand et mince, avec un visage très pâle et des cheveux extrêmement clairs. En habit de chasse, figurez-vous ! précisa le vieil homme en gloussant comme une pintade. Le malheureux se trouvait dans un état que vous auriez peine à imaginer.

— Il vous a parlé ?

— Ma foi, oui. Mais je ne peux pas vraiment vous en dire davantage. Comprenez-moi. Le secret de la confession est sacré au regard du Seigneur.

Le pasteur s'exprimait avec une telle lenteur qu'Esterhazy en grinçait des dents d'impatience.

— Cette histoire est absolument fascinante. Que pourriez-vous me révéler d'autre ?

— Il cherchait son chemin à travers les marais, répondit le prêtre en faisant la moue. Comme il insistait, j'ai fini par lui dessiner un croquis.

— Un croquis ?

— Eh bien oui, je n'allais pas refuser de rendre service à ce pauvre bougre. Alors je lui ai tracé le chemin sur un morceau de papier. Les marais sont diantrement dangereux dans le coin, vous savez.

— Comment pouvez-vous connaître aussi bien la région en étant originaire d'Anglesey ?

Le prêtre laissa échapper un petit rire.

— Je viens ici depuis des années. Des années ! Je connais ces landes comme ma poche, à commencer par les cimetières, d'ici au Loch Linnhe ! Ces terres sont chargées d'histoire, vous savez. J'ai effectué des centaines de relevés de pierres tombales, à commencer par celles de…

— Je n'en doute pas, mais parlez-moi un peu de ce plan. Pourriez-vous me dessiner le même ?

— Mais bien sûr ! Avec le plus grand plaisir ! Comme vous allez le voir, je lui ai conseillé de contourner les marais plutôt que de couper par Kilchurn Lodge, car le chemin est trop dangereux.

Tout en parlant, il s'appliquait à dessiner un plan, aussi petit que maladroit, sur une feuille de papier.

— Tenez ! expliqua-t-il en posant le doigt sur le X qu'il venait de tracer. Nous étions là, très exactement.

Le croquis était si confus qu'Esterhazy dut se pencher pour mieux voir.

— Où ça ?

— Ici !

Avant qu'Esterhazy ait pu comprendre ce qui lui arrivait, il reçut une violente bourrade et se retrouva cloué au sol, un bras tordu dans le dos, le nez dans l'herbe, le canon d'un pistolet enfoncé si profondément dans son oreille que les chairs se déchirèrent, laissant s'échapper un filet de sang.

— Parle, siffla le prêtre.

Esterhazy reconnut instantanément la voix de Pendergast.

Il tenta de se débattre, complètement désarçonné, mais le canon de l'arme lui ôta rapidement toute velléité de résistance. Un vent de terreur souffla sur lui. À l'instant où il se croyait enfin débarrassé de ce démon, il réapparaissait. L'incroyable vérité surgit brusquement dans toute son horreur. C'était la fin, Pendergast avait gagné.

— Tu m'as dit qu'Hélène était vivante, lui murmura la voix de son ennemi à l'oreille. Je veux savoir la suite.

Esterhazy s'efforça de rassembler ses idées, de surmonter le choc afin de savoir ce qu'il devait répondre. L'odeur de terre humide dans ses narines l'empêchait presque de respirer.

— Un instant, hoqueta-t-il. Je vais tout t'expliquer depuis le début, mais laisse-moi d'abord me relever.

— Pas question. Tu restes où tu es. Je ne suis pas pressé. Sache que j'emploierai tous les moyens nécessaires pour t'obliger à parler, sans aucune hésitation.

Car tu vas parler. Si jamais tu t'avises de me mentir, je te tue. Sans avertissement.

Esterhazy contrôlait difficilement sa peur.

— Si tu me tues… tu ne sauras jamais.

— Faux. À présent que je la sais en vie, tu peux être assuré que je la retrouverai, quel que soit le prix à payer. Je te donne l'occasion de me simplifier la tâche, rien de plus. Je ne te le répéterai pas une nouvelle fois : la vérité, ou tu meurs.

Pendergast retira du pouce la sécurité de son arme avec un léger clic.

— Oui, oui, j'ai compris !

Il lui fallait impérativement recouvrer son calme.

— Tu n'as pas idée de ce que représente cette histoire, hoqueta-t-il. Tout a commencé bien avant Longitude.

Il peinait à respirer, le nez écrasé dans l'herbe chargée de rosée.

— Bien avant notre naissance.

— Je t'écoute.

Esterhazy prit longuement sa respiration. Comment lui avouer ? La vérité était si atroce…

— Commence par le début, insista Pendergast.

— Les faits remontent au mois d'avril 1945…

Pendergast retira brusquement le canon du pistolet de son oreille.

— Mon cher ami ! Quelle chute ! Laissez-moi vous aider à vous relever.

La voix du prêtre, avec son fort accent gallois, avait remplacé celle de Pendergast, et Esterhazy ne comprit pas immédiatement.

— Mon Dieu ! Vous avez une mauvaise coupure à l'oreille.

Pendergast s'appliquait à éponger les traces de sang avec un mouchoir tout en enfonçant le pistolet dans les côtes de son beau-frère, à travers la poche de sa veste. Un claquement de portière et des voix s'élevèrent à l'entrée du cimetière. Esterhazy releva la tête en papillonnant des yeux. Un petit groupe venait à leur rencontre : des touristes armés de bâtons de marche, d'imperméables, de stylos, de carnets de voyage et d'appareils photo. Leur camionnette était rangée le long du muret de vieilles pierres entourant le cimetière. Les deux beaux-frères, occupés par leur lutte, ne les avaient pas entendus arriver.

— Hello ! les héla le responsable du groupe, un petit gros vigoureux qui venait à leur rencontre en agitant son parapluie replié. Rien de grave ?

— Simple chute, le rassura Pendergast en aidant Esterhazy à se remettre debout, d'une main de fer tout en lui enfonçant dans les reins le canon de son arme.

— Je ne m'attendais pas à trouver d'autres visiteurs dans ce coin perdu de l'Écosse ! Des cyclistes, par-dessus le marché. Quelle raison vous conduit donc en ces lieux ?

— Nous effectuons des relevés de pierres tombales, lui expliqua Pendergast avec un calme impérial que contredisait l'éclat de ses yeux.

De son côté, Esterhazy se reprenait difficilement. Pendergast ne se trouvait neutralisé que temporairement, il reprendrait leur petite conversation à la première occasion.

— Figurez-vous que nous nous intéressons aux noms des défunts ! s'exclama le petit homme. Rory Monckton, de la Société écossaise de généalogie, ajouta-t-il en tendant la main.

Une telle chance ne se représenterait pas. Pendergast s'était vu contraint de lâcher le bras d'Esterhazy afin de serrer la main du généalogiste.

— Ravi de vous rencontrer, commença Pendergast, mais j'ai bien peur que nous soyons déjà obligés de vous qu...

Esterhazy écarta le canon du pistolet d'un violent coup de coude et se jeta au sol. Pendergast tira par réflexe, mais le coup partit une fraction de seconde trop tard, Esterhazy avait déjà sorti son propre pistolet.

— Par tous les saints du paradis ! s'écria le gros homme en se jetant à plat ventre dans l'herbe.

Ses compagnons s'égaillèrent dans tous les sens et se précipitèrent à couvert en poussant des cris d'orfraie.

Esterhazy ouvrit le feu à son tour. Réfugié derrière une stèle, Pendergast appuya à nouveau sur la détente et manqua son coup, ses dons de tireur affectés par sa blessure récente.

Esterhazy tira à deux autres reprises, contraignant Pendergast à rester abrité derrière la pierre tombale, puis il courut en direction de la camionnette qu'il contourna avant de se glisser à l'intérieur, tête baissée.

Les clés étaient sur le démarreur.

Une balle fit exploser l'une des vitres du véhicule, arrosant d'une pluie de verre Esterhazy qui répliqua aussitôt tout en mettant le contact. Une tempête de cris s'éleva du cimetière tandis qu'il enclenchait la marche arrière et démarrait sur les chapeaux de roue dans un nuage de graviers. Plusieurs projectiles se fichèrent dans la carrosserie de la camionnette au moment où celle-ci, sa manœuvre terminée, s'élançait sur la petite route.

Au moment où il abordait le virage au creux du petit vallon, une dernière balle atteignit le véhicule qui disparut presque aussitôt au milieu des collines. Esterhazy n'en croyait pas sa chance. Une vingtaine de kilomètres séparaient la chapelle de St. Muns de Lochmoray, les téléphones portables ne passaient pas dans un lieu aussi reculé, et Pendergast n'avait qu'un vieux vélo.

Il disposait donc de deux petites heures pour rallier un aéroport.

25

Édimbourg

— Vous pouvez remettre votre chemise.

Le vieux médecin ramassa la sacoche Gladstone usée qui ne le quittait jamais et rangea méticuleusement ses instruments – le stéthoscope, le tensiomètre, l'otoscope, la lampe électrique, l'ophtalmoscope, le petit moniteur cardiaque – avant de refermer le sac. Il jeta un dernier coup d'œil au décor luxueux de la suite dans laquelle il se trouvait et posa un regard désapprobateur sur son patient.

— Votre blessure ne s'est pas bien cicatrisée, monsieur Pendergast.

— J'avoue n'avoir pas passé ma convalescence dans des conditions idéales.

Le médecin eut une hésitation.

— Il s'agit d'une blessure par balle.

— On ne peut rien vous cacher, approuva Pendergast en achevant de boutonner sa chemise blanche avant d'enfiler un élégant peignoir de soie. Simple accident de chasse.

— Vous savez comme moi que ce genre d'accident doit être signalé à la police.

— Je vous remercie, mais les autorités savent déjà tout ce qu'elles doivent savoir.

La moue du médecin s'accentua.

— Vous êtes encore très faible. Vous souffrez d'anémie, et j'ai noté des signes de bradycardie. Je ne saurais trop vous recommander deux semaines de repos absolu, dans un hôpital de préférence.

— J'apprécie la qualité de votre diagnostic, docteur, et je vous promets d'en tenir compte. En attendant, je vous serais reconnaissant de bien vouloir me communiquer les résultats de votre examen, ainsi que mon électrocardiogramme, et vous me direz ce que je vous dois.

Cinq minutes plus tard, le médecin quittait la suite. Pendergast se passa les mains sous l'eau, puis il se dirigea vers le téléphone.

— Que puis-je pour votre service, monsieur Pendergast ?

— Je souhaiterais une bouteille de gin Old Raj, du Noilly Prat et un citron.

— Très bien, monsieur.

Pendergast raccrocha, ouvrit la porte-fenêtre du salon et sortit sur la petite terrasse où il fut accueilli par le bourdonnement de la ville. La soirée était fraîche ; à ses pieds, sur Princes Street, la file des taxis attendait devant l'entrée de l'établissement et un camion passa à côté d'eux en ébranlant les vitres du bâtiment. La foule des voyageurs sortait par grappes de la gare de Waverly. Pendergast releva les yeux et les posa sur le château dont la masse couleur sable dominait la vieille ville d'Édimbourg, sa silhouette illuminée se découpant dans le violet du crépuscule.

On frappa et la porte de la suite s'ouvrit, laissant passer un employé en uniforme armé d'un plateau d'argent sur lequel étaient posés des verres, de la glace, un shaker, une coupelle de zestes de citron et deux bouteilles.

— Je vous remercie, le salua Pendergast en lui glissant un billet.

— À votre service, monsieur.

À nouveau seul, Pendergast ouvrit le shaker dans lequel il déposa de la glace, quelques doigts de gin et un trait de vermouth. Il secoua le tout pendant soixante secondes et versa le cocktail dans l'un des verres avant de compléter par un zeste de citron, puis il regagna la terrasse, prit place sur un fauteuil et se plongea dans ses pensées.

Une heure s'écoula. Pendergast remplit son verre vide dans le salon et reprit sa place sur la terrasse où il médita à nouveau durant une heure. Apparemment décidé, il avala le reste de son cocktail, tira un téléphone portable de sa poche et composa un numéro.

La sonnerie retentit à plusieurs reprises avant qu'une voix ne réponde à l'autre bout du fil.

— D'Agosta.

— Bonjour, Vincent.

— Pendergast ?

— Lui-même.

— Où êtes-vous ? demanda le lieutenant d'une voix pressante.

— À l'hôtel Balmoral, à Édimbourg.

— Comment vous portez-vous ?

— Aussi bien que possible, étant donné les circonstances.

— Et Esterhazy… que lui est-il arrivé ?

— Il a trouvé le moyen de me glisser entre les doigts.

— Seigneur. Et comment ?

— Les détails importent peu, je dirai simplement que les plans les mieux conçus peuvent connaître des ratés.

— Où est-il, à l'heure qu'il est ?

— En plein ciel, quelque part au-dessus de l'Atlantique.

— Vous en êtes certain ?

— On a retrouvé la camionnette qu'il avait volée sur une voie de service de l'aéroport d'Édimbourg.

— Quand ?

— Cet après-midi.

— Dans ce cas, il n'a pas encore eu le temps d'atterrir. Dites-moi par où ce fils de pute compte passer et je me charge de lui organiser un comité d'accueil.

— J'ai bien peur que ce soit impossible.

— Pourquoi diable ? Ne me dites pas que vous allez le laisser s'en tirer.

— Il ne s'agit nullement de cela. J'ai déjà pris langue avec les services de l'immigration et la police des frontières. Aucun Judson Esterhazy n'a quitté l'Écosse aujourd'hui. De nombreux autres Américains, mais pas lui.

— Dans ce cas, la camionnette abandonnée n'était qu'une ruse. Il doit se terrer quelque part.

— Non, Vincent. J'ai longuement réfléchi à la difficulté. Il est clair qu'il a fui l'Écosse, très probablement à destination des États-Unis.

— Comment diable aurait-il pu échapper au contrôle de la police des frontières ?

— Au lendemain de l'enquête officielle, Esterhazy a quitté l'Écosse au vu et au su de tout le monde. J'ai retrouvé la date de son départ et le numéro de son vol grâce aux autorités locales. En revanche, celles-ci n'ont aucune trace de son retour en Écosse, alors que nous savons l'un comme l'autre qu'il s'y trouvait.

— C'est impossible. Les contrôles sont trop sévères de nos jours.

— C'est possible à condition d'avoir recours à un faux passeport.

— Un faux passeport ?

— Il s'en sera procuré un aux États-Unis, à son retour d'Écosse la dernière fois.

Un court silence accueillit les paroles de l'inspecteur.

— Il est quasiment impossible de fabriquer de faux passeports de nos jours. Il doit y avoir une autre explication.

— Je ne le crois pas. Il dispose d'un faux passeport, et c'est bien ce qui m'inquiète.

— Il aura beau se cacher, je vais lui lâcher des chiens aux trousses.

— Il sait que je suis en vie, et plus décidé que jamais à l'attraper. Il va donc faire profil bas. Se lancer à sa recherche serait inutile dans l'immédiat. Il dispose de toute évidence d'appuis de toute première importance. J'ai pris la décision de mener mon enquête différemment.

— Ah oui ? Et comment ça ?

— Je dois découvrir par moi-même la retraite de ma femme.

Cette fois, le silence s'éternisa.

— Euh… Pendergast. Désolé de vous dire ça, mais vous savez aussi bien que moi où se trouve votre femme. Dans le caveau familial.

— Non, Vincent. Hélène est vivante. De toute mon existence, jamais je n'ai eu de certitude plus ancrée.

D'Agosta soupira bruyamment.

— Ne le laissez pas vous manipuler. Vous ne voyez donc pas ce qui se passe ? Il sait à quel point vous l'aimiez. Il sait que vous donneriez n'importe quoi pour la retrouver, que vous êtes prêt à tout pour la récupérer. Il joue avec vos sentiments. C'est du sadisme pur.

Pendergast ne répondit rien et D'Agosta jura entre ses dents.

— En clair, vous avez décidé de ne plus vous cacher.

— À quoi bon ? Ce qui ne m'empêchera pas d'agir avec un maximum de discrétion dans les temps à venir. Inutile d'avertir mes ennemis de mes faits et gestes.

— Comment puis-je vous aider ? D'ici, je veux dire ?

— Vous pouvez veiller sur Constance à ma place. Assurez-vous qu'elle ne manque de rien.

— Pas de problème. Et vous ? Quelle est la suite ?

— Je vous l'ai dit, je compte retrouver ma femme.

Sur ces mots, il raccrocha.

26

Bangor, Maine

Judson Esterhazy avait franchi la douane et récupéré ses sacs sans incident notable, mais il ne pouvait se décider à quitter la salle des bagages. Assis à l'extrémité d'une rangée de chaises en plastique moulé, il scrutait nerveusement les visages de tous ceux qui passaient devant lui. Bangor disposait de l'aéroport international le plus modeste de tous les États-Unis et Esterhazy avait veillé à brouiller les pistes en changeant d'avion par deux fois, à Shannon, puis à Québec, dans l'espoir de retarder les recherches que Pendergast ne manquerait pas d'entreprendre.

Un voyageur prit place lourdement sur le siège voisin et Esterhazy posa sur lui un regard soupçonneux. Le type pesait plus de cent cinquante kilos, les plis de son ventre pendaient au-dessus de sa ceinture. Jamais Pendergast ne serait parvenu à se grimer avec un tel réalisme, et Esterhazy s'intéressa de nouveau aux autres occupants du hall. Qui sait si Pendergast ne se trouvait pas déjà là ? Ses fonctions au FBI lui ouvraient toutes les portes, il pouvait fort bien l'observer sur un écran depuis l'un des bureaux des services de sécurité.

Ou alors il le guettait devant chez lui, à Savannah. Pis encore, à l'intérieur de sa maison, dans le bureau.

L'embuscade dans laquelle il était tombé en Écosse l'avait terrorisé. Il ne pouvait s'empêcher d'y repenser avec un mélange de panique et de haine. Tant d'années passées à se montrer discret, tant de précautions... tout ça pour rien. Pendergast ne se doutait pas de la boîte de Pandore qu'il était sur le point d'ouvrir. Si jamais ils s'en mêlaient... Esterhazy se trouvait pris en étau entre Pendergast d'un côté, et l'Alliance de l'autre.

Il écarta le col de sa chemise car il étouffait littéralement. Tout n'était pas perdu, il pouvait encore s'en tirer. Il avait l'intelligence et la détermination de son côté, et Pendergast n'était pas invincible. Il devait bien y avoir une solution. Il lui suffisait de se cacher, de disparaître le temps de réfléchir.

Mais où ? Où était-il susceptible d'échapper à la sagacité de Pendergast ? Quand bien même il aurait déniché le refuge idéal, il ne pouvait pas passer sa vie dans la peur, loin de tout, à l'image de Slade et du couple Brodie.

Les Brodie. Il avait appris par la presse les circonstances abominables de leur mort. L'Alliance avait fini par leur mettre la main dessus. Esterhazy avait ressenti un choc terrible en découvrant l'article dans le journal, mais il aurait dû s'y attendre. June Brodie ne connaissait pas la moitié des affaires dans lesquelles elle s'était trouvée impliquée, par sa faute et celle de Charles Slade. Si elle l'avait su, jamais elle n'aurait quitté Spanish Island. Malgré sa folie, Slade n'avait donc pas trahi leur secret.

Poussé par la terreur et le désespoir, Esterhazy savait ce qui lui restait à faire. Il disposait d'une porte de sortie. Une seule. Pendergast était trop dangereux, il lui fallait avertir l'Alliance de toute urgence. Ne rien leur dire serait infiniment plus périlleux, surtout s'ils apprenaient qu'il agissait dans leur dos. Il devait au contraire se montrer aussi coopératif que fiable. Même s'il devait se placer à nouveau entre leurs mains.

La situation lui confirmait qu'il n'avait pas le choix. Pendergast ne pourrait plus rien contre lui lorsqu'il serait placé sous leur protection. À condition de les convaincre que Pendergast représentait un réel danger pour eux, l'inspecteur était comme mort. Et le secret serait bien gardé.

Pour la première fois depuis longtemps, Esterhazy ressentait un début de soulagement.

Il dévisagea une nouvelle fois les voyageurs qui l'entouraient, puis il se leva, ramassa ses bagages et se dirigea vers la sortie où patientaient plusieurs taxis.

Jusque-là, tout allait bien.

Négligeant les premières voitures, il s'approcha de la quatrième et se pencha vers le conducteur.

— Vous êtes encore de service pendant un moment ? demanda-t-il au chauffeur.

— La nuit est jeune, mon prince.

Esterhazy ouvrit la portière arrière et se glissa sur la banquette.

— Conduisez-moi à Boston.

Le chauffeur ouvrit de grands yeux dans le rétroviseur.

— À Boston ?

— Plus précisément à Back Bay, Copley Place, insista Esterhazy en tirant de sa poche quelques billets de cent dollars qu'il déposa sur les genoux de son interlocuteur. Prenez ça pour commencer. Vous ne regretterez pas votre course.

— Le client est roi, répliqua le chauffeur en démarrant dans la nuit.

27

Ezerville, Mississippi

Ned Betterton regarda des deux côtés de la grand-rue poussiéreuse et déserte avant de traverser, un sachet en papier dans une main, deux canettes de soda light dans l'autre. Une vieille Chevy Impala, rangée le long du trottoir, l'attendait devant la teinturerie Della's. Betterton contourna l'auto et prit place sur le siège passager. Un homme trapu était assis au volant, des lunettes noires sur le nez, une casquette de base-ball perchée sur le sommet du crâne.

— Salut, Jack, dit Betterton.

— Salut toi-même, répondit l'autre.

Betterton lui tendit une canette de soda et tira du sachet un sandwich enveloppé de papier sulfurisé.

— Un po'boy à l'écrevisse sauce rémoulade, sans crudités. Comme tu les aimes.

Il le tendit à son voisin et sortit du sachet son propre déjeuner : un gros sandwich à la viande et au parmesan.

— Merci, acquiesça l'autre.

— Pas de quoi.

Betterton, affamé, mordit dans son sandwich avec appétit.

— Alors ? Quelles nouvelles des hommes en bleu ? demanda-t-il en mâchonnant une boulette de viande.
— Pogie leur mène la vie dure.
— Encore ? Quelle mouche a piqué le chef, cette fois-ci ?
— Son cul de minuit, comme d'habitude.
Betterton accueillit la remarque en ricanant, sans cesser de mâcher. Le « cul de minuit », une expression populaire dans le milieu des flics, désignait les hémorroïdes, un mal courant chez les fonctionnaires de police habitués à passer des heures en planque dans leur véhicule.
— Tu en sais plus sur le meurtre des époux Brodie ?
— Rien du tout.
— Arrête ton char. Je viens de te payer un sandwich.
— Et je t'ai remercié, mais j'ai pas l'intention que mon chef me tape sur les doigts pour un déjeuner à l'œil.
— Tu sais très bien que je ne cite jamais mes sources dans mes articles. J'ai juste besoin de connaître la vérité.
Le dénommé Jack fronça les sourcils.
— C'est pas parce qu'on était voisins autrefois que je vais te tuyauter chaque fois.
Betterton afficha une mine meurtrie.
— Arrête, tu sais bien que c'est pas ça. Tu me refiles des tuyaux par amitié.
— Si t'étais vraiment un pote, t'essaierais pas de me mouiller. De toute façon, je sais rien de plus que toi.
Betterton avala une nouvelle bouchée.
— Conneries.
— Je déconne pas. Ce truc-là nous dépasse complètement, le chef a appelé en renfort les types de la criminelle de Jackson, ils ont pris le relais.
Le journaliste parut réfléchir :
— Pour l'instant, je sais uniquement que le type et la femme que j'ai interviewés l'autre jour ont été assassinés. Tu dois bien avoir des infos à me refiler.
Son compagnon poussa un soupir.

— On sait que c'est pas un cambriolage qui a mal tourné. On leur a rien volé. On sait aussi que le meurtrier était pas d'ici.

— Comment pouvez-vous le savoir ? grommela Betterton entre deux bouchées.

— Parce que personne ici serait capable d'un truc pareil.

Le flic récupéra le dossier coincé entre les sièges et sortit un cliché qu'il tendit à son compagnon.

— Je ne te l'ai pas montré et tu l'as jamais vu.

Betterton pâlit en découvrant la photo prise sur la scène de crime. Ses mâchoires ralentirent et s'arrêtèrent tout à fait, il ouvrit sa portière et recracha dans le caniveau le morceau de viande qu'il avait en bouche.

Le conducteur secoua la tête.

— T'es classe, toi.

Betterton lui rendit la photo en évitant d'y poser les yeux, puis il s'essuya la bouche du revers de la main.

— Mon Dieu, balbutia-t-il d'une voix rauque.

— Tu me crois, maintenant ?

— Mon Dieu, répéta Betterton qui avait brusquement perdu tout appétit.

— T'en sais autant que moi, ajouta le flic en engloutissant la fin de son po'boy avant de se lécher les doigts. Ah si, un petit détail. On n'a pas la moindre piste. La scène de crime a été soigneusement nettoyée. Un vrai boulot de pro.

Betterton ne répondit rien.

— Tu le finis pas ? lui demanda son compagnon en lorgnant sur le reste de son sandwich.

28

New York

Installée sur un banc de Central Park West, un sachet McDonald's posé à côté d'elle, Corrie Swanson feignait de lire un livre. Dans son dos, les arbres du parc commençaient à perdre leurs couleurs rougeoyantes et les passants profitaient tranquillement de l'été indien, mais Corrie n'avait d'yeux que pour la façade altière du Dakota dont elle surveillait l'entrée, au coin de la 72e Rue.

La silhouette argentée d'une Rolls-Royce apparut soudain dans son champ de vision. Elle ramassa vivement le sachet McDonald's, sauta de son banc sans se soucier du livre qui tombait à ses pieds et traversa précipitamment l'avenue en dansant entre les voitures. Postée au coin de la 72e Rue, elle attendit que la Rolls parvienne à sa hauteur.

Le chauffeur, invisible derrière le pare-brise, s'engagea sur la file de gauche en mettant son clignotant et ralentit à l'approche du carrefour. Il allait passer sous la voûte de l'immeuble lorsqu'elle se jeta devant le capot. La Rolls s'arrêta brutalement et Corrie Swanson dévisagea le conducteur.

Il ne s'agissait pas de Pendergast. C'était pourtant bien sa voiture, il ne devait pas y en avoir deux semblables dans tout le pays.

Elle attendit que le conducteur de l'auto baisse sa vitre et découvrit un personnage au visage acéré, posé sur un cou de taureau.

— Excusez-moi, mademoiselle, dit-il d'une voix aimable. Cela vous gênerait… ?

— Ça me gênerait même beaucoup.

— Vous m'empêchez de rentrer chez moi.

— Comme c'est dommage, grinça-t-elle en avançant d'un pas. D'abord, qui vous êtes, et pourquoi vous conduisez la voiture de Pendergast ?

L'homme l'observa quelques instants, puis il rentra la tête, ouvrit sa portière et descendit de voiture. Son sourire n'avait pas totalement disparu. Il avait une carrure impressionnante, avec des épaules de nageur et un torse musclé.

— Vous êtes ?

— Ça vous regarde pas, rétorqua Corrie. C'est moi qui veux savoir qui vous êtes et pourquoi vous conduisez sa voiture.

— Je m'appelle Proctor et je travaille pour M. Pendergast.

— Je suis heureuse de constater que vous parlez au présent.

— Je vous demande pardon ?

— Vous avez dit : « Je travaille pour M. Pendergast. » Comment c'est possible, puisqu'il est mort ? Vous seriez pas au courant de trucs que je saurais pas ?

— Écoutez, mademoiselle, je ne sais pas qui vous êtes, mais le mieux serait encore de discuter de tout cela dans un endroit plus confortable.

— On va discuter de ça ici, au contraire, et je me fous de votre confort. J'ai pas l'intention de bouger d'un pouce, j'en ai marre qu'on me fasse tourner en bourrique.

Le gardien posté à l'entrée du Dakota émergea de sa guérite dorée.

— Il y a un problème ? s'enquit-il avec un mouvement prononcé de la pomme d'Adam.

— Ouais, un vache de problème, lui répondit Corrie. Je bouge pas d'ici tant que ce type ne m'aura pas dit où se trouve le propriétaire de cette voiture. Si ça vous plaît pas, vous avez qu'à appeler les flics pour leur dire que je fais du scandale. C'est bien mon intention si j'obtiens pas de réponses à mes questions.

— Inutile, Charles, s'interposa Proctor d'une voix calme. Le temps de régler la question et je libère l'entrée.

Le gardien afficha une moue dubitative.

— Vous pouvez regagner votre guérite, je me charge de cette jeune personne.

Il s'exprimait d'une voix feutrée qui n'en traduisait pas moins sa détermination, et le gardien obtempéra.

Proctor se retourna vers Corrie.

— Vous connaissez M. Pendergast ?

— Tu parles. J'ai travaillé avec lui sur une affaire de meurtres en série au Kansas.

— Vous êtes probablement Corrie Swanson.

Un instant désarçonnée, elle se reprit.

— Alors vous me connaissez ? Tant mieux. C'est quoi, cette histoire que Pendergast est mort ?

— Je suis au regret de vous confirmer…

— J'en ai ras la casquette de vos conneries ! s'écria Corrie. J'arrête pas d'y réfléchir, et toute cette histoire d'accident de chasse sent la merde à plein nez. Je veux savoir la vérité tout de suite, ou alors je fais vraiment un esclandre.

— Inutile de vous énerver, mademoiselle Swanson. Pour quelle raison souhaitez-vous…

— Ça suffit !

Corrie sortit du sachet McDonald's le marteau qu'elle y dissimulait et le leva au-dessus du pare-brise.

— Mademoiselle Swanson, tenta de la calmer Proctor, ne faites rien que vous pourriez regretter.

Il voulut s'approcher d'elle, mais elle l'interrompit d'un geste.

— Stop !

— Ce n'est pas la meilleure façon d'obtenir les informations que...

Le marteau s'abattit sur le pare-brise qui se fissura sous le choc, dessinant une étoile qui brillait au soleil.

— Seigneur ! s'exclama Proctor, hébété. Avez-vous une idée de ce que coûte...

— Je veux savoir s'il est vivant ou s'il est mort, le coupa Corrie en levant de nouveau le marteau.

Proctor voulut se jeter sur elle.

— Si vous me touchez, je crie au viol !

De sa guérite, Charles observait la scène avec des yeux comme des soucoupes.

Proctor se figea sur place.

— C'est bon, je vais vous répondre, mais je vous demande une seconde de patience. Un geste de plus et je ne vous dis rien.

Au terme d'une hésitation interminable, la jeune fille abaissa lentement le marteau.

Proctor sortit un téléphone portable et composa un numéro.

— Vous avez intérêt à vous grouiller. Si ça se trouve, Charles a déjà appelé les flics.

— J'en doute, laissa tomber Proctor avant de s'entretenir à voix basse avec son interlocuteur.

Une minute plus tard, il passait l'appareil à la jeune fille.

— Qui c'est ?

Proctor se contenta de garder le bras tendu en l'observant d'un air mauvais.

Elle s'empara du portable.

— Ouais ?

— Ma chère Corrie, résonna une voix doucereuse qu'elle connaissait bien. Je suis désolé d'avoir manqué notre rendez-vous au Bernardin.

— Tout le monde prétend que vous êtes mort, balbutia Corrie, furieuse de sentir les larmes lui monter aux yeux. Ils...

— L'annonce de ma mort est largement exagérée, poursuivit la voix. Je sors tout juste de ma retraite et votre attitude pourrait bien se révéler gênante.

— Putain, vous auriez pu me prévenir ! Je me faisais un sang d'encre, moi.

Au soulagement succédait brusquement la colère.

— Sans doute aurais-je dû y penser, en effet. J'avais oublié à quel point vous étiez pleine de ressources. Ce pauvre Proctor ne se doutait pas de ce qui l'attendait. J'ai bien peur que vous ayez le plus grand mal à regagner ses faveurs. Était-il vraiment indispensable de briser le pare-brise de ma Rolls pour attirer son attention ?

— Désolée, rougit-elle, mais je voyais pas comment m'y prendre autrement. Vous m'avez laissé croire que vous étiez mort ! Comment avez-vous pu faire un truc pareil ?

— Corrie, je ne vois pas en quoi je devrais me sentir obligé de vous tenir au courant de mes déplacements.

— C'est quoi, cette enquête ?

— Je ne puis vous en parler. Il s'agit d'une enquête privée, loin de toute sphère officielle. Une affaire sur laquelle je travaille en free-lance, si vous me passez l'expression. Je suis en vie et fraîchement de retour aux États-Unis, mais je compte agir seul sans l'aide de quiconque. Sachez que notre déjeuner est uniquement repoussé, même s'il m'est impossible à l'heure actuelle de vous proposer une autre date. En attendant, je vous demande de poursuivre vos études. Je suis sur une piste extrêmement dangereuse et je vous interdis de vous en mêler. Vous m'avez bien compris ?

— Mais...

— Je vous remercie. Cela dit, j'ai été très touché des quelques mots rédigés sur votre site. J'ai trouvé votre nécrologie fort gentille. Je partage avec Alfred Nobel le privilège discutable d'avoir ainsi pu découvrir ma propre notice nécrologique. En attendant, puis-je avoir votre parole que vous ne tenterez rien ?

Corrie hésita avant de répondre.

— D'accord. Mais vous êtes toujours censé être mort ? Qu'est-ce que je dois dire ?

— L'heure d'accréditer cette version des faits est passée. J'ai repris ma place dans le monde, tout en cherchant à me montrer discret. Laissez-moi vous réitérer toutes mes excuses pour le désagrément que cet épisode a pu vous causer.

Il raccrocha avant même qu'elle ait pu lui dire au revoir. Elle regarda fixement le téléphone pendant quelques secondes, puis elle le rendit à Proctor qui l'observait froidement.

— J'espère ne plus vous revoir de sitôt dans les environs, déclara-t-il sur un ton glacial.

— Pas de risque, opina Corrie en rangeant le marteau dans le sachet. Mais si j'étais vous, j'éviterais de faire trop de muscu. Vous avez des pectoraux à rendre jalouse Dolly Parton.

Sur cette pique, elle pivota sur ses talons et s'éloigna en direction du parc. *C'est vrai que cette nécro était pas mal*, pensa-t-elle en marchant. *Je me demande si je devrais pas la laisser encore un moment sur mon site, pour le fun.*

29

Plankwood, Louisiane

Marcellus Jennings, le responsable de l'état civil de la paroisse de Saint-Charles, était tranquillement installé derrière son grand bureau, les yeux dans le vague. Sa table de travail était soigneusement rangée car Jennings était un homme d'ordre. Chaque document à sa place dans une bannette à l'ancienne, pas un grain de poussière, pas un trombone échappé d'un dossier. Quatre crayons taillés à la perfection, alignés sur un sous-main à coins de cuir. Un ordinateur trônait à sa droite, éteint. Trois certificats élogieux obtenus lors de congrès auxquels il avait participé ornaient l'un des murs de la pièce, accrochés en parfaite symétrie. Sur une petite étagère, derrière lui, reposait une série de guides et de manuels professionnels rarement ouverts, impeccablement époussetés.

Un léger coup frappé à la porte le tira de ses pensées.

— Entrez, dit Jennings.

Le battant s'écarta, laissant passer la tête de Midge, sa secrétaire.

— Un certain M. Pendergast demande à vous voir, monsieur.

Il s'agissait de son seul rendez-vous de la matinée, ce qui n'empêcha pas Jennings d'ouvrir le tiroir de son bureau et de consulter son agenda. Son visiteur se montrait d'une ponctualité exemplaire. Un signe encourageant aux yeux de Jennings qui admirait la ponctualité avant toute autre qualité.

— Vous pouvez le faire entrer, déclara-t-il en remisant l'agenda.

Quelques instants plus tard, Pendergast pénétrait dans la pièce. Jennings se leva avec sa courtoisie coutumière et resta interdit en découvrant un personnage aux traits émaciés, l'air grave, le teint plus pâle qu'une statue de cire. Avec son costume d'un noir funèbre, on aurait dit la Grande Faucheuse personnifiée. Il ne manquait plus au visiteur qu'une faux pour que l'illusion soit parfaite. La main tendue se rétracta frileusement et Jennings esquissa un geste en direction des sièges installés en face de son bureau.

— Asseyez-vous, je vous en prie.

L'homme s'avança d'un pas lent et s'assit péniblement. Pendergast, Pendergast... Ce nom disait quelque chose à Jennings, mais quoi ? Il posa les coudes sur sa table de travail et croisa ses amples avant-bras.

— Belle journée, remarqua-t-il.

Comme Pendergast restait sans réaction à sa formule de politesse, il s'éclaircit la gorge.

— Eh bien, en quoi puis-je vous être utile, monsieur Pendergast ?

Pour toute réponse, Pendergast tira un étui en cuir de la poche intérieure de sa veste, l'ouvrit et le posa sur le bureau.

Jennings y jeta un coup d'œil.

— Un badge du FBI, remarqua-t-il d'une voix respectueuse. S'agit-il d'une visite officielle ?

— Non, répondit le visiteur d'une voix faible mais agréable, teintée d'une pointe d'accent de La Nouvelle-Orléans. Je suis ici pour des raisons d'ordre personnel.

— Je vois, acquiesça Jennings, attendant la suite.

— Je viens vous voir pour une exhumation.

— Je vois, répéta Jennings. L'exhumation a-t-elle déjà eu lieu, ou bien l'autorisation est-elle en cours ?

— À la vérité, je comptais sur vous pour m'aider à formuler la requête nécessaire.

Jennings replia les coudes, se cala dans son fauteuil et retira ses lunettes qu'il entreprit de nettoyer avec l'extrémité de son opulente cravate.

— De qui souhaiteriez-vous requérir l'exhumation ?

— De ma femme. Hélène Esterhazy Pendergast.

Les doigts de Jennings se figèrent brièvement sur les verres de lunettes avant de reprendre leur manège, plus lentement cette fois.

— Si je comprends bien, il ne s'agit pas d'une décision de justice, ou d'une requête de police afin de déterminer les causes du décès.

— Je vous l'ai dit, j'ai des motifs d'ordre personnel.

Jennings émit un léger toussotement en plaçant poliment sa main devant sa bouche.

— Vous devez bien comprendre, monsieur Pendergast, qu'il y a une procédure à respecter dans toute affaire de cette nature. Les règles édictées par la loi sont très strictes, et non sans raison. L'exhumation de restes humains n'est pas un acte anodin.

Constatant que Pendergast ne répondait rien, Jennings poursuivit, encouragé par le son de sa propre voix.

— À moins d'une décision de justice ou de toute autre requête similaire, en particulier une autopsie en cas de suspicion légitime sur les causes du décès, un seul cas de figure autorise à requérir une procédure d'exhumation…

Pendergast le coupa et acheva la phrase à sa place.

— Si la famille du défunt souhaite transporter le corps afin de procéder à son enterrement ailleurs.

— Euh… ma foi, oui. Exactement, approuva Jennings.

La réaction de son interlocuteur l'avait pris de court et il mit quelques instants à se reprendre.

— Est-ce le cas ?

— C'est le cas.

— Fort bien. En effet, nous pouvons entamer les démarches.

Il se retourna vers le meuble de rangement qui se trouvait sous l'étagère, ouvrit un tiroir et sortit un formulaire qu'il déposa sur le sous-main, puis il l'examina brièvement.

— Vous comprendrez sans peine la nécessité de me fournir certains éléments. À commencer par une copie du certificat de décès de votre… de votre épouse.

Pendergast glissa une main blanche dans les replis de sa veste et sortit une feuille qu'il prit soin de déplier avant de la déposer devant son interlocuteur, à côté du badge.

Jennings se pencha afin d'en déchiffrer le contenu.

— Ah. Très bien. Mais de quoi s'agit-il, exactement ? Je constate que le cimetière d'origine est celui de Saint-Savin, c'est-à-dire à l'extrémité opposée du comté. J'ai bien peur qu'il vous faille vous adresser au bureau du comté Ouest.

En relevant la tête, il constata que le regard argenté de son visiteur était rivé sur lui.

— À ma connaissance, monsieur Jennings, et d'un simple point de vue administratif, vous disposez de l'autorité nécessaire sur l'ensemble du territoire du comté.

— C'est vrai, mais la règle veut que la commune de Saint-Savin soit placée sous la responsabilité du comté Ouest.

— Je vous ai choisi, monsieur Jennings, pour une raison bien spécifique. Vous êtes le seul à pouvoir accéder à ma requête. Vous et pas un autre.

— Vous m'en voyez flatté, répliqua Jennings en rougissant de plaisir. Je pense que nous devrions pouvoir nous autoriser une exception. Passons à présent aux considérations financières...

La main de l'inspecteur disparut une fois de plus dans la poche de sa veste et ressortit cette fois avec un chèque daté et signé.

— Bien, bien, approuva Jennings en s'assurant que le montant était exact. À présent, je vais avoir besoin de l'autorisation signée du concessionnaire du cimetière où se trouve actuellement enterrée la défunte...

Le formulaire demandé atterrit aussitôt sur le bureau.

— ... ainsi que de l'autorisation du concessionnaire du cimetière dans lequel sera transféré le corps de la défunte.

Un nouveau document trouva place à côté des précédents.

Jennings regarda les feuillets alignés devant lui avec satisfaction.

— Je suis ravi de constater que vous êtes bien organisé !

Le sourire qu'il ébauchait s'effaça prestement à la vue de la mine grave de son interlocuteur.

— Eh bien... il semble que tout soit en règle. Ah, j'oubliais ! J'aurais encore besoin du formulaire émanant de la société chargée de transporter les restes de la défunte d'un cimetière à l'autre.

— Ce ne sera pas nécessaire, monsieur Jennings.

Désarçonné par l'affirmation de son curieux visiteur, le fonctionnaire papillonna des paupières.

— Je ne comprends pas très bien.

— Il vous suffira d'examiner les deux formulaires d'autorisation pour que tout soit limpide.

Jennings chaussa ses lunettes et se plongea dans la lecture des documents. Il releva aussitôt la tête.

— Mais... il s'agit du même cimetière !

— C'est exact. Ce qui explique l'absence de recours à une société spécialisée. La direction du cimetière se chargera elle-même du transfert de la dépouille.

— L'endroit où se trouve enterrée votre femme actuellement pose-t-il problème ?

— Il convient parfaitement. C'est moi-même qui l'ai choisi.

— Une nouvelle construction, peut-être ? Des travaux dans l'enceinte du cimetière ?

— J'ai choisi Saint-Savin précisément parce que aucun inconvénient de ce type n'était envisageable. Aucune autre famille n'y est acceptée.

Jennings se pencha légèrement en avant.

— Dans ce cas, puis-je vous demander ce qui vous pousse à changer le corps de place ?

— C'est simple : il s'agit pour moi de l'unique façon de pouvoir y avoir accès.

Jennings s'humecta les lèvres.

— Y avoir accès ?

— Un médecin légiste habilité par l'État de la Louisiane sera présent lors de l'exhumation. Il sera procédé ensuite à un examen approfondi de la dépouille dans un laboratoire mobile de l'identité judiciaire, conduit sur place pour l'occasion, puis le corps sera inhumé dans la sépulture voisine de la précédente, à l'intérieur du carré réservé à la famille Pendergast. Tout est précisé dans les documents dont vous disposez.

— Un examen, dites-vous ? Serait-ce en rapport avec une question... d'héritage ?

— Une difficulté d'ordre privé uniquement.

— Ce procédé est irrégulier, monsieur Pendergast. Fort irrégulier. Je n'ai pas souvenir de m'être déjà trouvé en présence d'un cas semblable. Je suis désolé, mais je ne puis vous donner mon accord. Je vais devoir vous demander l'obtention d'une autorisation de justice au préalable.

Pendergast étudia le visage de son interlocuteur pendant quelques instants.

— Est-ce votre dernier mot, monsieur Jennings ?

— Les règles en matière d'exhumation sont claires. Je suis au regret de ne pouvoir vous aider, se défendit le fonctionnaire en écartant les mains.

— Je vois.

Pendergast reprit le badge qu'il rangea dans la poche de sa veste, sans toucher aux documents alignés sur le bureau.

— Je vous demanderai de bien vouloir me suivre un petit instant.

— Mais où… ?

— Je ne prendrai pas plus d'une minute de votre temps.

Jennings quitta son siège à regret.

— Je souhaiterais vous montrer la raison qui m'a poussé à vous choisir personnellement.

Les deux hommes traversèrent le bureau de la secrétaire, remontèrent le couloir et sortirent du bâtiment. Pendergast s'immobilisa sur le parvis.

Jennings, mal à l'aise, feignit de s'intéresser à la circulation sur l'avenue, encombrée à cette heure.

— Comme je le disais tout à l'heure, nous avons droit à une belle journée, observa-t-il avec un enthousiasme de façade, désireux de meubler le silence.

— Très belle journée, approuva son compagnon.

— C'est la raison pour laquelle je ne me lasse jamais de cette région. Le soleil y brille avec un éclat qu'on ne trouve nulle part ailleurs.

— C'est fort juste, enchaîna Pendergast. Un éclat qui vient dorer tout ce qu'il touche. Prenez cette inscription commémorative, par exemple, précisa-t-il en désignant une plaque de bronze apposée sur la façade en brique du bâtiment.

Jennings leva les yeux. Il avait beau passer devant tous les matins, il n'avait pas pris la peine d'y jeter un coup d'œil depuis des années.

L'HÔTEL DE VILLE DE PLANKWOOD, LOUISIANE,
A ÉTÉ ÉRIGÉ GRÂCE À UN DON GÉNÉREUX DE
COMSTOCK ERASMUS PENDERGAST
EN L'AN DE GRÂCE 1892

— Comstock Pendergast, murmura Jennings.

Voilà pourquoi le nom de son visiteur lui avait paru familier.

— Mon arrière-grand-oncle. La famille Pendergast, voyez-vous, fait traditionnellement bénéficier de ses largesses les comtés de La Nouvelle-Orléans et de Saint-Charles pour y avoir vécu durant des siècles. Si nous ne sommes plus physiquement présents sur place, le patrimoine local en a conservé la trace.

— Bien sûr, approuva Jennings, hypnotisé par la plaque, qui commençait à comprendre les motivations de Pendergast en s'adressant à lui.

— Nous évitons de nous en vanter, mais les fondations commanditées par le clan Pendergast continuent d'alimenter les finances de nombreuses communes des alentours. À commencer par celle de Plankwood.

Jennings se tourna vers son interlocuteur.

— Plankwood ?

Pendergast opina.

— Nous finançons notamment des bourses d'études, mais aussi le fonds auxiliaire de la police municipale, la bibliothèque, ainsi que le service de l'état civil que vous dirigez. Convenez avec moi qu'il serait regrettable de voir se tarir une telle manne financière.

— Se tarir ? répéta Jennings.

— La réduction de certains budgets, précisa Pendergast d'un air désolé. Des baisses de salaires, des suppressions d'emplois.

Son regard gris se posa avec insistance sur celui de Jennings tandis qu'il prononçait ce dernier mot.

Jennings se caressa le menton d'un air pensif.

— Tout bien réfléchi, monsieur Pendergast, je me demande s'il ne serait pas possible de donner une suite favorable à une requête qui semble vous tenir beaucoup à cœur.

— C'est le cas, monsieur Jennings.

— Dans ces conditions, inutile de tarder davantage à remplir les papiers nécessaires, approuva-t-il avec un dernier coup d'œil à la plaque. Je puis même vous dire que votre dossier fera l'objet d'une procédure d'urgence. Je me charge d'obtenir votre autorisation d'ici à dix jours, voire une semaine si…

— C'est très aimable à vous. Je passerai la prendre demain après-midi, l'arrêta Pendergast.

— Comment ?

Jennings retira ses lunettes, aveuglé par le soleil.

— Euh… bien sûr, monsieur Pendergast. Demain après-midi sans faute.

30

Boston

Un homme mal rasé aux yeux cernés traversa d'un pas traînant Copley Square, recouvert à cette heure par l'ombre gigantesque de la tour John Hancock. Les mains enfoncées dans les poches d'un manteau crasseux, il avançait d'un air morne, ne relevant la tête que pour jeter de brefs coups d'œil à la circulation.

Il parcourut Dartmouth Street et pénétra dans la station de métro Copley. Se désintéressant des usagers qui patientaient devant les guichets, il descendit l'escalier bétonné, s'arrêta un instant afin de balayer le couloir des yeux, s'approcha des bancs alignés le long des murs carrelés et choisit le plus éloigné.

Il se trouvait là depuis quelques minutes, les mains enfouies dans son manteau, les yeux perdus dans le vague, lorsqu'un inconnu vêtu d'un costume chic et d'un imperméable Burberry le rejoignit. Le contraste entre les deux hommes était frappant. Le nouvel arrivant tenait d'une main un exemplaire du *Boston Globe*, de l'autre un parapluie noir replié. Un chapeau gris à large bord empêchait de distinguer son visage, à l'exception du curieux grain de beauté qui pendait sous son œil droit. Il prit place à côté du clochard et déplia son journal dont il entama la lecture.

Une rame de la Green Line pénétrait dans la station dans un long crissement de freins lorsque l'homme au chapeau ouvrit la bouche, veillant à s'exprimer à mi-voix sans quitter son journal des yeux.

— Je souhaiterais connaître la nature exacte du problème, demanda-t-il dans un anglais teinté d'un léger accent.

Le clochard baissa la tête avant de lui répondre.

— Il s'agit de ce Pendergast. Mon ex-beau-frère. Il a découvert la vérité.

— Toute la vérité ?

— Pas encore, mais ça ne saurait tarder. C'est un personnage aussi intelligent que dangereux.

— Que sait-il exactement ?

— Il est au courant de ce qui s'est passé en Afrique. Il sait que l'accident avec le lion était un meurtre caché. Il est au courant du projet Aves. Il est également au courant...

Esterhazy donna l'impression d'hésiter.

— Il est au courant pour Slade, les Laboratoires Longitude, la contamination de la famille Doane, et Spanish Island.

— Ah oui, Spanish Island, répéta l'homme. Nous venons tout juste d'apprendre que la mort de Charles Slade il y a douze ans était une diversion et qu'il vivait encore jusqu'à tout récemment. C'est pour le moins fâcheux. Pourquoi ne nous avoir rien dit ?

— Je n'en savais rien moi-même, mentit Esterhazy avec toute la conviction dont il était capable. Je vous jure que je n'étais pas au courant.

Si jamais l'autre le soupçonnait de ne pas dire la vérité, il était cuit. Sa voix avait automatiquement monté d'un ton et il s'appliqua à retrouver un débit normal.

— Pendergast a découvert le pot aux roses, et je peux vous dire qu'il ne s'arrêtera pas en si bon chemin.

— Pendergast, répéta l'homme au chapeau avec une pointe de scepticisme. Pourquoi ne l'avez-vous pas tué ?

— J'ai essayé. À plusieurs reprises.

L'homme au chapeau ne répondit rien, se contentant de tourner les pages de son journal en poursuivant sa lecture. Il patienta quelques minutes avant de reprendre :

— Vous nous décevez, Judson.

— J'en suis sincèrement désolé, s'excusa Esterhazy en sentant le sang lui monter au visage.

— Vous feriez mieux de ne pas oublier trop vite vos origines. Souvenez-vous que vous nous devez tout.

Esterhazy acquiesça en silence, rouge de honte. Honte de la peur qu'il ressentait, honte de sa servilité, honte d'avoir failli à sa mission.

— Ce Pendergast est-il au courant de l'existence de l'organisation ?

— Pas encore, mais c'est un vrai pitbull. Il ne lâche jamais sa proie. Vous devez l'éliminer, nous ne pouvons pas nous permettre de le laisser circuler librement dans la nature. Je vous le répète, vous devez le tuer.

— C'est vous qui ne pouvez pas vous permettre de le laisser circuler librement dans la nature, le corrigea l'homme. C'est donc à vous de le tuer.

— Dieu sait que j'ai essayé !

— Pas suffisamment, visiblement. Je trouve bien regrettable que vous souhaitiez nous refiler le bébé. Chacun d'entre nous a son point faible. À vous de trouver le sien.

Esterhazy, au comble de la frustration, tremblait d'énervement.

— Vous me demandez l'impossible. Je vous en prie, aidez-moi.

— Nous sommes disposés à vous apporter toute l'aide qu'il vous faudra. Nous vous aiderons s'il vous faut de l'argent, des armes, des planques. Nous disposons également du *Vergeltung*, mais c'est à vous de vous charger de cet homme. Pour ne rien vous cacher, la réussite rapide de cette mission contribuerait largement à redorer votre blason.

Esterhazy ne répondit pas immédiatement, trop occupé à mesurer les implications de ce qu'il venait d'entendre.

— Où se trouve amarré le *Vergeltung* ?

— À Manhattan, dans la marina de la 79e Rue.

L'homme marqua une pause.

— New York… C'est bien là que vit cet inspecteur Pendergast, non ? ajouta-t-il en reprenant sa lecture, histoire d'indiquer à son interlocuteur que leur conversation était terminée.

Esterhazy attendit encore une minute avant de se décider à partir.

Il allait s'éloigner lorsque l'homme reprit la parole.

— Vous avez appris ce qui était arrivé aux époux Brodie ?

— Oui, acquiesça Esterhazy d'une voix sourde en se demandant s'il s'agissait d'une menace voilée.

— Ne vous inquiétez pas, Judson. Nous prendrons soin de vous.

Au même instant, une rame de métro pénétra dans la station et l'homme se replongea dans son journal.

31

Malfourche, Mississippi

Ned Betterton remonta l'unique rue de Malfourche au volant de sa Nissan toute cabossée. Le village se trouvait théoriquement sur le territoire qu'il était censé couvrir, mais Betterton s'y rendait rarement. Un patelin de péquenauds au fin fond des bayous. C'est pourtant là qu'avaient longtemps vécu les époux Brodie. Kranston, le patron de Betterton, l'avait autorisé du bout des lèvres à enquêter sur l'affaire, uniquement parce que *Le Bourdon* ne pouvait se permettre de négliger un double meurtre dont parlaient tous les médias.

— Bon, tu me boucles ça vite en cinq sec et tu passes à la suite, avait grommelé Kranston.

Betterton avait hoché la tête, bien décidé à ne pas lâcher son enquête. Il avait surtout pris une mesure négligée depuis sa rencontre avec les Brodie : la vérification de leurs dires.

Leur histoire s'était écroulée dès les premiers coups de fil ; s'il existait bien à San Miguel une maison d'hôtes baptisée Casa Magnolia, les Brodie n'en avaient jamais été les propriétaires, ni même les gérants, se contentant d'y séjourner brièvement, des années plus tôt.

Un mensonge pur et simple.

Et voilà qu'ils étaient victimes du meurtre le plus abominable enregistré dans la région depuis une génération. Betterton ne croyait pas aux coïncidences, il était persuadé que le double crime était lié à leur disparition mystérieuse et à leur réapparition récente, plus mystérieuse encore. Trafic de drogue ou d'armes à feu, espionnage industriel... tout était possible.

Betterton avait la conviction que la clé du mystère se trouvait à Malfourche puisque c'était là que les époux Brodie avaient refait surface, peu avant d'être brutalement assassinés. Des rumeurs pour le moins curieuses couraient dans le coin, liées à des événements survenus à la veille du retour des Brodie. Une explosion avait réduit en miettes le bar de Minus, une célébrité du cru ; on avait officiellement parlé d'une fuite au niveau d'une cuve de propane, mais les bruits qui circulaient étaient autrement moins anodins.

Le journaliste passa devant la petite maison où s'était déroulée sa rencontre avec les Brodie quelques semaines plus tôt, désormais entourée par un ruban de police en plastique jaune, un véhicule du bureau du shérif garé le long du trottoir.

Main Street dessinait un léger coude vers l'ouest et le marais du Black Brake lui apparut soudain, sa masse brun-vert suspendue à l'horizon tel un amas de nuages sombres dans le ciel pourtant clair de cet après-midi ensoleillé. La voiture traversa le centre de la bourgade, avec ses vitrines sinistres et ses enseignes fatiguées, et le journaliste se gara près des docks avant de couper le moteur. Sur l'ancien emplacement du bar de Minus se dressait le squelette en bois du bâtiment appelé à le remplacer. Des madriers calcinés et des pilotis goudronnés étaient entassés un peu plus loin, le long du quai. Les marches conduisant au futur royaume de Minus étaient terminées et une demi-douzaine de types débraillés s'y étaient installés. Ils discutaient de tout et de rien en buvant des bières dissimulées dans des sachets en papier.

Betterton descendit de voiture et se dirigea vers eux.

— Salut tout le monde.

Les hommes se turent et le regardèrent s'approcher d'un air soupçonneux.

— Salut, finit par répondre l'un d'eux du bout des lèvres.

— Ned Betterton, du *Bourdon d'Ezerville*. Quelle chaleur ! Je peux vous offrir une bière bien fraîche ?

La proposition ne suffisait manifestement pas à dissiper le malaise.

— En échange de quoi ?

— Qu'est-ce que vous croyez ? Comme tous les journalistes, je vais à la pêche aux infos.

Un épais silence accueillit ses paroles.

— J'ai un pack dans ma voiture, insista Betterton en retournant nonchalamment à sa voiture.

Ne jamais brusquer ce genre de clients. Il sortit du coffre une glacière en polystyrène qu'il rapporta jusqu'aux marches. Il souleva le couvercle, prit une canette dégoulinant de glace pilée, l'ouvrit en tirant sur la languette métallique et la porta à ses lèvres. Le temps de boire une gorgée, les hommes l'imitaient.

Betterton poussa un soupir d'aise.

— J'écris un article sur le meurtre des époux Brodie. Qui les a tués, à votre avis ?

— Peut-être bien des alligators, suggéra l'un des types, déclenchant une tempête de rires gras.

— La police nous a déjà demandé, précisa un avorton en débardeur, le menton mangé par une barbe de cinq jours. On sait rien de rien.

— À mon avis, c'est ce type du FBI qui les a tués, intervint un vieil homme édenté en état d'ébriété avancé. Ce salopard était complètement cinglé.

— Un type du FBI ? réagit aussitôt Betterton.

Un tuyau de première.

— Ouais, celui qui s'est pointé ici avec cette femme flic de New York.

— Que cherchaient-ils ?

Betterton avait posé la question avec trop d'insistance et il veilla à dissimuler son excitation en avalant une gorgée de bière.

— Ils voulaient aller à Spanish Island, répondit le vieux type édenté.

— Spanish Island ?

Betterton n'en avait jamais entendu parler.

— Ouais. Drôle de coïncidence, tout de même, que...

Le vieil homme n'acheva pas sa phrase.

— Une coïncidence ? Quelle coïncidence ?

Les types échangèrent entre eux des regards gênés.

Nom d'un chien. Encore un petit effort et Ned Betterton touchait le gros lot.

— Tais ta grande gueule, grinça l'avorton en fusillant du regard le vieil édenté.

— Putain, Larry ! Lâche-moi un peu, j'ai rien dit.

Aucun doute possible, cette bande d'abrutis lui cachait un truc de première importance. Betterton allait devoir s'y prendre avec doigté.

Ses pensées furent interrompues par l'arrivée inopinée d'un géant dont la silhouette démesurée se planta sur le seuil du bâtiment en construction. Le crâne rasé, un collier de graisse de la taille d'une bouée à hauteur de la nuque, une joue gonflée par ce qui devait être une chique de tabac, il croisa ses bras gros comme des jambons en regardant le petit groupe d'un air mauvais avant de se tourner vers Betterton.

Le journaliste avait suffisamment entendu parler de Minus pour deviner qu'il se trouvait en présence de celui que l'on décrivait souvent comme le seigneur du bayou. Le journaliste vit d'un seul coup s'éloigner tout espoir de toucher le gros lot.

— Qu'est-ce que tu veux, connard ? lui demanda Minus d'une voix presque aimable.

Betterton tenta son va-tout.

— Je suis venu enquêter sur ce type du FBI.

Le visage de Minus s'assombrit d'un cran.

— Pendergast ?

Pendergast. Le type du FBI s'appelait donc Pendergast. Le nom était familier à Betterton. Une vieille famille de planteurs des environs de La Nouvelle-Orléans, avant la guerre de Sécession.

Minus plissa ses yeux de cochon.

— T'es copain avec ce nuisible ?

— Je travaille pour *Le Bourdon*. J'enquête sur le meurtre des époux Brodie.

— Un journaliste.

Minus lui lança un regard noir et Betterton remarqua pour la première fois la cicatrice à vif qui battait au rythme d'une grosse veine, au niveau du cou du géant.

Minus dévisagea les buveurs de bière l'un après l'autre.

— Depuis quand on parle aux journalistes ? siffla-t-il en ponctuant sa question d'un épais jet de tabac brunâtre.

Les types se levèrent lentement et s'éloignèrent d'un pas traînant, en prenant le temps de pêcher quelques canettes de bière dans la glacière.

— Un journaliste, répéta Minus.

Betterton vit venir la suite, mais il était trop tard. Minus agrippa sa chemise d'une main énorme et le secoua comme un prunier.

— Tu pourras dire à l'autre enfoiré que si jamais je revois sa sale petite gueule de croque-mort albinos dans le coin, je lui colle une raclée telle qu'il chiera des dents pendant une semaine.

Tout en parlant, il tordait dans son poing le col du journaliste qui peinait à respirer. Betterton commençait à étouffer et Minus le lâcha d'un geste brutal qui l'envoya rouler par terre.

Betterton resta allongé dans la poussière quelques instants avant de se relever.

Minus, les poings serrés, l'attendait de pied ferme.

Betterton avait toujours été petit. Dès l'enfance, les gamins les plus costauds s'étaient acharnés sur lui, persuadés de ne courir aucun risque, et il s'était laissé malmener tout au long de la maternelle et de l'école primaire.

— Hé ! réagit le journaliste d'une voix geignarde. C'est bon, je m'en vais ! Pas la peine de s'énerver, putain !

Minus baissa la garde.

Recroquevillé sur lui-même de son air le plus soumis, Betterton s'approcha de Minus en baissant la tête.

— Je cherche pas la bagarre, moi.

— Content de te l'entendre dire...

Au moment où il s'y attendait le moins, Minus vit le journaliste se redresser et lui envoyer un uppercut foudroyant en pleine mâchoire. Le géant s'affala comme une motte de beurre.

À son entrée au collège, Betterton avait enfin compris qu'il ne devait plus se laisser maltraiter par les autres, quelle que soit leur taille, à moins d'accepter à jamais son rôle de souffre-douleur. Minus s'ébroua dans la poussière en jurant entre ses dents, trop hébété pour se relever, et Betterton en profita pour regagner sa voiture d'un pas vif sous le regard ahuri des types qui avaient assisté à la scène.

— Je vous laisse les bières en souvenir, messieurs.

Quelques instants plus tard, il démarrait en tenant le volant d'une main douloureuse. Il avait tout juste le temps de se rendre au concours de tartes organisé par les pipistrelles du patelin voisin. Putain de métier. Betterton savait déjà qu'il ne passerait pas sa vie à couvrir des concours de tartes pour un canard boiteux comme *Le Bourdon*.

32

Paroisse de Saint-Charles, Louisiane

Le docteur Peter Lee Beaufort franchit les grilles du cimetière à la suite du laboratoire itinérant de l'identité judiciaire, un camion d'un gris discret. Un gardien s'empressa de refermer les grilles derrière lui et donna un tour de clé. L'unité mobile et le break du médecin poursuivirent leur chemin à vitesse réduite le long de l'allée gravillonnée, bordée de magnolias et de cornouillers majestueux. Le cimetière de Saint-Savin était l'un des plus anciens de Louisiane. C'était là, dans ce cadre bucolique manucuré, que reposaient les ancêtres des plus illustres familles de La Nouvelle-Orléans.

Beaufort se dit qu'ils se retourneraient probablement dans leurs tombes s'ils connaissaient la nature de l'étrange cérémonie qui allait se dérouler là.

Les deux véhicules traversèrent un premier embranchement, puis un second, et parvinrent en vue d'une esplanade sur laquelle étaient rangées quelques voitures officielles, une Rolls-Royce de collection et l'une des camionnettes du cimetière. Le camion de l'identité judiciaire se gara à côté d'elles et Beaufort l'imita en jetant un coup d'œil à sa montre.

6 h 10. Le soleil pointait tout juste à l'horizon, projetant une lumière mordorée sur les pelouses et les stèles de marbre. Les exhumations avaient traditionnellement lieu tôt le matin, par souci de discrétion.

Beaufort descendit du break et s'approcha de la parcelle réservée à la famille Pendergast où s'activaient des manœuvres en tenue de travail, occupés à installer des cloisons amovibles autour de l'une des sépultures. Il régnait une température anormalement fraîche pour un mois de novembre et Beaufort n'aurait pas songé à s'en plaindre, sachant par expérience à quel point les exhumations étaient pénibles par temps chaud.

Paradoxalement, étant donné la longue histoire et l'immense fortune des Pendergast, le carré familial comptait peu de tombes. Beaufort, qui connaissait le clan depuis plusieurs décennies, savait que la plupart de ses membres avaient préféré le cadre plus privé de Penumbra. Quelques-uns seulement, rebutés par les bancs de brume et les mauvaises herbes qui envahissaient le cimetière de la plantation, avaient opté pour un cadre plus traditionnel.

Le médecin se glissa entre deux cloisons mobiles et enjamba la ceinture de fonte délimitant le caveau familial. Outre les techniciens de l'identité judiciaire, il y avait là les fossoyeurs, le directeur et le gérant de Saint-Savin, ainsi qu'un personnage rubicond dissimulant mal sa nervosité. Sans doute s'agissait-il de Jennings, le responsable de l'état civil du comté. Derrière le petit groupe se tenait Aloysius Pendergast, immobile et silencieux, son costume noir et son visage livide renforçant son allure spectrale. Beaufort l'observa avec curiosité. Il n'avait pas eu l'occasion de revoir l'inspecteur depuis l'époque où il était encore jeune homme. Ses traits n'avaient guère changé, mais il était plus décharné que jamais. Il avait enfilé sur son costume un manteau beige dont le lustre laissait penser qu'il s'agissait de vigogne, et non de poil de chameau.

Beaufort avait croisé la route de Pendergast, à ses débuts de médecin légiste dans la paroisse de Saint-Charles, un jour où il avait été appelé à Penumbra après une série d'empoisonnements perpétrés par une vieille tante dérangée. Comment s'appelait-elle, déjà ? Cordelia ? Non, Cornelia ! Le souvenir de ce sombre épisode le fit frissonner. Aloysius passait tous ses étés à Penumbra ; en dépit des circonstances tragiques de leur rencontre, le jeune garçon s'était collé à lui comme une sangsue, fasciné par son métier. Au cours des années suivantes, Pendergast avait passé des heures dans le laboratoire de Beaufort, situé dans les sous-sols de l'hôpital local. L'adolescent, extraordinairement brillant, était doté d'une curiosité rare, presque trop poussée, et anormalement morbide. Mais ce n'était rien à côté de la morbidité de son jeune frère... Beaufort s'obligea à chasser de son esprit le souvenir de Diogène Pendergast[1].

Pendergast croisa son regard au même instant. Il s'approcha et saisit la main du légiste.

— Mon cher Beaufort. Merci de votre venue.

Enfant déjà, Pendergast avait l'habitude de l'appeler par son nom de famille.

— Tout le plaisir est pour moi, Aloysius. Content de vous revoir après toutes ces années, en dépit des circonstances.

— Sans la mort, nos routes ne se seraient sans doute jamais croisées.

Beaufort fut à nouveau parcouru d'un frisson en retrouvant intact l'éclat pénétrant du regard de son interlocuteur. Derrière son calme affiché, Aloysius peinait à dissimuler son agitation. C'était bien la première fois que Beaufort le voyait dans un tel état.

---

1. La personnalité trouble de Diogène Pendergast est longuement évoquée dans les romans *Le Violon du diable*, *Danse de mort* et *Le Livre des trépassés* (L'Archipel, 2006, 2007 et 2008 / J'ai lu, 2009).

Les cloisons mobiles désormais en place, Beaufort se tourna vers ses compagnons. Jennings consulta sa montre une dernière fois en écartant son col de chemise.

— Nous pouvons commencer, déclara-t-il d'une voix aiguisée par la nervosité. Puis-je voir l'autorisation d'exhumation, s'il vous plaît ?

Pendergast sortit un document de la poche de sa veste et le lui tendit. L'officier d'état civil y jeta un simple coup d'œil, approuva d'un mouvement de la tête et le rendit à l'inspecteur.

— Je tiens à souligner ici qu'il est de notre devoir de veiller à la santé publique tout en garantissant à la défunte dignité et respect.

Il posa son regard sur la pierre tombale, dont l'inscription se résumait à trois mots :

Hélène Esterhazy Pendergast

— Commençons par constater qu'il s'agit bien de la sépulture concernée par cette autorisation.

Tous les présents hochèrent la tête en signe d'approbation.

Jennings recula d'un pas.

— Très bien. Je vous laisse libres de procéder à l'exhumation.

Deux fossoyeurs, équipés de gants et de masques respiratoires en plus de leur tenue habituelle, découpèrent un rectangle dans la pelouse drue, puis ils l'enroulèrent sur elle-même avec beaucoup de doigté et la déposèrent un peu plus loin, sous le regard du conducteur de la petite pelleteuse du cimetière.

Cette première étape franchie, les fossoyeurs bêchèrent la terre grasse qu'ils plaçaient au fur et à mesure sur une bâche en plastique. L'excavation grossissait à vue d'œil, les deux hommes s'appliquant à dessiner une fosse parfaitement rectiligne. Ils reculèrent de quelques pas et le conducteur de la pelleteuse ramassa avec son engin la terre accumulée avant de les laisser poursuivre leur tâche.

Les uns et l'autre travaillaient en alternance, sous le regard de tous les présents, plongés dans un silence religieux. Une forte odeur d'humus et d'argile montait du trou à mesure que s'agrandissait la fosse, tandis que des écharpes de vapeur transparentes s'envolaient vers le ciel. Jennings plongea la main dans la poche de son manteau et sortit un masque qu'il ajusta sur son nez.

Beaufort observait Pendergast du coin de l'œil. Une expression insondable sur le visage, l'inspecteur regardait fixement la fosse. Il s'était montré évasif lorsque le médecin lui avait demandé les raisons de cette exhumation, se contentant de préciser qu'il souhaitait la présence de l'unité mobile de la police scientifique afin de procéder à des tests sur la défunte. Une requête assez inexplicable, même à l'aune de l'excentricité de Pendergast.

Au terme d'une demi-heure d'efforts, la bêche de l'un des fossoyeurs rendait un son creux en butant sur un objet dur.

Les présents échangèrent des coups d'œil, à l'exception de Pendergast, hypnotisé par le trou béant.

Les fossoyeurs avançaient désormais avec précaution, dégageant progressivement le sarcophage de béton contenant le cercueil. La pelleteuse, cette fois munie de sangles, souleva le couvercle sous lequel apparut une bière d'un acajou plus noir que la terre, munie de poignées et de coins en laiton. Une faible odeur de décomposition se mêla aux parfums d'humus.

Quatre hommes s'avancèrent, armés d'une coquille de grande taille dans laquelle devait être entreposée la bière lors de son transfert. Ils déposèrent leur fardeau et s'avancèrent afin de prêter main-forte aux fossoyeurs. Ensemble, ils glissèrent un maillage de sangles sous la bière qu'ils soulevèrent ensuite à la force des bras.

Beaufort crut un instant que le cercueil allait résister, puis il se souleva avec un léger grincement.

Les témoins de la scène reculèrent de quelques pas, laissant toute latitude aux ouvriers de déposer le cercueil sur l'herbe. Jennings s'avança en enfilant des gants de caoutchouc. Agenouillé près de la bière, il se pencha afin d'en déchiffrer l'inscription.

— Hélène Esterhazy Pendergast, lut-il à travers son masque. Qu'il soit noté que le nom figurant sur la bière est conforme à celui du certificat d'exhumation.

Les ouvriers ouvrirent la coquille, révélant une doublure de goudron zingué recouverte de plastique, scellée à l'aide d'un treillis métallique. Sur un signe de Jennings, les employés du cimetière soulevèrent la bière d'Hélène Pendergast et la déposèrent à l'intérieur de la coquille, sous le regard voilé de l'inspecteur, pétrifié au bord de la fosse, les traits livides.

Les employés refermèrent le couvercle de la coquille et le verrouillèrent avant de retirer leurs combinaisons et de se laver les mains. Le gérant du cimetière s'avança en tenant à la main une plaque en bronze qu'il cloua sur la coquille.

Beaufort sortit de son immobilisme, prêt à prendre le relais. Les ouvriers soulevèrent la coquille qu'ils portèrent jusqu'à l'unité mobile de la police scientifique, garé à quelques mètres de là, à l'ombre des magnolias, dans le ronronnement de son groupe électrogène. L'assistant du médecin écarta les portes du camion afin de permettre aux hommes du cimetière de hisser la coquille à l'intérieur.

Beaufort attendit que les portes du véhicule se soient refermées, puis il regagna la fosse au bord de laquelle patientaient les présents. Et tandis que les fossoyeurs remplissaient de terre la première sépulture, le conducteur de la pelleteuse en creusait une seconde juste à côté, afin d'accueillir la dépouille de la défunte lorsqu'il aurait été procédé à tous les examens. L'exhumation n'avait été rendue possible qu'au prix de ce transfert, et Beaufort ne put s'empêcher de s'interroger sur la nature des pressions subies par Jennings pour qu'il transpire aussi abondamment.

Pendergast, brusquement tiré de sa léthargie, tourna un visage tendu et anxieux vers le médecin légiste qui s'empressa de le rejoindre.

— Nous sommes prêts. Quels tests souhaiteriez-vous réaliser ?

— Test ADN, analyse capillaire, empreintes digitales si possible, empreintes dentaires. La totale.

Une question brûlait les lèvres de Beaufort, qui ne savait comment la formuler sans froisser son interlocuteur.

— Cela m'aiderait grandement si je connaissais vos motivations.

Pendergast laissa s'écouler un long silence avant de répondre.

— Le corps qui repose dans ce cercueil n'est pas celui de ma femme.

Beaufort prit le temps de digérer l'information.

— Quels éléments vous permettent-ils de croire qu'il ait pu se produire une... une erreur ?

— Procédez à l'ensemble des examens, je vous en prie, murmura Pendergast en tirant de son costume une brosse à cheveux enfermée dans un sac plastique hermétique. Vous trouverez ici un échantillon de son ADN, précisa-t-il.

Beaufort, se demandant ce qui pouvait pousser un homme à conserver intacte la brosse à cheveux de sa femme plus de dix ans après sa mort, s'éclaircit la gorge.

— Et si le corps était bien le sien ?

Comme Pendergast ne répondait pas, il tenta une autre question :

— Souhaitez-vous être… présent au moment où nous ouvrirons le cercueil ?

L'inspecteur posa sur lui deux yeux hagards.

— Cela m'est indifférent, laissa-t-il tomber avant de tourner le dos à la tombe.

33

New York

La file des habitués de la soupe populaire de la Mission de Bowery Street zigzaguait entre les tables du réfectoire jusqu'aux gamelles fumantes.

— Putain, grommela le type qui précédait Esterhazy dans la queue. Encore du poulet et des croquettes.

Esterhazy saisit machinalement un plateau, se servit une part de pain de maïs et suivit le mouvement d'un pas traînant.

Il avait soigneusement préservé son anonymat en multipliant les précautions. Il avait effectué le trajet depuis Boston en bus, veillant à ne plus se servir de ses cartes de crédit, pas même pour tirer de l'argent dans les distributeurs de billets. Il n'utilisait que le nom figurant sur son faux passeport, ce qui lui avait permis de se procurer un téléphone portable, en attendant de dénicher un petit meublé sur Second Street dont le gérant souhaitait être réglé en liquide. Quant aux repas, il se contentait le plus souvent de lieux tels que celui-ci. Il avait rapporté de son voyage en Écosse suffisamment d'argent liquide pour ne pas être à court, mais il lui fallait se montrer prudent car Pendergast disposait de ressources considérables. En cas de besoin,

Esterhazy savait pouvoir s'adresser aux autres, mais il ne le ferait qu'en dernier recours.

— Saloperie de gelée verte, grommela le type vêtu d'une vieille chemise à carreaux qui le précédait, un quadragénaire avec un bouc clairsemé dont le visage crasseux trahissait les turpitudes.

— Ils pourraient pas nous refiler de la gelée rouge au dessert, pour une fois ?

La banalité du mal, pensa Esterhazy en glissant un hors-d'œuvre sur son plateau sans même en regarder le contenu. Il supportait difficilement sa nouvelle vie, il était plus que temps de réagir : Pendergast devait mourir. Il avait essuyé deux échecs, c'est vrai, mais la troisième tentative serait la bonne, comme le voulait le dicton.

Chacun d'entre nous a son point faible. À vous de trouver le sien.

Son plateau à la main, il s'installa à côté du type au bouc sur la dernière place encore libre et entama machinalement son repas.

À force de réfléchir, Esterhazy s'apercevait qu'il ne savait rien de Pendergast, sinon qu'il avait épousé sa sœur. Les deux hommes avaient toujours entretenu des rapports cordiaux, mais Pendergast n'en avait pas moins conservé ses distances. Les tentatives d'Esterhazy avaient échoué tout simplement parce qu'il ne comprenait pas son adversaire. Il lui fallait en savoir davantage sur ses habitudes, ses goûts, ses aversions.

Nous sommes disposés à vous apporter toute l'aide qu'il vous faudra.

La phrase résonnait sinistrement aux oreilles d'Esterhazy. Il reposa sa fourchette et se tourna vers son voisin qui releva les yeux en se sentant observé.

— T'as un problème ?

— À vrai dire, oui, répondit Esterhazy en gratifiant l'autre d'un sourire amical. Je peux te poser une question ?

— Quoi ? s'inquiéta l'homme d'un air soupçonneux.

— Je suis poursuivi par quelqu'un qui en veut à ma vie. Je n'arrive pas à m'en débarrasser.

— T'as qu'à tuer c't'enfoiré, rétorqua l'homme en avalant goulûment sa gelée dessert.

— C'est bien là que réside la difficulté. Je n'arrive pas à l'approcher d'assez près pour le tuer. Comment agirais-tu à ma place ?

Le type plissa les paupières d'un air malicieux en reposant sa petite cuillère.

— Pour l'obliger à sortir du bois, il suffit de s'en prendre à un de ses proches. Quelqu'un de faible. Une meuf de préférence.

— Une meuf, répéta Esterhazy.

— Pas n'importe quelle meuf, sa meuf. Pour avoir un mec, il suffit de s'en prendre à sa meuf.

— C'est logique.

— Tu parles que c'est logique. J'ai eu une embrouille une fois avec un dealer, mec, je voulais lui souhaiter sa fête, mais il avait toujours une tripotée de gardes du corps avec lui. Sauf qu'il avait une petite sœur, un beau petit lot...

L'autre poursuivait son histoire, mais Esterhazy ne l'écoutait plus, perdu dans ses pensées.

Sa meuf...

34

Savannah, Géorgie

L'élégante maison de ville paraissait assoupie dans l'air parfumé de cette fraîche soirée d'automne. Quelques promeneurs déambulaient sur Whitfield Square en discutant paisiblement, sans prêter attention aux touristes qui photographiaient le kiosque tarabiscoté du parc et les vénérables demeures en brique de la place.

Tout était silencieux à l'intérieur de la maison lorsqu'un verrou tourna dans un chuchotement métallique. La porte de l'entrée de service s'écarta doucement.

Telle une ombre dans le crépuscule naissant, l'inspecteur Pendergast se glissa à l'intérieur de la cuisine, referma la porte derrière lui et s'y adossa, tous les sens aux aguets. Il savait la maison vide, mais la prudence lui commandait de sonder le silence. La demeure, tous stores baissés, sentait le renfermé, preuve que personne n'y avait pénétré depuis quelque temps.

Les circonstances de sa visite précédente, quelques mois plus tôt, lui revinrent à l'esprit. Bien des événements s'étaient produits depuis, Esterhazy s'était évanoui dans la nature, mais Pendergast espérait découvrir ici les indices qui lui permettraient de deviner la cachette de son beau-frère. Une maison trahit toujours les secrets de ses occupants, on ne disparaît pas sans laisser de traces.

C'était pourtant le cas d'Hélène.

Pendergast fit des yeux le tour de la cuisine : elle était d'une propreté méticuleuse, à l'image du reste de la maison. Le mobilier, très sobre, était celui d'un célibataire : la table en chêne du petit-déjeuner, l'énorme billot de boucher équipé de grands couteaux, les placards en merisier, le plan de travail de granit noir.

Il quitta la pièce, traversa le hall d'entrée et monta à l'étage. Toutes les portes donnant sur le palier étaient fermées, et il les ouvrit l'une après l'autre avant de découvrir l'escalier permettant d'accéder à un grenier en sous-pente qui sentait la poussière et la naphtaline. Il tira la ficelle de l'unique plafonnier et une lumière crue inonda la pièce, dévoilant des cartons et des malles alignés le long des murs. Dans un coin avait été remisée une psyché couverte de toiles d'araignées.

Pendergast tira de sa veste un couteau à manche de nacre avec lequel il ouvrit les cartons. Il les fouilla sans se presser, les referma à l'aide de gros scotch, puis il se tourna vers les malles-cabines qu'il crocheta. Leur contenu passé au peigne fin, il remit les cadenas en place.

Il allait redescendre lorsqu'il s'arrêta devant la psyché. D'un revers de manche, il essuya un coin du miroir et se regarda dans la glace. C'est tout juste s'il reconnaissait le visage émacié qui se reflétait dans le miroir.

Tournant les talons, il éteignit le plafonnier et regagna le premier étage, constitué de deux salles de bains, de la chambre à coucher d'Esterhazy et d'une chambre d'ami. Pendergast commença par les salles de bains dont il fouilla les armoires à pharmacie en prenant soin de vider dans la cuvette des toilettes les tubes de dentifrice, les bombes de mousse à raser et les flacons de talc afin de s'assurer que rien n'y était dissimulé. Après avoir rangé chaque objet sur son étagère, il entra dans la chambre d'ami : il n'y découvrit rien d'intéressant.

Pendergast sentit son pouls s'emballer légèrement en pénétrant dans la chambre d'Esterhazy. La pièce, avec ses romans et ses biographies alignés sur des rayonnages, ses faïences de Quimper et de Wedgwood sagement rangées dans leurs niches, était méticuleusement rangée.

Pendergast retira le couvre-lit et les draps ; palpa longuement le matelas, écartant la toile afin d'examiner les ressorts, puis il tâta les oreillers, sonda la tête de lit et remit tout en place. Il se consacra ensuite au dressing dont il inspecta chaque vêtement, ouvrit les tiroirs de la commode Duncan Phyfe qu'il fouilla sans se soucier cette fois de laisser des traces, feuilleta les livres et les replaça hâtivement avec des gestes presque brusques.

Allant dans le bureau, il s'approcha du meuble classeur qui s'y trouvait et força grossièrement la serrure avec la lame de son couteau avant d'en ouvrir les tiroirs et de vérifier longuement le contenu de chaque dossier. Il mit près d'une heure à venir à bout des factures, lettres, registres, feuilles d'impôts et autres documents, puis il passa aux étagères chargées d'ouvrages médicaux et s'intéressa au bureau lui-même, sur lequel reposait un ordinateur portable. Armé d'un tournevis puisé au fond d'une poche, il le démonta et retira le disque dur qu'il glissa dans sa veste. Les murs de la pièce étaient couverts de diplômes et de récompenses dont il inspecta soigneusement les cadres avant de les raccrocher.

Il s'apprêtait à regagner le rez-de-chaussée lorsqu'il s'immobilisa sur le seuil de la pièce. Le bureau semblait intact, personne n'aurait pu deviner que chaque centimètre carré de la pièce avait été fouillé, examiné, violé. Personne, sauf Judson. Lui s'en apercevrait.

Pendergast redescendit les marches et procéda à un examen en règle de la salle à manger, puis de la petite pièce qui servait de tanière à Esterhazy. Il y découvrit un coffre-fort encastré dans un mur, dissimulé derrière un cadre, et se promit d'y revenir en dernier. Il ouvrit le râtelier qu'il fouilla sans rien y découvrir d'intéressant.

Il ne lui restait plus que le salon, la pièce noble de la maison avec ses lambris d'acajou verni et ses papiers peints à l'ancienne que venaient rehausser de charmantes huiles des XVIIIe et XIXe siècles. Le meuble le plus impressionnant, une lourde vitrine Louis-XV dans laquelle étaient exposées les poteries grecques de leur propriétaire, se dressait le long du mur.

Pendergast s'intéressa au reste du mobilier avant de passer à la vitrine. Il en força la serrure en un tournemain, écarta les battants et s'extasia devant la fabuleuse collection de son beau-frère. S'il en connaissait l'existence, il fut frappé par la qualité des pièces réunies là, qui constituaient peut-être la plus belle collection privée de ce genre au monde. Une collection extrêmement réduite, puisqu'elle se limitait à six poteries à figures rouges, toutes d'une valeur inestimable, exécutées par les plus grands artistes de la Grèce antique : Exékias, le Peintre de Brygos, Euphronios, le Peintre de Meidias, Makron et le Peintre d'Achille. L'œil de l'inspecteur caressait chaque vase, bol, cratère et kylix, tous témoins de la splendeur grecque et du génie artistique de leurs auteurs. Esterhazy n'avait pas souhaité exhiber son argent en accumulant de tels trésors, chacune de ces œuvres reflétait simplement la passion d'un connaisseur aussi fortuné qu'avisé. Seul un amoureux de la beauté avait pu réunir une collection aussi parfaite, dont la disparition aurait constitué une perte pour l'humanité tout entière.

La respiration rauque de Pendergast traversait le silence de la pièce.

Soudain, d'un violent revers du bras, il balaya les céramiques qui volèrent dans tous les sens et se brisèrent en mille morceaux sur le sol. Le souffle court, pris d'une rage incontrôlable, il paracheva son œuvre de destruction en piétinant chaque tesson afin de le réduire en poussière.

Le souffle saccadé de Pendergast résonnait à travers la pièce. Encore affaibli par sa blessure, il mit de longues minutes à recouvrer une respiration normale. Son accès de fureur passé, il brossa d'un revers de main la poussière de poterie restée accrochée à son costume et se dirigea d'un pas pesant vers la porte conduisant à la cave, qu'il força.

Le sous-sol, quasiment vide, accueillait une chaudière et un chauffe-eau. Au détour d'une alcôve, Pendergast découvrit une porte qui, une fois crochetée, l'entraîna dans une cave à vin tapissée de liège dont un système de climatisation, réglé par un thermostat fixé au mur, maintenait constants le taux d'humidité et la température. Un examen rapide lui permit de constater que son beau-frère possédait une cave exceptionnelle, essentiellement constituée de vins français, avec un penchant marqué pour les pauillac. À mesure que son regard glissait sur les étiquettes, Pendergast découvrait les crus les plus prestigieux : lafite-rothschild, lynch-bages, pichon-longueville comtesse-de-lalande, romanée-conti. La cave de Pendergast, au Dakota comme à Penumbra, était infiniment plus riche, mais Esterhazy n'en disposait pas moins d'une sélection exceptionnelle de château-latour comptant certains millésimes qui manquaient à l'inspecteur.

Il fronça les sourcils un instant, puis il sélectionna les millésimes les plus recherchés – 1892, 1923, 1934, le célèbre 1945, 1955, 1961 ainsi qu'une demi-douzaine d'autres, tous supérieurs à trente ans – et les déposa à ses pieds avant de les monter avec mille précautions dans le petit bureau du rez-de-chaussée, en quatre voyages.

Dans la cuisine, il prit un tire-bouchon, une carafe et un verre à vin qu'il rapporta dans la tanière d'Esterhazy où il déboucha les bouteilles en leur laissant le temps de s'aérer tandis qu'il se reposait de ses efforts. La nuit était tombée et la lune éclairait d'une lueur pâle les palmiers de la place. Il leva les yeux en repensant à la toute première fois qu'ils avaient regardé la lune se lever avec Hélène, deux semaines seulement après leur rencontre. Le soir où leur passion réciproque s'était révélée. Quinze ans s'étaient écoulés depuis, mais Pendergast en avait gardé le souvenir intact.

Il détailla précieusement la scène dans sa tête, puis il la laissa s'évanouir. Quittant la fenêtre des yeux, il passa en revue les sculptures africaines qui l'entouraient, le splendide mobilier d'acajou d'Esterhazy, ses collections de jades, les étagères sur lesquelles s'alignaient des volumes aux tranches dorées. Nul ne savait quand Esterhazy retrouverait sa maison, mais Pendergast aurait aimé assister à son retour.

Il laissa le vin se décanter pendant une demi-heure seulement, soucieux de ne prendre aucun risque avec les millésimes les plus anciens, et entama sa dégustation avec le 1892 en respectant un rituel bien établi : il déposait l'équivalent d'une gorgée dans la carafe, l'agitait doucement avant d'en examiner la robe à la lumière, puis il versait le contenu de la carafe dans le verre, respirait les arômes et buvait. Il posait alors la bouteille sur le rebord de la fenêtre sans remettre le bouchon, passait à la suivante et répétait l'opération.

Une heure plus tard, la cérémonie achevée, Pendergast avait recouvré toute sa sérénité.

Après avoir dégusté le dernier des grands crus sélectionnés par ses soins, il reposa la carafe et le verre, quitta son siège et s'approcha du petit coffre-fort caché derrière le cadre contenant l'un des diplômes d'Esterhazy. Au terme de dix minutes de vaillants efforts de résistance, le coffre cédait enfin sous ses doigts experts.

Au moment où l'inspecteur écartait la petite porte, son téléphone portable sonna. Il regarda le numéro qui s'affichait sur l'écran et décrocha.

— Oui.

— Aloysius ? Peter Beaufort à l'appareil. J'espère que je ne vous dérange pas en plein travail.

Pendergast laissa s'écouler un court silence avant de répondre.

— Pas le moins du monde, je dégustais tranquillement un verre de vin.

— Je viens de recevoir les résultats.

— Alors ?

— Je préférerais vous les communiquer de vive voix.

— Je souhaite savoir maintenant.

— Pas au téléphone. Passez me voir dès que possible.

— Je me trouve actuellement à Savannah. Je prends le dernier avion ce soir, je serai demain matin à 9 heures dans votre bureau.

Pendergast rempocha son téléphone et écarta la porte du coffre. Celui-ci contenait les objets habituels : quelques bijoux, des actions, le titre de propriété de la maison, un testament, ainsi que divers papiers parmi lesquels l'inspecteur nota la présence d'anciennes factures d'une maison de retraite de Camden, dans le Maine, au nom d'une certaine Emma Grolier. Il les glissa au fond d'une poche afin de les examiner plus tard, puis il s'installa devant le bureau à cylindre de son beau-frère, prit une feuille vierge et rédigea une courte note.

Mon cher Judson,

J'ai pensé que mon opinion sur tes latour t'intéresserait. Le 1918 a malheureusement perdu tous ses arômes, et le 1940 faillit de beaucoup à sa réputation, à mon humble avis : une longueur en bouche et un arrière-goût de mauvais tanins. Le 1958 était bouchonné, hélas, mais tous les autres étaient délicieux. Le 1945 est une pure merveille, d'une élégance et d'une richesse inégalables, avec un goût de fruits rouges et de champignon prononcé s'achevant sur une note agréablement sucrée. Dommage que tu n'en aies possédé qu'une bouteille.

Toutes mes excuses pour le regrettable accident survenu à ta collection de céramiques. Je te laisse un petit souvenir pour me faire pardonner.

P.

Pendergast plaça la missive bien en évidence sur le bureau, puis il tira de son portefeuille un billet de cinq dollars qu'il déposa à côté de la lettre.

Il se trouvait sur le seuil de la petite pièce lorsqu'il fut pris de regret. Revenant sur ses pas, il saisit la bouteille de château-latour 1945, la reboucha soigneusement, la serra contre lui et rejoignit la cuisine dont la porte ne tarda pas à s'ouvrir sur la nuit parfumée.

35

Carrefour du Tatou, Mississippi

Betterton avait pris le volant de sa Nissan tôt ce matin-là, avec l'intention de s'acheter un café, lorsqu'il fut saisi d'une idée subite. Les chances de réussite étaient minces, mais l'idée valait tout de même un détour de quinze kilomètres.

Il rebroussa chemin et reprit la direction de Malfourche, s'arrêtant cette fois à quelques kilomètres de la petite bourgade, à hauteur d'un embranchement connu dans la région sous le nom de carrefour du Tatou. À en croire la légende, un automobiliste y aurait écrasé un jour un tatou dont la carcasse était restée longtemps au milieu du croisement, d'où son appellation. La seule maison visible à des lieues à la ronde était la cabane du dénommé Billy B. Rell, que tout le monde surnommait « la Saute ».

Betterton se rangea devant la masure au toit goudronné, à peine visible sous son épais manteau de kudzu. Le poing avec lequel il avait frappé Minus lui faisait un mal de chien. Il récupéra son paquet de cigarettes dans la boîte à gants, descendit de l'auto et se dirigea vers le taudis qu'éclairaient les premiers rayons du soleil. Il aperçut la silhouette de Billy B.

sur le porche, une canette de Bud dans sa main toute tordue, en dépit de l'heure matinale. Depuis qu'une tempête avait arraché la pancarte indiquant la direction de Malfourche des années auparavant, Billy B., invariablement perché sur une balancelle, avait pris l'habitude de renseigner les étrangers qui cherchaient leur chemin.

Betterton se hissa sur les vieilles marches en bois qui crièrent sous son poids.

— Salut, la Saute.

L'autre l'observait de ses yeux enfoncés au fond de leurs orbites.

— Alors, Ned. Comment ça va, fiston ?

— Tout baigne. Tu permets que je fasse des vacances à mes cannes ?

— Comme tu veux, opina Billy B. en lui désignant les marches.

— Merci.

Betterton s'assit prudemment sur le bois pourri, puis sortit une cigarette de son paquet d'un mouvement du poignet.

— Un peu de goudron pour tes poumons ?

Billy B. tendit la main, Betterton alluma la cigarette du vieil homme et remisa le paquet dans la poche de sa chemise. Lui-même ne fumait pas.

Les deux hommes commencèrent par échanger les derniers potins, entre deux nuages de fumée, en attendant que le journaliste se décide à poser la question qui lui brûlait les lèvres.

— Sinon, la Saute, t'as vu passer du monde, ces derniers temps ? s'enquit-il sur un ton désinvolte.

Billy B. tira une dernière bouffée de sa cigarette, l'arracha à ses lèvres, examina longuement le filtre et l'écrasa au milieu des feuilles de kudzu.

— Queque-zun.

— Ouais ? Qui ça ?

— Attends que j'me souvienne, répondit Billy B. en grimaçant sous l'effort. Une bonne femme Témoin de Jéhovah qu'a voulu me refiler son petit journal en me demandant de lui indiquer le chemin de Malfourche. Je lui ai dit de prendre à droite.

Betterton émit un léger ricanement. La route de Malfourche était celle de gauche.

— Et pis un étranger, aussi.

— Un étranger ? répéta le journaliste avec le plus grand naturel.

— Un type avec un drôle d'accent.

— Un accent de quel pays ?

— Un accent européen.

— Tu m'en diras tant, réagit Betterton en secouant la tête. C'était quand ?

— Je peux te dire exactement quand, répliqua le vieil homme en comptant sur ses doigts. Y a tout juste huit jours.

— Comment tu le sais ?

Billy B. hocha la tête d'un air entendu.

— Pas compliqué, c'était la veille du jour où on a retrouvé les Brodie assassinés.

Betterton avait du mal à contenir sa joie. Il n'aurait jamais cru que le métier de journaliste d'investigation puisse être aussi facile.

— À quoi ressemblait ton étranger ?

— Grand, maigre, avec des cheveux blonds et une vacherie de grain de beauté bizarre sous l'œil. Comme un ver de terre. Il avait un super imperméable, comme ceux qu'on voit dans les films d'espionnage.

— Tu te souviens de sa voiture ?

— Une Ford Fusion bleu foncé.

Betterton se caressa le menton d'un air pensif. La Fusion était un modèle prisé des loueurs de voitures.

— T'en as parlé à la police, la Saute ?

Billy B. lui lança un regard agressif.

— M'ont pas posé la question.

Pour un peu, Betterton se serait précipité vers sa Nissan, mais il s'obligea à poursuivre la conversation pendant quelques minutes avant de prendre congé.

— Sale histoire, ce qui est arrivé aux Brodie.

Billy B. acquiesça.

— La vie est plutôt agitée dans le coin, en ce moment, poursuivit Betterton. Entre les meurtres et l'explosion accidentelle du bar de Minus.

Billy B. cracha par terre d'un air pensif.

— C'était pas un accident.

— Que veux-tu dire ?

— L'explosion a été provoquée par un type du FBI.

— Provoquée ? répéta Betterton.

— Une balle dans la cuve à propane. Un beau feu d'artifice. Sans parler des barques qu'il a envoyées par le fond avec son fusil.

— J'en... j'en reviens pas ! balbutia Betterton, qui n'en croyait pas ses oreilles. Pour quelle raison ?

— J'ai cru comprendre que Minus et ses potes lui avaient cherché des crosses, à lui et sa collègue.

— Ce serait pas la première fois, admit Betterton. Cela dit, je me demande bien ce que fichait un type du FBI ici.

— Aucune idée. T'en sais autant que moi, déclara Billy B. en ouvrant une nouvelle canette de bière, signe que la discussion était close.

Betterton se leva.

— Tu reviens quand tu veux, l'invita le vieil homme.

— Sans faute, répondit Betterton en redescendant les marches.

Il s'arrêta sur la dernière et sortit le paquet de cigarettes de sa poche.

— Tu n'as qu'à le garder, dit-il en le lançant sur les genoux de Billy B. avant de rejoindre sa Nissan.

Son intuition ne l'avait pas trompé, il rentrait au journal avec un tuyau de première pour lequel n'importe quel collègue de *Vanity Fair* ou de *Rolling Stone* aurait tué père et mère. Un couple qui réapparaît après dix ans d'absence avant de tomber sous les coups d'un meurtrier d'une férocité inouïe. Un bar réduit en cendres d'un coup de pistolet. Un refuge mystérieux sur un îlot reculé baptisé Spanish Island. Un étranger avec un grain de beauté en forme de ver. Et, surtout, un cinglé du FBI nommé Pendergast.

Betterton en avait oublié sa main endolorie. La journée s'annonçait prometteuse.

36

La Nouvelle-Orléans

Le cabinet de Peter Beaufort ressemblait davantage au bureau d'un grand professeur qu'à une salle de consultation. Les étagères regorgeaient de volumes reliés plein cuir, des tableaux anciens représentant des paysages décoraient les murs, et les meubles, amoureusement cirés, étaient tous des antiquités. Ni acier ni chrome, encore moins de linoléum au sol. Aucune gravure anatomique, aucun tableau permettant de tester la vue, aucun traité médical, pas de squelette articulé pendu à un crochet. Le docteur Beaufort préférait d'ailleurs les costumes de marque à la blouse et au stéthoscope traditionnels. Rien dans son apparence et son comportement ne permettait de deviner sa profession.

Pendergast s'installa en face du médecin. Il avait passé des heures dans cette pièce lorsqu'il était adolescent, harcelant le légiste de questions sur la physiologie et l'anatomie, discutant des mystères du diagnostic et du traitement.

— Merci de me recevoir à cette heure matinale, Beaufort, déclara-t-il.

Le médecin lui adressa un sourire.

— Quand vous étiez jeune, vous m'appeliez déjà Beaufort. Vous avez l'âge de m'appeler Peter, désormais.

Pendergast inclina la tête. Le médecin s'exprimait d'un ton léger et courtois, mais l'inspecteur le connaissait suffisamment pour savoir qu'il ne se sentait pas à son aise.

Beaufort ramassa une enveloppe de papier kraft posée sur le bureau, l'ouvrit, ajusta une paire de lunettes sur son nez et sortit les documents qu'elle contenait.

— Aloysius..., commença-t-il.

Il toussota, très hésitant.

— Toute précaution oratoire me paraît inutile, l'encouragea Pendergast.

— Très bien, concéda Beaufort. Dans ce cas, je serai direct. Les preuves dont je dispose sont irréfutables. Le corps découvert dans cette sépulture était bien celui d'Hélène Pendergast.

Constatant que son visiteur ne disait rien, Beaufort poursuivit.

— Nous disposons d'éléments concordants à plusieurs niveaux. À commencer par l'ADN des cheveux retrouvés sur la brosse que vous m'avez confiée, qui correspond à celui de la dépouille.

— Jusqu'à quel degré ?

— Aucun doute mathématique n'est permis. À ma demande, il a été procédé à une demi-douzaine de tests sur quatre échantillons de la brosse, et autant ont été prélevés sur le corps de la défunte. Mais il ne s'agit pas uniquement d'ADN. Les radiographies dentaires concordent, on découvre la même petite carie au niveau de la deuxième molaire supérieure droite. Le corps de votre femme avait conservé une denture parfaite, malgré les années. Vous avez... vous avez dû constater vous-même l'excellent état de conservation de...

— Les empreintes ?

Beaufort toussota à nouveau.

— L'humidité et la chaleur dans cette région expliquent… Bref, je n'ai pu recueillir que des empreintes partielles, mais elles correspondent également.

Beaufort tourna l'une des pages de son rapport.

— L'examen du corps montre qu'il a effectivement été partiellement dévoré par un lion. Outre les… euh… les traces perimortem que j'ai pu observer, notamment des marques de dents au niveau de certains os, nous avons pu identifier des restes d'ADN de *Panthera leo*. C'est-à-dire de lion.

— Vous parlez d'empreintes partielles. Donc insuffisantes.

— Aloysius, les tests ADN sont formels. Il s'agit bien du corps de votre femme.

— C'est impossible puisque Hélène est vivante.

Un long silence ponctua l'affirmation de Pendergast. Beaufort écarta les mains dans un geste d'impuissance.

— Excusez-moi de vous le dire, mais cette attitude ne vous ressemble guère, vous qui avez le plus profond respect pour les avancées de la science.

— La science se trompe, conclut Pendergast.

Il posait une main sur le bras de son siège, prêt à se lever, lorsque l'expression affichée par son interlocuteur lui fit comprendre que l'entretien n'était pas terminé.

— En dehors de cet aspect du problème, reprit Beaufort, j'aurais souhaité partager avec vous un autre élément.

Il parlait avec une légèreté feinte dont Pendergast n'était pas dupe.

— Avez-vous déjà entendu parler du génome mitochondrial ?

— De façon assez générale, dans son usage médico-légal.

Beaufort retira ses lunettes, les essuya et les replaça sur son nez d'un geste qui trahissait sa gêne.

— Ne m'en veuillez pas si je vous fournis des explications que vous connaissez déjà. Le génome mitochondrial est totalement distinct de l'ADN habituel. Il s'agit d'un composant génétique, présent dans les mitochondries cellulaires, transmis de génération en génération par la femme. En clair, cela signifie que tous les descendants d'une femme déterminée, mâles ou femelles, possèdent le même génome mitochondrial, auquel on donne le nom d'ADNmt. Cet ADN d'un type bien particulier est extrêmement utile à nous autres légistes, et nous en conservons la trace dans des bases de données spécifiques.

— Mais encore ?

— Dans le cadre des analyses effectuées sur le corps de votre femme, j'ai voulu comparer son ADN et son ADNmt à l'ensemble des trente-cinq bases de données médicales auxquelles nous avons accès. Outre la confirmation de l'ADN d'Hélène, je suis tombé sur un résultat surprenant en comparant son ADNmt à une base de données pour le moins… déroutante.

Pendergast, surpris par l'embarras croissant du médecin légiste, attendait la suite.

— Il s'agit de la base de données de l'OPD.

— L'OPD ?

— L'Organisation du Procès des Docteurs.

— Ce regroupement de chasseurs de nazis ?

Beaufort acquiesça.

— Exactement. Une organisation visant à traduire en justice les médecins nazis du IIIe Reich impliqués dans l'Holocauste, créée à la suite du Procès des docteurs qui s'est déroulé à Nuremberg après la guerre. De nombreux médecins ont réussi à fuir l'Allemagne à cette époque, beaucoup se sont installés en Amérique du Sud, et l'OPD s'est donné pour mission de les pourchasser. L'organisation dispose d'une base de données extrêmement fournie sur ces médecins criminels.

Pendergast laissa s'écouler un silence avant de reprendre d'une voix presque inaudible.

— Qu'avez-vous découvert exactement ?

Le médecin légiste tira un document de la chemise posée devant lui.

— Son ADNmt correspond à celui d'un certain docteur Wolfgang Faust, né à Ravensbrück en 1908.

— Que savez-vous d'autre ?

Beaufort prit longuement sa respiration.

— Faust était l'un des médecins SS du camp de Dachau à la fin de la guerre. On perd sa trace ensuite, jusqu'à ce que l'OPD le retrouve en 1985, trop tard pour le juger puisqu'il était mort en 1978. L'OPD a découvert sa tombe et procédé à son exhumation afin de prélever des échantillons de son ADNmt et les intégrer à sa base de données.

— Dachau, murmura Pendergast en fixant son interlocuteur. Quel rapport existait-il entre ce médecin et Hélène ?

— Ils descendaient tous deux d'une même femme, sans que l'on puisse déterminer si cette coïncidence remontait à une génération, ou à des millénaires.

— Possédez-vous d'autres éléments relatifs à ce médecin ?

— Comme vous pouvez vous en douter, l'OPD est un organisme très secret, dont on dit qu'il est lié au Mossad. À l'exception de leur base de données, leurs archives sont inaccessibles. On ne sait presque rien sur Faust et je ne suis pas allé plus loin dans mes recherches.

— Quelles conclusions en tirez-vous ?

— Seules des recherches généalogiques permettraient de savoir quel lien existe entre Hélène et le docteur Faust, en s'intéressant à sa lignée maternelle, grand-maternelle, et ainsi de suite. De même en ce qui concerne Faust. Nous savons simplement que ce médecin nazi et votre femme possédaient une ancêtre commune. Si ça se trouve, celle-ci vivait au Moyen Âge, allez savoir.

Pendergast fut pris d'une hésitation.

— Ma femme aurait-elle pu être au courant de ce lien de parenté avec Faust ?

— Elle seule aurait pu répondre à votre question.

— Dans ce cas, il ne me reste qu'à lui poser la question le jour où je la retrouverai.

Un silence épais s'installa.

— Hélène est morte, finit par déclarer Beaufort. Je m'inquiète de votre réaction, Aloysius. De cette conviction… chimérique à laquelle vous vous accrochez.

Pendergast se leva, le visage impassible.

— Je vous remercie de tout ce que vous avez entrepris, Beaufort.

— Réfléchissez à ce que je viens de vous dire. Sans oublier ce que vous savez de votre propre histoire familiale…

Pendergast le gratifia d'un sourire glacial.

— Merci, mais je n'ai plus besoin de votre aide à présent. Je vous souhaite le bonjour.

37

New York

Laura Hayward plongea la lame de son couteau dans la viande saignante et tendre, la détacha de l'os et porta une bouchée à ses lèvres en fermant les yeux.

— Vinnie, c'est divin.

— Rien de bien extraordinaire, mais merci quand même, lui répondit D'Agosta avec modestie, concentré sur son assiette pour que sa compagne ne le voie pas rougir.

Le lieutenant avait toujours aimé cuisiner, à la bonne franquette. À l'époque où il était célibataire, il se contentait de pains de viande, de barbecues, de poulets rôtis, sans parler des quelques spécialités italiennes héritées de sa grand-mère. Ses talents de chef s'étaient surtout développés depuis qu'il s'était mis en ménage avec Laura Hayward. Dans un premier temps, il s'était emparé des fourneaux afin de compenser le fait qu'elle le logeait à titre gratuit. Lorsque Laura avait enfin cédé en lui permettant de payer la moitié du loyer, le pli était pris. La jeune femme n'était pas la dernière lorsqu'il s'agissait de mitonner des petits plats, mais la cuisine était surtout une façon pour D'Agosta de manifester son amour. Préparer le repas, qualité rare chez un homme, lui permettait d'exprimer sa passion pour Laura mieux qu'en lui offrant des fleurs ou des bijoux. Après la cuisine du sud de l'Italie, il s'était intéressé à l'art culinaire français en apprenant les techniques de base, comme la fabrication des sauces. Il s'était enthousiasmé ensuite pour les spécialités des régions américaines. Hayward rentrait plus tard que lui en général, ce qui lui laissait tout le loisir de s'entraîner en cuisine, un livre de recettes ouvert devant lui, prêt à régaler sa compagne de plats dignes de l'affection qu'il lui portait. À force de ténacité, D'Agosta réalisait de sérieux progrès ; il était désormais capable de couper la viande comme personne, d'improviser un menu sans effort, de tenter des variations sur ses recettes préférées. Au point de prétendre ce soir-là, sans mentir, que son carré d'agneau, servi avec une persillade au bourgogne et à la grenade, n'avait « rien de bien extraordinaire ».

Ils dégustèrent leur repas en silence pendant quelques minutes, heureux d'être ensemble. Hayward s'essuya la bouche avec sa serviette, but une gorgée de San Pellegrino et railla son compagnon avec humour :

— Alors ? Quoi de neuf au bureau, chéri ?

D'Agosta lui répondit par un rire franc.

— Figure-toi que Singleton se lance dans une nouvelle campagne pour booster le moral de ses troupes.

Hayward secoua la tête.

— Sacré Singleton. Le roi de la psychologie policière.

D'Agosta porta à sa bouche une fourchette d'épinards à la crème.

— À part ça, Corrie Swanson est passée me voir. Une fois de plus.

— Encore ? C'est la troisième fois qu'elle vient te casser les pieds.

— Au début, ça m'énervait un peu, mais on a fini par devenir copains, tous les deux. Elle n'arrête pas de me poser des questions au sujet de Pendergast, où il est, quand il compte revenir, et tout le tralala.

Hayward se renfrogna. Le nom de Pendergast suffisait à assombrir son humeur, en dépit de leur collaboration informelle, quelques mois plus tôt.

— Que lui as-tu dit ?

— La vérité. Que j'aimerais bien le savoir moi-même.

— Depuis quand tu n'as plus entendu parler de lui ?

— Depuis son coup de fil d'Édimbourg. Quand il m'a annoncé qu'il ne voulait pas que je l'aide.

— Pendergast m'inquiète. Derrière ses airs de tout maîtriser, ce type-là est complètement cinglé.

— Un cinglé qui résout brillamment ses enquêtes.

— On ne résout pas une enquête en abattant systématiquement le principal suspect. Tu peux me dire quand Pendergast a présenté un coupable à un juge pour la dernière fois ? Et voilà qu'il voudrait nous laisser croire que sa femme est vivante...

D'Agosta reposa ses couverts, l'appétit coupé.

— S'il te plaît, je n'aime pas t'entendre parler comme ça de Pendergast. Même si...

— Même si j'ai raison, c'est ça ?

D'Agosta ne répondit rien. Elle avait mis le doigt sur un point particulièrement sensible, jamais il n'avait été aussi inquiet au sujet de son vieil ami.

Un silence gêné retomba sur le couple. Au moment où il s'y attendait le moins, D'Agosta sentit la main de Hayward se refermer sur la sienne.

— J'adore la fidélité dont tu fais toujours preuve, lui dit-elle. Et ton intégrité. Je souhaitais te dire que j'ai appris à respecter Pendergast, même si ses méthodes continuent de me déplaire souverainement. Mais tu sais quoi ? Je suis contente qu'il t'ait court-circuité sur cette enquête. Ce type serait capable de bousiller ta carrière et je suis heureuse que tu suives son conseil en évitant de te mêler à ses histoires, cette fois-ci. Allez ! ajouta-t-elle avec un sourire en lui serrant à nouveau la main. Viens m'aider à faire la vaisselle.

38

Fort Meade, Maryland

Aloysius Pendergast pénétra dans le hall de l'un des immeubles anonymes de l'Agence de sécurité nationale, se délesta de son badge et de son arme auprès d'un planton, franchit le portique de sécurité et se dirigea vers le bureau d'accueil.

— Je me nomme Pendergast. J'ai rendez-vous à 10 h 30 avec le général Galusha.

— Un petit instant.

L'hôtesse composa un numéro, remplit un badge temporaire à l'intention de son visiteur et demanda à un planton de les rejoindre.

— Si vous voulez bien me suivre, monsieur, l'invita le soldat.

Son badge épinglé sur sa veste, Pendergast emboîta le pas à son guide qui le conduisit jusqu'à des ascenseurs. Ils montèrent ensemble dans l'une des cabines dont les portes se rouvrirent quelques étages plus bas. Un labyrinthe austère de couloirs en parpaing les attendait. Quelques instants plus tard, ils s'arrêtaient devant une porte avec l'inscription « Gén. Galusha ».

Le planton toqua discrètement et une voix lui intima l'ordre d'entrer.

Le soldat tint la porte ouverte à Pendergast avant de la refermer dans son dos, puis il se posta dans le couloir en attendant de raccompagner le visiteur, une fois terminé son entretien.

Galusha était le type même du soldat de métier, avec son treillis militaire que seule distinguait l'étoile accrochée à ses épaulettes.

— Asseyez-vous, je vous en prie, dit-il d'une voix fraîche.

Pendergast s'exécuta.

— J'aime autant vous prévenir tout de suite, inspecteur. Je ne serai pas en mesure de répondre favorablement à votre requête, sauf si vous passez par la voie hiérarchique. Je ne vois d'ailleurs pas très bien en quoi je pourrais vous aider.

Pendergast resta quelques instants sans réaction, puis il s'éclaircit la gorge.

— Au contraire, mon général. En votre qualité de... euh... gardien du M-LOGOS, vous pourriez m'être d'une grande utilité.

Galusha se figea sur son siège.

— Que savez-vous exactement au sujet du M-LOGOS, inspecteur ? En supposant l'existence d'une telle entité ?

— J'en sais plus que vous ne le pensez, mon général. Par exemple, qu'il s'agit de l'ordinateur le plus puissant jamais imaginé par l'homme, et qu'il se trouve dans un bunker situé sous ce bâtiment. Je sais qu'il fonctionne avec un système de traitement en parallèle pilotant un module d'intelligence artificielle baptisé StutterLogic, et qu'il a été conçu à une seule fin : recueillir l'ensemble des informations relevant de la sécurité nationale. Cet ordinateur permet la gestion des menaces les plus diverses, qu'il s'agisse de terrorisme, d'espionnage industriel, d'activités subversives, de manipulation des marchés, de fraude fiscale, voire de pandémies.

Il passa nonchalamment une jambe par-dessus l'autre avant de reprendre.

— M-LOGOS dispose d'une base de données contenant toutes sortes d'informations, depuis la surveillance des téléphones portables jusqu'à celle des e-mails en passant par les péages autoroutiers et les réseaux sociaux, les dossiers juridiques et médicaux, les données accumulées par les centres de recherche universitaires. Cette banque de données contient des éléments d'information croisés visant la totalité des individus résidant sur le sol des États-Unis. Je ne connais pas le pourcentage de ceux que M-LOGOS surveille en dehors du territoire américain, mais je ne crois pas me tromper en affirmant que ce système possède l'intégralité des informations numériques de tous les citoyens du monde industrialisé.

Après avoir accueilli les explications de son visiteur sans manifester la moindre émotion, le général prit la parole :

— Je vous félicite pour ce charmant laïus, inspecteur. Puis-je vous demander d'où vous tenez votre science ?

Pendergast haussa les épaules.

— Mon travail au sein du FBI m'a permis de m'intéresser... comment dirais-je ?... à certains domaines d'enquête fort exotiques. Mais laissez-moi répondre à votre question par une autre question : si les citoyens américains les plus honorables connaissaient la réalité du système M-LOGOS, s'ils avaient une idée de l'ampleur des renseignements que possède le gouvernement sur eux, quelle serait leur réaction ?

— Ils ne risquent pas de le savoir. Leur révéler la vérité serait un acte de trahison.

Pendergast signifia son assentiment d'un mouvement de tête.

— Je n'ai aucune intention de révéler quoi que ce soit aux citoyens de ce pays. Je me contente de rechercher des informations relatives à une seule personne.

— Je vois, réagit Galusha. J'en déduis que vous aimeriez avoir accès aux données recueillies sur la personne en question par le système M-LOGOS.

Pendergast décroisa les jambes en observant le général en silence.

— Vous qui êtes si bien renseigné, reprit Galusha, vous devriez savoir que l'accès aux données du M-LOGOS est extrêmement limité. Il ne m'est pas possible d'en livrer les clés au premier inspecteur du FBI dont je croise la route, quelle que soit son audace.

Pendergast s'entêtait dans le silence, à l'irritation grandissante de son interlocuteur.

— Je suis un homme très occupé, dit-il.

Pendergast recroisa les jambes.

— Mon général, je crois savoir que vous avez toute latitude de répondre favorablement à ma requête sans en référer à quiconque. Je me trompe ?

— Non, mais je n'irai pas par quatre chemins avec vous. Je n'ai aucune intention de céder.

Pendergast laissa retomber le silence, et Galusha fronça les sourcils.

— Sans vouloir me montrer malpoli, cet entretien est terminé.

— Pas du tout, laissa tomber l'inspecteur.

Galusha écarquilla les yeux.

— Pas du tout ?

D'un geste élégant, Pendergast tira de la poche de sa veste un document qu'il posa devant son interlocuteur.

— Bon sang, mais… Je me trompe, ou bien il s'agit de mon curriculum vitae ? s'étonna le militaire en jetant un coup d'œil à la feuille.

— En effet. Vos états de service sont pour le moins impressionnants.

Galusha posa sur lui un regard aigu.

— Mon général, je constate que vous êtes un excellent officier, connu pour sa bravoure et sa loyauté envers son pays. Je suis d'autant plus désolé d'agir ainsi.

— Des menaces ?

— J'ai une autre question à vous poser : pourquoi avoir éprouvé le besoin de mentir ?

Une chape de silence s'abattit sur la pièce.

— Vous avez servi au Vietnam où vous avez reçu de nombreuses décorations, parmi lesquelles une étoile d'argent, une étoile de bronze et deux Purple Hearts. Vous devez votre avancement à votre seule valeur, personne ne vous a aidé à gravir les échelons, et pourtant votre carrière tout entière repose sur un mensonge puisque vous n'êtes jamais sorti de l'université du Texas, contrairement à ce qu'affirme votre CV. Vous ne possédez aucun diplôme, pour la bonne raison que vous n'avez jamais validé votre dernière année d'études. En clair, cela signifie que vous n'étiez pas habilité à devenir officier. Il est curieux que personne n'ait découvert la supercherie. Comment vous y êtes-vous pris ?

Galusha bondit de son siège, le visage cramoisi.

— Vous êtes un salaud de la pire espèce.

— Je ne suis nullement un salaud. Simplement un homme aux abois, prêt à tout pour obtenir ce dont il a besoin.

— Et de quoi avez-vous besoin ?

— J'hésite à vous le révéler. Notre rencontre m'apporte la preuve que vous possédez suffisamment d'intégrité pour refuser de céder à toute forme de chantage. Sauf erreur de ma part, vous préférerez briser votre carrière plutôt que de me donner les clés de votre base de données.

Un long silence suivit la déclaration de Pendergast.

— Et vous avez raison.

Galusha s'efforçait désespérément de rester maître de lui-même, prêt à accepter le déshonneur qui l'attendait. Pendergast n'avait pas eu de chance de tomber sur un personnage tel que lui.

— Très bien. Avant de me retirer, je tiens toutefois à vous exposer le but de ma visite. Il y a dix ans, ma femme est morte dans des circonstances épouvantables. Du moins en étais-je convaincu jusqu'à ce que j'apprenne tout récemment qu'elle était en vie. Je n'ai aucune idée de la raison qui l'a poussée à me le cacher pendant toutes ces années. Je voudrais croire qu'on l'en a empêchée, qu'elle est retenue quelque part contre sa volonté. Quoi qu'il en soit, je me dois de la retrouver, et le système M-LOGOS est pour moi le meilleur moyen d'y parvenir.

— Vous pouvez me raconter tout ce que vous voulez, monsieur Pendergast, je ne vous autoriserai jamais à consulter cette base de données.

— Ce n'est pas ce que je vous demande. Je vous demande d'effectuer les recherches vous-même. Si vous retrouvez sa trace, dites-le-moi. C'est tout. Je ne requiers aucune information confidentielle, rien qu'un nom et un lieu.

— Sinon vous me dénoncez.

— Sinon je vous dénonce.

— Je refuse.

— Réfléchissez bien, mon général. Je me suis déjà renseigné sur les suites probables d'une telle révélation : vous perdrez votre poste et votre grade, vous serez probablement chassé de l'armée. Votre brillante carrière se résumera brusquement à un simple mensonge. Votre passé militaire deviendra un sujet de honte au sein de votre propre famille. Vous êtes trop âgé pour espérer recommencer dans le civil, l'ensemble des filières accessibles aux officiers en retraite vous sera fermé. Votre vie entière se trouvera détruite par un simple mensonge. C'est d'autant plus injuste que nous sommes tous des menteurs, et que vous êtes un citoyen d'une eau bien supérieure à la moyenne. Le monde n'est pas joli à voir, je me suis résolu à cette triste réalité depuis fort longtemps et j'en ai pris mon parti. Cela m'a grandement facilité la tâche. Si vous me refusez le service bien innocent que je vous demande de me rendre, vous aurez toute latitude de vous apercevoir de la brutalité de ce monde.

Les yeux rivés sur Pendergast, Galusha le regardait avec un tel degré de tristesse et de regret que l'inspecteur en avait mal au ventre. L'homme avait dû connaître son lot d'iniquités.

Le général reprit la parole dans un murmure.

— J'aurai besoin des informations relatives à votre femme pour entamer les recherches.

— Je vous ai apporté tout ce dont vous pourriez avoir besoin, répondit Pendergast en sortant un dossier. Vous trouverez là le détail de son ADN, des échantillons de son écriture, son dossier médical, des radiographies dentaires, ainsi que tous ses signes distinctifs et autres traits physiques. Je sais qu'elle est en vie quelque part, retrouvez-la pour moi, je vous en prie.

Une moue de dégoût aux lèvres, Galusha tendit une main tremblante, incapable de prendre le dossier que lui tendait son interlocuteur.

— Si cela peut vous rendre la tâche plus facile, poursuivit Pendergast, sachez que j'ai chargé l'un de mes associés, inhabituellement expérimenté dans le domaine informatique, de modifier les archives de l'université du Texas afin de vous accorder la licence que vous n'auriez pas manqué d'avoir avec les honneurs si votre père n'était pas décédé, vous contraignant à abandonner vos études.

Galusha baissa la tête. Avec effort, il saisit le dossier.

— Combien de temps ? l'interrogea Pendergast dans un chuchotement.

— Quatre heures tout au plus. Attendez-moi ici. Ne parlez à personne. Je me charge de tout.

Trois heures et demie s'étaient écoulées lorsque le général, le teint gris et la tête basse, rejoignit son visiteur. Il posa le dossier sur son bureau et se laissa tomber sur son siège avec une lassitude immense, tel un vieillard. Pendergast, immobile, ne perdait pas un de ses mouvements.

— Votre femme est décédée, déclara Galusha d'une voix accablée. C'est à peu près certain car nous perdons sa trace il y a dix ans. Après…

Il posa sur Pendergast un regard triste.

— Après avoir été tuée par un lion en Afrique.

— C'est impossible.

— Non seulement c'est possible, mais c'est avéré, j'en ai bien peur. À moins qu'elle ne vive en Corée du Nord, dans certaines zones reculées d'Afrique, en Papouasie-Nouvelle-Guinée ou dans un autre lieu isolé de la planète. Je sais tout d'elle à présent, comme je sais tout de vous, monsieur Pendergast. Toutes les informations la concernant, tous les indices, toutes les pistes s'arrêtent en Afrique. Votre femme est morte.

— Vous vous trompez.

— M-LOGOS ne se trompe pas, insista Galusha en tendant le dossier à Pendergast. À présent, je connais assez votre parcours pour savoir que vous tiendrez parole.

Il prit longuement sa respiration.

— Il ne me reste plus qu'à vous dire au revoir.

39

Le marais du Black Brake, Louisiane

Ned Betterton sortit un mouchoir de sa poche et s'épongea le front pour la centième fois. Malgré le T-shirt ample et le bermuda enfilés pour l'occasion, il ne s'attendait pas à rencontrer une telle touffeur dans le marais à cette époque de l'année. Le bandage serré autour de ses phalanges endolories était aussi brûlant qu'un poulet sortant du four.

Hiram, le vieil homme édenté qui s'était confié un peu trop librement à lui devant le bar de Minus, dirigeait d'une main son bateau fatigué, une casquette informe rabattue sur les oreilles. Il se pencha au-dessus du plat-bord, laissa filer dans l'eau un jet de salive noir de tabac à chiquer, se redressa et porta son regard sur l'étroit chenal qui s'enfonçait dans le bayou.

Il n'avait fallu à Betterton qu'une heure de recherches dans les archives du comté pour apprendre que Spanish Island était un ancien camp de pêche et de chasse appartenant à la famille de June Brodie. Fort de cette information, il s'était aussitôt mis en chasse d'Hiram qui s'était fait longuement prier avant d'accepter de le conduire à Spanish Island. Un billet de cent dollars et une bouteille d'Old Grand-Dad étaient venus à bout de sa résistance, mais le vieux grigou avait insisté pour donner rendez-vous au journaliste à l'extrémité nord-ouest de Lake End, loin de la curiosité de Minus et de sa clique.

Hiram s'était montré d'humeur morose et peu liante au début de leur périple. Le journaliste avait pris garde de ne pas le brusquer, tout en laissant la bouteille d'Old Grand-Dad à portée de main ; deux heures et de nombreuses lampées plus tard, la langue du vieil homme commençait à se délier.

— C'est encore loin ? lui demanda Betterton en s'épongeant à nouveau.

— Un quart d'heure, répondit Hiram en envoyant un jet de salive par-dessus bord. Peut-être vingt minutes. On arrive dans les endroits les plus difficiles.

Tu parles, pensa Betterton qui voyait les cyprès se refermer peu à peu autour du bateau tandis que la végétation, toujours plus dense, empêchait le soleil de percer. L'air était si humide et épais que le journaliste avait le sentiment de tremper dans un bain. Oiseaux et insectes pépiaient et bourdonnaient de tous côtés, un alligator glissa dans l'eau en provoquant un remous épais.

— Vous croyez vraiment que ce type du FBI a réussi à atteindre Spanish Island ? s'étonna Betterton.

— J'sais pas, répliqua Hiram. Il nous a pas dit.

Betterton avait consacré deux journées instructives à explorer le passé de Pendergast. La tâche n'était pas aisée, il n'aurait pas eu trop d'une semaine, voire un mois. L'inspecteur était le dernier héritier des Pendergast, une vieille famille de La Nouvelle-Orléans d'origine franco-anglaise. Dire que les Pendergast étaient excentriques tenait de l'euphémisme, ils avaient compté dans leurs rangs aussi bien des scientifiques et des explorateurs que des charlatans, des colporteurs, des magiciens, des escrocs, et même des assassins notoires. Une vieille tante avait empoisonné tous les siens avant de finir sa vie dans un asile d'aliénés. Quelques générations plus tôt, un grand-oncle prestidigitateur avait été le maître à penser de Houdini. Quant à l'inspecteur Pendergast, il avait un frère au passé extrêmement trouble dont personne n'avait plus entendu parler depuis un séjour sur l'île de Stromboli quelque temps plus tôt. Pendergast avait lui-même été hospitalisé au cours de son adolescence, mais les détails n'étaient pas clairs et Betterton n'aurait pas su dire s'il souffrait à l'époque d'une affection mentale ou physique.

Le journaliste avait surtout été intrigué par la mention d'un incendie. À l'époque où Pendergast était enfant, une foule en colère avait mis le feu à la maison familiale de Dauphine Street, pour des raisons que l'enquête n'avait jamais pu établir avec exactitude. Aucune des personnes interrogées n'avait avoué faire partie des incendiaires, et les témoignages recueillis par la police n'étaient pas clairs. On avait parlé de culte vaudou, évoqué les animaux domestiques torturés et mis à mort par l'un des enfants Pendergast, accusé la famille de vouloir empoisonner l'eau potable de tout le quartier, mais lorsque Betterton avait trié le bon grain de l'ivraie, il avait cru discerner, derrière cet incendie étrange, la main d'inconnus décidés à détruire le clan Pendergast en colportant sur son compte les rumeurs les plus folles.

Les Pendergast semblaient avoir été la cible d'un ennemi aussi puissant que mystérieux...

La coque de l'hydroglisseur rencontra un fond boueux et Hiram donna un coup d'accélérateur. Le chenal mangé par la végétation se séparait en deux et Hiram ralentit avant d'immobiliser le bateau. Les deux canaux, pratiquement identiques, avaient une allure inquiétante avec leurs lianes pendant des cyprès comme des saucisses à l'intérieur d'un fumoir. Hiram se frotta le menton d'un air perplexe, puis il leva les yeux en tentant d'apercevoir un coin de ciel à travers la masse végétale.

— Vous n'êtes pas perdu, tout de même ? s'inquiéta Betterton qui regrettait brusquement d'avoir mis sa vie entre les mains du vieil alcoolique.

Si jamais il leur arrivait quoi que ce soit dans cet enfer, il était fichu. Jamais il ne parviendrait à retrouver son chemin dans ce labyrinthe infernal.

— Naaan ! répondit Hiram.

Le temps d'avaler une lampée de bourbon, il mit les gaz et le bateau s'enfonça dans le chenal de gauche qui ne tarda pas à se rétrécir sous la poussée des jacinthes et des lentilles d'eau. Le bourdonnement des insectes montait en puissance de minute en minute. D'un coup de volant, Hiram contourna une vieille souche de cyprès qui émergeait de la boue à la façon d'une statue brisée, puis il ralentit et négocia un virage sec en s'efforçant de distinguer son chemin en dépit de l'épais manteau de mousse qui lui barrait la vue.

— Ça devrait être un peu plus loin, annonça-t-il.

Accélérant lentement, le vieil homme poussa l'hydroglisseur à travers le rideau de végétation visqueuse. Betterton baissa prudemment la tête au passage, les yeux écarquillés afin de mieux discerner le dessin du chenal dans la pénombre. Les fougères et les plantes aquatiques s'écartèrent brusquement à l'orée d'une clairière et Betterton retint son souffle en découvrant un îlot de terre meuble à peu près circulaire qu'entourait une couronne de très vieux cyprès. Le terrain était entièrement nu, comme brûlé par un bombardement au napalm. Plusieurs dizaines de pilotis noircis par l'incendie dressaient leurs silhouettes macabres dans le ciel, des planches calcinées gisaient dans tous les coins au milieu de tiges métalliques tordues et de débris divers. Une odeur âcre et humide de fumée flottait à la façon d'un brouillard au-dessus de cette scène de désolation.

— C'est Spanish Island ? demanda Betterton, incrédule.

— Ce qu'il en reste, je suppose, répondit Hiram.

Hiram avança lentement dans le bayou et échoua le bateau sur la rive boueuse. Betterton mit pied à terre et se dirigea prudemment vers le sommet de la petite île, écartant du pied les épaves qui entravaient sa route sur près d'un demi-hectare : le dessus d'un bureau tout déformé, des ressorts de matelas, des couverts, l'ossature carbonisée d'un canapé, des trophées de chasse, du verre fondu, des restes de livres et, de façon plus surprenante, les carcasses de plusieurs machines d'apparence sophistiquée. Le journaliste s'agenouilla près de l'une d'elles et reconnut, malgré son armature déformée par le feu, un appareil de mesure, doté d'une aiguille graduée en millimètres, dont il découvrit l'origine sur une petite plaque : ÉQUIPEMENT MÉDICAL DE PRÉCISION – FALL RIVER, MASSACHUSETTS.

La voix inquiète d'Hiram le tira de ses pensées.

— On ferait p't-être bien de rentrer.

Betterton prit brusquement conscience du calme qui régnait autour de lui. Alors que le reste du bayou bruissait d'une faune abondante, oiseaux et insectes semblaient avoir déserté Spanish Island, plongeant l'île dans un silence angoissant. Il jeta un dernier coup d'œil au capharnaüm qui l'entourait, à tous ces instruments scientifiques dont il peinait à comprendre l'utilité. Il régnait là une ambiance de mort.

Pire. Une ambiance de lieu hanté.

Betterton n'eut soudainement qu'une hâte, quitter au plus vite cette île sinistre, et il regagna précipitamment le bateau que son compagnon, habité par la même peur, s'empressait de mettre en route. Quelques instants plus tard, l'hydroglisseur traversait le plan d'eau à pleine vitesse et s'enfonçait dans le labyrinthe des canaux conduisant à Lake End.

Betterton s'autorisa un rapide regard en arrière, emportant avec lui une ultime vision de l'enfer végétal pénétré de mystère qui emprisonnait l'étrange îlot. À défaut de savoir quel drame horrible s'était déroulé à Spanish Island, le journaliste possédait une certitude : d'une façon ou d'une autre, ce salopard de Pendergast se trouvait au cœur de toute l'affaire.

40

River Pointe, Ohio

La cloche de la paroisse épiscopalienne de Saint-Paul, habituée à rythmer la vie de cette banlieue tranquille, égrena les douze coups de minuit dans l'indifférence des rues endormies. Les feuilles mortes, poussées par une légère brise, couraient doucement le long des caniveaux et un chien aboya dans le lointain.

Une seule fenêtre brillait encore dans cet océan de quiétude, au premier étage de la maison en bois qui dressait sa façade blanche au carrefour de Church Street et de Sycamore Terrace. De l'autre côté de la fenêtre soigneusement barricadée, derrière deux paires d'épais rideaux, s'ouvrait une pièce débordant d'équipements électroniques : une tour métallique contenant plusieurs serveurs lames haute densité, des aiguilleurs Ethernet rapides 48 ports Gigabit, ainsi que des périphériques NAS servants, configurés en disques durs array RAID-2. Une autre tour abritait divers systèmes de surveillance actifs et passifs, des renifleurs de paquets, des scanners réglés sur les fréquences de la police et des services de protection civile. Bureaux et étagères étaient couverts de claviers, d'amplificateurs de signal sans fil, de thermomètres numériques infrarouges, de testeurs de réseau, d'extracteurs Molex. Un vieux modem à coupleur acoustique, toujours en activité, reposait sur une console. Une forte odeur de poussière et de menthol flottait dans la pièce que seuls éclairaient les écrans des dizaines d'appareils rassemblés là.

Au centre de cette planète électronique se tenait un personnage chétif en chaise roulante, vêtu d'un pyjama délavé et d'un peignoir en éponge. Il naviguait lentement d'un écran à l'autre, vérifiant ici un résultat, là une formule codée indéchiffrable, mitraillant des ordres à l'aide de l'un ou l'autre des claviers sans fil sur lesquels il pianotait avec une rapidité stupéfiante, malgré les doigts tout recroquevillés de ses mains difformes.

L'homme s'arrêta brusquement en voyant s'allumer une diode jaune sur un appareil posé au-dessus de l'écran principal.

Il se précipita dans le crissement des roues de sa chaise roulante et passa une longue suite de commandes sur son clavier. L'écran laissa instantanément place à un damier noir et blanc affichant les images de la vingtaine de caméras de sécurité installées tout autour de la maison.

L'homme scruta les images l'une après l'autre. Rien.

La panique laissa place au soulagement. Il disposait d'un système d'alarme dernier cri, il aurait été alerté de la moindre brèche par une bonne demi-douzaine de cellules électroniques. Un pépin technique, rien de plus. Il aurait tout le temps de procéder aux vérifications nécessaires le lendemain matin, pas question de laisser le système…

Une diode rouge se mit à clignoter à côté de la lumière jaune tandis qu'une alarme discrète se déclenchait.

Un voile de peur et d'incompréhension assombrit le visage de l'homme. Comment quelqu'un avait-il pu passer à travers le système aussi facilement ? C'était tout simplement impossible… Les doigts recroquevillés de l'homme se posèrent sur un boîtier métallique fixé à l'un des bras du fauteuil roulant et il retira la sécurité d'un petit interrupteur, prêt à l'enclencher. Il lui suffisait d'effleurer celui-ci pour que la police, les pompiers et les secours soient alertés instantanément ; dans le même temps, des projecteurs s'allumeraient tout autour de la maison, deux alarmes stridentes se déclencheraient automatiquement dans la cave et au grenier, des démagnétiseurs placés à des points stratégiques de la pièce effaceraient en quinze secondes l'ensemble des informations contenues dans ses disques durs, et un générateur d'EMP se chargerait de brouiller tous les microprocesseurs et autres systèmes électroniques dont il disposait.

Le doigt de l'homme se posa sur l'interrupteur.

— Bonsoir, Mime, résonna une voix qu'il connaissait bien depuis le couloir plongé dans l'obscurité.

Le doigt du handicapé tressauta, loin de sa cible.

— Pendergast ? ! !

L'inspecteur pénétra dans la pièce en opinant.

Celui qu'il avait appelé Mime afficha une expression perplexe.

— Comment avez-vous réussi à entrer ? Je dispose d'un système de protection infranchissable.

— À qui le dites-vous. N'oubliez pas que c'est moi qui ai financé sa conception et son installation.

L'homme serra les pans de son peignoir contre son torse frêle. Il avait déjà recouvré son calme.

— Nous étions convenus de ne jamais nous revoir.

— Je le sais, et je suis le premier à regretter d'enfreindre cette règle, mais il fallait impérativement que je vous voie en personne afin de vous expliquer l'urgence de la situation.

Un sourire cynique étira les lèvres pâles de Mime.

— Je vois. Ce cher Agent Secret a une nouvelle requête. Pauvre Mime.

— Nous avons toujours entretenu des relations que je qualifierais de… de symbiotiques. Après tout, n'ai-je pas pourvu à l'installation d'une ligne fibre optique dédiée il y a quelques mois ?

— Absolument, et cette ligne m'a permis de profiter pleinement d'un haut débit de 300 Mbps, en lieu et place du pauvre compte-gouttes numérique dont je devais me contenter jusque-là.

— Je crois également avoir contribué à effacer les charges qui pesaient contre vous depuis que le département de la Défense s'était aperçu de…

— C'est bon, c'est bon, mon cher Agent Secret. Je n'ai pas oublié vos bontés. Que me vaut l'honneur de votre visite en ce jour béni ? L'empire cybernétique de Mime ouvre ses portes à vos piratages les plus audacieux. Nul pare-feu, nul encryptage ne saurait résister à mes assauts.

— J'ai besoin d'informations sur une certaine personne. Idéalement, je souhaiterais pouvoir la localiser, mais je me contenterai de tout ce que vous pourrez découvrir à son propos : dossier médical, casier judiciaire, déplacements, en avançant dans le temps depuis la date de sa mort supposée.

— Sa mort supposée ? interrogea Mime dont le visage étrangement enfantin s'était éclairé à ces mots.

— Oui, je suis convaincu que la femme en question est toujours vivante, tout en ayant la conviction qu'elle se sert d'un nom d'emprunt.

— Vous connaissez sa véritable identité, je suppose ?

Pendergast laissa s'écouler quelques instants avant de répondre.

— Hélène Esterhazy Pendergast.

— Hélène Esterhazy Pendergast, répéta Mime, au comble de la curiosité. Que je sois transformé en citrouille…

Il resta un moment plongé dans ses réflexions avant de reprendre.

— J'aurai naturellement besoin de tous les éléments personnels dont vous disposez au sujet de… de…

— De ma femme, l'interrompit Pendergast en lui tendant un épais dossier.

Mime s'y plongea avec délectation, tournant les pages de ses mains atrophiées.

— Que de cachotteries, laissa-t-il tomber.

Pendergast ignora la pique.

— Les recherches entreprises par des canaux officiels n'ont rien donné.

— Ah. Vous voulez dire que le système M-LOGOS est resté muet ?

Comme Pendergast ne disait rien, Mime émit un petit ricanement.

— Alors ce cher Agent Secret s'adresse au maquisard de l'informatique que je suis. En clair, vous me demandez de soulever le tapis virtuel que nous foulons aux pieds pour mieux entrevoir ce qu'il dissimule, vous exigez de moi que je sonde les entrailles sordides de l'autoroute de l'information.

— Je ne suis pas certain de vous suivre sur le terrain de la métaphore, mais il s'agit effectivement d'un bon résumé de la situation.

— Cela risque d'exiger un peu de temps. Désolé pour le manque de siège, allez en chercher un dans la pièce voisine. Je vous demanderai simplement de ne pas allumer la lumière. Une petite douceur ? ajouta-t-il en montrant d'un geste une glacière posée dans un coin de la pièce.

— Non merci.

— À votre guise.

Pas une parole ne fut prononcée au cours de l'heure et demie qui suivit. Assis dans un coin sombre, aussi immobile qu'un Bouddha, Pendergast ne perdait pas un geste de Mime qui virevoltait d'un écran à l'autre avec son fauteuil roulant en multipliant les formules cabalistiques sur ses claviers, lorsqu'il ne décodait pas les séries de chiffres interminables qui s'affichaient sous ses yeux. À mesure que les minutes s'écoulaient, la silhouette chétive de Mime donnait l'impression de rétrécir, il multipliait les soupirs, allant parfois jusqu'à frapper un clavier de la main en signe d'agacement.

Enfin, il recula son fauteuil de l'écran principal en affichant une moue dégoûtée.

— Désolé, inspecteur, déclara-t-il d'une voix presque contrite.

Pendergast releva les yeux, mais le hacker s'obstinait à lui tourner le dos.

— Rien ?

— Oh, ce ne sont pas les informations qui manquent, mais rien depuis ce voyage en Afrique. Les missions effectuées pour le compte de Médecins Voyageurs, ses bulletins scolaires et médicaux, les résultats des tests d'évaluation à son entrée à l'université, les livres empruntés dans plus d'une dizaine de bibliothèques différentes, et même un poème écrit lorsqu'elle était étudiante, un soir de baby-sitting.

— À l'enfant qui perd sa première dent, récita Pendergast dans un murmure.

— Exactement. Mais après cette attaque d'un lion dans la brousse, plus rien.

Mime hésita un instant avant de reprendre.

— A priori, une seule explication s'impose.

— Oui, Mime. Je vous remercie, rétorqua Pendergast.

L'inspecteur se plongea dans ses pensées.

— Vous avez mentionné ses bulletins scolaires et médicaux, reprit-il. Vous n'avez rien remarqué d'inhabituel ? Rien qui puisse donner à réfléchir ?

— Rien. Elle était en parfaite santé, mais je ne vous apprends sans doute rien. Quant à ses résultats scolaires, c'était une bonne élève au lycée, et ses notes étaient meilleures encore à l'université. Elle a toujours très bien réussi, dès l'école primaire, ce qui peut paraître surprenant, étant donné sa situation.

— Quelle situation ?

— Elle ne parlait pas l'anglais…

Pendergast jaillit de son siège.

— Comment ?

— Vous n'étiez pas au courant ? Tenez, tout est là.

Mime reprit sa place devant l'écran et pianota à toute vitesse, laissant apparaître un rapport tapé à la machine sur lequel figuraient des annotations manuscrites.

— Le système d'enseignement public de l'État du Maine a numérisé toutes ses archives il y a quelques années, expliqua Mime. Vous voyez ce qui est écrit là, sur le bulletin de CE1 d'Hélène Esterhazy ?

Il s'approcha de l'écran et lut à voix haute :

— « Quand on sait qu'Hélène a immigré aux États-Unis l'an dernier et qu'elle parlait uniquement le portugais à son arrivée, on ne peut que louer ses progrès scolaires comme sa maîtrise de la langue anglaise. »

Pendergast regarda l'écran à son tour d'un air effaré, puis il se redressa et se reprit.

— Une dernière requête.

— Quoi d'autre, cher Agent Secret ?

— J'aurais souhaité avoir accès aux archives de l'université du Texas afin de les modifier. Vous y apprendrez qu'un certain Frédéric Galusha a abandonné ses études avant l'obtention de son diplôme. Je souhaiterais qu'on lui accorde ce diplôme, avec mention bien.

— Rien de plus facile. Mais pourquoi lui donner seulement mention bien ? Pour un dollar de plus, je lui mets la mention très bien, et je l'affilie à la société Phi Beta Kappa par-dessus le marché.

— La mention bien suffira, le tempéra Pendergast en hochant la tête. Assurez-vous qu'il dispose de toutes les unités de valeur requises pour valider son diplôme. Ne vous dérangez pas, je trouverai la sortie tout seul.

— Parfait, mais plus de visites inopinées, je vous prie. Et n'oubliez pas de rebrancher les circuits que vous avez désactivés à votre arrivée.

Pendergast allait quitter la pièce lorsque Mime le rappela.

— Hé, Pendergast !

L'inspecteur se retourna.

— Un dernier détail. Le nom Esterhazy est d'origine hongroise.

— En effet.

Il se gratta le cou.

— Dans ce cas, comment expliquer que sa langue maternelle était le portugais ?

Pendergast disparut sans daigner lui répondre, avalé par l'ombre du couloir.

41

New York

Judson Esterhazy descendit du taxi en jetant un regard à la masse oppressante des buildings de Manhattan, puis il récupéra sa mallette de cuir et régla la course. Il traversa le trottoir d'un pas qu'il voulait assuré, ajusta sa cravate et disparut à l'intérieur du bâtiment des services de santé de la Ville de New York.

Il était heureux de pouvoir enfin porter un costume, plus heureux encore de reprendre l'initiative. La peur et les incertitudes qui l'avaient miné tous ces derniers temps cédaient la place à une résolution sans faille depuis qu'il avait mis au point le plan appelé à régler définitivement le problème Pendergast. Un plan validé et financé par eux.

Pour avoir un mec, il suffit de s'en prendre à sa meuf.

L'expression manquait sans doute de finesse, mais le conseil n'en était pas moins judicieux. Dénicher la meuf s'était révélé plus aisé qu'Esterhazy ne l'avait espéré. Restait à parvenir jusqu'à elle.

En consultant le tableau détaillant les différents services, Esterhazy nota que le service d'hygiène mentale se trouvait au sixième étage. Il s'approcha des ascenseurs, pénétra dans la première cabine disponible et pressa la touche 6. Les portes se refermèrent en coulissant et l'appareil entama sa montée.

Une brève recherche sur Internet lui avait permis de découvrir deux éléments d'importance. Le premier était une convocation au tribunal à laquelle Pendergast n'avait pas répondu : une audience préalable à l'internement d'une meurtrière soupçonnée de folie. Le second, un projet d'article, soumis à ses pairs par un certain docteur Felder, dans lequel le psychiatre détaillait le cas d'une patiente incarcérée à la prison pour femmes de Bedford Hills, en attendant son enfermement à l'hôpital Mount Mercy.

Esterhazy sortit de l'ascenseur au sixième étage et demanda où se trouvait le bureau du docteur John Felder. Le psychiatre, en plein travail, se leva en voyant le visiteur pénétrer dans son antre. Avec ses cheveux gris souris et sa barbe à la Van Dyke, le médecin était aussi petit et soigné que la pièce dans laquelle il se tenait.

— Docteur Poole ? dit-il en tendant la main à son hôte.

— Enchanté, docteur Felder, répondit Esterhazy.

— Tout le plaisir est pour moi, reprit Felder en faisant signe à son interlocuteur de s'asseoir. Rencontrer un collègue qui a eu l'occasion de traiter Constance constitue pour mes travaux une opportunité inattendue.

Mes travaux. Esterhazy en aurait donné sa main à couper. D'un regard, il embrassa le cadre impersonnel qui l'entourait, les publications médicales et les tableaux sans âme. Esterhazy en déduisit que la tâche des experts psychiatres devait être ingrate : la moitié des patients qu'on leur présentait étaient des sociopathes, l'autre moitié des simulateurs décidés à ne jamais passer par la case prison. Esterhazy avait pu se forger une opinion assez précise des ambitions de Felder en lisant son projet d'article ; on sentait le psychiatre persuadé d'avoir déniché un cas d'école sur lequel bâtir sa réputation, et Esterhazy l'avait vite catalogué : confiant, dynamique, ouvert, et doté d'une certaine forme de naïveté, à l'image de beaucoup de gens intelligents. Le gogo idéal.

Il ne lui en fallait pas moins agir avec doigté, puisqu'il ignorait tout de la patiente. À la moindre alerte, Felder risquait de se refermer comme une huître, le mieux était encore de surfer sur cette ignorance.

— Son cas est absolument unique, se lança-t-il avec un geste ample de la main. De mon point de vue, tout du moins. J'ai été ravi de découvrir votre article, non seulement parce qu'il s'agit d'un cas intéressant, mais aussi parce qu'il représente une véritable avancée scientifique. C'est à mon sens un cas de référence, bien que je n'aie moi-même aucune intention de publier.

Felder approuva de la tête, mais Esterhazy lut dans ses yeux une lueur de soulagement. Il ne fallait pas que le psychiatre voie son visiteur comme un rival potentiel.

— Combien d'entretiens avez-vous eus avec Constance ? poursuivit Esterhazy.

— Je l'ai vue à quatre reprises.

— A-t-elle déjà traversé des épisodes d'amnésie depuis que vous la voyez ?

Felder fronça les sourcils.

— Non. Aucun.

— C'est ce que je trouvais le plus difficile chez elle. Il m'arrivait fréquemment de terminer un entretien avec le sentiment d'avoir effectué de réels progrès, et de m'apercevoir la fois suivante qu'elle ne se souvenait plus de rien. Il lui arrivait même de ne pas me reconnaître.

Felder joignit ses mains en pointe.

— C'est étrange. Personnellement, j'ai toujours constaté qu'elle avait une excellente mémoire.

— Intéressant. Il semble donc que ses amnésies soient d'ordre dissociatif et lacunaire.

Felder commença à prendre des notes.

— J'y vois personnellement un cas extrêmement rare de fugue dissociative, continua le faux psychiatre.

— Ce qui aurait le mérite d'expliquer les raisons de son comportement lors de sa traversée de l'Atlantique, suggéra Felder en écrivant de plus belle.

— Exactement. C'est bien ce qui m'incite à parler de cas unique, docteur Felder. Ce qui nous donne une chance... vous donne une chance, devrais-je dire, de réaliser de réelles avancées.

La main de Felder courait à toute allure sur le papier. Esterhazy changea de position sur son siège.

— Je me suis souvent demandé si son environnement personnel avait pu jouer un rôle dans le déclenchement de la maladie.

— Vous voulez parler de son tuteur, de ce Pendergast ?

— Eh bien...

Esterhazy feignit une hésitation avant de reprendre.

— C'est vrai que Pendergast utilise couramment ce terme. Cela dit, en toute confidence d'un praticien à un autre, leur relation est de nature beaucoup plus intime que le mot « tuteur » pourrait le laisser entendre. Ce qui explique sans doute l'absence de Pendergast lors de l'audience préalable à l'internement.

La plume du docteur Felder s'immobilisa sur la feuille et le psychiatre releva la tête. Esterhazy enfonça le clou en hochant lentement le menton.

— Ce que vous me dites est extrêmement intéressant, murmura Felder, car elle nie avec véhémence toute implication de ce genre.

— Naturellement, répliqua Esterhazy.

— Vous savez...

Felder, les yeux dans le vague, marqua une légère pause avant de poursuivre.

— S'il s'avère qu'elle a été victime d'un traumatisme émotionnel majeur, de rapports sexuels imposés, voire d'un viol, cela pourrait justifier la fugue dissociative, peut-être même ce repli imaginaire sur le passé.

— Un repli imaginaire sur le passé ? s'étonna Esterhazy. Il doit s'agir d'une phase nouvelle de la maladie.

— Constance voudrait me laisser croire... autant vous dire la vérité crûment, docteur Poole. Constance voudrait me laisser croire qu'elle a cent quarante ans.

Esterhazy éprouva toutes les peines du monde à contenir son sérieux.

— Vraiment ? dit-il en se pinçant pour ne pas rire.

Felder acquiesça.

— Elle affirme être née dans les années 1870 et avoir grandi sur Water Street, à quelques rues d'ici. À l'entendre, ses parents seraient morts alors qu'elle était très jeune, et elle aurait ensuite vécu des décennies durant dans la demeure d'un dénommé Leng.

L'occasion était trop belle de prendre le train en marche.

— Il peut s'agir de la contrepartie de ses épisodes d'amnésie dissociative.

— Elle possède néanmoins une excellente connaissance de la période au cours de laquelle elle prétend avoir grandi. Elle m'a ainsi fourni un certain nombre de détails avérés.

Quel tissu de conneries !

— Constance, en dépit de ses difficultés, est une personne d'une grande intelligence.

Felder consulta ses notes d'un air songeur, puis reporta son attention sur son visiteur.

— Docteur, puis-je vous demander de me rendre un service ?

— Avec plaisir.

— Accepteriez-vous de rendre visite à la patiente avec moi ?

— J'en serais ravi.

— Votre opinion me serait précieuse. Votre expérience passée avec la malade me sera d'une grande utilité.

Esterhazy frissonna de joie.

— Je ne comptais pas rester à New York plus d'une ou deux semaines, j'ai un certain nombre de rendez-vous à l'université Columbia, mais mon aide vous est acquise.

Pour la première fois depuis le début de l'entretien, un sourire éclaira le visage de Felder.

— Eu égard aux épisodes d'amnésie lacunaire dont je parlais tout à l'heure, il serait sans doute préférable de me présenter à elle comme si elle ne me connaissait pas, ce qui nous permettra d'observer sa réaction. Je serais curieux de savoir si l'amnésie persiste dans l'état de fugue qui la caractérise actuellement.

— L'expérience sera passionnante.

— J'ai cru comprendre qu'elle se trouvait actuellement hospitalisée à Mount Mercy.

— En effet.

— Puis-je compter sur vous pour me procurer les autorisations nécessaires ?

— Cela ne devrait pas poser de difficultés. Je vais avoir besoin de vos états de service, de vos références professionnelles et du reste…

— Par chance, je dispose de tout le nécessaire sur moi, j'en avais justement besoin pour mes collègues de l'université Columbia.

Tout en parlant, Esterhazy ouvrit sa mallette dont il sortit les fausses accréditations complaisamment fournies par l'Alliance. Au cas où il serait venu à Felder l'idée de vérifier, le docteur Poole existait bel et bien.

— Voici également un bref résumé de mon travail avec Constance, ajouta Esterhazy en confiant à son interlocuteur un dossier qui posait davantage de questions qu'il n'en résolvait.

— Je vous remercie.

Felder ouvrit la première chemise et feuilleta rapidement les documents qui s'y trouvaient avant de le rendre à son propriétaire.

— Je devrais pouvoir vous en dire davantage d'ici demain.

— Vous n'aurez qu'à me joindre sur mon portable, le remercia Esterhazy en lui tendant une carte que Felder glissa dans la poche de sa veste.

— Docteur Poole, je souhaitais vous dire à quel point je vous suis reconnaissant de votre assistance.

— Croyez-moi, docteur, tout le plaisir est pour moi, répondit Esterhazy en se levant.

Le temps de serrer chaleureusement la main de son interlocuteur avec un large sourire, et il prenait congé de Felder.

42

Plantation Penumbra, paroisse de Saint-Charles, Louisiane

— Soyez le bienvenu, monsieur Pendergast, l'accueillit Maurice en découvrant son maître sur le seuil. Monsieur dînera-t-il ici ? demanda-t-il avec le même détachement que si Pendergast avait quitté la vaste demeure depuis quelques minutes, alors qu'il revenait à Penumbra après deux mois d'absence.

Pendergast s'avança et Maurice referma la porte derrière lui, chassant du grand hall le brouillard glacé.

— Non merci, mais je ne dédaignerais pas un verre d'amontillado dans le salon du premier, si cela ne vous dérange pas.

— Un feu y est allumé.

— Merveilleux.

Pendergast monta l'escalier et se dirigea vers le petit salon où les quelques bûches qui ronflaient dans l'âtre s'étaient chargées de bannir l'humidité de la vieille demeure. Il prit place sur une bergère près de la cheminée et Maurice ne tarda pas à le rejoindre, tenant à la main un plateau d'argent sur lequel était posé un petit verre de sherry.

— Je vous remercie, Maurice.

Le serviteur chenu s'apprêtait à repartir lorsque Pendergast l'arrêta.

— Je sais que vous vous inquiétez à mon sujet.

Maurice s'immobilisa sans rien dire.

— Lorsque j'ai découvert les circonstances réelles de la mort de ma femme, je n'étais pas moi-même, poursuivit l'inspecteur. J'imagine que cela a dû vous alarmer.

— Je me faisais du souci, concéda Maurice.

— Je le sais, et je vous en remercie. Mais je suis à nouveau maître de moi et il est désormais inutile de surveiller mes allées et venues, ou d'en parler à mon beau-frère…

Il marqua une légère pause.

— Car je suppose que vous étiez en contact avec Judson à mon propos ?

Le visage du vieux serviteur s'empourpra.

— Il est médecin, monsieur, et c'est lui qui avait sollicité mon aide en me demandant de le tenir informé de vos déplacements. Il craignait que vous ne preniez des mesures extrêmes. J'ai pensé, connaissant l'histoire de votre famille…

Il n'acheva pas sa phrase.

— Fort bien, fort bien. Il se trouve malheureusement que Judson n'est pas aussi soucieux de ma santé qu'il pouvait y paraître. J'ai bien peur que nous ayons eu des mots. Ainsi que je le disais il y a un instant, j'ai recouvré toutes mes facultés. Je vous demanderai donc de vous abstenir de tout contact avec lui à l'avenir.

— Bien sûr. J'espère que mes confidences à M. Esterhazy n'auront pas eu de conséquences fâcheuses.

— Pas le moins du monde.

— Vous aurez encore besoin de moi, monsieur ?

— Non, je vous remercie. Bonne nuit, Maurice.

— Bonne nuit, monsieur.

Si Maurice avait effectué un tour de la maison une heure plus tard, il aurait été surpris de trouver Pendergast immobile dans ce qui était autrefois le dressing de sa mère, la porte de la petite pièce fermée à clé. Les meubles anciens qui se trouvaient là autrefois avaient disparu, remplacés par un fauteuil à oreilles et une table en acajou. Le ravissant papier peint William Morris avait été arraché des murs afin de laisser place à des dalles d'isolation phonique bleu marine. Aucune décoration superflue ne risquait de troubler la concentration de celui qui se trouvait dans cet espace austère, dépourvu d'ouverture, qu'éclairait d'une lueur vacillante un simple cierge de cire posé sur la table. Il s'agissait de la retraite la plus sûre et la plus secrète de toute la vieille demeure.

Dans cette pièce baignant dans un profond silence, Pendergast concentra son attention sur la flamme du cierge tout en ralentissant simultanément sa respiration et les battements de son cœur. Grâce à sa maîtrise du Chongg Ran, une forme de méditation ésotérique apprise au contact de moines tibétains bien des années plus tôt, il se conditionnait mentalement pour atteindre l'état de *stong pa nyid*. Pendergast avait amélioré cette pratique bouddhiste ancienne en la couplant avec la technique du palais de mémoire exposée dans l'*Ars memoriae* de Giordano Bruno, inventant au passage une forme de concentration mentale inédite.

Absolument immobile, hypnotisé par le contour de la flamme, il laissa son regard en pénétrer progressivement le cœur. À mesure que les minutes s'écoulaient, sa conscience se consumait lentement, jusqu'à atteindre un point de fusion absolu avec les molécules de la flamme.

La chaleur vacillante prenait peu à peu possession de son cerveau qu'elle irradiait d'un feu inextinguible. Soudain, elle s'éteignit, laissant place à une obscurité totale.

Pendergast, impassible, attendit de voir apparaître son palais de mémoire, l'espace dans lequel il conservait la somme de ses souvenirs et de ses connaissances, le lieu accessible à lui seul qui lui servait de retraite chaque fois qu'il en éprouvait le besoin. Contrairement à ses attentes, il ne vit pas sortir des ténèbres les murs de marbre habituels, mais une sorte de placard dont son crâne caressait le plafond pentu. Devant lui se dressait une porte ajourée donnant sur un couloir de service, face à un mur couvert de plans enfantins et de dessins à la Rube Goldberg[1].

Il reconnut la Caverne de Platon, sa cachette préférée lorsqu'il était enfant, située sous l'escalier de service de la vieille maison de Rochenoire où son frère Diogène et lui concoctaient ensemble les plans les plus fous, jusqu'à ce jour de drame qui avait ruiné à tout jamais leur complicité.

C'était la deuxième fois que Pendergast se retrouvait dans cet endroit lors d'une séance de Chongg Ran. Non sans appréhension, il se retourna et scruta les ténèbres derrière lui. Son frère, âgé de neuf ou dix ans, se tenait au fond de la Caverne avec son blazer bleu marine et son short de l'institution Lusher, l'école privée qu'il fréquentait. Il feuilletait un ouvrage d'art consacré à l'œuvre de Caravage. Il leva les yeux, adressa un sourire sardonique à son frère et reprit sa lecture.

— C'est encore toi, dit-il.

Curieusement, il s'exprimait avec sa voix d'adulte.

— Tu arrives à temps, continua-t-il. Maurice a vu un chien enragé dans la rue, près de la maison Le Prêtre. On devrait aller voir s'il arrive à le rentrer au couvent Sainte-Marie. Il est midi, les sœurs doivent toutes assister à la messe.

---

1. Dessinateur de presse américain (1883-1970), connu pour les machines loufoques qu'il créait dans les aventures en bandes dessinées du professeur Lucifer Gorgonzola Butts. (*N.d.T.*)

Pendergast ne répondit rien et Diogène tourna une page de son livre.

— Celui-ci est l'un de mes préférés. *La Décollation de saint Jean-Baptiste*. Tu as remarqué la façon dont la femme de gauche approche son panier pour recevoir sa tête ? Je la trouve bien arrangeante ! Et regarde le gentilhomme qui dirige la cérémonie, debout derrière saint Jean-Baptiste. Tu as vu comme il a l'air calme et supérieur ? Je voudrais ressembler à ça quand je...

Il se tut brusquement, continuant de feuilleter le livre, tandis que Pendergast se murait dans un profond silence.

— Laisse-moi deviner, finit par déclarer Diogène. C'est au sujet de ta chère femme disparue.

Pendergast acquiesça.

— Je l'ai rencontrée une fois, tu sais, poursuivit Diogène sans lever les yeux de son ouvrage. Vous étiez tous les deux dans le belvédère, derrière la maison, en train de jouer au jacquet. Je vous observais, caché derrière le massif de glycines, tel Priape derrière son buisson. Vous formiez un tableau idyllique. Il faut dire qu'elle avait un maintien et une élégance rares. On aurait dit la madone de *L'Immaculée Conception* de Murillo.

Il marqua un léger temps d'arrêt.

— Comme ça, tu crois vraiment qu'elle est toujours en vie, *frater* ?

Pendergast prit la parole pour la première fois.

— Judson me l'a dit, et il n'avait aucune raison de me mentir.

— Aucune raison ? répéta Diogène sans lever les yeux de son livre. À voir ! Il voulait te torturer une dernière fois avant de te laisser mourir. Tu provoques toujours cet effet-là chez les autres.

Il tourna une nouvelle page.

— Te connaissant, tu as dû la déterrer ?

— Oui.

— Et alors ?

— Alors l'ADN concorde.

— Et tu restes tout de même persuadé qu'elle est en vie ? ricana-t-il.

— Les radios dentaires correspondaient également.

— Le corps avait un bras en moins ?

Pendergast laissa s'écouler de longues secondes avant de répondre.

— Oui, mais les empreintes n'étaient plus vraiment lisibles.

— Je n'ose pas imaginer dans quel état se trouvait le corps. Ça doit être terrible de garder une telle vision en tête. Surtout lorsqu'il s'agit de la dernière. Tu as retrouvé son acte de naissance ?

Pendergast fronça les sourcils, surpris par la question. À présent qu'il y réfléchissait, il n'avait pas le souvenir d'avoir jamais vu l'acte de naissance de sa femme. Pourquoi lui aurait-il demandé de l'examiner ? Elle était née dans le Maine... du moins l'affirmait-elle.

Diogène tapota d'un doigt l'une des illustrations de son livre : *Le Crucifiement de saint Pierre*.

— Je serais curieux de savoir quel effet ça peut avoir sur le cours des pensées, d'être crucifié la tête en bas.

Il releva les yeux.

— *Frater*, désolé de me montrer direct, mais tu as eu l'occasion de goûter à ses appas. Tu étais son âme sœur, non ?

— Je le croyais.

— Dans ce cas, réfléchis. Que te dit ton intuition ?

— Qu'elle est en vie.

Diogène laissa échapper un rire en cascade dont la force et le timbre contredisaient le rose enfantin de ses lèvres grandes ouvertes. Pendergast attendit qu'il se calme, et Diogène se passa la main dans les cheveux en reposant son livre.

— C'est trop drôle. Les pires gènes des Pendergast remontent enfin à la surface chez toi, avec leur parfum nauséabond. Te voilà atteint à ton tour d'une obsession digne de notre patrimoine. Toutes mes félicitations, bienvenue dans la famille !

— Il ne s'agit pas d'une obsession puisque c'est la vérité.

— Oh oh !

— Tu es mort. Qu'en sais-tu ?

— Suis-je vraiment mort ? *Et in Arcadia ego !* Le jour viendra où tous les Pendergast se retrouveront dans le dernier cercle de l'enfer pour se donner la main. Quelle fête ! Ah ah ah… !

Au prix d'un violent effort, Pendergast parvint à s'extraire de son palais de mémoire et retrouva instantanément le dressing maternel où seul le cierge lui tenait compagnie.

43

De retour dans le petit salon, plongé dans un silence pensif, Pendergast s'accorda le temps de déguster son verre de sherry. Il avait affirmé à Maurice avoir repris pleinement possession de ses moyens, mais il avait bien conscience d'avoir menti. L'oubli dont il s'était rendu coupable en était la meilleure preuve.

Il avait négligé le document le plus essentiel à ses recherches : l'acte de naissance d'Hélène. Il avait retrouvé tout le reste dans ses papiers : son passeport, sa police d'assurance-vie, sa carte de sécurité sociale, leur certificat de mariage, une multitude de factures, mais pas d'acte de naissance.

Quelques jours plus tôt, il aurait pensé à une simple négligence de la part d'Hélène, mais à présent qu'il était au courant de détails qu'il n'avait jamais soupçonnés, une telle explication ne pouvait le satisfaire. Hélène avait caché son acte de naissance parce qu'il contenait des informations compromettantes.

Il trempa les lèvres dans le sherry dont il admira la robe ambrée. Elle avait dû le dissimuler dans un endroit sûr et accessible à la fois. En clair, il se trouvait donc dans le dernier endroit où elle avait vécu, c'est-à-dire à Penumbra.

La vieille demeure coloniale ne manquait pas de cachettes potentielles pour une simple feuille de papier, et Hélène était une femme intelligente. Il allait devoir se creuser la cervelle.

En réfléchissant bien, il lui était possible d'éliminer un certain nombre d'endroits. Elle avait nécessairement choisi un lieu qu'elle fréquentait quotidiennement, de façon à ne pas attirer l'attention sur elle. Un lieu où elle se sentait bien, où elle ne risquait pas d'être dérangée. Elle aurait jeté son dévolu sur un meuble qui ne risquait pas d'être vidé, nettoyé, aéré, fouillé.

Assis dans le petit salon, les yeux perdus dans le vague, il s'appliqua des heures durant à fouiller dans sa tête chaque pièce, chaque recoin de la maison. Limitant finalement son choix à une seule pièce, il se leva et descendit en silence à la bibliothèque. Debout sur le seuil, il balaya des yeux les trophées empaillés, la longue table de réfectoire, les rayonnages avec leurs objets d'art, prenant le temps d'envisager toutes les cachettes possibles avant de les éliminer les unes après les autres.

Au terme d'une demi-heure de concentration intense, il avait trouvé.

La grande bibliothèque vitrée dans laquelle étaient conservés les ouvrages préférés d'Hélène, les volumes grand format des gravures d'Audubon, dressait sa masse imposante sur le mur de gauche de la pièce. Pendergast referma les portes de la pièce derrière lui et se dirigea vers la bibliothèque qu'il contempla longuement avant d'ouvrir le tiroir inférieur contenant les deux lourds volumes. Il les posa l'un à côté de l'autre sur la table, puis il revint sur ses pas, retira le tiroir de sa niche et le retourna.

Rien.

Pendergast afficha l'ombre d'un sourire. Le meuble ne recelait que deux véritables cachettes. La première étant vide, l'acte de naissance de sa femme se trouvait donc dans la seconde.

Il glissa la main dans le châssis du meuble, à l'intérieur de l'espace laissé libre par le tiroir, et fit courir ses doigts sous la planche supérieure.

Rien.

Pendergast retira sa main d'un geste brusque, comme si elle avait été mordue. Il se releva en contemplant ses doigts tremblants d'un air absent, puis il les porta machinalement à ses lèvres. Enfin, après un long moment de réflexion, il pivota lentement sur les talons et jeta un regard circulaire autour de lui, les traits impassibles.

Maurice se levait tôt par habitude. Il sautait du lit dès 6 heures, procédait à du rangement, effectuait un tour rapide de la propriété et préparait le petit-déjeuner. Ce matin-là, exceptionnellement, il décida de paresser jusqu'à 8 heures passées.

Il avait à peine fermé l'œil de la nuit, pour avoir suivi à l'oreille chacun des mouvements de Pendergast. Avec une inquiétude croissante, il l'avait entendu monter et descendre l'escalier, pousser les meubles, laisser tomber des objets ou les déplacer d'un point à un autre, assistant en témoin muet à la longue chasse au trésor qui avait entraîné son maître de la cave au grenier pendant de longues heures. Le soleil était levé depuis longtemps, mais Maurice hésitait toujours à sortir de sa chambre, s'attendant à découvrir sa maison dans un état indescriptible.

Conscient de ne pouvoir reculer l'échéance davantage, il repoussa les couvertures en soupirant, se leva et se dirigea vers la porte d'un pas discret. La vieille demeure était plongée dans un silence de mort. Il tourna la poignée, et le battant s'écarta en grinçant. Pétri d'angoisse, il passa lentement la tête dans le couloir qu'il découvrit dans son état habituel.

Maurice s'avança lentement et visita successivement toutes les pièces de la maison. Tout était normal, chaque objet à sa place.

Penumbra était en ordre parfait, mais Pendergast avait disparu.

44

À 11 000 mètres d'altitude, au-dessus de la Virginie

— Un autre jus de tomate, monsieur ?
— Rien, je vous remercie.
— Très bien, répondit l'hôtesse en passant à la rangée suivante.

Confortablement installé dans la section de l'avion réservée aux clients de première classe, Pendergast était plongé dans l'examen du document jauni par le temps qu'il avait fini par découvrir, au terme de recherches épuisantes, dans une cachette pour le moins inattendue : enroulé sur lui-même, dans le canon d'un vieux fusil. Sa longue quête lui avait montré une fois de plus à quel point il connaissait mal sa femme. Il relut une nouvelle fois l'acte de naissance :

República Federativa do Brasil
Registro Civil Das Pessoas Naturais
Certidão de Nascimento

Nome
Helen von Fuchs Esterhazy

Local de Nacimento : Nova Godói,
RIO GRANDE do SUL

Filiação Pai : András Ferenc Esterházy

Filiação Mãi : Leni Faust Schmid

Hélène était donc née au Brésil, dans la ville de Nova Godói.

Nova Godói... *Nova G.* Il se souvenait d'avoir lu ce nom sur les restes calcinés de la feuille de papier découverte avec Laura Hayward dans les ruines des Laboratoires Longitude.

Mime lui avait précisé que la langue maternelle d'Hélène était le portugais. Tout s'expliquait à présent.

Le Brésil. Pendergast s'accorda un moment de réflexion. Hélène avait passé près de cinq mois au Brésil avant leur mariage, dans le cadre d'une mission de Médecins Voyageurs. Du moins était-ce l'explication qu'elle lui avait fournie à l'époque. Car rien n'était sûr avec Hélène, ainsi qu'il avait pu s'en apercevoir à son détriment.

Il jeta un nouveau coup d'œil à l'acte de naissance. Tout en bas du document se trouvait un cadre intitulé *Observações / Averbações*, réservé aux observations et annotations. En le regardant de plus près, il s'aperçut qu'un détail clochait et il sortit de sa poche une petite loupe afin de procéder à un examen plus minutieux.

Le contenu du cadre n'avait pas seulement été noirci, la feuille elle-même avait été découpée et remplacée par un carré de papier similaire, recollé avec un savoir-faire que seul pouvait posséder un expert.

À cet instant précis, il sut qu'il n'avait pas réellement connu cette femme qu'il aimait passionnément. Comme beaucoup d'autres, il s'était laissé aveugler par l'amour. En attendant, il était loin d'avoir percé le mystère de son identité.

Avec un soin empreint de respect, il replia l'acte de naissance et le glissa au fond de l'une des poches de son costume.

45

New York

Le docteur Felder monta lentement les marches de la bibliothèque municipale située sur la 42e Rue. Sans se préoccuper des étudiants et autres touristes équipés d'appareils photo qui traînaient devant le bâtiment en cette fin d'après-midi, Felder passa devant les deux lions de marbre postés devant la façade de style Beaux-Arts et pénétra sous la voûte du grand hall.

Depuis des années, ce lieu servait de retraite au psychiatre qui aimait y travailler, le cadre élégant et cossu de la bibliothèque se prêtant à ses recherches. Passionné de livres depuis l'enfance, ce fils d'un représentant de commerce et d'une enseignante avait grandi au sein d'une famille pauvre, et ce havre de paix lui avait toujours offert un répit bienvenu chaque fois qu'il pouvait s'évader de l'appartement bruyant de Jewel Avenue. Aujourd'hui encore, malgré tous les outils de recherche dont disposaient les services de santé de la Ville, il retournait régulièrement à la bibliothèque dont le parfum de papier et de reliure suffisait à l'apaiser, loin des réalités du monde.

Il gagna le deuxième étage où se trouvait l'immense salle de lecture et longea les dizaines de tables en chêne, à la recherche d'un coin tranquille. Il posa son attaché-case, s'empara de l'un des claviers mis à la disposition des chercheurs et rassembla ses pensées.

Il s'intéressait au cas de Constance Greene depuis près de six mois maintenant. Il avait initialement abordé le dossier de façon routinière, une malade mentale de plus que la justice lui demandait d'expertiser, mais son regard sur la jeune femme avait rapidement évolué. Constance était différente de tous les patients dont il avait croisé la route, elle l'avait rendu perplexe dans un premier temps avant d'éveiller son attention.

Et même davantage. Felder devait bien se l'avouer, l'intérêt qu'il portait à sa patiente dépassait la sphère professionnelle. Outre sa grande beauté, elle possédait un charme unique, irréel, qui dépassait sa folie. Un charme qui incitait le psychiatre à pousser ses investigations plus avant, à tenter de la comprendre. Sans mesurer la nature exacte de son attachement à la jeune femme, Felder éprouvait le besoin de l'aider, de la guérir, avec d'autant plus d'acuité qu'elle accueillait son aide avec indifférence.

L'arrivée du docteur Poole avait coïncidé avec la prise de conscience chez Felder de ce tourbillon d'émotions. Felder éprouvait des sentiments ambigus à l'endroit de son collègue. Quelque part, Constance lui appartenait et l'idée qu'un autre psychiatre se soit déjà intéressé à elle le dérangeait. D'un autre côté, l'expérience de Poole avec Constance, apparemment très différente de la sienne, lui laissait l'espoir de percer le mystère qui entourait la jeune femme. Avec, à la clé, l'étude de cas qui assurerait son avenir professionnel.

Il posa les doigts sur le clavier et s'arrêta aussitôt. *Elle était effectivement née dans un immeuble de Water Street au début des années 1870, à ceci près qu'il s'agissait des années 1870*. La force de conviction de Constance, renforcée par sa connaissance inexplicable du quartier dans lequel elle affirmait avoir grandi, avait bien failli persuader Felder qu'elle était âgée de cent quarante ans, jusqu'à ce que le diagnostic d'amnésie lacunaire et de fugue dissociative posé par Poole le fasse redescendre sur terre. Felder n'en avait pas moins décidé de procéder à d'ultimes recherches, par égard pour Constance.

Le psychiatre fit apparaître à l'écran la base de données de la bibliothèque. Pas question de procéder à des recherches dans les périodiques de la fin du XIXe siècle, le mieux était encore de fouiller la presse des années 1970, à une époque où Constance aurait à la rigueur pu voir le jour.

Il déplaça le curseur sur « Paramètres de recherche » et consulta ses notes. *Suite au décès de mes parents et de ma sœur, je me suis retrouvée orpheline, sans ressources ni domicile. La demeure de M. Pendergast au 891 Riverside Drive appartenait à l'époque à un certain M. Leng. C'est là que j'ai vécu lorsque cette maison s'est trouvée vacante.*

L'expérience avait enseigné à Felder que le mieux était encore de limiter ses recherches à quelques termes génériques, les erreurs typographiques étant fréquentes dans la presse. Il décida donc de concentrer ses efforts sur trois mots-clés, Greene, Water Street et Leng, qu'il entra dans l'ordinateur conformément aux usages de la méthode SQL.

CHERCHER= 'Green' && 'Wat* St*' && 'Leng*'*

Contre toute attente, il obtint d'emblée une réponse : un article vieux de trois ans, publié dans les colonnes du *New York Times*. Felder pianota furieusement sur son clavier et l'article apparut à l'écran. À peine le psychiatre en avait-il entamé la lecture qu'il crut tomber à la renverse.

Une lettre oubliée permet de résoudre des meurtres vieux de plus d'un siècle
Par WILLIAM SMITHBACK Jr.

NEW YORK – 30 octobre. Une lettre conservée dans les archives du Muséum d'histoire naturelle pourrait bien donner la clé de l'étrange charnier récemment découvert à Manhattan.

En début de semaine, les ouvriers d'un chantier de construction situé au carrefour de Monroe et de Catherine Street découvraient dans un tunnel abandonné les restes de trente-six jeunes gens des deux sexes. L'examen des corps permettait de constater que les victimes avaient été disséquées, ou peut-être autopsiées, avant d'être démembrées. Nora Kelly, une archéologue du Muséum d'histoire naturelle de New York, estime que les meurtres se sont déroulés entre 1872 et 1881. À l'époque se dressait sur cet emplacement le Cabinet de curiosités et d'éléments naturels J. C. Shottum, jusqu'à l'incendie, survenu en 1881, au cours duquel le propriétaire de ce musée de l'étrange avait trouvé la mort.

Dans une lettre rédigée de la main de l'intéressé peu avant sa disparition, retrouvée cette semaine par Mme Kelly, Shottum raconte avoir surpris son locataire, un taxonomiste et chimiste du nom d'Enoch Leng, en train de réaliser des expériences chirurgicales sur des êtres vivants. À en croire les affirmations de Shottum, Leng prélevait sur ses victimes la matière organique dont il avait besoin pour tenter de prolonger sa propre vie.

Les restes des victimes de Catherine Street ont été confiées depuis à l'institut médico-légal tandis que le tunnel souterrain était détruit par les équipes de l'entreprise immobilière Moegen-Fairhaven, pressée de poursuivre les travaux.

Une robe retrouvée sur place a pu être confiée à Mme Kelly qui a découvert dans une doublure la note suivante, tracée d'une main maladroite par l'une des victimes à l'aide de son sang : « Je m'Appelle MarY GreeNe âge 19 Ans N° 16 WaTTer sTreeT. »

Le FBI semble s'intéresser de près à l'affaire, à en juger par la présence sur place d'un inspecteur rattaché à l'antenne néo-orléanaise du Bureau, dont la hiérarchie n'a pas souhaité s'exprimer.

N° 16 WaTTer sTreeT... Mary Greene avait mal orthographié le nom de la rue : voilà pourquoi les recherches précédentes de Felder n'avaient rien donné.

Le psychiatre relut l'article à deux reprises, puis il se recula sur son siège dont il agrippait les bras avec une telle force qu'il en avait mal aux doigts.

46

Neuf étages et cinquante mètres sous les pieds du docteur Felder, l'inspecteur Pendergast écoutait avec la plus grande attention l'exposé du dénommé Wren. Personne, pas même Pendergast, n'aurait su dire quel était le prénom du vieux bibliophile. Nul ne connaissait exactement son parcours, ses origines ou même son adresse, encore moins la raison légitime de sa présence nuit et jour dans les entrailles de la grande bibliothèque. À force d'années passées loin du soleil, l'épiderme du vieillard s'était littéralement parcheminé, et flottait autour de sa personne une légère odeur de poussière et de colle de reliure. Sous la couronne de cheveux blancs qui dessinait un halo autour de sa tête brillaient deux yeux aussi noirs et brillants que ceux d'un oiseau. Derrière ce paravent d'excentricité se cachaient deux qualités particulièrement prisées par Pendergast : un don de chercheur unique, ainsi qu'une parfaite connaissance des collections inépuisables de la bibliothèque municipale de New York.

Perché sur une épaisse pile de documents à la façon d'un Bouddha étique, Wren s'exprimait avec véhémence en ponctuant son discours de gestes brusques.

— Je suis parvenu à retracer ses origines avec beaucoup de précision, hypocrite lecteur. Je puis vous assurer que ce n'était pas aisé, les siens s'étant soigneusement appliqués à masquer les détails de leur ascendance. Dieu soit béni pour l'existence de la Collection d'Heiligenstadt.

— La Collection d'Heiligenstadt ? répéta Pendergast.

Wren opina légèrement de la tête.

— Il s'agit du nom donné à des archives généalogiques données à cette bibliothèque au début des années 1980 par un curieux chercheur basé à Heiligenstadt, en Allemagne. La bibliothèque n'en voulait pas vraiment, mais elle a fini par l'accepter lorsque le donateur allemand a précisé qu'il y avait quelques millions de dollars à la clé, théoriquement destinés à la collection. Inutile de vous dire que les responsables de cette noble institution se sont empressés de remiser ces documents dans un recoin obscur de ces sous-sols. Mais vous connaissez ma prédilection pour les recoins obscurs.

Le vieil homme émit un caquètement en tapotant d'un geste affectueux la pile de documents imprimés, haute de plus d'un mètre, posée à côté de lui.

— Le fonds est particulièrement bien fourni sur les familles allemandes, autrichiennes et estoniennes, ce qui m'a grandement aidé.

— Fort intéressant, intervint Pendergast, qui avait du mal à dissimuler son impatience. À présent, si vous pouviez me parler de vos découvertes, Wren ?

— Bien sûr, mais…

Il eut un instant d'hésitation.

— … mais j'ai bien peur que le résultat de mes recherches ne soit pas à votre goût.

Pendergast plissa imperceptiblement les yeux.

— Mes goûts importent peu. Passons aux détails sans plus attendre.

— Bien sûr ! Bien sûr ! s'exclama Wren, ravi, en se frottant les mains. La vie est une longue suite de détails ! ajouta-t-il en tapotant une nouvelle fois la pile de documents. La mère de Wolfgang Faust n'était autre que l'arrière-grand-mère d'Hélène. Quant à la mère de votre femme, Leni, elle a épousé un certain András Esterhazy, qui se trouvait lui aussi être médecin. Les parents d'Hélène sont morts tous deux depuis fort longtemps. À ce propos, saviez-vous que le patronyme Esterhazy était un nom de la très vieille noblesse hongroise ? Pendant le règne des Habsbourg...

— Je vous propose d'oublier les Habsbourg jusqu'à nouvel ordre.

— Très bien, très bien ! La grand-mère d'Hélène, Mareike Schmid, s'appelait Von Fuchs de son nom de jeune fille, et Wolfgang Faust était son frère, expliqua le vieil homme en ponctuant chaque nouveau personnage d'un coup d'ongle jaunâtre. Ils avaient donc comme ancêtre commune l'arrière-grand-mère d'Hélène, Klara von Fuchs. Vous noterez mon insistance sur la lignée matriarcale.

— Poursuivez.

Wren écarta les mains.

— En d'autres termes, le docteur Wolfgang Faust, ancien médecin SS de Dachau réfugié en Amérique du Sud, était le grand-oncle de votre femme.

Pendergast n'affichant aucune réaction, Wren continua.

— J'ai pris la liberté de vous dessiner leur arbre généalogique, dit-il en tendant à son visiteur une feuille couverte de gribouillis que l'inspecteur empocha sans un coup d'œil.

— Vous savez, Aloysius...

Wren, gêné, peinait à achever sa phrase.

— Oui ?

— Pour une fois, je crois bien que j'aurais préféré échouer dans mes recherches.

47

Coral Creek, Mississippi

Ned Betterton se gara dans le parking réservé à la clientèle de YouSave, descendit de sa Nissan et se dirigea vers les bureaux de l'agence d'un pas allègre. Il allait de révélation en révélation depuis qu'il avait pris conscience d'être un journaliste d'investigation de première force. Les années passées à couvrir les déjeuners du Rotary Club, les kermesses, les réunions de parents d'élèves, les enterrements et les défilés militaires lui avaient finalement appris davantage que ses deux années de journalisme à l'université. Kranston avait poussé les hauts cris en l'accusant de perdre son temps sur cette enquête, mais Betterton avait réglé la difficulté en prenant des vacances. Tant pis pour ce vieux con, il aurait dû engager un second journaliste depuis belle lurette, il n'avait qu'à s'occuper lui-même des chiens écrasés.

Il saisit la barre métallique et tira la porte à lui. C'était le moment ou jamais de poursuivre sur la lancée de son intuition et de voir si la chance continuait à lui sourire.

Debout derrière l'un des deux comptoirs rouges de l'agence, Hugh Fourier achevait de remplir le dossier d'un client. Betterton le connaissait bien pour avoir partagé la même chambre en deuxième année de fac à Jackson State. Leurs chemins s'étaient séparés depuis, Fourier assurant désormais la gérance de la seule agence de location de voitures à plus de cent kilomètres à la ronde. La coïncidence achevait de convaincre Betterton qu'il avait la baraka.

Il attendit que Fourier ait tendu les clés et le dossier de location à son client pour s'approcher.

— Salut, Ned ! s'écria Fourier en troquant son sourire commercial contre une mine sincèrement épanouie. Comment va la vie ?

— On fait aller, répliqua Betterton en serrant la main que lui tendait son ancien condisciple.

— Pas de révélation fracassante à partager en avant-première avec un vieux pote ? Pas de scoop dans le lycée du coin ? plaisanta Fourier, très satisfait de la finesse de son humour.

Betterton lui répondit par un rire complaisant.

— Et toi, toujours pas rangé des voitures ?

— Je turbine comme un malade, tu veux dire. Carole était malade aujourd'hui, j'ai passé la journée à courir comme un cul-de-jatte au marathon de New York.

Betterton éclata à nouveau de rire, se souvenant que Hugh avait toujours aimé jouer les boute-en-train. Rien d'étonnant à ce que l'agence tourne fort ; depuis que l'aéroport de Gulfport-Biloxi était en travaux, l'aérodrome local avait pris du galon.

— Tu vois encore toute la clique de Jackson ? s'enquit Fourier en rangeant ses papiers.

Ils consacrèrent les quelques minutes suivantes à évoquer le bon vieux temps, jusqu'à ce que Betterton se décide à entrer dans le vif du sujet.

— Dis-moi, Hugh, dit-il en s'accoudant au comptoir. Je me demandais si tu pourrais me rendre un petit service.

— Pas de souci. De quoi tu as besoin ? Je peux te proposer un super tarif de semaine sur une décapotable, si tu veux, pouffa Fourier.

— J'aurais aimé savoir si tu avais loué une voiture à un type auquel je m'intéresse.

Le sourire de Fourier s'effaça.

— Un type auquel tu t'intéresses ? Pour quelle raison ?

— Je suis journaliste, je te signale.

— Me dis pas que c'est pour une enquête. Depuis quand tu t'intéresses à l'info ?

Betterton haussa les épaules avec toute la nonchalance dont il était capable.

— Un truc sur lequel je bosse.

— Tu sais bien que j'ai pas le droit de divulguer des informations sur mes clients.

— J'ai besoin de presque rien, insista Betterton en se penchant vers son copain. Il suffit que je te décrive le type et la voiture qu'il conduisait, je veux uniquement savoir son nom et l'aéroport d'où il venait.

Fourier fronça les sourcils.

— Je sais pas si…

— Je te jure de ne pas citer une seule fois YouSave ou ton nom dans mon article.

— Tu te rends pas compte, vieux. Dans le métier, la discrétion…

— Un type avec un accent étranger, l'interrompit Betterton. Un Européen, probablement. Grand, mince, avec un drôle de grain de beauté sous l'œil et un imper de marque. Il conduisait une Ford Fusion bleu marine, la transaction remonte probablement au 28 octobre.

À l'expression qui s'affichait sur le visage de Fourier, Betterton sut qu'il avait fait mouche.

— Tu te souviens de lui, c'est ça ?

— Ned…

— Allez, Hugh, je t'en prie.

— Je peux pas.

— Tu vois bien que je suis déjà au courant de plein de trucs. Il me faudrait un ou deux détails en plus, c'est tout.

Fourier eut une dernière hésitation avant de rendre les armes en soupirant.

— Ouais, je me souviens de ton type. Il était exactement comme tu me l'as décrit, avec un accent allemand prononcé.

— Il est bien passé le 28 ?

— Il me semble, c'était il y a une semaine.

— Tu pourrais vérifier ? insista Betterton, qui espérait bien glaner d'autres informations en regardant en douce l'écran de l'ordinateur si Fourier acceptait d'ouvrir le dossier.

Cette fois, le loueur de voitures refusa.

— Non, je peux vraiment pas.

Tant pis.

— Tu te souviens de son nom ?

Fourier hésita à nouveau.

— Il me semble que c'était Falkoner. Conrad Falkoner, je crois. Non ! Klaus Falkoner.

— D'où venait-il ?

— Il arrivait de Miami, sur Dixie Airlines.

— Comment le sais-tu ? Tu as vu son billet d'avion ?

— On demande toujours aux clients de nous indiquer leur numéro de vol, pour garder leur réservation en cas de retard.

Le visage de Fourier se referma et Betterton comprit qu'il n'obtiendrait rien d'autre de son camarade.

— En tout cas, merci, Hugh. Je t'en dois une.

— Tu l'as dit, bouffi, bougonna Fourier en se tournant avec soulagement vers le client qui venait de pénétrer dans l'agence.

Assis dans sa Nissan sur le parking de l'agence, Betterton alluma son ordinateur portable, s'assura que la connexion sans fil passait correctement et consulta le site de Dixie Airlines. La compagnie n'avait que deux vols quotidiens à destination de l'aéroport local : l'un en provenance de Miami, l'autre de New York. L'un et l'autre arrivaient à une heure de différence.

Il avait un super imperméable, comme ceux qu'on voit dans les films d'espionnage, lui avait déclaré Billy B.

Une rapide vérification sur Internet lui apprit que la journée du 28 octobre avait été chaude et ensoleillée à Miami, alors qu'une pluie glacée tombait sur New York ce jour-là.

Aucun doute. Celui que Betterton croyait être le meurtrier avait menti sur son aéroport de départ, ce qui n'avait rien de surprenant. C'est vrai, il avait tout aussi bien pu mentir au sujet de la compagnie aérienne et donner un faux nom à Fourier, mais c'était sans doute pousser la paranoïa trop loin.

Le journaliste referma son ordinateur d'un air songeur. Falkoner était venu de New York, et ce Pendergast vivait à New York. Pouvaient-ils être de mèche ? En tout cas, Pendergast n'avait pas séjourné à Malfourche dans le cadre d'une mission officielle. Un inspecteur du FBI ne s'amuse pas à faire exploser un bâtiment avant d'envoyer par le fond la moitié des barques de pêche d'un trou paumé de Louisiane. Quant à cette femme du NYPD… chacun sait que la police new-yorkaise est largement corrompue et que nombre de flics du cru sont mouillés dans le trafic de dope. Betterton commençait à avoir sa petite idée sur la question : le Mississippi pour faciliter les transports discrets, le laboratoire calciné retrouvé au fin fond du marais, un assassin new-yorkais, l'exécution brutale des époux Brodie, des flics ripoux…

À tous les coups, il avait mis son nez dans une grosse histoire de drogue.

Sa décision était prise : il partait pour New York. Il sortit son portable et composa un numéro.

— *Le Bourdon d'Ezerville*, répondit une voix aigre. Janine à votre service.

— Janine, c'est Ned.

— Ned ! Alors, ces vacances ?

— Plutôt studieuses, merci.

— Tu reviens au journal demain ? M. Kranston compte sur toi pour couvrir le concours de travers de porc qui se déroule à…

— Désolé, Janine, mais je vais devoir prolonger mes congés de quelques jours.

Un silence.

— Mais… quand reviens-tu ?

— Je ne sais pas encore. D'ici trois ou quatre jours, je te tiendrai au courant. De toute façon, il me restait une semaine à écluser.

— Peut-être, mais je ne suis pas certaine que M. Kranston voie ça d'un très bon œil…

— À bientôt, la coupa Betterton en repliant son téléphone afin de ne pas lui laisser le temps de poursuivre.

48

New York

Judson Esterhazy, dans le costume du docteur Leo Poole, remontait le couloir de l'hôpital Mount Mercy d'un pas vif, son collègue Felder à ses côtés. Les deux hommes suivaient le docteur Ostrom que sa politesse et sa discrétion destinaient à un métier aussi délicat que celui de directeur d'une telle institution.

— Je ne doute pas que vous trouviez la consultation de ce matin des plus intéressantes, s'avança Esterhazy en s'adressant à lui. Ainsi que je l'expliquais au docteur Felder, je ne serais nullement surpris que l'amnésie sélective qui la caractérise l'empêche de me reconnaître.

— Je suis impatient d'assister à la séance, répondit Ostrom.

— J'en déduis que vous ne lui avez pas annoncé ma visite, ni même parlé de moi ?

— Elle n'est au courant de rien.

— Formidable. Je suggère d'ailleurs que nous ne la sollicitions pas trop longtemps. Quelle que soit sa réaction, la charge émotionnelle risque d'être lourde pour elle.

— Sage précaution, approuva Felder.

Une grille métallique les attendait au détour d'un couloir, qu'un infirmier déverrouilla à la demande du docteur Ostrom.

— Il est possible que ma présence la mette mal à l'aise, poursuivit Esterhazy. Surtout si elle s'applique inconsciemment à oublier les consultations que j'ai eues avec elle.

Ostrom acquiesça.

— Une dernière requête. Au terme de notre visite, j'aurais souhaité pouvoir m'entretenir brièvement en tête à tête avec elle.

Ostrom ralentit machinalement le pas et posa sur le faux psychiatre un regard interrogateur.

— Je serais curieux de savoir si son comportement est le même en dehors de votre présence, ou bien si elle continuera de nier.

— Je n'y vois personnellement aucun inconvénient, répondit Ostrom en s'arrêtant devant une porte sur laquelle s'affichait un simple numéro.

Il toqua d'un doigt discret.

— Vous pouvez entrer, dit une voix à l'intérieur de la pièce.

Ostrom déverrouilla le battant et invita ses deux collègues à pénétrer dans une petite chambre dépourvue de fenêtre, meublée d'un lit, d'une table, d'une étagère et d'une chaise en plastique. La jeune femme, plongée dans la lecture d'un livre sur la chaise, leva la tête en voyant entrer les trois hommes.

Esterhazy, qui se demandait à quoi pouvait bien ressembler la protégée de Pendergast, posa sur elle un regard empreint de curiosité et découvrit une jeune femme séduisante. Et même très séduisante, avec une silhouette menue, des cheveux couleur acajou coupés court, un teint de porcelaine, des yeux violets aussi vifs que secrets. Elle dévisagea ses visiteurs et arrêta son regard sur Esterhazy sans changer d'expression.

Aucun risque qu'elle reconnaisse le beau-frère de Pendergast, ce dernier n'était pas du genre à laisser traîner des portraits de famille dans son salon.

— Bonjour, docteur Ostrom, déclara-t-elle en se levant.

Elle avait posé son livre et Esterhazy constata qu'elle lisait *L'Être et le Néant* de Jean-Paul Sartre.

— Et bonjour à vous, docteur Felder. C'est toujours un plaisir de vous voir.

Esterhazy s'appliqua à masquer son étonnement. Les gestes comme le maintien ou l'élocution, tout chez la jeune femme évoquait une ère révolue. Il n'aurait pas été surpris si elle leur avait proposé des sandwichs au concombre et une tisane de cynorhodon. Elle ne ressemblait en rien à l'idée que l'on pouvait avoir d'une infanticide enfermée dans un asile d'aliénés.

— Asseyez-vous, Constance, l'invita le docteur Ostrom. Nous ne vous dérangerons qu'un instant. Le docteur Poole était de passage à New York et nous avons pensé que vous seriez ravie de le voir.

— Le docteur Poole, répéta poliment Constance en reprenant son siège.

Elle posa à nouveau les yeux sur Esterhazy et une lueur de curiosité s'alluma dans son regard.

— Lui-même, insista Felder.

— Vous ne vous souvenez pas de moi ? s'enquit Esterhazy sur un ton bienveillant.

Un léger pli barra le front de Constance.

— Je n'ai jamais eu le plaisir de vous rencontrer, monsieur.

— Jamais, Constance ? insista Esterhazy, avec une pointe de déception et de pitié.

La jeune femme secoua la tête.

Du coin de l'œil, Esterhazy vit Ostrom et Felder échanger un regard entendu. Tout se déroulait comme il l'avait espéré.

Constance l'observa avec un certain intérêt, puis elle se tourna vers Ostrom.

— Qui vous a laissé croire que je pourrais souhaiter rencontrer ce monsieur ?

Ostrom rougit légèrement en adressant un signe discret à Esterhazy.

— Figurez-vous, Constance, intervint le faux psychiatre, que je vous ai reçue en consultation il y a quelques années, à la demande de votre... de votre tuteur.

— Vous mentez, laissa-t-elle tomber d'une voix cinglante en se relevant précipitamment.

Elle tourna vers Ostrom un visage sur lequel se lisaient la peur et la confusion.

— Docteur Ostrom, sachez que je n'ai jamais vu cet homme de ma vie. Je vous serais reconnaissante de bien vouloir le faire sortir immédiatement.

— Je suis désolé de cet incident, Constance, s'excusa Ostrom en interrogeant Esterhazy du regard.

Celui-ci lui fit comprendre d'un geste que le moment était venu de le laisser seul avec la malade.

— Nous allons vous laisser, Constance, suggéra Felder. Le docteur Poole a souhaité s'entretenir avec vous en tête à tête. Nous l'attendrons dehors.

Constance adressa au faux psychiatre un regard si vindicatif qu'il en fut un instant déstabilisé.

— Je vous demanderai d'être bref, docteur, lui recommanda Ostrom en déverrouillant la porte avant de s'éclipser en compagnie de Felder.

Esterhazy recula d'un pas, les bras ballants, afin de ne pas effaroucher son interlocutrice. L'attitude de la jeune femme ne laissait pas de l'inquiéter, il allait devoir agir avec la plus grande prudence.

— Vous avez raison, mademoiselle Greene, déclara-t-il à mi-voix. Nous ne nous sommes jamais rencontrés et je ne me suis jamais occupé de vous. Il s'agissait d'une ruse.

Derrière le rempart de la petite table, Constance l'observait silencieusement d'un air soupçonneux.

— Je m'appelle Judson Esterhazy et je suis le beau-frère d'Aloysius.

— Je ne vous crois pas, répliqua Constance. Je ne l'ai jamais entendu prononcer votre nom.

Elle s'exprimait d'une voix grave et neutre.

— Cela ne me surprend pas de sa part. Écoutez-moi, Constance. Je suis le frère d'Hélène Esterhazy. Sa mort, dévorée par un lion, aura porté à Aloysius un coup aussi rude que la disparition de ses parents dans l'incendie de leur maison de La Nouvelle-Orléans. Vous le connaissez suffisamment pour savoir qu'il évoque rarement le passé, et moins encore les épisodes les plus tragiques de son existence. Il m'a cependant demandé de vous aider, tout simplement parce que j'étais la seule personne à qui il puisse accorder sa confiance.

Constance continuait de le dévisager avec méfiance.

— Si vous ne me croyez pas, voici mon passeport, proposa-t-il en le sortant de la poche de sa veste. Le nom d'Esterhazy n'est pas très courant. Je connaissais la grand-tante Cornelia, l'empoisonneuse, qui occupait cette pièce avant vous. Je me suis déjà rendu à Penumbra, la plantation des Pendergast en Louisiane, j'ai même chassé en Écosse avec Aloysius. Quelle preuve de plus pourrais-je vous apporter ?

— Pour quelle raison êtes-vous venu me voir ?

— Aloysius m'a demandé de vous aider à sortir d'ici.

— C'est ridicule. C'est grâce à lui que j'ai pu intégrer cet endroit, il sait que je m'y sens très bien.

— Vous ne comprenez pas. Il m'a envoyé parce qu'il a besoin de votre aide.

— De mon aide ? répéta Constance.

Esterhazy acquiesça.

— Aloysius est extrêmement affecté depuis une découverte terrible. Il semble que ma sœur, sa femme, ne soit pas morte accidentellement.

Constance fronça les sourcils.

Esterhazy avait compris que sa meilleure chance de succès consistait à serrer au plus près la vérité.

— Le fusil d'Hélène était chargé à blanc le jour de cette chasse au lion funeste, et Pendergast s'est donné pour mission d'identifier le coupable. La situation menace de tourner à la catastrophe, il ne peut s'en tirer seul, il a besoin de l'aide des seules personnes en qui il a toute confiance. À savoir vous et moi.

— Pourquoi ne pas s'adresser au lieutenant D'Agosta ?

— Le lieutenant l'assistait dans son enquête lorsqu'il a été grièvement blessé d'une balle en pleine poitrine.

Constance sursauta.

— Je vous l'ai dit, Pendergast a perdu le contrôle de la situation, il est en danger. C'est pourquoi j'ai pris sur moi de vous contacter en me faisant passer pour votre ancien psychiatre. Je vous l'ai dit, il s'agissait d'une ruse.

Constance, perplexe, l'observait d'un regard d'où s'était évaporée toute hostilité.

— Je dois trouver le moyen d'organiser votre évasion. En attendant, continuez à nier m'avoir jamais rencontré. À moins que vous ne préfériez feindre de vous souvenir. Je vous laisse le choix, tant que vous jouez le jeu, mais vous devez sortir d'ici. Le temps nous est compté. Pendergast a besoin de vous, de votre intuition, de votre intelligence. Je n'ai pas le temps de vous expliquer, mais vous n'avez pas idée des monstres que nous affrontons.

Le visage de Constance trahissait un mélange de soupçon, d'inquiétude et d'hésitation. Le mieux était encore de ne pas insister davantage afin de la laisser réfléchir. Esterhazy lui tourna le dos et toqua à la porte.

— Docteur Ostrom ? Docteur Felder ? Nous pouvons y aller.

49

Myrtle Beach, Caroline du Sud

Le dix-huitième trou du golf de Palmetto Spray était réputé l'un des plus difficiles de toute la façade atlantique ; un par cinq de cinq cents mètres, compliqué par la présence d'une chicane et d'une demi-douzaine de bunkers.

Meier Weiss s'approcha du tee en fauteuil roulant, retira la couverture qui couvrait ses jambes inertes, récupéra les béquilles accrochées à son sac de golf et se hissa péniblement en position debout en veillant à verrouiller les charnières mobiles de ses orthèses.

— Puis-je vous donner un conseil ?

Aloysius Pendergast posa sur le green le sac de golf emprunté pour l'occasion.

— Ce serait fort aimable de votre part.

— C'est un coup long, mais nous avons la chance d'avoir le vent dans le dos. En général, je tente un fade contrôlé. Avec un peu de chance, la balle atterrit sur le fairway, ce qui permet de rejoindre le green en deux coups.

— Hélas, j'avoue mon scepticisme lorsqu'il s'agit d'invoquer la chance.

Le vieil infirme émit un petit rire en frottant son front brûlé par le soleil.

— Le début du parcours me suffit pour prendre la mesure de mon partenaire. Vous avez réalisé de nets progrès depuis les derniers trous, mais n'oubliez jamais votre swing, comme je vous l'ai montré.

Weiss s'avança lentement vers le tee, son driver à la main. Prenant appui sur ses béquilles, il prit son élan et dessina avec le club une courbe élégante. La balle prit son envol avec un bruit mat et disparut derrière un rideau d'arbres.

Pendergast se tourna vers Weiss.

— Je ne vois là aucune intervention de cette « chance » à laquelle vous faisiez allusion.

Weiss donna un coup de béquille dans ses orthèses.

— J'ai eu tout le temps de m'entraîner avec ces vacheries, se justifia-t-il.

Pendergast s'approcha à son tour du tee, aligna son driver et tira. Le club frappa la balle de façon presque frontale et son fade prit des allures de slice.

Le vieil homme secoua la tête avec un claquement de langue bienveillant, incapable de masquer sa joie.

— Celle-là, il va falloir aller la chercher loin.

Pendergast parut réfléchir, puis il demanda :

— J'imagine que vous ne m'accorderez pas le bénéfice d'un mulligan ?

Tout en connaissant la réponse d'avance, il était curieux d'observer la réaction de Weiss.

— Vous me surprenez, monsieur Pendergast. Je ne vous aurais pas cru capable de ce genre de stratagème.

Tandis que Weiss reprenait sa place sur le fauteuil roulant en déverrouillant les orthèses, l'ombre d'un sourire étira les lèvres de Pendergast. À l'aide de ses bras musclés, le vieil homme s'élança sur le petit sentier. Son refus d'avoir recours à une voiturette de golf en disait long sur la force de caractère du chasseur de nazis. Le parcours, pourtant fatigant, ne semblait nullement avoir entamé son énergie.

Une fois franchi la chicane, les deux hommes aperçurent leurs balles : celle de Weiss en bonne position à peu de distance du green, celle de Pendergast prise au piège dans un bunker.

Weiss secoua la tête.

— À vous l'honneur.

Pendergast effectua lentement le tour du trou rempli de sable, puis s'agenouilla à côté de la balle afin de mieux calculer sa trajectoire, attendant que Weiss lui prodigue ses conseils.

— À votre place, j'opterais pour un lob, se décida enfin le vieil homme. C'est moins risqué qu'un pitch.

Pendergast fouilla dans son sac, sortit le wedge dont il avait besoin, aligna son club longuement, tenta quelques swings et frappa la balle dans une gerbe de sable. La balle parcourut à peu près cinquante centimètres à l'intérieur du bunker.

— Tsk, tsk, dit Weiss en cachant mal sa satisfaction. Évitez de trop réfléchir. Contentez-vous de ressentir physiquement le coup avant le swing.

Pendergast s'aligna à nouveau. Cette fois, son coup mieux maîtrisé permit à la balle d'atterrir sur le green.

— *Mazel tov !* s'exclama Weiss, radieux.

— Un simple coup de chance, j'en ai bien peur, commenta Pendergast.

— Je croyais que vous refusiez de croire à la chance. Vous voyez bien que mes conseils ont du bon.

Choisissant un fer 7, Weiss envoya sa balle à moins de trois mètres du drapeau. Pendergast manqua ses deux premiers putts à cinq mètres et dut se contenter d'un bogey. De son côté, Weiss obtint un eagle en un putt.

Pendergast nota le résultat et tendit la feuille à Weiss.

— Vous avez un score de 69. Toutes mes félicitations.

— Je suis ici chez moi. Et à condition de vous en tenir aux quelques conseils que j'ai pu vous donner, vous ne tarderez pas à réaliser de grands progrès. Vous possédez un physique de golfeur. Si nous discutions, à présent ?

La partie terminée, les deux hommes rejoignirent la maison du chasseur de nazis dont la façade se dressait à quelques mètres du quinzième trou. Ils s'installèrent sur le patio autour de la cruche de mint julep apportée par Heidi, l'épouse du vieil homme.

— À nos affaires, commença un Weiss d'excellente humeur en levant son verre après avoir rempli les verres. Vous venez donc me voir pour me parler de Wolfgang Faust.

Pendergast opina du chef.

— Dans ce cas, vous vous adressez à la bonne personne, monsieur Pendergast. J'ai consacré ma vie à pourchasser celui que l'on appelait le « Docteur de Dachau ». Avant qu'elles me trahissent, ajouta-t-il en désignant ses jambes sous la couverture.

Il reposa son verre et s'empara d'un épais dossier posé sur un coin de la table.

— Toute une vie de labeur, monsieur Pendergast, précisa-t-il en tapotant le dossier d'un doigt.

Il but une longue gorgée de mint julep et entama son récit.

— Wolfgang Faust est né à Ravensbrück en 1908 et a suivi des études à l'université de Munich où il a rencontré celui dont il allait devenir le protégé, Josef Mengele, son cadet de trois ans. Faust est rapidement devenu l'assistant de Mengele à l'Institut de biologie héréditaire et d'hygiène raciale de Francfort. Diplômé de médecine en 1940, il a rejoint les rangs de la Waffen-SS avant de travailler sous les ordres de Mengele, sur la requête de ce dernier, au bloc médical d'Auschwitz. Vous savez sans doute quel type de « travaux » poursuivait Mengele.

— J'en ai entendu parler.

— Il pratiquait sur des sujets vivants, le plus souvent sans anesthésie, des expériences chirurgicales aussi cruelles qu'inhumaines.

À mesure que Weiss continuait son récit, sa gaieté naturelle cédait la place à une expression dure, presque implacable.

— Il réalisait des amputations sans raison, pratiquait sur de jeunes enfants des « expériences » médicales atrocement douloureuses qui les mutilaient. Électrochocs, stérilisations, injections de virus et de poisons, expérience de résistance au froid. Mengele était fasciné par tout ce qui était rare ou anormal : l'hétérochromie, le nanisme, les jumeaux identiques, les cas de polydactylie. Les Roms constituaient ses cobayes de prédilection. Il a notamment inoculé la peste à une centaine d'entre eux afin de tester une nouvelle forme d'arme bactériologique. Une fois achevé ses expériences monstrueuses, il tuait ses victimes, souvent en leur injectant une dose de chloroforme dans le cœur, pour mieux les autopsier ensuite et observer les effets de ses traitements. Comme de vulgaires rats de laboratoire.

Il marqua un temps d'arrêt afin de se désaltérer.

— Faust a manifesté tant de zèle à Auschwitz qu'on l'a envoyé à Dachau monter son propre service. On connaît mal la nature exacte de ses expériences. Faust a beaucoup mieux protégé le secret de son travail que Mengele, en détruisant l'ensemble de ses archives et en assassinant les témoins, mais le peu que l'on sait laisse entrevoir des atrocités comparables à celles de Mengele, sinon pires. Je vous épargne les détails, vous les découvrirez dans ce dossier si vous souhaitez prendre la mesure réelle de la dépravation humaine. Parlons plutôt des événements survenus après la guerre. À la chute de Berlin, Faust est entré dans la clandestinité en se réfugiant dans un grenier en Allemagne, avec la complicité de sympathisants nazis. Par un curieux pied de nez de l'Histoire, son sort n'aura pas été très différent de celui d'Anne Frank. Les amis du régime disposaient de moyens financiers importants, ou alors de réseaux très bien implantés, parfois des deux.

— Comment le savez-vous ?

— Notamment par leur capacité à fabriquer ou à se procurer des faux papiers de première qualité. Cartes d'identité, certificats de mariage et autres. Ce sont ces sympathisants qui ont fourni à Faust un passeport établi au nom de Wolfgang Lanser. Vers la fin des années 1940, sans que l'on connaisse la date exacte, Faust a été exfiltré et envoyé en Amérique du Sud où il s'est tout d'abord installé en Uruguay. Il m'a fallu dix ans de travail pour recueillir l'ensemble de ces éléments, précisa le vieil homme.

Pendergast inclina la tête.

— Il a vécu dans plusieurs petites villes reculées, gagnant sa vie en soignant les paysans. Il semble qu'il se soit créé de solides inimitiés partout où il passait, à force d'exiger de ses patients des sommes exorbitantes ou de pratiquer sur eux des « traitements » particulièrement radicaux.

— Un chercheur invétéré, murmura Pendergast.

— J'ai réussi à retrouver sa trace en Uruguay dès 1958, mais il a su d'une façon ou d'une autre que j'étais sur ses traces. Il a changé une nouvelle fois d'identité en adoptant le nom de Willy Linden, a subi une opération du visage et s'est installé au Brésil. C'est là que je perds sa trace. À partir de 1960, il semble avoir disparu complètement et je n'ai jamais réussi à savoir où il avait refait sa vie, et de quelle façon. C'est seulement un quart de siècle plus tard, en 1985, que j'ai découvert sa tombe, et encore était-ce le fruit du hasard davantage que le résultat de mes recherches. Sa dépouille a pu être identifiée grâce aux empreintes dentaires dans un premier temps, et ensuite par des tests ADN.

— Quand est-il mort ? s'enquit Pendergast.

— Pour autant qu'on a pu l'établir, vers 1978 ou 1979.

— Vous ne savez pas du tout comment il a occupé son temps au cours des deux décennies précédentes ?

Weiss haussa les épaules.

— J'ai tout tenté pour le savoir, Dieu sait.

Il vida son verre d'un geste brusque, d'une main qui tremblait légèrement.

Les deux hommes gardèrent le silence pendant quelques minutes, jusqu'à ce que Weiss se tourne vers son visiteur.

— Pour quelle raison vous intéressez-vous à Wolfgang Faust, monsieur Pendergast ?

— J'ai de bonnes raisons de croire qu'il a pu être mêlé, d'une façon ou d'une autre, à la mort d'une personne proche.

— Je comprends. Vous n'êtes pas le seul. Il a affecté la vie de milliers de familles.

Weiss se tut brièvement.

— Mon enquête a quasiment pris fin le jour où j'ai retrouvé son corps. Les autres chasseurs de nazis voyaient mal l'intérêt de découvrir les zones d'ombre de sa vie, puisqu'il était mort. Je pense pourtant que nous ne pouvons nous satisfaire de retrouver un corps ou de traduire un homme devant un tribunal. Il nous faut tout savoir de ces monstres. C'est notre responsabilité et notre devoir de comprendre. Trop de questions sur Faust restent sans réponse. Pourquoi l'a-t-on enterré au milieu de nulle part dans une vulgaire boîte en sapin ? Comment expliquer que personne ne le connaissait dans la région ? Tous ceux que j'ai interrogés à vingt kilomètres à la ronde n'avaient jamais entendu parler de Willy Linden. À la suite de mon accident, personne n'a pris le relais. Tout le monde me disait : « Meier, ton type est mort, tu as retrouvé sa tombe. Que veux-tu de plus ? » En fin de compte, j'essaie de ne pas être amer.

Weiss reposa son verre d'un geste brusque et poussa le dossier en direction de Pendergast.

— Si vous souhaitez en savoir davantage sur cet homme, vous devrez le découvrir par vous-même. Je vous passe le flambeau, déclara-t-il en saisissant le poignet de son interlocuteur.

En dépit de son handicap, de sa bonhomie apparente, le vieil homme possédait la férocité et la ténacité d'un lion.

Pendergast tenta de se dégager, mais Weiss tenait bon.

— Je vous passe le flambeau, répéta-t-il. Je vous laisse le soin de découvrir où il se cachait, pour qu'on puisse enfin refermer le dossier du Docteur de Dachau. Puis-je compter sur vous ? insista-t-il en regardant fixement l'inspecteur.

— Je ferai de mon mieux.

Weiss laissa s'écouler quelques instants, puis lâcha le poignet de son interlocuteur.

— Soyez extrêmement prudent. Le docteur Faust et les monstres de son acabit ne manquent pas de soutiens, même au-delà de la mort. Les gardiens des secrets nazis sont encore nombreux, dit-il en martelant chaque syllabe du doigt sur le bras de son fauteuil roulant.

Pendergast approuva.

— Je serai prudent.

La passion qui illuminait le visage de Weiss quelques secondes plus tôt s'éteignit soudainement.

— Il ne nous reste plus qu'à partager un dernier verre. Si vous en avez envie.

— Avec le plus grand plaisir. Vous direz à votre femme que son julep est excellent.

— De la part d'un natif du Sud, le compliment lui ira droit au cœur, acquiesça le vieil homme en remplissant leurs verres.

50

New York

Le bureau du docteur Ostrom à Mount Mercy avait autrefois servi de cabinet à l'« aliéniste » attaché à l'hôpital, et portait encore les marques de l'époque où l'établissement était une institution privée destinée aux riches : une grande cheminée de marbre rococo, des moulures au plafond, des fenêtres à vitraux que protégeaient désormais des barres de fer. Esterhazy sourit intérieurement. Il ne manquait plus qu'un maître d'hôtel avec un nœud papillon blanc, un plateau en argent avec des verres de sherry en équilibre sur la main.

— Alors, docteur Poole, demanda Felder, penché vers le faux psychiatre, les mains sur les genoux. Qu'avez-vous pensé de la séance de ce soir ?

Esterhazy se tourna vers lui, frappé par la lueur qui brillait dans son regard. Le psychiatre éprouvait une telle obsession pour Constance qu'il en oubliait son objectivité professionnelle et sa prudence coutumière, à l'inverse d'Esterhazy, pour qui la jeune femme figurait un simple pion. Ce mépris lui conférait un avantage certain.

— J'ai trouvé que vous aviez fait preuve de beaucoup de tact avec elle, docteur, répondit-il. Placer son délire dans la perspective d'une réalité plus globale me semble relever d'une stratégie éclairée.

Il marqua une courte pause.

— Je dois à la vérité de dire que j'éprouvais des doutes la première fois que nous nous sommes vus. Vous connaissez aussi bien que moi, sinon mieux, le pronostic à long terme de la schizophrénie de type paranoïaque. Je vous l'ai dit, je n'avais personnellement pas obtenu de résultats probants avec elle, mais je constate que vous êtes en train de réussir là où j'avais échoué. Bien au-delà de ce que je croyais possible.

Felder, rougissant légèrement, le remercia d'un mouvement de tête.

— Vous aurez remarqué, je suppose, que son amnésie sélective était moins prononcée.

Felder s'éclaircit la gorge.

— Je l'ai remarqué, en effet.

Esterhazy afficha un sourire timide.

— Il est évident que ce lieu joue un rôle essentiel dans les progrès auxquels nous assistons. L'atmosphère agréable de Mount Mercy, particulièrement stimulante sur le plan intellectuel, lui est extrêmement bénéfique. À mon sens, cela nous permet d'envisager l'avenir de la patiente sur une note nettement plus optimiste.

Ostrom, confortablement installé dans une bergère à côté des deux hommes, inclina la tête. Tout en suscitant clairement son intérêt professionnel, le cas de Constance ne l'obsédait pas, contrairement à Felder, et la flatterie était encore le meilleur moyen de le neutraliser.

Esterhazy feuilleta le dossier fourni par le directeur de l'hôpital, à la recherche d'arguments susceptibles de nourrir sa stratégie.

— Je vois ici que Constance s'implique dans des activités de deux types : la bibliothèque et les promenades.

Ostrom acquiesça.

— Elle éprouve pour la marche une passion que l'on croyait perdue dans ce pays depuis la fin du XIXe siècle.

— J'y vois un signe très positif qu'il faut encourager, approuva Esterhazy en reposant le dossier. Avez-vous déjà envisagé de l'autoriser à effectuer une sortie ? Je pense à une visite des jardins botaniques, par exemple.

Ostrom lui lança un coup d'œil.

— J'avoue n'y avoir jamais réfléchi. Toute sortie est normalement soumise à l'approbation de la cour.

— J'entends bien, et je constate que vous avez utilisé l'adverbe « normalement ». D'un strict point de vue juridique, si la direction de Mount Mercy estime que Constance ne présente aucun danger pour elle ou la société, et si elle juge une telle sortie nécessaire sur le plan médical, nulle décision de justice n'est requise.

— C'est exact, mais nous nous aventurons rarement sur ce terrain, rétorqua Ostrom. C'est trop dangereux.

— Vous devez cependant penser au bien de la patiente, docteur Ostrom.

Felder s'interposa, ainsi que l'espérait Esterhazy.

— Je suis d'accord avec le docteur Poole. Il n'a pas été noté chez Constance la plus petite tendance violente ou suicidaire, elle n'a manifesté aucune intention de s'enfuir d'ici, bien au contraire. Une telle mesure viendrait renforcer son goût des activités de plein air, elle serait surtout une marque de confiance de notre part qui ne pourrait que l'inciter à baisser la garde.

Ostrom prit un air songeur.

— Le docteur Felder a raison, approuva Esterhazy. Tout bien réfléchi, je me demande si le zoo de Central Park ne serait pas une solution plus adaptée encore.

— Quand bien même aucune décision de justice ne serait nécessaire, remarqua Ostrom, il me faudrait obtenir l'approbation d'un juge.

— Je ne vois pas que cela constitue un obstacle majeur, répliqua Felder. Je suis tout disposé à effectuer les démarches nécessaires, en ma qualité d'expert.

— Formidable, s'enthousiasma Esterhazy. Combien de temps une telle requête pourrait-elle prendre ?

— Un jour ou deux.

Ostrom ne réagit pas immédiatement.

— Une telle sortie devra se limiter à une seule matinée, et je vous demanderai d'accompagner tous les deux la patiente.

— La prudence l'exige, répondit Esterhazy. Docteur Felder, puis-je vous prier de m'appeler sur mon portable une fois que vous aurez tout réglé ?

— Avec le plus grand plaisir.

— Je vous remercie. Messieurs, je vous demanderai de m'excuser, mes affaires m'attendent.

Sur ces mots, Esterhazy se leva en souriant, serra la main de ses deux collègues et s'éclipsa.

51

Installé sur le pont supérieur du *Vergeltung*, Klaus Falkoner observait d'un œil paresseux le spectacle des quais de la 79e Rue, quasiment déserts sous le soleil de cette fin d'après-midi d'automne. Sur une table basse étaient posés un paquet de gauloises, une bouteille intacte de fine champagne Roi de France et un verre à cognac.

Falkoner prit une cigarette, l'alluma avec un briquet Dunhill en or, tira une longue bouffée et posa son regard sur la bouteille. Avec précaution, il retira du goulot la protection de cire qu'il roula en boule avant de la déposer dans le cendrier d'étain. Sublimée par les rayons du soleil, la robe du très vieux cognac brillait d'une couleur acajou particulièrement rare. La cave à vin du *Vergeltung* recelait encore une douzaine de bouteilles semblables, en compagnie d'autres trésors comparables, prélevés par les prédécesseurs de Falkoner lors du pillage de la France pendant l'Occupation.

Il poussa un soupir de satisfaction. Une petite partie de l'or, des bijoux, des comptes en banque, des œuvres d'art et des antiquités volés par les nazis plus de soixante ans auparavant avait permis d'acheter le *Vergeltung*, un yacht à moteur de quarante mètres, équipé de six cabines luxueuses. Le réservoir, d'une contenance de deux cent mille litres de gazole, permettait au bateau, fort de deux moteurs Caterpillar de 1 800 chevaux, de traverser toutes les mers du globe à l'exception de l'océan Pacifique. L'autonomie du navire, tout comme sa capacité à naviguer en toute discrétion, constituait un atout essentiel pour les activités de Falkoner et de l'organisation à laquelle il appartenait.

Il tira une dernière bouffée de la cigarette à demi consumée et l'écrasa dans le cendrier, impatient de goûter le cognac. Il prit la bouteille et remplit avec délicatesse un verre tulipe, plus adapté qu'un verre ballon eu égard à l'âge et à la finesse du précieux liquide. Il fit lentement rouler le cognac dans le verre, porta celui-ci à son nez et y trempa les lèvres. Le cognac assaillit son palais avec toute la complexité de ses arômes, étonnamment conservés par ce cru de légende, un comet de 1811. Il ferma les yeux et prit une vraie gorgée.

Des pas pressés résonnèrent sur le teck du pont et une toux respectueuse se fit entendre dans son dos. Falkoner jeta un coup d'œil par-dessus son épaule et reconnut Ruger, l'un des hommes d'équipage, debout à l'ombre de la passerelle. Il tenait à la main un téléphone.

— Un appel pour vous, monsieur, annonça-t-il en allemand.

Falkoner reposa son verre.

— Je ne souhaite pas être dérangé.

— Il s'agit de votre correspondant de Savannah, monsieur, insista Ruger en conservant le téléphone à portée de main de son supérieur.

— *Verlucht*, grommela Falkoner entre ses dents en s'emparant de l'appareil. Oui ? aboya-t-il sans chercher à dissimuler son agacement.

Cet idiot commençait à l'énerver sérieusement.

— Vous m'avez demandé de prendre des mesures radicales au sujet de Pendergast, annonça son correspondant. Je voulais vous signaler que j'allais passer à l'action.

— Je me fiche de savoir comment vous comptez vous y prendre. Vous n'aurez qu'à me rappeler quand ce sera terminé.

— Vous avez promis de m'aider. Le *Vergeltung*.

— Eh bien ?

— J'ai l'intention d'y inviter quelqu'un.

— Inviter, dites-vous ?

— Je parle d'une invitation forcée. Une proche de Pendergast.

— L'appât, sans doute ?

— Exactement. Il s'agit d'attirer Pendergast à bord afin de s'occuper de lui une bonne fois pour toutes.

— La manœuvre est risquée.

— J'ai mis au point un plan imparable.

Falkoner poussa un léger soupir.

— Vous m'expliquerez votre plan de vive voix. Pas au téléphone.

— Très bien. En attendant, je vais avoir besoin de menottes en plastique, d'un bâillon, de corde et de bande adhésive.

— Nous stockons ce genre d'accessoires dans notre planque habituelle. J'enverrai quelqu'un chercher ce qu'il vous faut. Passez ce soir et nous réglerons les détails de l'opération ensemble.

Falkoner raccrocha, remit le téléphone à l'homme d'équipage et attendit que ce dernier se soit éloigné pour reprendre sa dégustation d'un air épanoui.

52

Ned Betterton remontait le FDR Drive en conduisant d'un air particulièrement maussade. Il était censé remettre les clés de sa Chevy Aero de location dans moins d'une heure, avant de reprendre l'avion pour le Mississippi.

Ce retour signalait la fin de ses rêves de reporter d'investigation.

Un échec d'autant plus cuisant que tout lui souriait encore quelques jours plus tôt. Il avait même réussi à retrouver la trace de l'« étranger » de Billy B. Prêchant le faux pour savoir le vrai, il avait contacté Dixie Airlines en prétendant être un flic, et récupéré en un tournemain l'adresse du mystérieux passager qui avait effectué un aller-retour éclair dans le Mississippi quinze jours plus tôt : Klaus Falkoner était domicilié au 702 East End Avenue.

Jusque-là, rien de plus facile. Et puis la machine s'était enrayée. Tout d'abord, le 702 East End Avenue n'existait pas. La rue en question, perchée sur les hauteurs dominant l'East River, ne comptait que quelques pâtés de maisons.

Ensuite, l'immeuble dans lequel vivait l'inspecteur Pendergast, le Dakota, était une véritable forteresse dans laquelle il n'avait pas trouvé le moyen de s'introduire.

Outre la guérite occupée par un gardien vingt-quatre heures sur vingt-quatre, la résidence était placée sous la surveillance d'une escouade de portiers et de liftiers qui s'étaient employés à l'éconduire aussi poliment que fermement chaque fois qu'il avait tenté de mettre un pied dans le bâtiment, ou même de se renseigner.

Il s'était alors rabattu sur la piste de cette gradée de la police new-yorkaise dont on lui avait signalé la présence à Malfourche, mais il existait plusieurs femmes ayant le rang de capitaine au sein du NYPD et personne n'avait été en mesure de lui préciser laquelle s'était récemment rendue à La Nouvelle-Orléans en compagnie de Pendergast.

Le problème, c'était cette putain de ville. Les New-Yorkais lâchaient les infos avec des élastiques et se montraient complètement paranos dès qu'ils sentaient leur vie privée menacée. On était loin du Vieux Sud et Betterton ne savait plus à quel saint se vouer, comment s'y prendre pour obtenir des réponses à ses questions. Même son accent le desservait.

En désespoir de cause, il avait reporté son attention sur Falkoner et sa ténacité avait bien failli payer. Trouvant étrange que ce dernier ait choisi une rue aussi improbable qu'East End Avenue pour donner une fausse adresse, il était parti du principe que sa cible s'était contentée de brouiller les pistes en indiquant un numéro bidon. Prenant son courage à deux mains, le journaliste avait remonté la rue en sonnant aux portes et en interrogeant les passants, à la recherche d'un Allemand blond élancé avec un vilain grain de beauté sous l'œil. La plupart des gens, en bons New-Yorkais, avaient refusé de lui répondre lorsqu'ils ne le priaient pas d'aller se faire voir, mais certains, parmi les plus âgés, lui avaient gentiment expliqué que ce quartier, baptisé Yorkville, était une ancienne enclave allemande. Les plus nostalgiques avaient évoqué avec regret les hauts lieux du voisinage, remplacés depuis par des magasins et des supérettes anonymes : le restaurant Die Lorelei, le Café Mozart, les délicieuses pâtisseries que l'on servait autrefois dans la Kleine Konditorei, les bals de quartier qu'animaient des orchestres de polka tous les soirs de la semaine.

Le portrait de Falkoner avait éveillé des souvenirs chez plusieurs de ses interlocuteurs. Un vieil homme affirmait avoir vu sortir un homme répondant à cette description d'un immeuble condamné d'East End Avenue, au nord du parc Carl Schurz, entre la 91e et la 92e Rue.

Betterton s'était aussitôt mis en planque devant le bâtiment, pour s'apercevoir qu'il était quasiment impossible de traîner dans la rue sans attirer les soupçons, ce qui l'avait contraint à louer une voiture. Il avait passé trois journées harassantes à surveiller l'immeuble sans jamais en voir sortir quiconque. Le temps passait, ses économies fondaient comme neige au soleil, et Kranston l'appelait tous les jours en lui réclamant des comptes, le menaçant en termes à peine voilés de lui trouver un remplaçant.

Retarder son départ lui aurait coûté quatre cents dollars supplémentaires qu'il n'avait pas sur son compte, et c'est la mort dans l'âme que Betterton s'apprêtait à retourner chez lui en cette fin d'après-midi. Pris d'un sursaut d'espoir en apercevant la sortie d'East End Avenue, il quitta le FDR Drive sur un coup de tête en se promettant de reprendre le chemin de l'aéroport après cet ultime détour.

Faute de trouver une place où garer la Chevy, il tournait sans fin autour du pâté de maisons, au risque de rater son avion, lorsqu'il remarqua un taxi arrêté devant l'immeuble abandonné. Intrigué, il se rangea un peu plus loin en double file et feignit de consulter un plan tout en surveillant l'entrée du bâtiment du coin de l'œil dans le rétroviseur.

Cinq minutes s'étaient écoulées lorsqu'il vit la porte s'ouvrir. Un personnage élancé et blond émergea sur le trottoir, un sac de voyage dans chaque main. Betterton eut un haut-le-cœur en voyant qu'il avait un vilain grain de beauté sous l'œil droit.

— Nom d'une pipe en bois ! murmura-t-il.

L'homme jeta les sacs de voyage sur la banquette arrière du taxi, se glissa à l'intérieur et referma la portière. L'instant suivant, l'auto démarrait et passait à côté de la Chevy. Betterton prit sa respiration, se débarrassa machinalement du plan, essuya ses mains moites sur sa chemise et empoigna le volant au moment où le taxi tournait sur la 91e Rue.

53

Le docteur Felder avait la fâcheuse impression d'être la cinquième roue du carrosse, relégué au rang de faire-valoir par le docteur Poole et Constance qui déambulaient dans les allées du zoo de Central Park, bras dessus bras dessous. Ils avaient déjà rendu visite aux lions de mer et aux ours blancs, Constance souhaitait à présent admirer les macaques japonais. La jeune femme se montrait plus démonstrative qu'elle ne l'avait jamais été en sa présence ; sans parler d'excitation, Felder constatait qu'elle en avait presque complètement oublié son flegme. Rongé par l'amertume, le psychiatre ne savait plus quoi penser de l'engouement soudain de la malade pour le docteur Poole dont elle s'était pourtant méfiée dans un premier temps.

Ils approchaient de la cage des primates dont on entendait les cris depuis le petit monde de rochers et d'eau dans lequel ils s'ébattaient.

Felder observa Constance du coin de l'œil. Le vent avait rabattu ses cheveux en arrière, apportant une touche de rose bienvenue à ses joues habituellement pâles. Elle regardait les macaques avec un sourire, s'amusant du manège d'un jeune singe qui hurlait de plaisir en se jetant dans l'eau d'un rocher avec une joie enfantine.

— Ils semblent insensibles au froid, remarqua-t-elle.

— C'est la raison pour laquelle on les nomme communément « singes des neiges », répliqua Poole en riant. Ils sont habitués à vivre en altitude.

Ils observèrent le spectacle pendant un moment tandis que Felder consultait subrepticement sa montre. Ils avaient encore une heure et demie devant eux, mais Felder était pressé de voir Constance regagner Mount Mercy. Il jugeait l'environnement trop peu sûr et s'émouvait de voir son collègue dépasser les limites admises d'un rapport normal entre médecin et patient. Poole riait, multipliait les traits d'esprit, prenait constamment Constance par le bras.

La jeune femme glissa quelques mots à l'oreille de Poole qui se retourna vers Felder.

— Une halte aux toilettes pour dames s'impose. Elles se trouvent du côté des animaux tropicaux, si je ne m'abuse.

— Très bien.

Tous les trois se dirigèrent vers un bâtiment dans lequel avait été recréée une forêt tropicale offrant un habitat adapté aux mammifères et aux oiseaux concernés. Les toilettes se trouvaient à l'extrémité d'un long couloir à l'entrée duquel Felder se planta tandis que le faux Poole accompagnait Constance jusqu'à l'entrée de l'espace réservée aux femmes.

Felder regarda une nouvelle fois sa montre. 11 h 40. La sortie avait été autorisée jusqu'à 13 heures. Il passa la tête dans le couloir et vit Poole debout près de la porte des toilettes, les bras croisés, perdu dans ses pensées.

Les minutes s'écoulaient et Constance ne ressortait toujours pas. Felder, inquiet, s'avança.

— Peut-être devrions-nous vérifier ? demanda-t-il dans un murmure.

— Vous avez sans doute raison, répondit Poole en se penchant vers la porte. Constance ? Vous allez bien ?

Pas de réponse.

— Constance ! répéta-t-il en frappant d'un poing résolu.

Toujours rien.

Poole jeta un regard inquiet à son compagnon.

— Je ferais mieux d'aller voir ce qui se passe, proposa-t-il.

Felder acquiesça, tentant de calmer le sentiment de panique qui montait en lui, et Poole ouvrit la porte des toilettes en annonçant sa présence à voix haute. Le battant se referma sur lui, mais Felder l'entendait clairement appeler Constance en ouvrant les portes les unes après les autres.

Il ne tarda pas à rejoindre son compagnon, les traits livides.

— Elle a disparu ! J'ai trouvé la fenêtre qui donne sur l'arrière grande ouverte !

— Mon Dieu, balbutia Felder.

— Elle n'a pas pu aller loin, reprit Poole d'une voix saccadée. Il faut la retrouver au plus vite. Retournons dehors, vous prenez à gauche, je prends à droite et nous nous retrouvons de l'autre côté du bâtiment. Pour l'amour du ciel, gardez les yeux ouverts !

Felder gagna la sortie au pas de course, poussa brutalement la porte et contourna le bâtiment par la gauche en cherchant Constance des yeux. En vain.

Arrivé de l'autre côté, face aux toilettes, il découvrit la fenêtre dont lui avait parlé Poole. Elle était effectivement ouverte, mais d'épais barreaux la protégeaient.

Des barreaux ?

Il chercha des yeux Poole. Ce dernier aurait déjà dû le rejoindre, mais il n'était pas là. Felder étouffa un juron et contourna le bâtiment par l'autre côté. Lorsqu'il retrouva l'entrée du pavillon tropical une minute plus tard, Poole avait disparu à son tour.

Felder, refusant de céder à la panique, s'obligea à réfléchir calmement. Il devait y avoir une explication logique à ce mystère. Comment la jeune femme avait-elle pu s'échapper par une fenêtre protégée par des barreaux ? Et où diable se trouvait Poole ? Il s'était probablement lancé à la poursuite de Constance. Il n'y avait pas d'autre solution. Le zoo, protégé par une enceinte, disposait de deux issues seulement : l'une au carrefour de Park Avenue et de la 64ᵉ Rue, l'autre du côté sud. Felder s'y précipita en courant, franchit le tourniquet et fouilla du regard les allées bordées d'arbres dépouillés. Le parc était pratiquement désert, ce qui semblait étrange, étant donné l'heure.

Il aurait dû apercevoir de loin la silhouette de Constance, mais la jeune femme avait disparu, de même que le docteur Poole.

Elle avait dû rester dans l'enceinte du zoo. À moins qu'elle ne soit sortie de l'autre côté. Felder comprit brusquement à quel point la situation était critique. Constance était une meurtrière jugée mentalement irresponsable : si jamais elle parvenait à s'évader pendant qu'il en avait la charge, il pouvait dire adieu à sa carrière, d'autant qu'il avait personnellement organisé cette sortie.

Il se demanda un instant s'il lui fallait appeler la police et jugea préférable d'attendre un peu. Il voyait déjà défiler dans sa tête les gros titres du *Times*...

Reprends-toi, bon sang !

Poole avait probablement retrouvé Constance. Il ne pouvait pas en être autrement. Le tout était de mettre la main sur lui.

Il rejoignit au pas de course l'entrée de la 64ᵉ Rue, retourna dans le zoo et se précipita vers le pavillon tropical, qu'il fouilla de fond en comble tout en essayant de se convaincre que Poole avait récupéré leur patiente. Il devait la retenir de force, il avait peut-être besoin d'aide.

Felder sortit son portable d'une main tremblante, composa le numéro du faux psychiatre et tomba immédiatement sur la messagerie.

En désespoir de cause, il se rua à l'intérieur des toilettes pour dames. La fenêtre était restée ouverte, mais les barreaux empêchaient quiconque de s'échapper par là. Interdit, les yeux écarquillés, Felder commençait à comprendre.

Il avait clairement entendu Poole ouvrir et refermer les portes des toilettes en appelant Constance à voix haute. Pourquoi avoir agi ainsi puisque la fenêtre était protégée par des barreaux, empêchant toute possibilité d'évasion ? Un coup d'œil lui confirma que la pièce ne recelait aucune cachette possible.

La vérité apparut d'un seul coup au psychiatre. Il n'y avait qu'une seule explication possible : Poole avait aidé la jeune femme à s'évader.

54

Allongée sur son lit, des écouteurs sur les oreilles, Corrie Swanson écoutait une chanson de Nine Inch Nails lorsqu'elle crut entendre la sonnerie de son portable. Elle se leva précipitamment en arrachant ses écouteurs et récupéra le téléphone sous le tas de vêtements qui jonchaient le sol de sa chambre d'étudiante.

Numéro inconnu.

— Ouais ?

— Allô ? répondit une voix. Vous êtes Corinne Swanson ?

— Corinne ? s'étonna la jeune fille.

Son interlocuteur avait un fort accent du Sud, proche de celui de Pendergast sans être aussi raffiné, ce qui attira aussitôt son attention.

— Ouais, *Corinne* à l'appareil.

— Bonjour, Corinne. Je m'appelle Ned Betterton et je suis journaliste.

— Pour quel journal ?

Il eut une légère hésitation.

— *Le Bourdon d'Ezerville*.

Corrie ne put s'empêcher d'éclater de rire.

— Allez, c'est bon. Qui est à l'appareil et à quoi rime ce canular ? Vous êtes un copain de Pendergast, c'est ça ?

Un court silence lui répondit.

— Ce n'est pas du tout un canular, mais c'est bien à son sujet que je vous appelle.

Corrie attendit la suite, préférant le laisser venir.

— Toutes mes excuses de vous appeler à l'improviste, mais j'ai cru comprendre que c'était vous qui animiez le site Internet consacré à l'inspecteur Pendergast.

— Exact, répondit-elle, soudain méfiante.

— C'est comme ça que j'ai obtenu votre nom, reprit l'homme. Je n'avais pas compris que vous vous trouviez à New York jusqu'à aujourd'hui. Je vous explique la raison de mon appel. Je réalise actuellement un reportage sur un double meurtre qui a eu lieu récemment dans le Mississippi. J'aurais aimé vous parler.

— Alors parlez.

— Pas au téléphone. En personne.

Corrie hésita. Son instinct lui dictait de l'envoyer promener, mais elle était curieuse de savoir quel rapport il pouvait y avoir entre ce type et Pendergast.

— Où ça ?

— Je ne connais pas bien New York. Que diriez-vous du Carnegie Deli ?

— Je ne mange pas de pastrami.

— On m'a recommandé leur cheese-cake au chocolat. Dans une heure, ça vous convient ? Je porte une écharpe rouge.

— Si vous le dites.

Corrie dénombra au moins dix personnes avec des écharpes rouges dans le snack bondé. Le temps qu'elle trouve Betterton, son humeur avait viré au noir. Il se leva en la voyant s'approcher et lui présenta une chaise.

— Merci, je suis assez grande pour m'asseoir toute seule. J'ai rien d'une aristocrate sudiste évanescente, si c'est ça que vous croyez, le sermonna-t-elle en lui prenant la chaise des mains.

Vêtu d'une veste de sport d'assez mauvais goût, il approchait de la trentaine. Petit mais musclé, l'air de savoir se défendre, quelques cicatrices d'acné sur un visage plutôt séduisant, des cheveux bruns en bataille et un nez de bagarreur. Sans parler de l'attelle qui lui emprisonnait la main. Une combinaison intéressante.

Il commanda une part de cheese-cake au chocolat tandis que Corrie se contentait d'un sandwich bacon crudités.

La jeune fille attendit que la serveuse se soit éloignée pour regarder son interlocuteur en croisant les bras.

— OK, alors c'est quoi, cette histoire ?

— Il y a bientôt quinze jours, Carlton et June Brodie, un couple marié, ont été brutalement assassinés à Malfourche, dans le Mississippi. Le meurtrier les a torturés avant de les tuer, pour être précis.

Il s'arrêta, sa voix noyée dans le brouhaha ambiant.

— Continuez, l'incita Corrie.

— La police n'a pas réussi à résoudre l'enquête, mais je suis tombé sur des informations que je souhaitais vérifier. Rien de concluant pour l'instant, mais quelques détails intéressants.

— Quel rapport avec Pendergast ?

— J'y viens dans un instant. Il y a une dizaine d'années, les époux Brodie ont disparu du jour au lendemain. La femme a commencé par mettre en scène un faux suicide, et puis son mari s'est évanoui dans la nature. Il y a quelques mois, ils sont réapparus comme si de rien n'était, se sont réinstallés à Malfourche où ils ont repris une existence tranquille. June Brodie a mis son faux suicide sur le compte de difficultés au sein de leur couple et de problèmes dans son boulot, affirmant avoir tenu une maison d'hôtes au Mexique pendant tout ce temps. Sauf que c'était faux.

Corrie se pencha machinalement vers son interlocuteur, dont l'histoire commençait à l'intéresser.

— Peu avant leur réapparition, Pendergast a débarqué à Malfourche en compagnie d'un capitaine du NYPD, une femme.

Corrie hocha la tête. Il s'agissait sûrement de Hayward.

— Personne n'a été capable de me dire pourquoi ils se trouvaient là. Pendergast s'intéressait apparemment à une petite île perdue au milieu des marais voisins, Spanish Island.

Betterton poursuivit son récit, détaillant à Corrie ses découvertes et les soupçons qu'il formait au sujet d'un trafic de drogue potentiel.

Corrie acquiesça. C'était donc pour ça que Pendergast tenait tant à préserver le secret autour de son enquête.

— Il y a bientôt quinze jours, un type avec un fort accent allemand se présente à Malfourche le jour où les Brodie sont assassinés. J'ai réussi à remonter la piste de ce type jusqu'ici. Il se servait d'une adresse bidon, mais j'ai retrouvé sa trace dans un petit immeuble situé au 428 East End Avenue. À force de fouiner, j'ai appris que cet immeuble se trouvait au cœur d'un ancien quartier allemand baptisé Yorkville, et qu'il appartenait depuis 1940 à une société immobilière possédant un énorme yacht actuellement ancré dans la marina de la 79e Rue. Je le sais pour avoir suivi mon inconnu depuis le vieil immeuble.

Corrie hocha à nouveau la tête, se demandant ce qu'il allait bien pouvoir lui réclamer en échange de toutes ces informations.

— Et alors ?

— Alors je crois que ce Pendergast dont vous avez l'air de tout savoir détient la clé du mystère.

— Aucun doute là-dessus. C'est visiblement la grande enquête sur laquelle il travaille actuellement.

Betterton parut un instant désarçonné.

— Ce n'est pas la façon dont je vois la situation.

— Que voulez-vous dire ?

— Un inspecteur du FBI en pleine enquête ne fait pas sauter un bar avant de couler une tripotée de barques de pêche, sans parler du laboratoire qui servait à fabriquer de la drogue au milieu des marais. Non, il travaille pour son propre compte.

— C'est possible. Il lui arrive souvent de mener des enquêtes à titre… personnel.

— Il ne s'agit pas d'une enquête, mais d'une vengeance. À mon avis, votre Pendergast est le cerveau de la bande.

Elle ouvrit de grands yeux.

— Quelle bande ?

— Celle qui a commandité le meurtre des Brodie. Celle qui organise un trafic de drogue à grande échelle, s'il s'agit bien de ça. Quoi qu'il en soit, vous pouvez être sûre que c'est un truc de première bourre.

— Une petite seconde. Vous êtes en train de me dire que Pendergast est un parrain de la drogue, et même un *assassin* ?

— Disons que je le soupçonne d'être mouillé dans cette histoire. Tout indique qu'il s'agit d'une histoire de drogue et que cet inspecteur du FBI est mouillé jusqu'au cou…

Corrie se leva si brusquement que sa chaise se renversa.

— Vous êtes complètement cinglé ? hurla-t-elle.

— Asseyez-vous, je vous en prie…

— Pas question ! Pendergast, trafiquer de la drogue ?

Elle s'exprimait avec un tel dégoût que les occupants des tables voisines tournèrent aussitôt la tête dans sa direction, mais Corrie n'en avait cure.

Betterton, gêné, s'efforça de la calmer.

— Ne vous énervez…

— Pendergast est l'un des types les plus honnêtes que je connaisse. Vous ne méritez même pas de cirer ses bottes !

Betterton rougit sous l'insulte. Tous les regards étaient tournés vers la jeune femme et plusieurs serveurs se précipitèrent. Corrie en éprouvait presque un sentiment de satisfaction.

Toutes ses frustrations au lendemain de la mort annoncée de Pendergast s'exprimaient d'un seul coup.

— Vous vous prétendez journaliste ? cria-t-elle. C'est tout juste si vous seriez capable de vous torcher avec un journal ! Pendergast m'a sauvé la vie, pauvre abruti ! C'est également lui qui paie mes études, si vous voulez tout savoir. Et n'allez pas non plus vous imaginer qu'il y a quoi que ce soit entre nous, il n'y a pas plus classe que ce type-là, espèce de trou du cul !

— Excusez-moi, mademoiselle !

Le serveur, paniqué, tentait vainement de la calmer en battant l'air des mains.

— N'essayez pas de me donner du mademoiselle. De toute façon, je me casse.

Elle se tourna vers les autres clients qui la regardaient d'un air horrifié.

— Et alors ? Ça vous dérange de m'entendre parler comme une charretière ? Grandissez, un peu !

L'instant d'après, elle quittait le café et se retrouvait sur la 7e Avenue où elle s'efforçait de reprendre son souffle et ses esprits, perdue au milieu de la foule.

Il se passait un truc grave et Pendergast se trouvait dans le pétrin. Jusqu'au cou. Cela dit, ce n'était pas la première fois. Elle lui avait promis de ne pas se mêler de son enquête et Corrie n'était pas du genre à renier sa parole.

55

Constance avait pris place sur la banquette arrière d'une voiture qui remontait Madison Avenue à vive allure. Légèrement surprise d'entendre le faux docteur Poole échanger quelques mots en allemand avec le chauffeur du véhicule, elle ne s'en était pas émue outre mesure, Poole ne lui ayant pas fourni d'explications sur la façon dont ils devaient rejoindre Pendergast. Elle avait le plus grand mal à contenir son impatience à l'idée de retrouver son tuteur, ainsi que la vieille demeure de Riverside Drive.

Judson Esterhazy avait pris place à côté d'elle, son profil aristocratique parfaitement dessiné à contre-jour dans le soleil de midi. L'évasion s'était déroulée sans anicroche, conformément au plan mis au point par Esterhazy. Constance avait mauvaise conscience d'avoir joué un tel tour au docteur Felder dont la carrière serait entachée par cet épisode, mais la sécurité de Pendergast prenait le pas sur toute autre considération.

Elle lança un coup d'œil en direction de son voisin. Elle avait beau savoir qu'il s'agissait d'un proche de Pendergast, son attitude la mettait mal à l'aise. Sa façon de se tenir, l'expression de triomphe arrogante qu'il affichait. Elle devait bien se l'avouer, il lui avait déplu dès leur première rencontre. Ses gestes, sa façon de parler éveillaient chez elle une méfiance qu'elle peinait à contenir.

Inutile d'y penser. Elle croisa les doigts, plus déterminée que jamais à aider Pendergast.

La voiture ralentit et tourna sur la 92e Rue.

— Où allons-nous ? s'enquit-elle.

— Rien qu'un petit arrêt avant de vous conduire à votre destination finale, lui répondit Esterhazy.

Constance fronça les sourcils.

— Ma destination finale ?

— Oui, répliqua Esterhazy, avec une arrogance plus prononcée encore. La vengeance est une fin en soi.

— Je vous demande pardon ?

— Une phrase à noter, poursuivit-il avec un air satisfait. La *vengeance* est une fin en soi.

Elle se raidit.

— Et Pendergast ?

— Ne vous occupez donc pas de Pendergast.

La brusquerie avec laquelle il avait éructé le nom de son tuteur alarma Constance.

— De quoi parlez-vous ?

Esterhazy éclata d'un rire mauvais.

— Vous n'avez donc pas compris ? Il ne s'agit pas d'une évasion, mais d'un enlèvement.

Avant même qu'elle ait pu réagir, Esterhazy se tourna vers elle d'un mouvement souple et lui bâillonna la bouche de la main. Constance reconnut instantanément l'odeur doucereuse du chloroforme.

L'esprit embrumé de Constance revenait lentement à la conscience, et elle attendit d'avoir recouvré ses esprits pour évaluer la situation. Elle se trouvait ligotée sur une chaise, bâillonnée, un bandeau sur les yeux, les chevilles entravées. À mesure que lui revenaient les sensations, elle percevait l'odeur de moisi qui flottait dans l'air, les sons étouffés qui montaient de la maison. Quelqu'un marchait à l'étage inférieur, Esterhazy probablement, et un bruit de circulation lui parvenait de l'autre côté de la vitre.

Elle s'en voulait terriblement de s'être laissé berner aussi stupidement, d'avoir participé à son propre enlèvement. Sa conduite était impardonnable.

Veillant à ne pas se laisser emporter par la colère, elle calma sa respiration. Il lui fallait impérativement réfléchir. Elle était ligotée, ou plutôt attachée avec du gros scotch. À force de remuer les mains, elle s'aperçut que la bande adhésive n'était pas très serrée. Son ravisseur avait probablement agi à la hâte, en attendant le moment de repartir. Esterhazy le lui avait d'ailleurs précisé : *Rien qu'un petit arrêt avant de vous conduire à votre destination finale.*

Votre destination finale...

Constance tortillait ses bras et ses chevilles de tous côtés dans l'espoir de desserrer l'étreinte. Il lui fallait agir vite, Esterhazy se trouvait en bas et risquait de venir la chercher d'une minute à l'autre.

Elle parvint à se libérer de la bande adhésive au prix d'un dernier effort et s'empressa d'arracher le bâillon et le bandeau avant de détacher ses chevilles. Elle se leva silencieusement et s'approcha de la porte qu'elle trouva fermée à clé. Naturellement.

En quelques pas, elle gagna la seule ouverture de la petite pièce. La fenêtre était protégée par des barreaux, mais elle distingua à travers la vitre crasseuse un jardinet abandonné comme on en trouve couramment derrière les vieilles maisons de l'Upper East Side, séparés les uns des autres par des murs de brique. La cour de sa prison était en friche, mais une femme rousse en pull-over jaune lisait tranquillement un livre dans le jardin voisin.

Constance lui adressa de grands signes, sans succès, puis elle frappa doucement au carreau dans l'espoir d'attirer son attention, mais la femme, absorbée par sa lecture, ne l'entendait pas.

En fouillant les quelques meubles de la petite pièce, Constance finit par dénicher un crayon de chantier au fond d'un tiroir.

Un vieux livre traînait en haut d'une étagère, que la prisonnière saisit à la volée avant d'en arracher la page de garde sur laquelle elle écrivit à la hâte un message. Elle plia la feuille de papier en deux et composa un autre message, lisible de l'extérieur :

PRIÈRE DE REMETTRE CE MESSAGE D'URGENCE AU DOCTEUR FELDER, HÔPITAL MOUNT MERCY, LITTLE GOVERNOR'S ISLAND. C'EST UNE QUESTION DE VIE OU DE MORT.

Elle contempla son œuvre, fronça les sourcils, et ajouta :

RÉCOMPENSE À LA CLÉ.

Elle regagna la fenêtre. La femme n'avait pas bougé, mais Constance avait beau frapper au carreau, elle ne l'entendait pas. En désespoir de cause, elle brisa la vitre à l'aide du livre et la femme leva enfin les yeux en entendant du bruit.

Esterhazy montait déjà l'escalier quatre à quatre. Constance glissa son message à l'intérieur du livre et le jeta par-dessus le mur de brique.

— Il y a un message ! hurla-t-elle. Vite ! Ne restez pas là !

La femme la regarda avec des yeux étonnés, puis elle baissa la tête et découvrit le livre à ses pieds. Constance eut tout juste le temps de la voir le ramasser et s'éloigner en s'aidant d'une canne.

Constance venait de quitter la fenêtre lorsque Judson Esterhazy fit irruption dans la pièce en jurant. Il se rua sur elle, mais Constance, toutes griffes dehors, parvint à lui labourer profondément la joue au moment où il se protégeait les yeux. Il étouffa un cri de douleur et se jeta sur elle. Ils roulèrent sur le plancher en se battant comme des chiffonniers, mais Esterhazy eut finalement le dessus et réussit à lui plaquer sur le nez un bâillon imbibé de chloroforme. Constance sentit ses forces l'abandonner tandis qu'elle s'enfonçait dans un puits noir.

56

Camden, Maine

Sur le terrain de l'ancienne maison de retraite s'étalait à présent un lotissement de pavillons vides ornés de banderoles de calicot malmenées par le vent annonçant des rabais spectaculaires, des stalactites accrochées aux gouttières.

Pendergast poussa la porte du bureau de vente qu'il trouva désert, et appuya sur la sonnette fixée sur le comptoir. Au bruit, une jeune femme très maigre émergea d'une pièce voisine. Surprise de découvrir un visiteur, elle lui décocha un sourire professionnel.

Pendergast se délesta de son épais manteau et lissa soigneusement la veste de son costume noir.

— Bonjour, madame.

— Puis-je vous renseigner ?

— Absolument. Je cherche à acheter une maison dans cette région.

La femme s'attendait si peu à découvrir un client qu'elle ne put se retenir de hausser les sourcils.

— Nos pavillons vous intéressent ?

— Oui, acquiesça Pendergast en se débarrassant de son manteau sur un siège avant de se laisser tomber sur la chaise voisine. Je suis originaire du Sud, mais je vais prendre ma retraite de façon anticipée et j'aurais aimé en profiter dans une région moins étouffante. Je supporte mal la chaleur, voyez-vous.

— Je me suis toujours demandé comment les gens faisaient, dans le Sud, approuva la femme.

— Vous avez raison. Mais je vous écoute, dites-moi un peu ce dont vous disposez.

La femme feuilleta un épais catalogue dont elle tira quelques brochures qu'elle étala devant son client en lui débitant un argumentaire de vente soigneusement formaté.

— Nous pouvons vous proposer des modèles avec une, deux ou trois chambres. Toutes sont équipées de salles de bains en marbre et disposent de tout le confort : réfrigérateur Sub-Zero, lave-vaisselle Bosch, cuisinière Wolf...

Pendergast l'écoutait avec la plus grande attention, dispensant son lot de hochements de tête et de murmures approbateurs. Il la laissa aller jusqu'au bout et lui adressa un sourire chaleureux.

— Formidable. Vous dites qu'un pavillon avec deux chambres ne coûte que deux cent mille dollars ? Avec vue sur mer ?

Aiguillonnée par son enthousiasme, la femme se lança dans une nouvelle explication. Pendergast attendit qu'elle ait terminé pour s'enfoncer confortablement dans son siège.

— Je sens déjà que je vais me plaire dans cet endroit. Ma mère a longtemps vécu ici même, vous savez.

La remarque déstabilisa la femme.

— C'est-à-dire que... nous venons tout juste de construire ce lotissement.

— J'entends bien, madame. Je voulais parler de la maison de retraite qui se trouvait auparavant sur ce terrain.

— Ah, je comprends. Vous voulez parler de la résidence Bay Manor.

— Vous en avez gardé le souvenir ?

— Très bien. J'ai grandi ici. La résidence a fermé ses portes il y a... je ne sais plus, le temps passe si vite. Peut-être sept ou huit ans.

— Je me souviens d'une femme charmante qui s'occupait de ma mère, enchaîna Pendergast. Vous la connaissiez peut-être, si le personnel de la résidence vous était familier ?

— Non, désolée.

— C'est dommage. Une femme formidable. J'aurais volontiers profité de mon passage en ville pour aller la saluer. Je ne me souviens malheureusement plus de son nom. Je suis pourtant certain que je reconnaîtrais son patronyme si je le voyais. Vous ne pourriez pas m'aider, par hasard ? ajouta-t-il en lançant à son interlocutrice un regard pénétrant.

La femme, trop heureuse de s'attirer les bonnes grâces d'un client potentiel, sauta sur l'occasion.

— Je peux toujours essayer. Laissez-moi le temps de passer un ou deux coups de fil.

— Comme c'est gentil de votre part. J'en profiterai pour regarder ces prospectus, dit-il en se plongeant dans la lecture des brochures pendant que son interlocutrice décrochait son téléphone.

Pendergast l'entendit appeler successivement sa mère, une ancienne institutrice, et la mère de son compagnon.

— Bien ! conclut la femme en raccrochant d'un air satisfait. Je crois pouvoir vous renseigner. La résidence Bay Manor a été démolie il y a plusieurs années déjà, mais j'ai réussi à me procurer les noms de trois personnes qui y travaillaient, annonça-t-elle fièrement en posant triomphalement une feuille de papier devant l'inspecteur.

— Ces personnes se trouvent-elles toujours dans la région ?

— La première, Maybelle Payson, vit encore ici. Les deux autres sont mortes.

— Maybelle Payson... Figurez-vous qu'il me semble s'agir de la personne qui s'est montrée si gentille avec ma mère ! s'écria Pendergast, ravi, en s'emparant de la feuille.

— À présent, allons voir nos pavillons témoins.

— Avec plaisir ! Je serai ravi de les visiter lorsque je reviendrai avec ma femme. Merci de votre extrême gentillesse, madame.

Il se leva, glissa les prospectus dans sa poche et enfila son gros manteau, prêt à affronter le froid sibérien qui l'attendait dehors.

57

Maybelle Payson habitait un vieil immeuble de quatre appartements situé au cœur d'un quartier modeste. La proximité de la mer expliquait la présence de pêcheurs de homard dans la rue, leurs bateaux soigneusement remisés sous des bâches couvertes de neige. Certaines embarcations étaient plus grosses que les mobile homes de leurs propriétaires.

Pendergast emprunta la petite allée en évitant les congères, monta quelques marches branlantes, sonna et attendit. Au second coup de sonnette, il entendit du mouvement à l'intérieur et un visage de chouette tout desséché, auréolé de fins cheveux bleutés, se dessina de l'autre côté de la vitre de l'entrée. La vieille femme observait son visiteur avec des yeux écarquillés d'enfant.

— Madame Peyson ?

— Qui ça ?

— Madame Peyson ? Puis-je entrer ?

— Je ne vous entends pas.

— Je me nomme Pendergast et j'aurais aimé m'entretenir avec vous.

— À quel sujet ? lui demanda-t-elle en posant sur lui des yeux humides pleins de méfiance.

— C'est au sujet de la résidence Bay Manor, cria-t-il à travers la porte. L'une de mes proches y a longtemps vécu, et elle ne tarissait pas d'éloges sur vous, madame Peyson.

Un bruit de verrous, de chaînes et de loquets lui répondit. La porte s'écarta et un tout petit bout de femme le pria d'entrer. Il la suivit dans un salon minuscule qui sentait le chat. Il régnait dans la pièce un désordre indescriptible, et la vieille dame dut chasser l'un des félins de la chaise qu'elle destinait à son visiteur avant de se poser elle-même sur le canapé.

— Asseyez-vous, je vous en prie.

Pendergast se posa prudemment sur l'assise du siège et un tapis de poils de chat tout blancs se colla instantanément à son costume, comme magnétisé par le tissu noir.

— Puis-je vous offrir du thé ?

— Non, je vous remercie, répliqua vivement Pendergast en s'empressant de sortir un petit carnet. Je réunis actuellement des renseignements sur les membres de ma famille afin de rédiger une petite chronique familiale, et j'aurais aimé évoquer avec vous l'une de mes proches qui a séjourné à Bay Manor autrefois.

— Comment s'appelait-elle ?

— Emma Grolier.

Un long silence lui répondit.

— Vous vous souvenez d'elle ? insista Pendergast.

La bouilloire se mit à siffler dans la cuisine, mais la vieille femme, toujours muette, ne l'entendait même pas.

— Je m'en occupe, proposa Pendergast en se levant. Quel thé prenez-vous, madame Peyson ?

— Comment ?

— Quel type de thé souhaitez-vous ?

— De l'Earl Grey. Noir.

Pendergast rejoignit la cuisine, ouvrit la boîte à thé posée sur le plan de travail, déposa un sachet au fond d'un mug et versa l'eau bouillante. Quelques instants plus tard, il déposait le mug devant la vieille dame avec un large sourire.

— C'est très aimable à vous, le remercia-t-elle avec une expression nettement plus chaleureuse. Vous devriez venir plus souvent.

Pendergast reprit place sur son tapis de poils de chat et lança une jambe par-dessus l'autre.

— Je me souviens très bien d'Emma Grolier, déclara l'ancienne infirmière en posant sur son visiteur un regard qui avait retrouvé toute sa méfiance. Je doute qu'elle ait dressé mon éloge, ou celui de quiconque. Que voulez-vous savoir ?

Pendergast laissa s'écouler quelques secondes avant de répondre.

— Comme je vous l'ai dit, je rassemble toutes sortes d'informations familiales et j'aurais voulu en savoir davantage à son sujet. Quel genre de personne était-ce ?

— Je comprends. Eh bien, je suis au regret de vous dire qu'elle n'était pas facile. Hargneuse, méchante comme une teigne, jamais contente. Je suis désolée d'être aussi directe, mais je ne peux pas dire que c'était l'une de mes pensionnaires préférées. Elle se plaignait constamment de tout, pleurait pour un rien et nous lançait sa nourriture à la figure, quand elle ne se montrait pas violente. Elle était atteinte d'une perte cognitive légère.

— Vous dites qu'elle était capable de violence ?

— Surtout qu'elle était costaude. Elle cassait tout ce qui lui passait entre les mains, frappait les autres pensionnaires. Un jour, elle m'a mordue. Il a même fallu l'attacher à plusieurs reprises.

— Lui arrivait-il de recevoir des visites ?

— Jamais. Pourtant, il fallait bien qu'elle ait de la famille puisqu'elle bénéficiait des meilleurs traitements. Un médecin venait spécialement la voir deux fois par an, elle avait droit à des sorties, elle était toujours très bien habillée et recevait des cadeaux à Noël.

— Un médecin spécialement pour elle, dites-vous ?

— Oui.

— Vous souviendriez-vous de son nom ?

La vieille femme fouilla dans ses souvenirs.

— J'ai bien peur d'avoir oublié. Un docteur étranger qui passait la voir deux fois par an. Un grand bonhomme qui n'aurait pas été moins fier s'il avait été Sigmund Freud en personne. Très exigeant ! Il trouvait toujours que tout allait de travers, sa venue était une vraie corvée pour nous. Je ne vous cache pas que nous avons toutes été soulagées quand cet autre médecin est venu la chercher.

— À quel moment ?

Nouvelle hésitation.

— Je ne me rappelle plus, avec tous les pensionnaires qu'on avait. Il y a longtemps, en tout cas. En revanche, je me souviens très bien de la façon dont ça s'est passé. Il est arrivé sans crier gare, la direction lui a donné des papiers à signer, et c'était fini. Emma n'a même pas emporté ses affaires, même que nous avons trouvé ça curieux. On ne l'a jamais revue. Il faut dire que la résidence traversait une mauvaise passe au niveau financier, elle a d'ailleurs fermé ses portes quelques années plus tard.

— À quoi ressemblait cet autre médecin ?

— Je ne me souviens plus exactement. Je dirais grand, bel homme, bien habillé. C'est le souvenir que j'en ai gardé, en tout cas.

— Pensez-vous que certains de vos collègues accepteraient de me recevoir ?

— Il n'y a plus personne. Les gens ne sont pas restés. Il fait trop froid l'hiver.

— Sauriez-vous où se trouvent les papiers de la résidence ?

— Je dirais qu'ils ont dû être envoyés aux Archives d'État, à Augusta.

Pendergast se leva.

— Vous semblez dire qu'elle souffrait d'un léger handicap.

— Oui, elle était attardée mentale.

— Ses troubles ne pouvaient-ils être liés à la vieillesse ?

La vieille infirmière posa sur lui un regard éberlué.

— Comment voulez-vous ? Emma Grolier était bien trop jeune pour ça. C'est tout juste si elle avait vingt-sept ou vingt-huit ans.

La méfiance de la vieille femme se réveilla.

— Vous êtes sûr d'être l'un de ses proches, au moins ?

Pendergast ne répondit pas immédiatement, stupéfait de ce qu'il venait d'entendre. Mais il aurait tout le loisir d'analyser le problème plus tard.

— Je vous remercie de votre amabilité, se reprit-il en gratifiant son hôtesse d'un sourire généreux et d'une courbette.

Quelques instants plus tard, il retrouvait l'air glacé de la rue, agacé d'avoir perdu contenance en présence d'une octogénaire à moitié sourde. Mais l'essentiel n'était pas là. Il lui restait la possibilité d'en apprendre davantage en consultant les archives du Maine à Augusta.

58

Augusta, Maine

Installé dans les sous-sols des Archives de l'État du Maine, les anciens dossiers de la résidence Manor Bay étalés autour de lui, Aloysius Pendergast regardait fixement les murs de parpaing blancs, tapotant rageusement la table d'un ongle soigneusement manucuré.

Il lui avait fallu des heures de recherches pour mettre la main sur le seul élément consacré à Emma Grolier : une fiche cartonnée signalant que le dossier de la jeune femme avait été transmis au docteur Judson Esterhazy à Savannah, en Géorgie. Le transfert des documents avait eu lieu six mois après la mort supposée d'Hélène en Afrique et la signature figurant sur la fiche était bien celle d'Esterhazy.

Où donc pouvaient se trouver ces fichus papiers ? Faute de les avoir découverts dans le coffre de son beau-frère, Pendergast en arrivait à se demander s'ils n'avaient pas été détruits. Une telle hypothèse avait le mérite de cadrer avec la théorie qui commençait à se former dans son esprit. Emma Grolier. Pouvait-il vraiment s'agir… ? Il se leva d'un air songeur et repoussa lentement sa chaise.

Il retrouvait l'atmosphère polaire de la rue lorsque son téléphone portable se mit en branle. Le nom de D'Agosta s'afficha sur l'écran.

— Constance s'est échappée, lui déclara le lieutenant tout de go.

Pendergast s'arrêta net. Un instant interdit, il déverrouilla d'un geste sec la porte de sa voiture de location et se glissa derrière le volant.

— Impossible, dit-il. Elle n'avait aucune raison de s'échapper.

— N'empêche qu'elle s'est évadée. J'espère que vous avez un bon parapluie, je peux vous dire que la merde ne va tarder à voler en escadrilles.

— Quand est-ce arrivé ? Et comment ?

— Aujourd'hui, à l'heure du déjeuner. Dans des conditions étranges, alors qu'elle effectuait une sortie.

— Hors de l'enceinte de Mount Mercy ?

— Au zoo de Central Park. Il semble qu'elle ait été aidée dans son projet par l'un de ses médecins.

— Le docteur Felder, vous voulez dire ? Ou bien le docteur Ostrom ? Impossible.

— Non. Il s'agit apparemment d'un certain Poole. Ernest Poole.

— Qui diable est ce Poole ? s'étonna Pendergast en actionnant le démarreur. Et vous pouvez me dire ce que faisait une femme convaincue d'infanticide en plein Manhattan ?

— Ça, c'est la question à cent mille dollars. Je peux déjà vous annoncer que la presse va s'en donner à cœur joie si jamais l'affaire s'ébruite. Ce qui ne me surprendrait pas.

— Il faut impérativement tenir la nouvelle secrète.

— J'y veillerai au mieux. En attendant, la Criminelle est sur les dents.

— Arrangez-vous pour mettre un terme à leur enquête. Il est hors de question qu'une armée d'agents piétinent mes plates-bandes avec leurs souliers à clous.

— Impossible. Vous savez comme moi qu'il y a obligatoirement une enquête dans ce genre de situation. C'est le règlement.

Pendergast garda le silence pendant une bonne dizaine de secondes, à la recherche d'une explication.

— Avez-vous trouvé le temps de vous intéresser au passé de ce docteur Poole ? demanda-t-il enfin.

— Pas encore.

— Si les gens de la Criminelle cherchent du grain à moudre, autant qu'ils aillent regarder de ce côté-là. Ils s'apercevront que c'est un imposteur.

— Pourquoi ? Vous le connaissez ?

— J'aime autant ne pas émettre d'hypothèse sans avoir de certitude, répliqua Pendergast, avant d'enchaîner après un léger battement. Je suis un triple idiot de ne pas avoir anticipé une telle péripétie. J'étais persuadé que Constance se trouvait en sécurité à Mount Mercy. Une terrible erreur de ma part. Une terrible erreur de plus.

— Rien ne nous dit qu'elle soit vraiment en danger. Elle a très bien pu s'amouracher de ce médecin et décider de s'enfuir avec...

D'Agosta y croyait si peu lui-même qu'il ne put aller au bout de sa pensée.

— Vincent, je viens de vous dire qu'elle ne s'était pas échappée. Elle a été enlevée.

— Enlevée ?

— Oui, très certainement par ce docteur Poole de pacotille. Arrangez-vous surtout pour qu'il n'y ait pas de fuite dans la presse et que la Criminelle ne vienne pas nous compliquer la tâche.

— Je ferai de mon mieux.

— Je vous remercie.

À peine raccroché, Pendergast démarrait dans un nuage de neige et prenait la direction de l'aéroport en zigzaguant sur le sol gelé.

59

New York

Planté devant l'entrée du port de plaisance de la 79e Rue, Ned Betterton observa une dernière fois les yachts, voiliers et autres canots à moteur qui se balançaient doucement sur les eaux de l'Hudson. Il avait revêtu la seule veste dont il disposait, un blazer bleu agrémenté d'une cravate de couleur vive achetée pour l'occasion. Une casquette blanche de marin complétait le tableau. Il était presque 18 heures et le soleil ne tarderait pas à disparaître derrière les falaises du New Jersey.

Les mains dans les poches, il reporta son attention sur l'énorme yacht allemand ancré un peu plus loin, à l'écart du quai. Un bâtiment splendide d'un blanc étincelant, troué de trois rangées superposées de hublots teintés. Aucune activité ne semblait régner à bord.

Le capital vacances de Betterton était épuisé et les appels de son patron devenaient menaçants. Kranston n'appréciait guère de devoir couvrir à sa place les réunions paroissiales et autres imbécillités du même acabit, mais ça lui ferait les pieds. Betterton tenait une piste de première importance avec ce yacht, son avenir de journaliste était assuré.

Vous vous prétendez journaliste ? C'est tout juste si vous seriez capable de vous torcher avec un journal !

Betterton rougit en repensant à l'étrillage en règle que lui avait infligé Corrie Swanson. Raison de plus pour retourner à la marina. S'il avait bien une certitude, c'est que Pendergast n'était pas mêlé à cette histoire professionnellement.

Un plan avait germé dans sa tête lorsque son regard était tombé par hasard sur son blazer bleu. Il n'est pas rare que les plaisanciers se rendent des visites de courtoisie entre eux, histoire de boire un verre. Il lui suffisait de se faire passer pour un propriétaire de yacht, monter à bord et ouvrir l'œil, tout en affichant la plus grande prudence puisqu'il avait affaire à des trafiquants de drogue de haut vol.

Encore fallait-il s'introduire à l'intérieur de la marina, ce qui n'était pas aisé. Le port de plaisance était protégé par un grillage tandis qu'un gardien, installé dans une guérite, se chargeait de décourager les importuns. Une grande pancarte accrochée à l'entrée annonçait la couleur : LES INVITÉS DOIVENT DISPOSER D'UN LAISSEZ-PASSER. Cet endroit puait le fric, il était clair que les prolos n'y avaient pas leur place.

Sa seule chance de pénétrer à l'intérieur de l'enceinte était encore de franchir le grillage à l'endroit où il s'enfonçait dans une forêt de buissons. S'assurant que personne n'avait remarqué son manège, Betterton se glissa au milieu des broussailles et découvrit rapidement ce qu'il cherchait : un espace de quelques centimètres entre la terre et le grillage.

Il franchit l'obstacle à plat ventre, se releva en s'époussetant, enfila sa casquette, redressa sa cravate et s'avança le long de l'eau, à l'abri des fourrés.

La silhouette d'un hangar à bateaux signalait l'entrée des quais, une cinquantaine de mètres plus loin. Le temps de vérifier une dernière fois sa tenue, Betterton rejoignit discrètement le petit chemin qui longeait le port, déambulant d'un pas léger comme n'importe quel plaisancier prenant l'air du soir. Un employé de la marina travaillait un peu plus loin, face aux anneaux numérotés auxquels étaient attachées des navettes.

— Bonsoir, lui dit Betterton.

L'homme releva la tête, le salua, et reprit son travail.

— Je me demandais si vous accepteriez de me conduire jusqu'à ce yacht, dit-il en sortant un billet de vingt dollars de sa poche tout en montrant d'un mouvement de tête le bateau blanc ancré dans la rade.

L'employé se releva, hypnotisé par le billet que lui tendait Betterton.

— Le *Vergeltung* ?

— Je voudrais que vous m'attendiez pendant que je suis à bord. J'en ai pour cinq minutes, dix tout au plus.

— Pour quelle raison souhaitez-vous aller sur le *Vergeltung* ?

— Simple visite de courtoisie. Je trouve ce yacht magnifique, j'hésitais à m'acheter le même après avoir revendu le mien, précisa-t-il en désignant d'un geste vague l'endroit où se trouvait amarrée la masse des bateaux.

— Eh bien...

Un inconnu sortit du hangar à bateaux. Dans les trente-cinq ans, cheveux brun clair, un teint bronzé qui cadrait mal avec la saison.

— Je m'en occupe, Brad, s'interposa le nouvel arrivant en examinant Betterton.

— Pas de problème, Vic. Je te le laisse.

— Il est entendu que vous m'attendrez pendant que je suis à bord, insista Betterton.

Le dénommé Vic hocha la tête et montra du doigt l'une des navettes de la marina.

— Montez, l'invita-t-il.

60

Le docteur Felder tournait comme un lion en cage dans le bureau de son collègue Ostrom. Il s'arrêta, le regard perdu au milieu des marécages au-dessus desquels s'élevait un vol d'oies sauvages, et prit longuement sa respiration, la poitrine secouée d'un tremblement.

Felder avait connu un après-midi épouvantable. Les équipes du NYPD étaient venues et reparties, après avoir mis l'hôpital sens dessus dessous, posé des questions par dizaines, perturbé les malades et mis à sac la chambre de Constance. L'inspecteur chargé de rester sur place s'entretenait à voix basse avec le docteur Ostrom sur le seuil du bureau dont la porte était restée ouverte. Ostrom leva la tête, nota que Felder l'observait, fronça les sourcils d'un air mécontent et reprit sa conversation avec le policier.

Les deux hommes avaient réussi à tenir les médias à l'écart jusque-là, mais cela ne changeait rien à la situation. Il était d'ailleurs peu probable que le secret soit gardé bien longtemps. Le psychiatre avait reçu un coup de téléphone du maire, celui-ci lui avait laissé entendre que, à moins de voir Constance Greene réintégrer discrètement Mount Mercy sans dommages collatéraux, il pouvait préparer ses valises. Le rôle joué par le docteur Poole, complice, voire organisateur de l'évasion, ne dédouanait nullement Felder puisque seul le nom de ce dernier figurait sur la demande d'autorisation de sortie.

Pour quelle raison Poole avait-il agi de la sorte ? Pourquoi prendre un tel risque, dans le seul but de permettre à Constance de s'échapper de Mount Mercy ? Avait-il agi pour le compte d'un tiers ? Pendergast pouvait-il être mêlé à l'enlèvement ?

Un frisson parcourut l'échine de Felder à la seule évocation de l'inspecteur.

Des pas précipités résonnèrent dans le couloir et un infirmier en blouse blanche s'approcha d'Ostrom. Felder s'immobilisa en le voyant glisser quelques mots à l'oreille de son directeur.

Ce dernier se tourna vers Felder.

— Une femme demande à vous parler.

Felder fronça les sourcils.

— Une femme ?

À part Ostrom et ses équipes, personne ne savait qu'il se trouvait là. Il suivit néanmoins l'infirmier jusqu'à l'accueil.

L'homme ne s'était pas trompé, une femme l'attendait effectivement à l'entrée : petite, maigre comme un clou, la cinquantaine, une chevelure d'un roux flamboyant et un rouge à lèvres criard. Un faux sac Burberry en bandoulière, elle s'appuyait sur une canne.

— Je suis le docteur Felder, se présenta-t-il. Vous souhaitiez me voir ?

— Non, répliqua-t-elle d'une voix désagréable.

— Non ? répéta Felder, surpris.

— Je ne vous connais ni d'Ève ni d'Adam, et je me serais bien passée de venir vous trouver dans ce trou perdu. Si vous croyez que c'est facile d'arriver jusqu'ici sans voiture ! J'ai eu assez de mal comme ça à trouver l'adresse de cet hôpital. Little Governor's Island ! Quelle idée ! Vous avez de la chance, j'étais à deux doigts de renoncer, grinça-t-elle en martelant chaque phrase à coups de canne sur les dalles de marbre. Je suis uniquement venue pour l'argent qu'on m'a promis.

Felder posa sur elle un regard incrédule.

— Quel argent ? Qui vous a promis de l'argent, et quel rapport avec moi ?

— La fille qui m'a envoyé ce message en me disant de l'apporter au docteur Felder à Mount Mercy. C'est elle qui m'a promis de l'argent ! s'écria-t-elle avec un nouveau coup de canne.

— La fille ? s'enquit Felder.

Mon Dieu… Et s'il s'agissait de Constance ?

— Où avez-vous vu la fille en question ?

— Dans la maison d'à côté, depuis mon jardin. Mais assez discuté, je veux mon argent, un point c'est tout.

— Vous avez le message ? demanda Felder avec un tel empressement qu'il en rougit.

La femme hocha la tête d'un air méfiant.

Felder glissa une main tremblante à l'intérieur de sa veste et sortit un portefeuille dont il tira un billet de cinquante dollars qu'il tendit à son interlocutrice.

— J'ai dû prendre *deux* taxis, réagit la femme en enfouissant le billet dans son sac.

Felder sortit cette fois un billet de vingt.

— Sans compter celui qui va me reconduire chez moi.

Felder lui donna le dernier billet de vingt qui lui restait et la femme récupéra dans son sac une feuille de papier pliée en deux sur laquelle le psychiatre reconnut instantanément la belle écriture de Constance :

PRIÈRE DE REMETTRE CE MESSAGE D'URGENCE AU DOCTEUR FELDER, HÔPITAL MOUNT MERCY, LITTLE GOVERNOR'S ISLAND. C'EST UNE QUESTION DE VIE OU DE MORT.

RÉCOMPENSE À LA CLÉ.

Le médecin déplia la feuille d'une main tremblante et comprit aussitôt que son contenu était destiné à Pendergast :

Aloysius – J'ai été enlevée par un homme qui affirme être votre beau-frère, Judson Esterhazy. Il prétend se nommer Poole. Je suis actuellement retenue prisonnière dans une maison de l'Upper East Side, mais on doit prochainement me transférer dans un lieu inconnu. Je crains fort que cet homme ne me veuille du mal. Il a prononcé à plusieurs reprises cette phrase en ma présence : « La vengeance est une fin en soi. »

Veuillez pardonner ma bêtise et ma crédulité. Quoi qu'il puisse m'arriver, sachez que je vous confie le bien-être de mon enfant.

Constance

Felder releva les yeux, la tête étourdie de questions, mais la femme rousse s'était éclipsée.

Il se précipita hors du bâtiment, constata qu'elle avait disparu, et regagna précipitamment le bureau du docteur Ostrom.

— Alors ? s'enquit le directeur. Que voulait cette femme ?

Felder lui tendit la lettre de Pendergast sans un mot. Ostrom sursauta en découvrant l'adresse et lut avec attention le contenu du message.

— Où se trouve cette femme ? demanda-t-il d'une voix tranchante.

— Elle a disparu.

— Seigneur !

Ostrom se précipita vers un téléphone mural qu'il décrocha.

— Docteur Ostrom à l'appareil. Passez-moi le poste de garde.

Un bref échange avec le planton lui suffit à comprendre que le taxi de l'inconnue avait franchi les grilles de l'hôpital quelques instants plus tôt. Ostrom s'empressa de réaliser une photocopie du message et confia l'original à l'inspecteur de la Criminelle.

— Il nous faut impérativement retrouver cette femme. Contactez vos équipes de toute urgence et demandez-leur de la retenir. Compris ?

Le policier s'éloigna d'un pas vif en donnant des instructions dans sa radio, et Felder en profita pour se tourner vers Ostrom.

— Vous avez lu ? Elle laisse entendre que son enfant est vivant. Qu'a-t-elle bien voulu dire ?

Ostrom se contenta de secouer la tête.

61

Une certaine confusion régnait sur le pont du *Vergeltung* depuis que les occupants du yacht avaient vu le dinghy s'approcher. Les yeux collés à ses jumelles, Esterhazy observait la scène à travers les vitres teintées du salon principal. Il s'était demandé dans un premier temps s'il pouvait s'agir de Pendergast, mais la manœuvre lui paraissait trop directe pour un personnage aussi retors que l'inspecteur. Le visage de l'inconnu qui se tenait à l'avant de la navette lui confirma que le visiteur n'était pas son beau-frère.

Falkoner le rejoignit.

— C'est lui ?

Esterhazy secoua la tête.

— Non, et je ne sais pas qui est ce type.

— Nous n'allons pas tarder à le savoir, répliqua Falkoner en se dirigeant vers le pont arrière.

— Ohé, du bateau ! cria l'homme depuis la proue du dinghy. Il avait tout du marin de carnaval avec son blazer bleu, sa casquette et sa cravate.

— Hello, lui répondit Falkoner sur un ton amène.

— Je suis l'un de vos voisins, se présenta l'homme. Je n'ai pas pu m'empêcher d'admirer votre yacht. J'espère que je ne vous dérange pas.

— Pas le moins du monde. Puis-je vous inviter à bord ?

— Avec plaisir.

Il se tourna vers l'employé de la marina à qui il recommanda de l'attendre.

Le visiteur prit pied sur la passerelle arrière, ajusta son blazer et saisit la main que lui tendait son hôte.

— Je m'appelle Betterton, dit-il. Ned Betterton.

— Et moi Falkoner.

Esterhazy serra à son tour la main du visiteur en tentant un sourire que les griffures qui lui marquaient la joue effacèrent aussitôt. Il n'était pas fâché que cette peste de Constance soit solidement menottée et bâillonnée à fond de cale. Il ne put retenir un frisson en se souvenant du regard de la jeune femme lors de la lutte qui les avait opposés : une expression de haine meurtrière et d'intense lucidité. Constance était loin d'être folle, contrairement à ce qu'il avait cru, et ce n'était pas pour le rassurer.

— Je suis ancré là-bas, expliqua Betterton en tendant négligemment le pouce vers l'arrière, et je me suis dit que je viendrais vous saluer. À dire vrai, votre yacht m'impressionne énormément.

— Ravi de vous accueillir, assura Falkoner en lançant un coup d'œil en coin à Esterhazy. Puis-je vous faire les honneurs du bord ?

Betterton hocha la tête avec enthousiasme.

— Je vous remercie.

Le visiteur explorait le bateau de son regard curieux. Plusieurs détails clochaient chez lui : son blazer mal coupé et ses chaussures bateau de pacotille ne correspondaient pas à l'image d'un yachtman fortuné.

Ils pénétrèrent dans le luxueux salon et Falkoner se lança dans une description détaillée des caractéristiques du *Vergeltung*. Betterton, pendu à ses lèvres, l'écoutait avec extase tout en continuant à fouiller des yeux chaque recoin.

— Combien de passagers pouvez-vous accueillir ? demanda-t-il.

— L'équipage est composé de huit personnes, en plus de moi-même et de mon ami ici présent, que j'accueille à bord pendant quelques jours, répondit Falkoner en souriant. Et votre bateau ?

— Je n'ai que trois hommes d'équipage, déclara modestement le journaliste en balayant la question d'un geste. Vous revenez de croisière ?

— Non, nous sommes ancrés ici depuis plusieurs semaines déjà.

— Et vous n'en profitez pas pour visiter New York ? Quel dommage.

— Mes activités ne me laissent malheureusement pas le temps de musarder.

Ils passèrent dans la salle à manger, puis dans la cuisine du bord où Falkoner exhiba fièrement le menu du soir en vantant les qualités de son chef. Esterhazy, silencieux, fermait la marche en se demandant où l'Allemand voulait en venir.

— Sole de Douvres au beurre de truffe, servie avec une mousse de légumes, lut Betterton. Je vois que vous ne vous laissez pas aller.

— Accepteriez-vous de partager notre dîner ? lui proposa Falkoner.

— C'est très aimable à vous, mais j'ai d'autres engagements.

Ils traversaient un couloir lambrissé de frêne du Japon lorsque Falkoner se tourna vers le faux yachtman.

— Cela vous intéresserait de voir la passerelle ?

— Bien sûr !

Quelques instants plus tard, le petit groupe grimpait sur le pont supérieur et pénétrait dans la timonerie.

— Je vous présente le capitaine Joachim.

— Enchanté, salua Betterton dont les yeux couraient dans tous les sens. Vraiment très impressionnant.

— J'en suis très content, approuva Falkoner. La qualité la plus appréciable d'un navire tel que celui-ci, c'est son autonomie. Mais je ne vous apprends rien. Nous disposons d'un LORAN dernier cri.

— J'imagine bien.

— Vous disposez d'un LORAN, vous aussi ?

— Bien évidemment.

— Quelle invention merveilleuse !

Esterhazy, sachant que la technologie du LORAN était dépassée depuis l'arrivée du GPS, comprenait enfin à quoi rimait le petit jeu de Falkoner.

— Quel type de bateau possédez-vous ? poursuivit Falkoner.

— Un Chris-Craft de vingt-cinq mètres.

— Vous disposez d'une bonne autonomie ?

— Bien sûr.

— Mais encore ?

— Je peux parcourir sans peine huit cents milles nautiques.

Falkoner se frotta le menton d'un air perplexe, puis prit Betterton par le bras.

— Venez, allons visiter les cabines, suggéra-t-il.

Ils quittèrent la passerelle et descendirent jusqu'à la partie privée du yacht, deux étages plus bas. Mais au lieu de s'y arrêter, Falkoner s'engagea dans l'escalier conduisant à la salle des machines.

— Je serais curieux de savoir avec quel type de moteur fonctionne votre yacht. Vous ne m'avez pas précisé non plus quel était votre port d'attache.

Tout en parlant, Falkoner entraînait ses compagnons le long d'une coursive. Il poussa soudain une porte anonyme donnant sur une soute.

— Je ne m'intéresse pas vraiment à ce genre de détails, répliqua Betterton avec un petit rire en balayant la question d'un geste. Je laisse le soin à l'équipage de s'en occuper.

— Curieux, s'étonna Falkoner en soulevant le couvercle d'un coffre à voiles. Personnellement, je ne laisse jamais personne décider à ma place.

— Je croyais que nous allions visiter les cabines, s'étonna Betterton en voyant son hôte sortir une bâche en toile du coffre et l'étaler par terre.

— Non, le rassura Falkoner en adressant à Esterhazy un regard à glacer les sangs.

Betterton regarda sa montre.

— Eh bien, il ne me reste plus qu'à vous remercier de cette visite. Je vais devoir vous quitter et...

Les mots se bloquèrent brusquement dans sa gorge. La lame d'un poignard de combat brillait dans la main de Falkoner.

— Qui êtes-vous ? l'interrogea l'Allemand d'une voix grave. Et que voulez-vous ?

Betterton avala sa salive en regardant tour à tour Falkoner et le poignard menaçant.

— Je vous l'ai dit. Mon yacht est ancré un peu...

Avec la rapidité d'un serpent, Falkoner attrapa au vol l'une des mains de Betterton et enfonça la lame du poignard dans le repli de peau reliant l'index au majeur.

Betterton poussa un cri de douleur en tentant de se dégager, mais Falkoner lui maintenait le poignet d'une main de fer.

— Assez perdu de temps, siffla-t-il en tirant son prisonnier jusqu'à la bâche. J'ai horreur de me répéter. Judson, couvrez-moi.

Esterhazy sortit son arme et recula de quelques pas, le cœur au bord des lèvres. Toute cette violence lui semblait inutile, et la délectation manifeste de Falkoner l'inquiétait plus encore.

— Vous commettez une grave erreur, reprit Betterton d'une voix sourde et menaçante.

Pour toute réponse, Falkoner lui trancha la peau entre le majeur et l'annulaire.

— Je vous tuerai, grinça Betterton entre deux hoquets de douleur.

Sous le regard horrifié d'Esterhazy, Falkoner poignarda la main de son prisonnier, tournant la lame afin de lui labourer les chairs.

Betterton tituba en arrière, refusant obstinément de répondre.

— Dites-moi pour quelle raison vous êtes ici, insista Falkoner en agrandissant la plaie.

— Je voulais vous cambrioler.

— Une version intéressante, remarqua Falkoner. À ceci près que je ne vous crois pas.

— Je...

Falkoner ne lui donna pas l'occasion d'achever sa phrase. D'un coup de genou dans le bas-ventre, il le plia en deux et lui donna un violent coup de tête. Le journaliste s'écroula sur la bâche, du sang s'écoulant en abondance de son nez cassé.

Falkoner replia vivement la bâche sur Betterton à la façon d'un drap, puis immobilisa le journaliste en appuyant un genou sur sa poitrine et posa la lame du poignard sous son menton. Betterton, à demi hébété, secouait désespérément la tête en poussant des grognements inintelligibles.

Falkoner poussa un soupir et enfonça la lame du poignard de plusieurs centimètres dans la peau molle du menton, jusqu'à lui caresser le palais.

Betterton poussa un hurlement et Falkoner retira le poignard.

— Journaliste, balbutia-t-il dans un gargouillis à peine compréhensible en recrachant du sang.

— Journaliste ? Sur quoi enquêtez-vous ?

— Meurtre... June et Carlton Brodie.

— Comment m'avez-vous retrouvé ? demanda Falkoner.

— Des témoins... l'agence de location de voitures... la compagnie aérienne...

— Voilà qui me paraît nettement plus digne de foi, laissa tomber Falkoner. À qui avez-vous parlé de moi ?

— Personne.

— Bien.

— Laissez-moi partir… Le type de la navette…

D'un mouvement sec, Falkoner trancha la gorge du reporter et bondit en arrière afin d'éviter d'être aspergé par le sang qui giclait.

— Mon Dieu ! s'écria Esterhazy, pétrifié d'horreur.

Mû par un dernier réflexe, Betterton porta la main à la plaie béante. Le flot pourpre qui s'échappait de sa gorge lui rougit aussitôt les doigts et Falkoner s'empressa de repousser les replis de la bâche sur sa victime qui s'agitait de façon spasmodique.

L'Allemand se releva, frotta la lame du poignard sur la toile de la bâche, rajusta sa tenue et s'essuya les mains en observant avec jouissance les ultimes convulsions du journaliste.

— Le spectacle est un peu trop violent pour vous, Judson ?

Esterhazy, sous le choc, ne répondit pas.

Falkoner remonta l'escalier jusqu'au pont supérieur, suivi par un Esterhazy traumatisé par la sauvagerie de son compagnon.

La vedette attendait toujours le long de la coque et Falkoner se pencha au-dessus du bastingage.

— Vic, dit-il à l'employé de la marina. Le corps se trouve dans la soute avant. Reviens le chercher cette nuit et arrange-toi pour t'en débarrasser discrètement.

— Bien, monsieur, répondit l'autre.

— Invente une histoire plausible pour expliquer la disparition de ton passager. Tu n'auras qu'à dire qu'il est parti en croisière.

— Très bien, monsieur.

— Il te suffira d'abandonner le corps dans Riverside Park, du côté de la 105e Rue. Le coin est mal famé, la police pensera qu'il a été détroussé par un rôdeur.

— Oui, monsieur Falkoner.

Sans autre forme de procès, le dénommé Vic mit en route le moteur du dinghy et reprit le chemin de la marina.

Falkoner le regarda s'éloigner, puis posa sur Esterhazy un regard dur.

— Identifié par une saleté de gratte-papier d'un vague trou du Mississippi. Je me demande comment il a pu retrouver le *Vergeltung*. Je ne vois qu'une solution, ajouta-t-il en plissant les paupières d'un air mauvais. Il vous aura suivi jusqu'ici.

— C'est impossible. J'ai constamment surveillé mes arrières. Sans compter que je n'ai pas mis les pieds à Malfourche depuis une éternité.

Falkoner le dévisagea longuement, puis ses traits s'adoucirent.

— Nous n'aurons qu'à dire qu'il s'agit d'un galop d'essai avant d'accueillir votre Pendergast. *Ja ?* En espérant que vous ayez accroché le bon appât au bout de l'hameçon. Vous êtes sûr qu'il viendra, au moins ?

— Rien n'est jamais sûr avec Pendergast, laissa tomber Esterhazy d'une voix sourde.

62

Felder se tenait discrètement dans un coin de la chambre de Constance Greene à Mount Mercy où son collègue Ostrom avait tenu à recevoir l'inspecteur Pendergast, ainsi qu'un lieutenant du NYPD nommé D'Agosta. La police était passée la veille récupérer l'ensemble des affaires personnelles de sa patiente : ses livres, ses notes, quelques objets personnels, jusqu'aux tableaux accrochés aux murs. Les enquêteurs avaient pu établir avec certitude que Poole était un imposteur, Felder avait même reçu un savon du véritable psychiatre qui lui avait âprement reproché de n'avoir pas pris la peine de vérifier l'identité du pseudo-collègue qui avait sonné à la porte de son cabinet.

Quant à Pendergast, s'il avait ouvertement exprimé son mécontentement à Ostrom, c'est Felder qui avait essuyé le plus gros de sa colère froide.

— Eh bien, messieurs, commença l'inspecteur. Permettez-moi de vous féliciter d'avoir organisé avec autant de zèle la première évasion de l'histoire de Mount Mercy. C'est-à-dire depuis cent vingt ans que cette institution existe. Où comptez-vous installer la plaque commémorative de cet événement ?

Face au silence de ses interlocuteurs, Pendergast tira de la poche de sa veste une photo qu'il exhiba à Ostrom, puis à Felder.

— Reconnaissez-vous cet homme ?

Felder examina le document avec attention. Il s'agissait du portrait légèrement flou d'un bel homme dans la force de l'âge.

— Il ressemble à Poole, suggéra Felder, mais je ne crois pas que ce soit lui. Son frère, peut-être ?

— Et vous, docteur Ostrom ?

— Difficile à dire.

Pendergast sortit de sa poche un feutre noir à l'aide duquel il retoucha le portrait, puis il répéta la manœuvre avec un feutre blanc et montra sans un mot le résultat aux deux psychiatres.

Felder ouvrit des yeux ronds en reconnaissant l'inconnu, auquel Pendergast s'était contenté d'ajouter une barbe poivre et sel à la Van Dyke.

— C'est lui ! C'est Poole !

Ostrom acquiesça à son tour d'un air penaud.

— Notre homme s'appelle en réalité Esterhazy, leur expliqua Pendergast en jetant le portrait sur la table d'un geste dégoûté.

Il se laissa tomber sur la seule chaise de la pièce et joignit les mains en pointe, le regard vague.

— Je ne suis qu'un imbécile. Moi qui croyais l'avoir contraint à se terrer dans sa tanière. Je n'avais pas imaginé un seul instant qu'il puisse revenir sur ses pas et me prendre à revers, avec une fourberie digne du buffle du Cap.

Un silence gêné lui répondit.

— Dans son message, tenta Felder, elle affirme que son enfant est vivant. Comment est-ce possible ? Elle a pourtant reconnu l'avoir tué.

Pendergast le gratifia d'un coup d'œil glacial.

— Avant de ressusciter l'enfant, docteur, commençons par retrouver la mère.

La remarque jeta un froid et Pendergast se tourna vers Ostrom.

— Ce pseudo-docteur Poole a-t-il évoqué le cas de Constance en votre présence ?

— Oui.

— Son analyse vous a-t-elle paru crédible ?

— Son diagnostic paraissait curieux, étant donné ce que je savais de Mlle Greene. Cela dit, la logique même de ses arguments était solide et je n'ai pas remis sa parole en cause. Il affirmait l'avoir eue comme patiente, je n'avais donc aucune raison de douter de lui.

Pendergast marqua son impatience en tambourinant de ses doigts fins sur le bras de son siège.

— Vous m'avez bien dit que le docteur Poole avait demandé à s'entretenir seul à seule avec Constance lors de sa première visite ?

— Exactement.

Pendergast lança un coup d'œil en direction de D'Agosta.

— La situation me paraît suffisamment explicite. Et même transparente.

Felder n'était pas de cet avis, mais il préféra ne pas se manifester.

Pendergast se retourna vers Ostrom.

— Je suppose que c'est ce même Poole qui a exprimé le premier l'idée d'organiser cette sortie ?

— Effectivement, reconnut Ostrom.

— Qui s'est chargé des demandes d'autorisation ?

— Le docteur Felder.

Le psychiatre grimaça intérieurement en voyant le regard que l'inspecteur posait sur lui, les paupières mi-closes.

Pendergast fit des yeux le tour de la pièce et se tourna une nouvelle fois vers D'Agosta.

— Vincent, cette pièce ne nous apprendra rien de plus. Concentrons nos efforts sur le message de

Constance. Auriez-vous l'amabilité de me le montrer, je vous prie ?

D'Agosta tira de sa poche la photocopie de la lettre et la tendit à Pendergast qui la relut à deux reprises.

— La femme qui vous a apporté cette missive, vous n'avez pas réussi à retrouver son taxi ? demanda-t-il.

— Non, répliqua D'Agosta. On ne pourra pas en tirer grand-chose, ajouta-t-il en désignant la note.

— Pas grand-chose, certainement, mais peut-être suffisamment tout de même.

— Je ne comprends pas, s'étonna le lieutenant.

— Vous constaterez que ce message nous permet d'entendre deux voix. La première connaît la destination finale de Constance, contrairement à la seconde.

— Si je comprends bien, la première voix est celle de Poole. Ou plutôt celle d'Esterhazy.

— Précisément. Et vous noterez qu'il a laissé échapper une phrase que nous rapporte Constance : « La vengeance est une fin en soi. »

— Ce qui signifie, en clair ?

— Esterhazy ne s'est jamais montré avare de traits d'esprit. « La *vengeance* est une fin en soi. » Curieuse expression, ne trouvez-vous pas, Vincent ?

— Je ne sais pas. La vengeance n'est-elle pas sa motivation première ?

Pendergast balaya l'argument d'un geste impatient.

— Soit, mais qui nous dit qu'il n'évoque pas là un *objet*, et non un *acte* ?

Un long silence ponctua sa question.

— J'en déduis qu'Esterhazy souhaite entraîner Constance dans un lieu synonyme de *vengeance*. Il peut s'agir d'une vieille maison de famille, d'un lieu-dit, d'un nom commercial. Je vois bien Esterhazy s'autoriser un tel jeu de mots, porté par sa fatuité.

D'Agosta secoua la tête avec scepticisme.

— C'est bien mince, comme piste. Qui pourrait avoir l'idée de donner un nom pareil à un truc quelconque ?

Pendergast posa sur lui son regard argenté.
— De quoi d'autre disposons-nous ?
D'Agosta prit le temps de réfléchir.
— De rien, je suppose, finit-il par reconnaître.
— Ne pensez-vous pas qu'une centaine de vos collègues du NYPD auront davantage de chances de réussir que moi ? N'ont-ils pas les moyens de fouiner partout, d'interroger qui bon leur semble ?
— Autant retrouver une aiguille dans une botte de foin.
— Je crois connaître une personne disposant des talents nécessaires pour résoudre une énigme de ce genre. Vite, le temps nous est compté. Messieurs, je vous salue, ajouta-t-il à l'adresse des deux psychiatres.
L'instant suivant, Pendergast s'éloignait à grands pas. Il sortit son portable et composa un numéro.
— Mime ? Pendergast à l'appareil. J'aurais une nouvelle tâche à vous confier, et pas des plus faciles…
Il donna brièvement ses instructions à voix basse à l'informaticien. Arrivé dans le hall d'accueil, il raccrocha et se tourna vers les deux psychiatres accrochés à ses basques.
— Je vous remercie, messieurs les *spécialistes*, mais nous sommes parfaitement capables de retrouver la sortie par nous-mêmes.

63

Constance reprenait lentement conscience dans l'obscurité. Elle s'obligea à rester immobile en attendant que ses idées s'éclaircissent, que s'estompent sa nausée et son mal de tête. Le souvenir des dernières heures lui revint brutalement.

En cherchant à bouger, elle s'aperçut qu'elle était retenue par des menottes à une chaîne qui lui emprisonnait la taille. Ses chevilles étaient solidement attachées dans son dos et de la bande adhésive lui couvrait la bouche. Plus question de rééditer son exploit de l'après-midi.

Il flottait dans l'air des relents de moisi, d'huile et de gazole. Un léger clapotis, accompagné d'un mouvement de roulis, lui indiqua qu'elle se trouvait à bord d'un bateau.

Elle tendit l'oreille. À en juger par le murmure de voix qui lui parvenait, elle n'était pas seule à bord. Elle calma les battements de son cœur et resta un moment sans bouger. Ses bras et ses jambes perclus de courbatures lui signalaient qu'elle était restée inconsciente pendant de longues heures.

Plusieurs minutes s'écoulèrent sans que rien ne se passe. Soudain, des pas s'approchèrent. Un rai de lumière troua les ténèbres et l'éclat cru d'une ampoule inonda la pièce. L'homme qui s'était présenté à elle sous le double nom de Poole et d'Esterhazy se tenait sur le seuil, son beau visage altéré par la peur et les griffures qu'elle lui avait infligées. Un second personnage se tenait derrière lui, dans l'ombre de la coursive.

Esterhazy s'avança. Incapable de parler ou de se mouvoir, elle se contenta de le dévisager.

— Nous allons vous changer de retraite. Pour votre bien, je vous conseille de ne rien tenter.

Le médecin tira un couteau de sa poche et trancha les épaisseurs de bande adhésive qui maintenaient ses chevilles collées à un arceau métallique de la coque. Quelques instants plus tard, elle était libre.

— Venez, lui ordonna Esterhazy en glissant une main dans le creux de son bras menotté.

Elle s'avança maladroitement, les pieds gourds, les jambes traversées à chaque pas de milliers d'épingles. Il la guida vers la petite porte qu'elle franchit en baissant la tête.

La silhouette aperçue quelques instants plus tôt était celle d'une femme en qui Constance reconnut la voisine rousse à qui elle avait envoyé son message de détresse. La femme soutint son regard en l'observant froidement, un léger sourire aux lèvres.

Constance comprit qu'elle s'était démenée inutilement, que Pendergast ne recevrait jamais sa missive.

— Prenez-la par l'autre bras, commanda Esterhazy à la femme. Attention, elle est très imprévisible.

La rousse s'exécuta et Constance, entourée de ses deux bourreaux, se trouva escortée le long d'une coursive jusqu'à une écoutille plus minuscule encore que la précédente. Incapable de toute résistance, elle se laissait conduire, tête baissée. Au moment où Esterhazy la lâchait afin d'ouvrir l'écoutille, Constance rassembla ses forces, pivota sur elle-même et fonça la tête la première sur le ventre de la femme qui s'effondra contre la cloison en poussant un *wouf* sonore. Esterhazy fit volte-face et Constance voulut le mettre hors d'état de nuire d'un coup de tête, mais il fut plus rapide et l'emprisonna entre ses bras. Pendant ce temps, la femme se relevait péniblement. Elle attrapa Constance par les cheveux et la gifla par deux fois à toute volée.

— Inutile, dit sèchement Esterhazy en continuant d'enserrer sa prisonnière. Quant à vous, déclara-t-il à Constance, je vous conseille d'obéir si vous ne voulez pas que ces gens vous fassent du mal. Compris ?

Essoufflée par l'effort, empêchée de rétorquer par le bâillon adhésif, Constance le fixait durement.

Esterhazy la poussa dans un réduit et franchit l'écoutille à son tour, suivi par la femme aux cheveux roux. Une trappe s'ouvrait dans le sol de la soute : Esterhazy la souleva et Constance devina, malgré la pénombre, une cale dont la forme en V correspondait probablement à l'étrave du navire.

Sans un mot, Esterhazy lui montra du doigt le trou noir que dessinait la trappe.

Comme Constance regimbait, la femme la frappa du plat de la main sur le crâne.

— Descends, lui ordonna-t-elle.

— Laissez-la, intervint Esterhazy sur un ton autoritaire.

Constance s'assit sur le bord du trou et se laissa lentement glisser à l'intérieur de la cale. L'endroit était plus spacieux qu'elle ne l'avait imaginé. En levant la tête, elle vit la femme, prête à lui envoyer un coup de poing. Esterhazy s'interposa d'un geste brutal.

— C'est inutile, répéta-t-il. Je ne vous le dirai pas une nouvelle fois.

Une larme monta à l'œil de Constance qui la chassa d'un mouvement de tête. Elle n'avait pas pleuré depuis des lustres et n'avait aucune intention de se donner en spectacle devant ces gens. Sans doute était-ce le contrecoup de la déception. La présence de la femme aux cheveux roux la privait du maigre espoir auquel elle s'était instinctivement raccrochée.

Elle s'affala sur le sol glacé et posa la tête contre la cloison tandis que la trappe se refermait avec un claquement sec au-dessus d'elle.

Sa nouvelle prison était plus noire encore que la soute dans laquelle elle avait repris connaissance.

Le bruit des vagues contre la coque lui indiqua qu'elle se trouvait sous la surface. Prise de nausée, elle faillit vomir et résista à la tentation, certaine de s'étouffer à cause de son bâillon si jamais elle se laissait aller.

Tout en cherchant la position la moins inconfortable possible, elle se rassura en se rappelant qu'elle avait l'habitude des réduits sombres, pour y avoir passé le plus clair de sa très longue existence.

64

En se levant ce jour-là aux alentours de 14 h 30, Corrie Swanson décida de rejoindre la bibliothèque Sealy où elle disposait d'un petit bureau. En chemin, elle s'autorisa une halte dans un bar tenu par des Grecs afin d'affronter les rafales de vent glaciales qui faisaient voler les détritus sur le trottoir. Jugeant le lieu trop bruyant, elle posa sa monnaie sur le comptoir, commanda une tasse de café noir et récupéra un exemplaire du *Times*. Elle allait ressortir lorsque son regard s'arrêta sur la une du *Post* :

Découverte macabre
à Riverside Park

Elle revint sur ses pas et acheta un exemplaire du quotidien, non sans une certaine gêne. Corrie avait toujours jugé que le *Post* s'adressait à une clientèle de demeurés, mais elle avait un faible pour les faits divers sordides que le *Times* épargnait soigneusement à son lectorat bourgeois.

À peine rejoint son antre de la bibliothèque Sealy, elle se plongea dans la lecture du *Post*, après s'être assuré que personne ne l'observait.

Elle sursauta en découvrant, horrifiée, que la victime s'appelait Edward Betterton. Originaire du Mississippi, en vacances à New York depuis quelques jours, il avait été retrouvé mort dans un secteur isolé de Riverside Park, derrière la statue de Jeanne d'Arc. Le malheureux avait été égorgé avec une telle sauvagerie que sa tête s'était quasiment détachée du torse. Le corps avait subi d'autres mutilations qui pouvaient laisser croire à une agression commise par un gang, précisait le *Post*, à moins que le malheureux n'ait été victime d'un voleur particulièrement brutal, ce qu'indiquait la disparition de sa montre, de son portefeuille et d'autres effets de valeur.

Corrie relut l'article, plus lentement cette fois. Pauvre Betterton, ce n'était pas un mauvais bougre, même s'il se fourrait le doigt dans l'œil en soupçonnant Pendergast. Avec le recul, la jeune femme s'en voulait de l'avoir étrillé en public.

Plus elle y pensait, moins elle croyait à une coïncidence. Le journaliste lui avait affirmé se trouver sur la piste de trafiquants de drogue. Quelle adresse lui avait-il donnée, déjà ? Elle se creusa les méninges, agacée de ne pas s'en souvenir... Ah si ! Le 428 East End Avenue.

Elle reposa machinalement le tabloïd. Quel rôle pouvait bien jouer Pendergast dans cette histoire ? Était-il au courant de la mort de Betterton ? Travaillait-il réellement seul sur cette enquête ? Et cette histoire de bar qu'il aurait fait exploser en Louisiane ?

Corrie avait promis à l'inspecteur de ne pas intervenir, mais rien ne l'empêchait de procéder à une ou deux petites vérifications.

65

L'inspecteur Pendergast, en planque à bord d'une voiture de location face au port de plaisance de la 79e Rue, observait à la jumelle le grand yacht ancré sur les eaux de l'Hudson, à quelques centaines de mètres de la rive. Il s'agissait du bateau le plus imposant de la marina, un monstre de quarante mètres doté de tout le confort. Le vent tourna brusquement, dessinant des moutons sur le fleuve, et le yacht pivota sur son ancre en révélant son nom et son port d'attache, inscrits sur la poupe.

Vergeltung
Orchid Island, Floride

Dans la voiture secouée par les rafales, le téléphone posé sur le siège passager sonna. Pendergast baissa ses jumelles et prit l'appareil.

— S'agirait-il de mon Agent Secret de prédilection ? murmura une voix à l'autre bout du fil.

— Mime, répondit Pendergast. Quelles nouvelles ?

— Avez-vous découvert le yacht ?

— Il se trouve juste en face de moi à l'instant où je vous parle.

L'as de l'informatique lâcha un gloussement satisfait.

— Formidable. *Formidable*. Je ne me trompais donc pas ?

— Pas le moins du monde, Mime. Je loue votre sagacité.

— *Vergeltung*. Le mot « vengeance » en allemand. Le défi n'était pas facile à relever, mais le réseau que j'ai monté en asservissant secrètement les ordinateurs de mes congénères de Cleveland ne m'avait guère servi récemment. Il était temps de lui donner du grain à moudre.

— Épargnez-moi les détails, j'aime autant ne pas les connaître, mais je vous remercie sincèrement de vos efforts.

— Content d'avoir pu vous rendre ce petit service. Ciao ciao, mon pote.

Un clic signala la fin de la communication.

Pendergast empocha le téléphone et mit le contact. Quelques instants plus tard, il se présentait devant l'entrée principale de la marina. Un gardien aux allures de flic en retraite passa la tête à travers l'ouverture de sa guérite.

— J'peux vous aider ?

— Je souhaiterais voir votre directeur général, M. Lowe.

— Vous êtes ?

Pendergast sortit son badge et le présenta à son interlocuteur.

— Z'avez rendez-vous ?

— Non.

— C'est à quel sujet ?

Pendergast le dévisagea longuement, puis un sourire illumina son visage.

— Vous avez vraiment décidé de me mettre des bâtons dans les roues ? Si c'est le cas, j'aimerais autant le savoir tout de suite.

Le gardien battit des paupières.

— Une petite seconde.

Il rentra la tête et décrocha son téléphone, parla brièvement dans le combiné et actionna la barrière.

— Z'avez qu'à vous garer un peu plus loin. M. Lowe sera là d'ici quelques minutes.

La formule était optimiste car un long moment s'écoula avant qu'un personnage d'allure athlétique, coiffé d'une casquette de pêcheur grec, sorte du bâtiment de l'administration et se dirige d'un pas alerte vers son visiteur, précédé par la buée qui s'échappait de sa bouche. Pendergast ouvrit sa portière et descendit de voiture.

— Bien, bien, bien. FBI, c'est ça ? s'exclama le responsable de la marina en tendant la main avec un large sourire, une lueur amusée dans ses yeux bleus. Que puis-je pour vous ?

Pendergast lui désigna le yacht ancré sur le fleuve.

— Je souhaiterais en savoir davantage sur ce bateau.

Lowe hésita.

— Pour quelle raison vous y intéressez-vous ? demanda-t-il tout en continuant à sourire.

— Pour des raisons officielles, répliqua Pendergast, tout aussi souriant.

— Des raisons officielles. C'est curieux, parce que je viens d'appeler l'antenne locale du FBI en demandant si un certain inspecteur Pendergrast était censé enquêter à la marina…

— Pendergast, le corrigea l'inspecteur.

— Excusez-moi, Pendergast. On m'a répondu que vous étiez actuellement en congé sans solde et qu'aucune enquête officielle ne vous avait été confiée. J'en ai déduit que vous exécutiez des missions au noir en abusant de l'autorité que vous confère votre badge. Je ne doute pas que ce genre de pratique soit contraire au règlement du FBI. Je me trompe ?

Le sourire de Pendergast restait accroché à ses lèvres.

— Je ne puis que vous donner raison.

— Dans ce cas, je vais retourner dans mon bureau, vous allez gentiment quitter cet endroit, et si jamais il vous prenait la fantaisie d'insister, je me verrais contraint de signaler au Bureau qu'un de leurs agents traîne dans les parages en intimidant les honnêtes gens avec son badge.

— Intimider, dites-vous ? Le jour où je voudrai vous intimider, vous aurez l'occasion de vous en apercevoir.

— S'agit-il d'une menace ?

— D'une simple prédiction, le corrigea Pendergast avant de montrer le fleuve d'un mouvement du menton. Vous voyez ce yacht, là-bas ? J'ai de bonnes raisons de croire qu'un délit majeur est sur le point d'y être commis. Si c'était le cas, l'enquête me serait confiée immédiatement, de la façon la plus officielle qui soit, et vous ne manqueriez pas d'être soupçonné de complicité.

— Une menace sans aucun fondement. Je ne suis complice de rien du tout et vous le savez pertinemment. Si un délit majeur est sur le point d'être commis, monsieur Pendergrast, je vous conseille d'appeler la police.

— Pendergast, le corrigea à nouveau l'inspecteur d'une voix égale. Monsieur Lowe, je ne vous demande rien d'autre que de me fournir des informations sur ce yacht et son équipage, leurs allées et venues. En toute discrétion. Je ne doute pas que vous soyez un citoyen exemplaire, désireux d'aider la police dans son travail.

— S'il s'agit là des moyens d'intimidation que vous évoquiez tout à l'heure, ils ne sont pas très efficaces. Mon travail consiste à protéger la vie privée des clients de cette marina, et je compte m'y tenir. Maintenant, si vous souhaitez revenir avec un mandat, ou avec le NYPD, libre à vous. Je me montrerai extrêmement coopératif. Mais ne comptez pas sur moi pour céder aux menaces d'un agent du FBI qui agite un badge en fer-blanc pendant ses congés. Je ne vous retiens pas.

— Le jour où mes collègues de la Criminelle et moi-même enquêterons sur ce crime, nous exigerons de savoir pourquoi les occupants de ce yacht vous ont graissé la patte.

Les traits de Lowe s'assombrirent brièvement.

— Les pourboires font partie des pratiques acceptées et reconnues de ce métier, au même titre que chez les chauffeurs de taxi. Il n'y a rien de mal à ça.

— Naturellement, à condition que les « pourboires » en question n'excèdent pas certaines sommes, au-delà desquelles ils entrent dans la catégorie des cadeaux, voire des pots-de-vin. Toute personne convaincue de toucher des pots-de-vin et d'entraver le travail de la police peut être inculpée de complicité. D'autant que vous m'avez menacé de mort, allant jusqu'à insulter la police de cette ville en usant de formules inacceptables.

— Quoi ? Jamais je ne vous ai menacé de quoi que ce soit !

— Je puis vous citer vos paroles exactes : *Mes copains se chargeront de te mettre une balle en pleine tête si tu ne te casses pas d'ici tout de suite. Idem pour la flicaille du NYPD.*

— Je n'ai jamais dit ça, espèce de salaud de menteur !

— Je l'avoue, mais vous et moi sommes les seuls à le savoir. Tous les autres seront persuadés que je dis la vérité.

— Vous ne vous en tirerez pas comme ça. C'est du bluff !

— Le désespoir pousse l'homme aux pires extrémités, monsieur Lowe. Je suis prêt à tout pour vous obliger à m'aider : y compris à mentir et tricher s'il le faut, précisa-t-il en sortant son téléphone portable. Il ne me reste plus qu'à composer le numéro d'urgence du FBI et demander l'envoi de renforts. Je puis vous assurer que votre vie basculera d'un seul coup, monsieur Lowe. À moins…

Un sourcil levé, il montrait le portable.

Lowe écumait de rage.

— Espèce d'ordure.

— J'en déduis que vous accueillez ma requête favorablement. Mais nous serons plus à l'aise dans votre bureau pour discuter, ce petit vent qui nous vient de l'Hudson est fort désagréable, ma foi.

66

Le petit immeuble à deux étages d'East End Avenue ne méritait pas l'appellation de *brownstone* que l'on attribue couramment aux maisons en pierre de taille des rues bourgeoises de New York. Sa façade en brique le privait de cette distinction, tout comme son étroitesse. Corrie était la première étonnée de découvrir un bâtiment aussi lugubre dans un quartier tel que l'Upper East Side. Adossée à un arbre sur le trottoir opposé, elle buvait un gobelet de café en feignant de lire un livre.

Les rideaux qui occultaient les fenêtres à barreaux devaient déjà être jaunes cinquante ans plus tôt, les carreaux couverts de crasse. Le petit perron se trouvait dans un état de délabrement avancé et des monceaux de détritus s'étaient accumulés devant la porte du sous-sol. Les apparences étaient trompeuses car l'immeuble n'était pas abandonné, à en juger par les serrures flambant neuves de la porte d'entrée et le système d'alarme protégeant toutes les ouvertures.

Corrie vida son gobelet, rangea son livre et descendit nonchalamment la rue. Le surnom de « ghetto des filles » attribué à cet ancien quartier allemand s'expliquait par la présence de nombreuses jeunes diplômées, récemment installées à Manhattan, à la recherche d'un secteur calme et sûr. Les jeunes femmes bon chic bon genre dont elle croisait la route devaient travailler pour la plupart à Wall Street ou dans les cabinets d'avocats de Park Avenue.

Corrie fronça le nez et s'avança jusqu'au carrefour suivant. Le bâtiment semblait désert, Betterton lui avait pourtant affirmé qu'il avait vu en sortir quelqu'un.

Elle fit demi-tour, à la recherche d'un moyen d'en avoir le cœur net. Les immeubles, collés les uns aux autres, disposaient sans doute d'un jardinet ou d'un patio. Un coup d'œil sur l'arrière de la maison lui permettrait peut-être d'en apprendre davantage. Encore fallait-il pouvoir y accéder.

Revenue à hauteur du 428, elle s'intéressa aux maisons mitoyennes. Deux *brownstones* caractéristiques de l'Upper East Side, abritant plusieurs appartements par étage. Une jeune femme sortit sous ses yeux de l'une des maisons, une cadre sup armée d'un attaché-case. Elle passa à côté de Corrie sans un regard en laissant derrière elle un sillage parfumé. Des clones de la première allaient et venaient, pour la plupart en tailleur, parfois en tenue de jogging. Avec son look gothique, coiffure en pétard, piercings et tatouages, Corrie avait la très nette impression de faire tache dans ce nid de yuppies.

Comment s'y prendre ? Elle pénétra dans une sandwicherie, commanda un Bialy au fromage blanc et s'installa en vitrine afin de surveiller la rue. Il aurait suffi qu'elle se mette bien avec une locataire de l'un des immeubles mitoyens du 428 pour jeter un œil au jardin. Sauf que New York n'est pas le Kansas et que les gens ne se laissent pas aborder facilement dans la rue…

Elle en était à ce stade de ses pensées lorsqu'elle vit émerger de l'immeuble de droite une fille aux cheveux corbeau, vêtue d'une minijupe en cuir et de cuissardes.

Le temps de jeter une poignée de billets sur la table, elle sortit de la sandwicherie en quatrième vitesse et se précipita vers la gothique qui arrivait en sens inverse.

Tout s'était passé comme sur des roulettes. La journée s'achevait et Corrie buvait tranquillement du thé vert dans la cuisine de sa nouvelle copine en écoutant celle-ci déblatérer tout ce qu'elle savait sur les yuppies du quartier. Maggie gagnait sa vie comme serveuse dans un club de jazz tout en essayant de débuter sur les planches. Une fille intelligente et drôle, ravie d'avoir rencontré une âme sœur.

— J'adorerais vivre à Long Island City ou à Brooklyn, expliquait-elle à Corrie entre deux gorgées de thé, mais mon père est persuadé qu'à part l'Upper East Side New York est un repaire d'assassins et de violeurs.

Corrie éclata de rire.

— Si ça se trouve, il a raison. Je sais pas ce que t'en penses, mais l'immeuble d'à côté ressemble à un vrai coupe-gorge.

Elle avait mauvaise conscience de manipuler une fille aussi sympa.

— Je crois qu'il est abandonné. J'ai pas le souvenir d'avoir jamais vu quelqu'un entrer ou sortir. C'est bizarre de laisser en friche un immeuble entier. Dans ce quartier, une baraque comme celle-là doit bien valoir dans les cinq millions de dollars.

Tout en buvant son thé, Corrie se demandait quel prétexte elle pourrait invoquer pour descendre dans le petit jardin. De là, rien de plus simple que de franchir le mur et de s'introduire par effraction dans la vieille maison.

Par effraction. Elle prit soudain conscience des conséquences de ses actes. Quelle mouche la piquait ? Au départ, elle s'était promis d'aller voir sur place, rien de plus. Pénétrer par effraction dans une maison abandonnée n'était peut-être pas le truc le plus malin pour quelqu'un qui suivait des études de droit.

C'est vrai, elle s'était introduite dans plein de baraques quand elle était ado, à Medicine Creek. Pour le fun. Mais la situation n'était plus la même. Betterton avait mentionné des trafiquants de dope, et on l'avait retrouvé avec la tête à moitié arrachée. Sans compter sa promesse à Pendergast…

Résultat des courses : pas question d'effraction. Elle se contenterait d'une simple reconnaissance, d'un coup d'œil par la fenêtre. Au premier signe de danger, elle battrait en retraite.

Elle regarda Maggie en soupirant.

— Ton appart est vraiment super. Si seulement je pouvais avoir le même. Je dois quitter le mien dans deux jours et le bail du suivant ne commence que le mois prochain, je vais devoir prendre une piaule dans une auberge de jeunesse en attendant.

Le visage de son interlocutrice s'illumina.

— T'as besoin d'un endroit où te poser pendant quelques jours, c'est ça ?

— Si tu savais…

— Arrête, je serais super contente de t'avoir ici. C'est pas toujours marrant d'être toute seule. Des fois, j'ai la trouille. Quand je suis rentrée hier soir, j'aurais juré que quelqu'un était venu ici pendant mon absence…

67

Le vent se leva vers 22 heures et les premiers moutons dessinèrent leurs crêtes blanches sur l'Hudson tandis que la température frisait le zéro. La marée descendait et les eaux du fleuve refluaient doucement en direction du port de New York. Sur la rive opposée, les lumières du New Jersey brillaient d'un éclat froid.

À une dizaine de pâtés de maisons de la marina de la 79e Rue, une silhouette sombre avançait sur le no man's land rocheux que venait lécher l'Hudson, au pied de la West Side Highway. L'inconnu traînait derrière lui une épave : quelques planches de bois détachées d'un ponton, collées sur une plaque de polystyrène. Il mit à l'eau sa prise de guerre, s'allongea sous une vieille bâche et guida la course de son esquif de fortune d'une main agile à l'aide d'un bâton plat. Dans l'obscurité, personne n'aurait pu deviner sa présence sur ce qui avait tout l'air d'un morceau de bois flotté.

Entraînée par le courant, l'épave s'éloigna du bord et rejoignit d'autres détritus, charriés par le fleuve, qui flottaient mollement en direction des yachts dont les ancres lumineuses signalaient la présence, à quelques centaines de mètres du bord. Parvenue à leur hauteur, l'épave glissa le long d'une première coque, puis d'une autre, avant de heurter doucement le plus gros des yachts à la proue duquel elle s'arrêta brièvement. Un léger bruissement, un petit clapotis, et le morceau de bois s'éloigna en silence avant de se perdre définitivement dans la nuit.

Vêtu d'une tenue de nage en néoprène, accroupi sur la plate-forme de natation du *Vergeltung*, Pendergast tendit l'oreille. Convaincu que tout était calme, il releva prudemment la tête et coula un regard au-dessus du bastingage. Deux hommes montaient la garde sur le pont : le premier, assis à l'arrière, fumait une cigarette ; l'autre, à peine visible de l'endroit où se trouvait l'inspecteur, effectuait sa ronde à l'avant.

La sentinelle arrière porta une bouteille d'alcool à ses lèvres, puis l'homme se leva, contourna le pont d'un pas mal assuré, s'arrêta à moins de deux mètres de l'inspecteur, le regard plongé dans le paysage nocturne, et regagna son poste où il se réchauffa en avalant une nouvelle gorgée d'alcool. Il écrasa sa cigarette et en alluma une autre.

Pendergast tira un Les Baer de calibre .45 de son sac de plongée, en vérifia rapidement le fonctionnement et sortit du sac une longueur de tuyau en caoutchouc.

Tous les sens aux aguets, il attendit sans quitter des yeux la sentinelle qui passait le temps en fumant et buvant. L'homme se leva enfin et disparut à l'intérieur du yacht dont quelques hublots étaient encore éclairés.

Pendergast franchit le bastingage d'un bond silencieux et se réfugia sur le pont arrière, où il s'accroupit derrière les canots pneumatiques.

Par l'intermédiaire de son nouvel ami Lowe, l'inspecteur avait appris que l'équipage se réduisait à quatre hommes. Restait à déterminer la fiabilité des informations fournies par un témoin aussi récalcitrant.

À en croire la description de Lowe, Esterhazy se trouvait au nombre des passagers du yacht. Le directeur de la marina lui avait également parlé, parmi les marchandises chargées sur le bateau l'après-midi même, d'une caisse en acier suffisamment longue pour contenir une personne inconsciente. Ou un cadavre.

Pendergast se prit à imaginer le sort qu'il ferait subir à Esterhazy s'il avait tué Constance.

Esterhazy rongeait son frein dans la salle des machines en compagnie de Falkoner, de la femme rousse dont il ne connaissait pas le nom, et de quatre hommes armés de pistolets mitrailleurs Beretta 93R, une rame redoutable tirant par rafales de trois coups. La décision de se retrancher dans ce lieu, le plus sûr du yacht, avait été prise par Falkoner en personne.

Des pas discrets s'approchèrent de la porte, trois petits coups résonnèrent, suivis de deux autres. Falkoner se leva et écarta le battant. Un homme pénétra dans la salle, une cigarette aux lèvres.

— Éteins ça tout de suite, le rabroua Falkoner.

L'homme s'empressa d'écraser le mégot.

— Il est monté à bord, annonça-t-il.

— Quand ça ?

— Il y a quelques minutes. J'ai bien failli ne pas le voir, il est arrivé caché sur une épave flottante. Il s'est hissé sur la plate-forme de natation et se trouve maintenant sur le pont arrière. Vic surveille ses mouvements depuis la passerelle avec sa lunette infrarouge.

— Se doute-t-il de quoi que ce soit ?

— Non. J'ai fait semblant d'être soûl, comme vous me l'aviez recommandé.

— Très bien.

Esterhazy bondit de son siège.

— Bon sang, pourquoi ne pas en avoir profité pour l'abattre ? Vous avez tort de jouer au plus malin avec lui, ce type-là vaut une demi-douzaine de n'importe lequel d'entre vous. Il faut le tuer à la première occasion.

— Non, laissa tomber Falkoner.

Esterhazy posa sur lui un regard éberlué.

— Que voulez-vous dire, non ? On en a longuement discuté...

— Je veux le capturer vivant. J'ai quelques petites questions à lui poser avant de le tuer.

— Vous commettez une grave erreur. Quand bien même vous arriveriez à le prendre vivant, il ne vous dirait rien.

Falkoner adressa à Esterhazy un sourire que rendait plus effrayant encore son horrible grain de beauté.

— Je n'ai jamais éprouvé la moindre difficulté à délier les langues. En revanche, Judson, je me demande ce qui vous dérange tant à l'idée que je puisse l'interroger. Auriez-vous des petits secrets à me cacher, par hasard ?

— Vous ne savez pas à qui vous avez affaire, répliqua précipitamment Esterhazy, inquiet. Vous auriez tort de ne pas le tuer à vue, avant qu'il ait compris le sort qui l'attendait.

Falkoner plissa les paupières.

— Nous sommes dix, tous armés et bien entraînés. Que se passe-t-il, Judson ? Nous vous avons pourtant bien traité depuis toutes ces années. Vous pourriez au moins nous accorder un minimum de confiance. Votre attitude me surprend et me déçoit.

Le sarcasme ne pouvait échapper à Esterhazy qui avala péniblement sa salive, l'estomac noué.

— Nous connaissons ce bateau infiniment mieux que lui, nous avons l'avantage de la surprise puisqu'il ne se doute pas du piège que nous lui tendons, nous disposons surtout de cette femme que nous retenons prisonnière à fond de cale. Pendergast se trouve à notre merci.

Exactement comme moi, pensa Esterhazy, pris d'angoisse.

Jugeant la discussion close, Falkoner donna ses ordres dans le micro de son oreillette.

— On appareille, dit-il en se tournant vers Esterhazy. Je laisse à mes hommes le soin de s'occuper de lui. Si jamais l'opération tourne mal, il sera toujours temps de revoir notre plan d'attaque.

De sa cachette derrière les canots pneumatiques, Pendergast remarqua le grondement soudain des moteurs. Des voix s'élevèrent à l'avant, accompagnées par le chuintement de l'ancre que l'on remonte, et le yacht prit lentement la direction du chenal de navigation.

L'inspecteur, frappé par la coïncidence entre son arrivée à bord et ce départ soudain, conclut qu'il s'agissait de tout sauf d'un hasard.

68

À bord du Vergeltung

Le bourdonnement des deux moteurs Diesel lancés à pleine vitesse vrillait l'air de la salle des machines dans laquelle attendaient Esterhazy et Falkoner. La tension était palpable entre les deux hommes, opposés sur la façon de neutraliser Pendergast.

Esterhazy avait pourtant monté son piège avec soin. Constance avait bien joué son rôle, à son insu, en se débarrassant de ses liens et en rédigeant un message envoyé à la femme rousse placée tout exprès dans le jardin voisin. Jouer sur le mot « vengeance », *vergeltung* en allemand, était un trait de génie. Pendergast avait mordu à l'hameçon puisqu'il se trouvait à bord.

Et voilà que Falkoner exigeait tout d'un coup de le capturer vivant. Esterhazy en avait la nausée, sachant que la motivation première de l'Allemand était son amour pervers de la torture. Ce cinglé risquait de tout gâcher par excès d'arrogance et de sadisme.

Esterhazy sentit monter en lui une bouffée de paranoïa. Il s'assura que son arme était chargée, prêt à régler lui-même le problème Pendergast à la première occasion. Il avait hâte de terminer le travail entamé quelques semaines plus tôt sur les landes d'Écosse, avant que Falkoner trouve le moyen de faire parler Pendergast. Bon sang, quelle mouche avait piqué son beau-frère de vérifier le fusil d'Hélène ? Cet idiot n'avait aucune idée de la boîte de Pandore qu'il avait ouverte. Esterhazy aurait sans doute été mieux inspiré de lui révéler l'affreuse vérité dix ans plus tôt, lorsqu'il avait épousé sa sœur.

Il était trop tard pour avoir des états d'âme.

— Vic pour Falkoner, grésilla une voix à l'oreille de l'Allemand. Je ne sais pas comment il s'y est pris, mais on a perdu sa trace. Il n'est plus derrière les canots.

— *Verdammter Mist !* gronda Falkoner. Comment avez-vous pu le laisser s'échapper ?

— Je ne sais pas. Il était caché dans un recoin sombre. Comme il ne donnait pas signe de vie, j'ai laissé Berger dans le salon et je suis monté sur le pont supérieur pour regarder d'en haut, mais il avait disparu. Je ne sais pas comment il s'y est pris pour nous glisser entre les doigts, on aurait dû le voir.

— Il ne peut pas être loin, répliqua Falkoner. Toutes les portes sont fermées à clé. Dis à Berger d'aller sur le pont arrière et couvre-le de la passerelle.

— Ce n'est pas une serrure qui arrêtera Pendergast, intervint Esterhazy dans le micro attaché à son oreillette.

— Il n'a pas pu passer devant la cabine sans qu'on le voie, se défendit Viktor.

— Débusquez-le, insista Falkoner. Capitaine, quelle est notre position ?

— Nous entrons dans le port de New York.

— Restez en vitesse de croisière et dirigez-vous vers la pleine mer.

Tapi sur la passerelle du *Vergeltung*, trois niveaux au-dessus de la surface de l'eau, Viktor attendait. Le yacht venait de dépasser la première tour en construction du nouveau World Trade Center et s'apprêtait à franchir la pointe de Manhattan en laissant sur sa gauche les lumières du Battery. Les silhouettes élancées des gratte-ciel de Wall Street se reflétaient dans l'eau, baignant le yacht dans une lueur ténue.

Le pont arrière du *Vergeltung* brillait doucement dans la nuit. Les deux canots pneumatiques se balançaient doucement sur leurs potences, dissimulés sous des bâches. Pendergast n'avait jamais pu gagner l'avant sans traverser le pont à découvert, il devait forcément se trouver à l'arrière du bateau.

Grâce à ses lunettes de vision nocturne, Viktor vit Berger sortir de la cabine, l'arme au poing. Il pointa le canon de son pistolet vers le pont afin de couvrir son camarade.

Berger s'immobilisa quelques instants dans la pénombre, puis bondit derrière le premier canot, prêt à tirer au moindre mouvement suspect. Ancien militaire d'active, il ne voyait guère l'intérêt de prendre le prisonnier vivant, malgré les recommandations de Falkoner, et comptait bien se servir de son Beretta si jamais l'autre pointait le bout du nez. Pas question de risquer inutilement la vie de ses collègues.

Berger longea lentement le bastingage.

— Il n'est pas derrière le premier canot, murmura Berger dans son micro de casque.

— Tu ferais mieux de vérifier plutôt deux fois qu'une, lui répondit Viktor. Fais gaffe, il a très bien pu se cacher derrière la poupe, prêt à sauter sur le premier qui passe.

Le canon de son pistolet mitrailleur braqué sur le pont, Viktor vit Berger ramper en direction du second canot.

— Personne, annonça-t-il dans un chuchotement.

— Alors il se cache derrière la poupe, déclara Viktor.

Berger avançait le long du bastingage, plié en deux. Il se releva brusquement en pointant le Beretta sur la plate-forme de natation.

Il baissa lentement son arme.

— Rien.

Viktor, perplexe, essayait de comprendre.

— Regarde à l'intérieur des canots. Il a pu se planquer sous l'une des bâches.

Viktor visa le premier des deux canots en voyant Berger grimper à l'échelle et prendre appui sur l'hélice afin de couler un regard sous la bâche.

Viktor entendit un claquement sec dans son oreillette, suivi d'un bip électronique.

Putain ! Je connais ce bruit !

— Berger !

Un grondement terrifiant éclata à l'arrière du canot. Berger poussa un hurlement et vola en arrière dans un nuage de sang, son torse déchiqueté par l'hélice.

Le temps de se reprendre, Viktor vida son chargeur sur la bâche du canot afin d'abattre son occupant clandestin. Des flammes jaillirent instantanément, éclairant le corps inanimé de Berger qui baignait dans une mare sombre.

Viktor changea de chargeur d'une main tremblante.

— Que se passe-t-il ? éructa la voix de Falkoner dans son oreillette. Qu'est-ce que vous faites ?

— Il a tué Berger ! hurla Viktor. Il…

— Arrête de tirer, triple idiot ! Tu risques de mettre le feu au bateau !

Viktor, les yeux écarquillés, vit les flammes lécher le canot. Un *broum* étouffé ébranla le yacht et une colonne de feu s'éleva du réservoir d'essence déchiré par les balles.

— Et merde ! Un incendie s'est déclaré.

— Où ?

— Dans le canot.

— Mets-le à l'eau. Vite !

— Compris, acquiesça Viktor en se ruant sur le pont.

Pendergast ne réagissait plus, son corps criblé de balles devait reposer au fond du canot. Viktor dégrafa les attaches, écarta la section mobile du bastingage et enclencha l'interrupteur de lancement du dinghy. Le mécanisme se mit en route et l'esquif glissa sur ses rails. Viktor voulut aider à la manœuvre, mais le canot en feu, déstabilisé, arracha ses chaînes et manqua de l'entraîner dans l'eau. Viktor se cramponna à la rambarde, le canot embrasé pirouetta sur lui-même et coula en entraînant avec lui le cadavre de Pendergast.

À l'instant où l'homme de main de Falkoner poussait un ouf de soulagement, il reçut une violente bourrade dans le dos, une main invisible lui arracha son oreillette et il tomba dans l'eau glacée.

69

Accroupi derrière le canot rescapé, Pendergast regarda la vedette en flammes achever de s'enfoncer dans les eaux noires du port de New York. Les cris de l'homme qu'il avait poussé par-dessus bord s'éteignaient déjà dans l'obscurité, étouffés par le grondement des moteurs et les sifflements du vent. Il ajusta l'oreillette et le petit micro, désireux de suivre en direct les conversations inquiètes de l'équipage afin d'évaluer le nombre de ses adversaires et leur position approximative.

L'écoute se révéla fort instructive.

Tout en suivant les échanges entre Falkoner et ses hommes, il se débarrassa de la combinaison qui handicapait ses mouvements, la jeta à l'eau et enfila en quelques gestes la tenue qu'il avait pris soin d'apporter dans son sac de plongée. Quelques instants plus tard, il s'abritait derrière le canot. La passerelle était plongée dans l'obscurité et une seule sentinelle patrouillait sur le pont supérieur, d'où il avait tout le loisir de surveiller l'arrière du yacht.

L'homme se pencha au-dessus du bastingage, la radio collée à la bouche, puis reprit sa veille en faisant les cent pas au pied de la timonerie. Pendergast compta dans sa tête la durée de ses allers-retours, calculant le moment d'atteindre d'un bond l'accès arrière du salon sans être vu. Collé au chambranle, il était à présent invisible aux yeux de la sentinelle. Il tourna la poignée et trouva la porte verrouillée. La pièce était plongée dans l'obscurité et il lui était impossible de s'assurer qu'elle était vide.

La serrure ne lui résista pas longtemps, le bruit ambiant couvrant la manœuvre, mais écarter le battant se révélait trop risqué. Les conversations radio lui avaient apporté la preuve que ses adversaires étaient nettement plus nombreux que prévu. Il était clair qu'on lui avait tendu un piège.

Le bateau se dirigeait droit vers le détroit de Verrazano et la pleine mer. Voilà qui était fâcheux. Surtout pour ses ennemis.

Chaque nouvel échange radio l'éclairait davantage sur la situation, même si le nom de Constance n'avait jamais été prononcé jusque-là. Celui que son ton autoritaire désignait comme le chef de la bande s'exprimait dans un mélange d'allemand et d'anglais depuis une retraite bruyante, sans doute la salle des machines, à en juger par le grondement perceptible en arrière-plan. Les autres, disséminés à travers le bateau, suivaient ses ordres. Quant à Esterhazy, Pendergast n'avait pas entendu le son de sa voix.

Tout laissait croire que le grand salon n'était pas gardé. Pendergast écarta la porte avec une lenteur infinie et coula un regard dans la pièce, détaillant les lambris d'acajou, les banquettes de cuir blanc, le bar de granit et la moquette épaisse, à peine visibles dans l'obscurité. Personne.

Un bruit de course résonna dans l'escalier des cabines, accompagné de nouveaux échanges radio. Plusieurs hommes se dirigeaient vers lui.

Pendergast referma précipitamment la porte et s'accroupit dans le noir contre le chambranle, l'oreille collée à la paroi. Quelqu'un pénétra dans le salon par la porte opposée. Deux hommes, d'après les murmures échangés dans leurs radios, qui s'inquiétaient du silence de Viktor.

Parfait.

Pendergast s'éloigna de la porte, le dos à la paroi, protégé par le toit en surplomb de la cabine. Tout était à nouveau silencieux à l'intérieur du salon. Les deux hommes attendaient, l'oreille dressée, inquiets.

Avec mille précautions, Pendergast gagna l'échelle d'accès au pont supérieur arrière sur laquelle il se hissa. Quelques instants plus tard, il prenait pied sans bruit sur le toit du salon, protégé par l'auvent qui le rendait invisible de la passerelle.

Il s'allongea sur le toit de fibre de verre poli, passa un bras au-dessus du surplomb et caressa la porte arrière du salon du canon de son arme. Le son, amplifié par le bois, résonna étrangement à l'intérieur de la pièce.

Les deux hommes de Falkoner, incapables de dire s'il s'agissait d'un bruit parasite ou de l'ennemi, avaient choisi d'attendre.

Pendergast posa le canon de son Les Baer sur le toit et appuya sur la détente. Dans le tonnerre de la détonation, la balle traversa le toit et arrosa l'intérieur du salon d'une pluie de fibre de verre et de résine. Profitant de la confusion, il sauta du toit au moment où les deux hommes paniqués tiraient plusieurs rafales dans le plafond, à l'endroit précis où il se trouvait quelques secondes plus tôt. L'un des hommes ouvrit la porte à la volée et jaillit sur le pont qu'il arrosa avec son pistolet mitrailleur. Plaqué contre le chambranle, Pendergast le déséquilibra d'un coup de pied dans les tibias et l'assomma d'une manchette à la nuque. L'homme, emporté par son élan, s'affala sur le sol.

— Hammar ! cria la voix de l'autre homme d'équipage depuis le salon.

L'inspecteur se rua à l'intérieur de la pièce en se jetant au sol afin d'éviter la rafale que lui réservait son adversaire. D'une roulade, il retrouva son équilibre et tira.

L'homme, atteint d'une balle en pleine poitrine, s'écrasa contre une télévision dont l'écran plasma éclata sous le choc.

Pendergast se releva d'un bond, quitta précipitamment le salon et se plaqua contre le chambranle.

Protégé par le surplomb du toit, il reprit l'écoute des échanges radio.

— *Szell, réponds !* cria la voix du chef.

Plusieurs voix paniquées résonnèrent dans l'oreillette de Pendergast, que le chef fit taire d'un ordre sec.

— *Szell !!!* répéta l'homme dans son micro. Tu m'entends ?

Une ombre de sourire éclaira les traits de Pendergast. Szell ne répondrait plus jamais rien.

70

Esterhazy suivait avec inquiétude les appels répétés de Falkoner dans sa radio.

— Szell. Hammar. Répondez.

La radio crachotait désespérément dans le vide.

— Bon Dieu, éclata Esterhazy en frappant du poing la cloison. Je me tue à vous expliquer que vous avez tort de le sous-estimer ! Vous ne savez pas de quoi il est capable ! Il va les tuer l'un après l'autre, et vous pouvez être certain qu'il viendra ensuite s'occuper de nous !

— J'ai dix hommes armés jusqu'aux dents, et il est seul.

— Vous en *aviez* dix, rétorqua Esterhazy.

Falkoner cracha par terre.

— Capitaine ? demanda-t-il dans le micro de son oreillette. Votre rapport.

— Capitaine au rapport, répondit la voix posée de l'officier. J'ai entendu des coups de feu dans le salon et l'un des canots a pris feu tandis…

— Je sais tout ça. Qu'en est-il de la passerelle ?

— Rien à signaler. Je suis en compagnie de Gruber. Il est armé, moi aussi, et nous avons barricadé l'écoutille.

— Pendergast a réussi à se débarrasser de Berger et de Vic Klemper. J'ai envoyé Szell et Hammar en reconnaissance dans le grand salon, mais ils ne répondent plus. Soyez vigilants.

— À vos ordres, monsieur.

— Gardez le cap et attendez mes ordres.

Le visage impassible, il se tourna vers Esterhazy.

— Votre homme semble avoir le don d'anticiper tous nos mouvements. Comment l'expliquez-vous ?

— Ce type-là est un vrai démon.

Falkoner, les paupières plissées, scruta longuement les traits de son interlocuteur avant de reprendre contact avec ses hommes.

— Baumann ? Quelle est votre position ?

— Je suis dans la cabine VIP, avec Eberstark.

— Klemper est grillé, vous prenez le relais. Allez rejoindre Nast sur le pont supérieur avec Eberstark. Vous passerez par l'échelle arrière, Eberstark prendra celle d'avant. Si la cible s'y trouve, prenez-le en tenaille. Soyez extrêmement prudents. S'il n'y est pas, explorez les ponts avant et arrière. Plus question de le prendre vivant. Tirez à vue.

— À vos ordres, monsieur.

— Postez Zimmerman et Schultz sur le pont principal, dites-leur de surveiller les deux escaliers. Si vous n'arrivez pas à le coincer sur le pont supérieur, obligez-le à redescendre, ils s'occuperont de lui.

— À vos ordres, monsieur.

Esterhazy écoutait ces échanges en tournant comme un lion en cage dans la salle des machines. Le plan de Falkoner était bien pensé. Tout Pendergast qu'il était, jamais son beau-frère ne parviendrait à échapper à cinq hommes dans un espace aussi réduit.

Esterhazy se souvint avec dégoût de l'expression de joie pure qui animait les traits de l'Allemand lorsqu'il avait torturé le journaliste avant de l'égorger froidement, de la lueur qui brillait dans son regard lorsqu'il avait évoqué la capture de Pendergast. Parcouru d'un long frisson malgré la chaleur qui régnait dans la pièce, il comprit que la mort de Pendergast ne lui épargnerait pas un affrontement avec l'Alliance.

En organisant cette opération à bord du *Vergeltung*, il s'était mis à la merci de ses commanditaires.

71

Pendergast avait choisi d'atteindre la passerelle en escaladant la structure du yacht par l'extérieur, s'accrochant des pieds et des mains aux rebords des hublots. Par chance, la vitre latérale de la timonerie n'était pas teintée et il regarda prudemment à travers le carreau. Les silhouettes du capitaine et de son second se découpaient à la lueur des appareils électroniques, une sentinelle armée d'un pistolet mitrailleur montait la garde un peu plus loin.

L'accès à la passerelle était verrouillé de l'intérieur. Les vitres, en verre renforcé à en juger par leur épaisseur, étaient probablement à l'épreuve des balles, privant Pendergast de toute possibilité de prendre le contrôle du bateau.

Collé contre la paroi inclinée du château, il gagna les portes coulissantes séparant le pont soleil du salon de pont.

Il glissa la main dans sa poche et sortit une pièce de monnaie qu'il lança contre les portes en verre.

La sentinelle s'arrêta net et s'accroupit précipitamment.

— Nast pour Falkoner, murmura-t-il dans le micro de son oreillette. Je viens d'entendre un bruit.

— Où ?

— Sur le pont soleil.

— Vérifie sur place, mais sois prudent. Baumann et Eberstark, préparez-vous à le couvrir.

Dans la pénombre, Pendergast vit la sentinelle pliée en deux observer prudemment les alentours à travers la porte vitrée. Rassuré de voir le pont désert, il se redressa, ouvrit la porte coulissante et sortit prudemment, le doigt sur la détente. Pendergast baissa la tête et chuchota d'une voix gutturale dans le micro de son casque : « Nast. À bâbord, derrière le bastingage », puis il attendit. À l'instant où la sentinelle passait la tête par-dessus la rambarde, il l'abattit d'une balle en plein front.

L'homme s'écroula en poussant un cri étouffé. Pendergast le catapulta dans le vide d'une main de fer et le corps s'écrasa lourdement sur le pont principal. Pendergast en profita pour se hisser sur le pont soleil et s'accroupit dans le jacuzzi vide tandis que des exclamations retentissaient dans son oreillette.

À peine s'était-il tapi dans sa cachette que les deux gardes postés en contrebas déboulaient sur le pont soleil, l'un par l'avant, l'autre par l'arrière. Il attendit qu'ils se trouvent l'un en face de l'autre, sauta du jacuzzi et ouvrit le feu. Les deux hommes, surpris, réagirent conformément à ses attentes en tirant et l'un des gardes s'écroula, fauché par son collègue.

Pendergast abattit le survivant, sauta sur le pont principal où le cadavre de Nast amortit sa chute, enjamba le bastingage et s'accrocha aux arceaux métalliques de la coque afin de ne pas tomber à la mer. Les jambes au ras de l'eau, secoué par le balancement du bateau, il parvint à prendre appui sur le rebord d'un hublot et attendit.

Une fois de plus, les échanges de ses adversaires lui fournirent les indications dont il avait besoin.

72

Esterhazy se rongeait les sangs dans la salle des machines, sa panique alimentée par la confusion qui régnait à bord.

On aurait pu croire que Pendergast lisait dans leurs pensées…

Mais bien sûr ! Comment n'y avait-il pas pensé plus tôt ? Cette fois, le plan de son adversaire risquait fort de se retourner contre lui.

Pour la première fois de la soirée, il approcha le micro de ses lèvres.

— Esterhazy à tous. Amenez la fille sur le pont avant. Je répète, amenez la fille sur le pont avant, et vite. Il est temps de se débarrasser d'elle, elle risque de nous encombrer.

Il éteignit aussitôt son casque et invita Falkoner à l'imiter.

— Qu'est-ce que vous faites ? réagit l'Allemand sur un ton autoritaire. À qui parlez-vous ? Si nous éliminons la fille, nous perdons toute chance de…

Esterhazy l'arrêta d'un geste.

— Ce salopard a chopé une oreillette. C'est comme ça qu'il réussit à garder en permanence une longueur d'avance sur nous.

Le visage de Falkoner s'illumina.

— Compris. Remontons ensemble, nous n'aurons plus qu'à l'abattre lorsqu'il rejoindra le pont avant. Vite. Récupérons les hommes qui restent au passage.

Ils quittèrent précipitamment la salle des machines, grimpèrent l'escalier quatre à quatre, sortirent à l'air libre en empruntant l'écoutille de la cambuse et retrouvèrent Schultz.

— J'ai entendu des coups de feu sur…

— Suis-nous, lui ordonna-t-il dans un murmure.

Les trois hommes rejoignirent le pont avant où ils se tapirent derrière les coffres contenant les gilets de sauvetage. Moins d'une minute plus tard, une silhouette noire enjambait la balustrade de tribord, traversait silencieusement le pont et se collait contre la paroi du château avant.

Schultz leva son arme.

— Laisse-le approcher, lui recommanda Falkoner. Ne tire qu'à coup sûr.

Les secondes s'écoulaient et Pendergast ne semblait pas décidé à quitter son abri.

— Il a deviné nos intentions, marmonna Falkoner.

— Non, le contra Esterhazy. Attendons.

Au terme d'une longue attente, la silhouette émergea de sa cachette et traversa le pont à toute allure.

Schultz tira une rafale dans sa direction, arrosant le château avant. Sa cible plongea derrière un bossoir, à la recherche d'une cachette mais les jeux étaient faits. Falkoner ouvrit le feu à son tour, les balles ricochaient de tous côtés en provoquant des gerbes d'étincelles.

— Il est coincé, triompha Falkoner en tirant une nouvelle rafale. Il n'a aucun moyen de s'échapper. Soyez tout de même prudents.

Un coup de feu lui répondit et les trois hommes baissèrent instinctivement la tête. L'homme en noir profita de cet instant d'inattention pour jaillir de sa cachette et vola littéralement au-dessus du bastingage avant de disparaître dans la nuit. Les armes de ses adversaires aboyèrent, mais il était trop tard.

Falkoner et Schultz se ruèrent vers le bastingage en tirant dans l'eau, mais l'homme en noir avait disparu.

— Il est fichu, déclara Schultz. À cette température, il ne survivra pas plus d'un quart d'heure.

— Ne crie pas victoire trop tôt, l'avertit Esterhazy en les rejoignant, les yeux rivés sur l'écume de leur sillage qui s'effaçait lentement dans l'obscurité, loin vers l'arrière. Il est capable de remonter à bord par la plateforme de natation.

Falkoner posa sur lui un regard étrange. Pour la première fois la façade de calme qui ne le quittait jamais donna l'impression de s'effriter. Des gouttes de transpiration perlaient sur son front en dépit du froid.

— Dans ce cas, rejoignons l'arrière. Nous l'aurons quand il tentera de remonter à bord.

— Trop tard, laissa tomber Esterhazy. À cette vitesse, il est *déjà* remonté à bord et vous pouvez être sûrs qu'il nous attend de pied ferme.

Tapi à l'arrière du yacht, Pendergast guettait l'arrivée de ses adversaires. Son bain forcé avait noyé son oreillette, mais il n'en avait cure. Son secret étant de toute façon éventé, il se débarrassa de l'appareil en le jetant par-dessus bord.

Le yacht franchissait au même moment les Narrows, et les arches lumineuses du pont de Verrazano éclairèrent brièvement la silhouette du *Vergeltung* qui poursuivait sa course vers l'océan.

Immobile, Pendergast attendait son heure.

73

Falkoner se tourna vers Esterhazy.

— Rien n'est perdu. Nous avons encore une demi-douzaine d'hommes armés. Il suffit de les regrouper et de…

— Je doute qu'il en reste autant, grinça Esterhazy. Vous ne comprenez donc pas ? Il nous abat les uns après les autres. Utiliser la force ne servirait à rien, il va falloir se montrer plus malin que lui.

Falkoner attendait la suite, le souffle court.

Esterhazy n'arrêtait pas d'envisager la question sous tous les angles possibles depuis qu'ils avaient quitté la salle des machines, mais tout allait trop vite, le temps leur était compté, Pendergast et Constance étaient…

Constance. Voilà la solution.

— Son point faible, c'est Constance.

— Nous avons déjà essayé, le stratagème n'a pas fonctionné.

— Ça peut encore marcher, à condition de nous servir d'elle pour de bon.

Falkoner fronça les sourcils.

— À quoi bon ?

— Je connais Pendergast. Croyez-moi, nous réussirons.

Falkoner s'épongea le front d'un geste hésitant.

— Très bien. Allez la chercher. Je vous attends avec Schultz.

Une coursive permettait d'accéder à la soute depuis la salle des machines. Parvenu au pied de l'escalier, Esterhazy s'élança au pas de course, ouvrit l'écoutille et s'engouffra dans la petite pièce dont il barricada la porte derrière lui. Pas de risque que quiconque puisse crocheter la serrure.

Le sol de la pièce n'avait gardé aucune trace du meurtre du journaliste et la bâche avait disparu. Esterhazy s'approcha de la trappe aménagée dans le sol et la souleva. La jeune femme lui apparut dans la pénombre, le visage couvert de taches d'huile, les cheveux collés par la crasse. La haine qui brillait dans ses yeux déstabilisa une nouvelle fois Esterhazy : une expression d'une violence insondable, tempérée par un détachement froid.

— Je viens vous chercher. Je ne vous conseille pas de résister.

Le médecin glissa son pistolet dans la ceinture de son pantalon, agrippa les cheveux de Constance d'une main tout en la prenant de l'autre par les épaules, de peur qu'elle se débatte, malgré les liens qui lui entravaient les poignets. Il la tira à lui en s'efforçant d'échapper à son regard assassin et la dirigea vers l'écoutille devant laquelle il s'arrêta, l'oreille tendue. L'utilisant comme bouclier au cas où Pendergast serait caché derrière, il l'ouvrit et poussa Constance en avant, le canon de son pistolet posé sur sa nuque. La coursive était déserte.

— Avancez, lui ordonna-t-il en la conduisant vers l'escalier.

Ils montèrent les marches l'un derrière l'autre et se retrouvèrent sur le pont avant. Le yacht avançait sur une mer moyennement agitée, face à un vent froid. Les lumières de Manhattan s'enfonçaient dans le lointain, l'arche gracieuse du pont de Verrazano ne tarderait pas à être avalée par la nuit. Le roulis signalait l'arrivée du bateau en pleine mer.

— Personne ne peut plus rien pour Eberstark et Baumann, déclara Falkoner, qui affichait un visage plus pâle que précédemment. Et regardez le sort qu'il a réservé à Nast, ajouta-t-il en désignant le corps sanglant prostré à ses pieds.

— Nous allons devoir agir vite, répliqua Esterhazy. Suivez-moi.

Falkoner hocha la tête.

— Tenez-la bien avec Schultz. Attention, je la détache.

Les deux hommes empoignèrent Constance. La jeune femme semblait avoir perdu toute envie de se débattre. Esterhazy lui retira ses menottes et arracha la bande adhésive qui la bâillonnait.

— Je vous tuerai, siffla-t-elle.

Esterhazy lança un coup d'œil à Falkoner.

— Jetons-la par-dessus bord.

Falkoner ouvrit de grands yeux.

— Si vous la tuez, nous perdons notre seule…

— Bien au contraire.

— Mais enfin, c'est une folle ! Jamais il ne troquera sa vie contre la sienne. Il la laissera se noyer.

— Elle n'est pas folle du tout, rétorqua Esterhazy. Pendergast tient à elle. Dites au capitaine de repérer l'endroit précis où nous la jetterons dans l'eau. Vite !

Ils approchèrent Constance du bastingage. Au moment où ils s'y attendaient le moins, elle poussa un cri aigu et se débattit furieusement.

— Non ! cria-t-elle. Pas ça. Je ne sais pas…

Esterhazy s'arrêta.

— Vous ne savez pas quoi ?

— Je ne sais pas nager.

Esterhazy lâcha un juron.

— Passez-lui un gilet de sauvetage.

Falkoner en tira un des caisses du pont. Esterhazy s'en empara et le lança à la jeune femme qui l'enfila. En dépit de son calme apparent, ses doigts tremblaient et elle ne parvenait pas à attacher la ceinture.

— Je n'y arrive pas...

Esterhazy se pencha afin de l'aider. Soudain, elle écrasa son poing sur le menton du médecin qui tituba et la vit fondre sur lui, toutes griffes dehors, prête à lui arracher les yeux. Il la repoussa brutalement et elle s'affaissa sur le pont où Falkoner lui envoya un grand coup de pied dans les côtes. L'Allemand agrippa la jeune femme par les cheveux et l'obligea à se relever tandis que Schultz la prenait à bras-le-corps et l'attirait jusqu'au bastingage. Elle poussa un hurlement en secouant la tête, bien décidée à mordre.

— Doucement ! s'écria Esterhazy. Ne lui faites pas de mal ou notre plan est fichu.

Mais Constance continuait de se défendre avec l'énergie du désespoir.

— Passez-la par-dessus le bastingage, cria Falkoner.

L'instant suivant, Schultz la soulevait de terre et la projetait dans l'eau. Constance s'enfonça bruyamment dans la mer et refit surface en agitant les bras. Ses hurlements couvrirent brièvement la rumeur de la mer et du vent avant de s'éteindre, aspirés par la nuit.

74

Pendergast bondit de sa cachette en entendant les hurlements de Constance. Il sprintait vers la proue lorsqu'il vit un éclair blanc traverser la nuit et s'enfoncer dans la mer. L'instant suivant, le visage de la jeune femme filait le long de la coque et s'effaçait dans l'obscurité.

Un instant paralysé par la stupeur, il ne tarda pas à comprendre.

Au même moment, la voix d'Esterhazy lui parvint du pont avant.

— Aloysius ! Tu m'entends ? Lève les mains en l'air et rends-toi, sinon on la laisse mourir. Vite !

Pendergast, son Les Baer au poing, n'esquissa pas un geste.

— Si tu veux qu'on fasse demi-tour, avance les mains en l'air. Je te rappelle qu'on est au mois de novembre, l'eau est glacée. Je ne lui donne pas un quart d'heure pour mourir de froid. Vingt minutes tout au plus.

Pendergast, incapable de bouger, ne réagissait pas.

— On a repéré l'endroit où elle est tombée à l'eau grâce au GPS, insista Esterhazy. On peut la repêcher sans difficulté.

Pendergast en arrivait presque à admirer Esterhazy d'avoir imaginé un tel stratagème. La mort dans l'âme, il leva les bras et s'avança vers le château avant où l'attendaient Esterhazy et ses deux acolytes.

— Approche-toi très lentement, les mains sagement au-dessus de la tête.

Pendergast obtempéra.

Esterhazy récupéra le Les Baer qu'il glissa dans la ceinture de son pantalon, puis il procéda à une fouille en règle de son prisonnier et découvrit plusieurs couteaux, un Derringer de calibre .32, des sachets de produits chimiques, du fil électrique et toute une panoplie d'outils. En palpant sa veste, il devina la présence d'autres accessoires cousus à l'intérieur de la doublure.

— Enlève ta veste.

Pendergast s'exécuta et la laissa tomber sur le pont.

Esterhazy se tourna vers Schultz.

— Passez-lui les menottes et ligotez-le soigneusement. Je le veux aussi inoffensif qu'une momie.

L'homme s'avança, emprisonna les poignets de Pendergast dans le dos à l'aide de liens en plastique et le bâillonna avec du gros scotch.

— Allongez-vous, lui ordonna le dernier membre du trio avec un fort accent germanique.

Pendergast obéit et Schultz lui menotta les chevilles avant de le garrotter solidement en lui entourant bras et jambes de ruban adhésif.

— Très bien, approuva Esterhazy à l'Allemand. Vous pouvez donner l'ordre au capitaine de rebrousser chemin et d'aller repêcher la fille.

— Pourquoi ? s'étonna son interlocuteur. Quelle importance, à présent que nous avons capturé notre homme ?

— J'avais cru comprendre que vous le vouliez vivant pour lui délier la langue.

Après une brève hésitation, l'Allemand donna ses ordres au capitaine au moyen de son oreillette. Le yacht ralentit sur son erre et entama une longue boucle avant de repartir en sens inverse.

Esterhazy consulta sa montre et se pencha vers son prisonnier, saucissonné sur le pont.

— Elle est à l'eau depuis douze minutes. Souhaitons que tes hésitations ne lui aient pas coûté la vie.

75

Esterhazy s'empara d'une amarre.

— Aidez-moi à l'accrocher aux taquets, ordonna-t-il à Schultz.

Son esprit tournait à toute allure. Derrière son assurance et son autorité de façade se dissimulait une peur proche de la terreur. Il lui fallait trouver le moyen de sauver sa peau, et vite, mais comment ?

Que se passe-t-il, Judson ? lui avait déclaré Falkoner un peu plus tôt d'une voix sarcastique. *Vous pourriez au moins nous accorder un minimum de confiance. Votre attitude me surprend, et me déçoit.*

Esterhazy savait désormais que son sort n'était pas plus enviable que celui de Pendergast.

Le bateau ralentit en approchant du lieu où Constance avait été jetée à l'eau. Esterhazy, debout à l'avant du yacht, cherchait des yeux la jeune femme sur la mer houleuse que fouillaient les deux projecteurs de la passerelle.

— Là ! s'exclama-t-il en voyant briller fugitivement l'un des marqueurs phosphorescents du gilet de sauvetage.

Quelques instants plus tard, le bateau mettait en panne à côté du point indiqué par le médecin et ce dernier se précipitait vers l'arrière, accrochait le gilet de sauvetage avec une gaffe et hissait Constance sur la plate-forme de natation. Falkoner aida à porter la jeune femme jusqu'au grand salon où ils l'allongèrent sur la moquette.

Constance avait perdu connaissance, mais elle respirait encore. Esterhazy lui prit le pouls et constata qu'il était faible et irrégulier.

— Elle est en état d'hypothermie, diagnostiqua-t-il. Où se trouve la femme ?

— Gerta ? Elle s'est enfermée dans les quartiers réservés à l'équipage.

— Dites-lui de faire couler un bain d'eau tiède.

Falkoner s'éloigna tandis qu'Esterhazy dégrafait le gilet de sauvetage, déboutonnait la robe détrempée de Constance, la lui ôtait, retirait ses sous-vêtements et l'enveloppait dans une couverture. Il lui lia les poignets puis les chevilles avec des menottes en plastique en veillant à laisser suffisamment de mou pour qu'elle puisse marcher.

Quelques instants plus tard, Falkoner revenait en compagnie de la femme.

— Le bain est en train de couler, annonça-t-elle d'une voix calme qui tranchait avec sa pâleur.

Ensemble, ils transportèrent Constance jusqu'à la salle de bains de la cabine avant et la déposèrent dans l'eau tiède. Elle commençait déjà à revenir à elle, des paroles inintelligibles s'échappèrent de ses lèvres.

— Je retourne à l'avant surveiller Pendergast, annonça Esterhazy.

Falkoner posa sur lui un regard calculateur, puis un sourire en coin étira ses lèvres.

— Je l'amènerai dès qu'elle aura repris connaissance. Elle nous sera utile pour convaincre Pendergast de parler.

Au son de sa voix, Esterhazy fut parcouru d'un frisson.

Il retrouva Pendergast à l'endroit où il l'avait laissé, sous la surveillance de Schultz. Il tira à lui un transat, s'y installa et observa longuement son prisonnier. C'était la première fois que les deux hommes se retrouvaient face à face depuis le jour où l'inspecteur avait bien failli avoir raison de lui dans le petit cimetière des Highlands. Le regard argenté de Pendergast, à peine visible dans la nuit, paraissait plus impénétrable que jamais.

Esterhazy avait beau passer et repasser dans sa tête tous les scénarios possibles, imaginer le moyen de quitter le *Vergeltung* sain et sauf, aucune solution ne le satisfaisait. L'Alliance avait signé son arrêt de mort, il l'avait lu dans le regard de Falkoner. Esterhazy avait coûté trop cher à la cause, trop d'hommes étaient morts par sa faute pour qu'il puisse rester en vie. Tout ça à cause de Pendergast.

Un bruit de voix le tira de ses pensées et il vit s'avancer Constance, emmitouflée dans un peignoir blanc en éponge, une veste d'homme passée sur ses épaules. Zimmerman et Gerta la poussaient devant eux sous les injonctions de Falkoner et celui-ci l'envoya rouler d'une bourrade à côté de Pendergast.

— Cette salope n'a rien perdu de sa combativité, expliqua l'Allemand en épongeant le sang qui lui coulait du nez à l'aide d'un mouchoir. Attachez-la.

Schultz et la femme rousse saisirent Constance qu'ils ligotèrent à un étançon. La jeune femme, étrangement silencieuse, ne tentait plus de se débattre. Falkoner s'essuya le front en adressant un regard triomphal à Esterhazy.

— Je me charge d'eux, annonça-t-il sur un ton sec.

Il arracha le scotch qui bâillonnait Pendergast.

— Ce serait dommage de ne pas comprendre ce que va nous raconter notre cher ami, railla-t-il.

Du coin de l'œil, Esterhazy observa la passerelle qui luisait doucement dans la nuit et constata que le capitaine tenait la barre, Gruber à ses côtés. Les deux hommes, tout à leur tâche, ne prêtaient aucune attention au drame qui se déroulait en contrebas. Le bateau longeait à présent la côte de Long Island, et Esterhazy se demanda quelle pouvait être leur destination, Falkoner s'étant montré très évasif à ce sujet.

— Très bien, commença l'Allemand en tournant autour de Pendergast.

Il sortit de son étui le poignard de combat avec lequel il joua pendant quelques instants, puis il mit un genou à terre et ouvrit la joue de son prisonnier d'un trait de lame en faisant jaillir le sang.

— Une jolie cicatrice de duel. La même que celle reçue par mon grand-père à Heidelberg. Magnifique.

La femme aux cheveux roux, excitée par la vue du sang, attendait la suite avec un regard d'une cruauté effrayante.

— Je souhaitais simplement vous montrer l'efficacité de ce poignard, précisa Falkoner. Pas pour vous, pour *elle*.

Il se releva, s'approcha de Constance et se pencha vers elle en jouant avec la lame du couteau.

— Car s'il ne répond pas à mes questions de son plein gré, c'est vous qui allez subir les foudres de mon poignard, ma chère. Et je puis vous assurer que vous le sentirez passer.

— Il ne dira pas un mot, répliqua Constance d'une voix grave et ferme.

— J'ai tout lieu de croire qu'il le fera lorsque nous commencerons à jeter à la mer certaines parties de votre anatomie.

Constance affronta son regard sans ciller, au grand effroi d'Esterhazy qui s'étonnait de ne pas voir la peur briller dans ses yeux.

Falkoner émit un petit ricanement et se tourna vers Pendergast.

— Figurez-vous que vos recherches se sont révélées fort utiles pour nous. Nous étions persuadés depuis toutes ces années qu'Hélène était morte, et voilà que vous nous apportez la preuve du contraire.

Le sang d'Esterhazy se figea dans ses veines.

— N'est-ce pas, Judson ?

— C'est faux, balbutia-t-il.

Falkoner balaya sa réponse d'un geste.

— Peu importe, passons à présent à la première question : que savez-vous exactement de notre organisation, et qui vous en a parlé ?

Au lieu de répondre, Pendergast posa sur Esterhazy un regard qui n'était pas dénué d'une certaine bienveillance.

— Tu as compris que tu étais le suivant, je suppose.

Falkoner attrapa les mains de Constance, menottées derrière l'étançon, et lui enfonça la lame du poignard dans le pouce. Elle étouffa un cri et détourna vivement la tête.

— La prochaine fois, répondez-moi quand je vous pose une question, gronda Falkoner à l'adresse de Pendergast.

— Ne lui dites rien ! s'écria Constance d'une voix rauque. Ne parlez pas, ils nous tueront de toute façon.

— Faux, la contredit Falkoner. S'il parle, je m'engage à vous déposer à terre. Il ne sauvera pas sa vie, mais il peut sauver la vôtre. Allez, ajouta-t-il en se tournant vers Pendergast. Répondez-moi.

En quelques mots, l'inspecteur expliqua comment les munitions à blanc retrouvées dans l'arme de sa femme lui avaient apporté la preuve qu'elle était morte assassinée. Il s'exprimait d'une voix claire, de façon délibérée, presque détachée.

— Si je comprends bien, vous vous êtes rendu en Afrique où vous avez découvert notre petit stratagème.

— Un stratagème, répéta Pendergast d'un air pensif.

— Pourquoi acceptez-vous de lui parler ? s'interposa vivement Constance. Jamais il ne me laissera partir. Ne lui dites rien, Aloysius. C'est comme si nous étions déjà morts, tous les deux.

Les yeux brillants d'excitation, Falkoner saisit la main de la jeune femme et lui poignarda le pouce, nettement plus profondément cette fois. Elle se tordit de douleur, mais pas une plainte ne s'échappa de ses lèvres.

Du coin de l'œil, Esterhazy nota que Schultz et Zimmerman, fascinés par la scène, avaient rangé leurs pistolets.

— Arrêtez, conseilla-t-il à Falkoner. Vous pouvez être certain qu'il arrêtera de parler si vous continuez.

— Je ne vous ai rien demandé, Judson. Je connais mon travail.

— Peut-être, mais vous ne le connaissez pas, lui.

Falkoner agita le couteau devant les yeux de Pendergast, puis essuya la lame sanglante de l'arme sur les lèvres de son prisonnier.

— La prochaine fois, je lui coupe le pouce, annonça-t-il avec un sourire mauvais. Vous l'aimez ? C'est probable, qui ne tomberait pas sous le charme d'une femme aussi jeune, belle et spirituelle ?

Il se redressa et effectua lentement le tour du pont.

— Allons, Pendergast. J'attends.

Loin de répondre, l'inspecteur regardait fixement Esterhazy. Falkoner s'immobilisa et pencha la tête de côté.

— Très bien. Je tiens toujours mes promesses. Schultz, tiens-lui fermement la main.

Schultz s'exécuta et Falkoner leva son poignard. Esterhazy comprit qu'il n'avait plus le choix.

76

— Un instant, déclara Esterhazy.

Falkoner se figea.

— Comment ?

Esterhazy s'approcha vivement de lui.

— J'ai oublié de vous donner une information, lui glissa-t-il à l'oreille. Une information de toute première importance.

— Bon sang, vous ne pouviez pas le dire plus tôt ?

— Approchons-nous du bastingage. Il ne faut pas qu'ils nous entendent, le sujet est trop important.

— Vous avez bien choisi votre moment ! marmonna Falkoner dont l'expression sadique avait cédé la place à une moue de frustration.

Esterhazy et l'Allemand s'éloignèrent vers l'arrière du yacht où le médecin s'assura d'un coup d'œil que personne ne pouvait les voir.

— De quoi s'agit-il ? s'énerva Falkoner.

Esterhazy colla sa bouche contre l'oreille de son interlocuteur en le prenant par l'épaule. De l'autre main, il tira d'un geste vif le pistolet qu'il avait à la ceinture et abattit l'Allemand d'une balle en pleine tête. Le projectile traversa la boîte crânienne de Falkoner dans un nuage de sang, de cervelle et d'os qu'une rafale de vent rabattit sur le visage d'Esterhazy.

Falkoner, les yeux écarquillés par la surprise, s'effondra entre les bras du médecin qui projeta d'un coup de reins son corps sans vie par-dessus le bastingage.

Zimmerman, attiré par la détonation, apparut au coin du château avant et Esterhazy l'abattit d'une balle entre les deux yeux.

— Schultz ! cria le médecin dans la foulée. À l'aide !

L'homme de main se précipita, l'arme au poing. Esterhazy le faucha d'une balle, puis recula d'un pas en recrachant les fragments d'os qui lui maculaient la bouche, s'essuya rapidement le visage avec son mouchoir et regagna le pont avant où l'attendaient ses prisonniers près desquels se tenait Gerta, paralysée par la peur.

— Approchez-vous, lui ordonna Esterhazy. Pas de faux mouvement, sinon je vous abats aussi.

La femme aux cheveux roux s'exécuta. Quand elle fut à sa portée, il lui agrippa les mains et la saucissonna avec le rouleau de ruban adhésif déjà utilisé pour Pendergast. Il l'abandonna au pied du château avant, invisible de la passerelle, et se dirigea vers le pont arrière où Hammar commençait tout juste à reprendre ses esprits. Le temps de le ligoter, il fit rapidement le tour des ponts supérieurs et découvrit Eberstark, blessé, qu'il attacha à son tour, avant de retourner auprès de Pendergast et Constance.

Constance ne disait mot, mais son pouce blessé saignait et il s'agenouilla à côté d'elle afin de l'examiner. La seconde blessure, plus profonde, avait égratigné l'os sans le couper. Esterhazy tira de sa poche un mouchoir propre à l'aide duquel il réalisa un pansement de fortune, puis il se releva et se planta au-dessus de Pendergast qui l'observait de son regard lumineux avec un soupçon d'étonnement.

— Tu m'as demandé un jour comment j'avais pu tuer ma propre sœur, déclara-t-il. Ce jour-là, je t'ai dit la vérité : je ne l'ai pas tuée. Hélène est toujours en vie.

77

Esterhazy fronça les sourcils en voyant s'allumer dans les yeux de Pendergast une expression qu'il aurait été bien en peine de définir.

— Tu crois sans doute avoir affaire à moi seul, mais tu te trompes, reprit Esterhazy en constatant que l'autre restait muet. Tu n'as pas la *moindre idée* des forces auxquelles tu t'es attaqué.

Pendergast conservait un silence obstiné.

— Falkoner avait décidé de me tuer dès qu'il se serait débarrassé de toi, poursuivit Esterhazy. Je l'ai compris ce soir.

— Alors vous l'avez tué pour sauver votre peau. Vous espériez peut-être gagner notre confiance ? l'interrompit Constance.

Esterhazy l'ignora.

— Mais enfin, Aloysius, écoute-moi donc, pour une fois : Hélène est vivante, mais tu as besoin de moi pour te conduire jusqu'à elle. Nous n'avons que trop perdu de temps. Je t'expliquerai tout ce que tu veux savoir, mais ce n'est pas le moment. Tu es prêt à m'aider, oui ou non ?

Constance éclata d'un rire sans joie.

Esterhazy scruta le visage impassible de son beau-frère, puis il prit longuement sa respiration.

— Je vais tenter ma chance, dans l'espoir que tu te décideras enfin à me croire, dans ta drôle de tête.

Joignant le geste à la parole, il sortit son couteau. Il s'apprêtait à délivrer Pendergast lorsqu'il fut pris d'une dernière hésitation.

— Tu sais, Aloysius. Je suis marqué par le destin. Je n'y peux rien. Si tu savais toutes les horreurs par lesquelles nous sommes passés, Hélène et moi, tu comprendrais.

D'un geste sec, il trancha les liens qui ligotaient son beau-frère à l'étançon et le libéra de la bande adhésive qui l'entravait.

Pendergast se redressa lentement en se massant les bras, les traits impénétrables. Esterhazy réfléchit un instant, puis tira le Les Baer de sa ceinture et le tendit à l'inspecteur, crosse en avant. Pendergast le dissimula dans les plis de son costume et s'approcha de Constance qu'il délivra sans un mot.

— Allons-y, reprit Esterhazy.

Mais aucun des trois protagonistes de la scène ne semblait décidé à bouger.

— Constance, déclara enfin Pendergast. Allez nous attendre à l'arrière, près de la vedette.

— Une minute, répliqua la jeune femme. Vous n'allez tout de même pas croire...

— S'il vous plaît, attendez-nous près de la vedette. Nous vous rejoignons dans un instant.

Elle pivota sur ses talons à regret en lançant un regard insistant sur Esterhazy et disparut dans la nuit.

— Il reste deux hommes sur la passerelle, expliqua Esterhazy à son beau-frère. Nous allons devoir les neutraliser avant de quitter le bord.

Comme Pendergast ne répondait pas, Esterhazy ouvrit la porte du salon et enjamba le corps sans vie de l'un des hommes de Falkoner. Suivi par Pendergast, il traversa le grand salon et grimpa les marches conduisant à la passerelle. Pendergast, l'arme au poing, prit position contre le chambranle tandis qu'Esterhazy frappait à la porte.

La voix du capitaine s'éleva de l'interphone.

— Qui est là ? Que se passe-t-il ? J'ai entendu des coups de feu.

— C'est Judson, répondit Esterhazy d'une voix qu'il voulait calme. C'est terminé, nous les retenons prisonniers dans le salon.

— Où se trouve le reste de l'équipage ?

— La plupart de nos hommes ont été tués ou blessés, mais nous avons repris le contrôle de la situation.

— Seigneur !

— Falkoner a besoin de Gruber. Il n'en a pas pour longtemps.

— On n'arrive pas à joindre Falkoner sur sa radio.

— Il s'en est débarrassé. Pendergast avait mis la main sur une oreillette, il écoutait toutes nos conversations. Nous n'avons pas toute la nuit devant nous, capitaine. Falkoner a besoin de votre second. Tout de suite.

— Combien de temps ? Je ne peux pas me passer de lui sur la passerelle.

— Cinq minutes, pas plus.

Une main actionna les verrous et la porte s'écarta vers l'intérieur. Comptant sur l'effet de surprise, Pendergast l'enfonça d'un coup de pied et assomma le second avec la crosse de son arme. De son côté, Esterhazy se précipitait sur le capitaine et lui collait le canon de son arme sur la tempe.

— Couchez-vous ! lui hurla-t-il. Par terre !

— Qu'est-ce…

Esterhazy écarta l'arme brièvement et pressa la détente.

— Vous m'avez entendu ? À plat ventre, les bras écartés !

Le capitaine s'exécuta tandis que Pendergast ligotait Gruber.

Esterhazy s'approcha de la barre et mit les moteurs au point mort. Le yacht ralentit lentement et s'immobilisa sur l'eau.

— À quoi jouez-vous ? s'énerva le capitaine. Où est Falkoner ?

— Ligote-le, ordonna Esterhazy à son beau-frère en lui désignant la silhouette allongée du capitaine.

Pendergast obtempéra.

— Vous êtes un homme mort, gronda l'officier en regardant Esterhazy. Vous êtes bien placé pour savoir qu'ils vous tueront.

Pendergast s'approcha des instruments de navigation, souleva le couvercle d'un boîtier contenant un levier rouge et le releva. Une alarme résonna dans la pièce.

— Que fais-tu ? s'inquiéta Esterhazy.

— Je viens d'activer l'EPIRB, la radiobalise de localisation des sinistres, lui expliqua Pendergast. Descends jusqu'au canot pneumatique, mets-le à l'eau et attends-moi.

— Pourquoi ? répliqua Esterhazy, surpris de voir Pendergast reprendre l'initiative.

— Nous abandonnons le bateau. Obéis-moi.

Pendergast quitta aussitôt la passerelle et redescendit dans les entrailles du yacht. Agacé, Esterhazy gagna la proue où l'attendait Constance.

— Nous abandonnons le bateau, lui expliqua-t-il en retirant la bâche qui recouvrait le canot restant, un Valiant de 5,20 mètres équipé d'un moteur Honda de 75 CV.

Esterhazy actionna le moteur du treuil afin de mettre le canot à l'eau, puis il s'y installa et lança le moteur.

— Montez, ordonna-t-il à Constance.

— J'attends Aloysius, rétorqua-t-elle sans le quitter un instant de son regard violet pénétrant. Vous vous souviendrez sans doute, docteur Esterhazy, des paroles que j'ai prononcées tantôt ? ajouta-t-elle de la façon surannée qui la caractérisait. Au risque de me répéter, je réitère mon propos en vous affirmant ma ferme intention de vous tuer un jour.

Esterhazy étouffa un ricanement.

— N'utilisez pas votre salive en menaces inutiles.

— Inutiles ? répéta-t-elle avec un large sourire. Vous avez tort de le prendre ainsi. Je vous tuerai aussi sûrement que la terre est ronde.

78

Esterhazy se demandait à quoi pouvait bien s'occuper Pendergast lorsque le bruit étouffé d'une explosion apporta une réponse à sa question. L'inspecteur rejoignit le pont arrière quelques instants plus tard. Il aida Constance à monter dans le canot et s'y installa à son tour à l'instant où une seconde explosion ébranlait le yacht. Une forte odeur de fumée envahit l'air.

— Que se passe-t-il ? s'inquiéta Esterhazy.

— J'ai mis le feu aux machines. La radiobalise donnera une bonne chance aux survivants de s'en tirer. En attendant, partons rapidement d'ici.

Esterhazy éloigna le canot à reculons. Une troisième explosion, accompagnée d'une boule de feu, secoua le yacht et une pluie incandescente de bois et de fibre de verre s'abattit autour d'eux. Esterhazy effectua un demi-tour et mit les gaz. Le moteur ronfla et le canot s'éloigna en cahotant à toute la vitesse que lui permettait la houle.

— Mets le cap au nord-ouest, conseilla Pendergast.

— Où allons-nous ?

— La pointe sud de Fire Island. C'est encore le meilleur moyen de gagner discrètement la terre ferme à cette époque de l'année.

— Ensuite ?

Pendergast ne jugea pas utile de répondre. Le petit bateau, ballotté par les vagues, s'éloignait rapidement et le yacht en feu disparut dans leur sillage, avalé par l'obscurité. Les lumières de New York brillaient à peine dans le lointain, atténuées par la brume qui avait pris possession de l'océan.

— Mets le moteur au point mort, dit Pendergast.

— Pourquoi ?

— Contente-toi d'obéir.

Esterhazy obtempéra. Alors qu'un creux menaçait de le déséquilibrer, Pendergast le saisit à bras-le-corps et le cloua au fond du canot. Esterhazy se revit dans le petit cimetière écossais, lorsque son beau-frère s'était jeté sur lui. Il sentit le canon du Les Baer se poser sur sa tempe.

— Qu'est-ce que tu fais ? s'écria-t-il. Je viens de te sauver la vie !

— Tu me connais suffisamment pour savoir que je ne suis pas de nature sentimentale, répliqua Pendergast d'une voix sourde et menaçante. Je veux des réponses, et tout de suite. Première question : pourquoi l'as-tu sacrifiée ?

— Mais je n'ai pas sacrifié Hélène ! Elle est vivante. Je l'aimais trop pour pouvoir la tuer.

— Je ne parle pas d'Hélène, mais de sa jumelle. Celle que tu appelais Emma Grolier.

Sous l'effet de la surprise, Esterhazy en oublia provisoirement sa peur.

— Comment… comment as-tu deviné ?

— C'était la seule solution plausible. J'ai soupçonné la vérité à l'instant où j'ai appris que la malade de la résidence Bay Manor n'était pas une vieille femme. Les vrais jumeaux possèdent le même ADN, c'est grâce à ce subterfuge que tu as pu parvenir à tes fins en accréditant l'idée de sa mort. Hélène avait une denture parfaite, ce qui était manifestement le cas de sa jumelle. L'idée de lui poser un plombage au même endroit était un trait de génie.

— Oui, finit par réagir Esterhazy. C'est vrai.

— Comment as-tu pu te résoudre à une décision pareille ?

— Je n'avais pas le choix. C'était le seul moyen de sauver Hélène. Emma était gravement handicapée, la mort aura été un soulagement pour elle. Aloysius, je te supplie de me croire quand je t'affirme ne pas être le monstre que tu crois. Si tu pouvais savoir à quoi nous avons survécu, Hélène et moi, tu ne verrais pas la situation sous le même angle.

Le canon du pistolet s'enfonça dans sa tempe.

— À quoi avez-vous survécu ? Pour quelle raison avoir imaginé une mascarade aussi inouïe ?

— Tu ne comprends donc pas ? L'Alliance avait décidé de tuer Hélène. J'ai organisé l'accident de chasse en Afrique et ils n'y ont vu que du feu, jusqu'à ce que tu t'en mêles. Hélène court un danger terrible. Nous n'avons pas le choix, nous devons nous cacher. Tous tant que nous sommes.

— Parle-moi de l'Alliance.

Esterhazy sentit son cœur s'emballer.

— Comment pourrais-tu comprendre ? Les Laboratoires Longitude de Charlie Slade représentaient la partie émergée de l'iceberg. Ce que tu as vu à Spanish Island n'était rien à côté de tout le reste.

Pendergast, silencieux, attendait la suite.

— L'Alliance est sur le point de fermer sa base de New York, sans laisser de traces. Une équipe de choc est déjà en place.

Pendergast ne disait toujours rien, et Esterhazy s'emporta.

— Pour l'amour du ciel, nous n'avons pas une minute à perdre. C'est le seul moyen de sauver Hélène. J'ai tout tenté pour la garder en vie, parce qu'elle...

Il n'acheva pas sa phrase.

— J'en ai été réduit à sacrifier mon autre sœur, reprit-il. Essaie de comprendre. Il n'est plus question de toi ou d'Hélène, à présent. Cette histoire nous dépasse tous. Je te fournirai plus tard les explications que tu réclames, mais il nous faut d'abord penser à Hélène.

Sa voix se brisa et il retint un sanglot.

— Tu ne comprends donc pas que c'est la seule solution ? s'écria-t-il en saisissant Pendergast par le revers de sa veste.

Constance, silencieuse jusque-là, intervint soudainement en voyant l'inspecteur se relever et ranger son arme.

— Vous avez tort d'accorder votre confiance à cet homme, Aloysius.

— On ne triche pas avec certaines émotions. Il nous a avoué la vérité.

Pendergast saisit le volant du canot et remit les gaz en prenant la direction de Fire Island. Il se retourna brièvement vers son beau-frère.

— Dès que nous aurons mis pied à terre, tu me conduiras à Hélène.

Esterhazy hésita.

— Ce n'est pas aussi simple.

— Pour quelle raison ?

— Je lui ai appris à se méfier de tout, à prendre des précautions extrêmes. Je ne pourrai jamais lui expliquer la situation au téléphone et il serait trop dangereux pour toi de m'accompagner. Je vais devoir la retrouver seul avant de te l'amener. C'est la seule solution.

— Tu as un plan ?

— Pas encore. Nous allons devoir détruire l'Alliance. Ce sera eux ou nous. Hélène et moi possédons beaucoup d'informations sur leur compte. Avec ton sens de la stratégie, nous pouvons y parvenir.

Pendergast médita ce qu'il venait d'entendre.

— Combien de temps te faut-il pour la rejoindre ?

— Seize heures devraient suffire, peut-être dix-huit. Donnons-nous rendez-vous dans un endroit public où il sera impossible à l'Alliance d'agir. Ensuite, nous devrons disparaître.

— Il ment, Aloysius, murmura Constance. Il ment dans le seul but de sauver sa misérable vie.

Pendergast posa une main sur celle de la jeune femme.

— Vous avez raison de croire que l'instinct de conservation prime chez lui, mais il ne nous ment pas.

Constance s'enferma dans le silence.

— Mes appartements du Dakota recèlent un abri sûr disposant d'une issue de secours secrète en cas de besoin. En face de l'immeuble, dans Central Park, se trouve un petit plan d'eau destiné aux amateurs de maquettes de bateaux, Conservatory Water. Tu en as déjà entendu parler ?

Esterhazy hocha la tête.

— Ce n'est pas très loin du zoo, remarqua Constance d'une voix acide.

— Je t'attendrai devant le Kerbs Boathouse, à l'extrémité du plan d'eau, demain à 18 heures. Cela te laisse-t-il le temps de retrouver Hélène ?

Esterhazy regarda sa montre : il était un peu plus de 23 heures.

— Oui.

— Tu disposeras de cinq minutes pour la remettre entre mes mains. Le Dakota se trouve juste en face.

La lumière intermittente du phare de Moriches brillait faiblement à l'horizon. Pendergast dirigea le canot droit sur les dunes de Cupsogue.

— Judson ? dit-il à mi-voix.

— Oui ?

— Je crois à ta sincérité, mais l'idée de revoir Hélène a fort bien pu altérer mon jugement. C'est ce que croit Constance. Je te demande de m'amener Hélène comme prévu ou bien ta vie sur cette terre sera brève et ta fin brutale…

79

New York

Corrie avait consacré la fin d'après-midi à faire du ménage en compagnie de sa nouvelle amie avant d'aider celle-ci à préparer un plat de lasagnes, sans jamais quitter des yeux l'entrée de l'immeuble voisin. Maggie l'avait quittée à 20 heures afin de rejoindre le club de jazz où elle travaillait chaque soir jusqu'à 2 heures du matin.

Peu avant minuit, Corrie terminait sa troisième tasse de café dans la minuscule cuisine de son amie en contemplant la panoplie réunie pour l'occasion. Elle avait lu et relu son vieil exemplaire corné du célèbre *Guide de crochetage des serrures à goupilles*, mais elle craignait que les serrures neuves de la maison soient munies de systèmes inviolables.

Elle s'inquiétait surtout de la présence aux fenêtres de bandes métalliques, signes que le bâtiment était protégé par une alarme. Quand bien même elle viendrait à bout des serrures, le système se déclencherait lorsqu'elle pousserait la porte. La même difficulté l'attendait si elle forçait n'importe quelle autre ouverture, sans compter les détecteurs de mouvement et autres lasers que les propriétaires de l'immeuble avaient fort bien pu installer, et dont elle ne découvrirait la présence qu'une fois sur place.

Sur place… Aurait-elle vraiment le courage de tenter l'aventure ? L'expédition de reconnaissance qu'elle envisageait initialement s'était transformée du tout au tout dans son esprit à mesure que les heures s'écoulaient. En dépit de sa promesse à Pendergast, son instinct lui soufflait que l'inspecteur n'avait pas pris la mesure du danger qu'il courait. Était-il même au courant du sort que ces trafiquants de drogue avaient réservé à Betterton et aux époux Brodie ?

Corrie n'était pas idiote, elle n'avait pas du tout l'intention de se mettre en danger. L'immeuble du 428 East End Avenue était abandonné, elle en avait la certitude pour l'avoir surveillé toute la journée.

Pas question de revenir sur sa parole, encore moins d'affronter seule de dangereux trafiquants. Il s'agissait uniquement de pénétrer dans la vieille baraque, de jeter un rapide coup d'œil et de repartir. Au premier signe de danger, elle déguerpirait. Et si d'aventure elle découvrait un indice digne de ce nom, elle en parlerait à ce lutteur de foire de Proctor qui se chargerait d'avertir Pendergast.

Sa montre lui indiqua qu'il était minuit. Inutile de repousser davantage l'échéance. Elle remisa son attirail de cambrioleur dans le sac à dos où se trouvaient déjà une miniperceuse avec des mèches à bois, à métal et à béton, un diamant et des ventouses de vitrier, du fil électrique, une pince à dénuder, divers outils, un miroir dentaire, une lampe torche, un collant pour se dissimuler le visage au cas où elle tomberait sur des caméras de surveillance, des gants, de l'huile dégrippante, des chiffons, du ruban adhésif, une bombe de peinture et une autre de gaz lacrymogène, ainsi qu'un téléphone portable dont le frère jumeau se trouvait dans sa botte.

Elle sentit monter en elle une bouffée d'excitation. Enfin un peu d'amusement ! Corrie en arrivait même à se demander si une carrière criminelle ne serait pas plus exaltante que le droit. Elle se rassura en se souvenant que les meilleurs policiers du monde éprouvaient une véritable fascination pour le crime, Pendergast en tête.

Elle sortit sur le petit patio de Maggie, qu'entourait un mur de brique haut de près de trois mètres. Le jardin, en friche, comptait quelques meubles en fer forgé. Le peu de lumière qui filtrait des fenêtres de l'immeuble lui permettait de se déplacer aisément tout en la protégeant des regards indiscrets.

Choisissant la partie la plus sombre du mur mitoyen avec le 428, elle y adossa un fauteuil de jardin sur lequel elle grimpa avant de se hisser au-dessus du mur et de se laisser retomber de l'autre côté. La cour de la maison abandonnée, envahie d'ailantes et de sumacs, lui offrait un abri idéal. Elle poussa une vieille table en fer contre le mur qu'elle venait de franchir, prête à escalader l'obstacle dans l'autre sens en cas de danger, puis elle se fraya un chemin jusqu'à la vieille maison à travers les mauvaises herbes. À l'intérieur, tout était sombre et silencieux.

La porte donnant sur le patio était munie d'une serrure relativement moderne. Corrie s'en approcha à pas feutrés, s'agenouilla, sortit son équipement et se mit au travail. À peine à l'œuvre, elle sut qu'elle se trouvait en présence d'un mécanisme complexe. Pendergast s'en serait probablement joué en quelques instants, mais ce n'était pas son cas et il lui fallait trouver une autre solution.

En longeant l'arrière du bâtiment, elle remarqua la présence, en contrebas, de fenêtres donnant sur le sous-sol. Elle balaya du pinceau de sa torche la plus proche. Le carreau était opaque de crasse et elle commença par le nettoyer à l'aide d'un chiffon afin de regarder à travers.

Une longueur de ruban métallique adhésif lui indiqua que la fenêtre était sous alarme, mais elle s'était équipée en conséquence. Elle sortit du sac la perceuse sans fil qu'elle équipa d'une mèche en diamant de 0,5 mm et perça deux petits trous à travers le carreau : le premier à hauteur du ruban métallique adhésif situé en haut de la fenêtre, le second dans la longueur de ruban fixée en bas, veillant soigneusement à ne pas déchirer les rubans afin de ne pas couper le circuit. À l'aide d'une pince dentaire, elle introduisit les deux extrémités d'un fil électrique dénudé dans les trous et les enfonça sous le ruban en métal afin de court-circuiter l'alarme.

Reprenant la miniperceuse, elle perça le carreau d'une multitude de trous dessinant une ouverture suffisamment grande pour qu'elle puisse s'y glisser, fit courir le diamant de vitrier d'un trou à l'autre sur toute la longueur du cercle, disposa les ventouses à l'intérieur et donna un coup sec sur la vitre qui se détacha sans bruit. Le ruban métallique s'était rompu au cours de l'opération, mais le fil électrique avait joué son rôle et aucune sonnerie d'alarme ne s'était déclenchée.

Corrie se redressa, jeta un coup d'œil circulaire afin de s'assurer que personne n'avait remarqué son manège, puis elle observa la façade de la vieille maison, plus obscure que jamais.

Elle reporta son attention sur la fenêtre. Craignant la présence de détecteurs de mouvement, elle balaya longuement le sous-sol à l'aide du faisceau de sa lampe sans rien remarquer, à l'exception de meubles de rangement et de piles de livres. Le système d'alarme était visiblement aussi rudimentaire que le contenu de la maison. Corrie n'en sortit pas moins le petit miroir dentaire grâce auquel elle dirigea le rayon de la torche dans les recoins les plus sombres de la pièce, sans remarquer le moindre capteur infrarouge.

Par mesure de précaution, elle passa le bras à travers l'ouverture et l'agita dans tous les sens, prête à s'enfuir si elle voyait une diode rouge s'allumer dans le noir.

Rien.

Super. Elle s'allongea le long de la fenêtre, passa les jambes à travers l'ouverture et se glissa prudemment à l'intérieur du sous-sol en prenant soin d'emporter son sac à dos.

Elle s'immobilisa dans la pénombre en guettant la présence éventuelle de diodes clignotantes, mais rien ne bougeait autour d'elle.

Elle installa au pied de la fenêtre une chaise récupérée dans un coin afin de faciliter sa fuite en cas de besoin, puis elle examina la pièce que le clair de lune baignait dans une lumière douce et constata qu'il s'agissait d'une cave, à en juger par les classeurs métalliques, les livres et les dossiers entassés un peu partout.

Elle s'approcha au hasard d'une pile de livres protégée par une housse en plastique poussiéreuse et découvrit tout un stock d'ouvrages dont la couverture de toile était ornée d'une croix gammée noire placée dans un médaillon blanc et rouge.

Le titre et le nom de l'auteur s'étalaient en grosses lettres juste au-dessus :

Mein Kampf
Adolf Hitler

80

Un repaire de nazis...

Corrie, parcourue d'un frisson, remit en place la housse en plastique sans bruit. Les révélations de Betterton prenaient brusquement tout leur sens. Cet immeuble datant de la dernière guerre, au cœur d'un ancien quartier allemand, l'accent germanique du tueur évoqué par le journaliste...

Il ne s'agissait nullement de trafiquants de drogue, mais de nazis à qui cette maison servait de quartier général depuis la Seconde Guerre mondiale. Des nazis continuant d'agir dans l'ombre, malgré la défaite de l'Allemagne, les procès de Nuremberg, l'occupation de l'Allemagne de l'Est par les Soviétiques et la chute du mur de Berlin. Corrie peinait à y croire, et pourtant... Qui pouvaient bien être ces gens ? Tous les anciens nazis étaient morts depuis belle lurette, que pouvaient donc bien trafiquer leurs héritiers après toutes ces années ?

Pendergast n'était certainement pas au courant, Corrie devait impérativement en apprendre davantage afin de l'avertir.

Elle reprit ses explorations avec mille précautions, le cœur battant. Elle avait beau n'avoir vu personne entrer ou sortir, comment être sûre que la maison était réellement vide ?

Sur une table remisée dans un coin se trouvaient des équipements électroniques, également protégés par une vieille housse. Elle la souleva silencieusement et découvrit une collection de radios anciennes. Elle s'intéressa ensuite aux classeurs métalliques dont les étiquettes, rédigées en allemand, ne lui parlaient guère. Le premier était fermé à clé et elle sortit son attirail. Moins d'une minute plus tard, le tiroir s'ouvrait. Il était vide, mais des marques dans la poussière lui indiquèrent qu'il avait contenu des dossiers jusqu'à tout récemment, ce que confirmèrent les autres tiroirs.

Corrie alluma sa lampe électrique et découvrit deux portes au fond de la pièce. L'une d'elles s'ouvrait nécessairement sur l'escalier conduisant à l'étage. Elle se dirigea vers la plus proche, tourna la poignée lentement et tira le battant sans un grincement.

Le pinceau de sa torche se refléta sur les murs, le plafond et le sol d'une pièce entièrement carrelée de blanc. Sous les pattes d'un siège métallique boulonné au sol s'ouvrait la bonde d'une rigole d'écoulement. Des menottes en acier pendaient des pieds de la chaise et un tuyau d'arrosage, enroulé sur lui-même, était posé au pied d'un robinet rouillé.

Corrie battit en retraite, prise de nausée, et se dirigea vers la seconde ouverture derrière laquelle elle trouva un escalier étroit. Arrivée en haut des marches, elle découvrit une porte close. Elle attendit longuement, l'oreille dressée, puis elle saisit la poignée et écarta le battant de quelques centimètres. Un rapide examen des lieux, à l'aide du miroir dentaire, lui montra que la porte s'ouvrait sur une cuisine désaffectée. Elle pénétra dans la pièce qu'elle inspecta rapidement avant de traverser une salle à manger donnant sur un grand salon décoré à la façon des relais de chasse bavarois, avec son lot de bois de cerfs montés en trophées, de meubles épais lourdement ouvragés, de paysages dans des cadres sans charme, de râteliers remplis de vieux fusils. Une énorme tête de sanglier aux défenses jaunies, accrochée au-dessus de la cheminée, l'observait avec ses yeux de verre. Corrie passa rapidement en revue les titres des ouvrages alignés sur les rayonnages et fouilla les tiroirs sans rien découvrir d'autre que des livres et des documents rédigés en allemand.

Elle passa dans le hall d'entrée au milieu duquel elle se planta, les sens en éveil, osant à peine respirer. Tout était silencieux. Elle se décida enfin à monter à l'étage, s'arrêtant à chaque marche afin de tendre l'oreille. Elle se figea à nouveau sur le palier du premier étage, observa la disposition des lieux et poussa la première porte qui se présentait. Elle se retrouva dans une chambre spartiate meublée d'un lit en fer, d'une table, d'une chaise et d'une étagère. La fenêtre donnant sur le petit jardin, protégée par des barreaux, était cassée, les débris de la vitre jonchaient encore le sol.

Corrie visita successivement les autres pièces de l'étage, toutes similaires à la première, à l'exception de l'une d'entre elles. Transformée en labo photo, elle contenait plusieurs ronéos et des photocopieurs antédiluviens protégés par une abondante couche de poussière. Une série de plaques de cuivre, gravées de sceaux officiels, trahissaient un atelier d'impression de faux documents.

Remontant le couloir en sens inverse, elle grimpa jusqu'au deuxième étage, constitué d'un vaste grenier séparé en deux par une cloison. La première des deux pièces était pour le moins curieuse avec ses épais tapis persans, ses dizaines de grosses chandelles montées sur des bougeoirs ouvragés dont s'échappaient de longues stalactites de cire. Sur les murs s'étalaient des tapisseries noires couvertes de symboles ésotériques jaunes et dorés, cousus pour certains, taillés dans du feutre pour d'autres : des hexagrammes, des symboles astronomiques, des yeux grands ouverts, des triangles imbriqués les uns dans les autres, des étoiles à cinq ou six branches. Au pied de l'une de ces œuvres étranges s'étalait en grosses lettres le mot « ARARITA ». À l'extrémité de la pièce, trois marches de marbre conduisaient à ce qui devait être un autel.

Prise de peur, Corrie recula machinalement. Plus qu'une pièce à visiter et elle se cassait de ce trou à rats.

Elle franchit une petite ouverture et se retrouva dans la seconde partie du grenier. Une ancienne bibliothèque, ou un lieu de recherche, à en juger par les étagères qui en couvraient les murs. Tous les livres autrefois stockés là avaient disparu et les murs étaient nus, à l'exception d'un vieux drapeau nazi tout mité.

Au centre de la pièce se trouvait un broyeur à papier de grande taille. Un modèle récent, pour le moins incongru au milieu de ce décor d'un autre temps, dont le câble électrique courait jusqu'à une prise de courant. Des piles de dossiers attendaient à côté de la machine et Corrie aperçut un peu plus loin des sacs-poubelle noirs remplis de documents réduits en lambeaux par l'appareil. Au fond de la pièce se trouvait un placard resté ouvert.

La jeune fille repensa aux classeurs métalliques du sous-sol, aux chambres vides du premier étage. Une équipe avait été chargée de nettoyer la maison des preuves accablantes qu'elle contenait.

La présence des sacs-poubelle et des dossiers intacts lui indiquait surtout que ce travail de nettoyage n'était pas terminé et qu'elle risquait d'être surprise à tout instant.

Il ne restait rien dans la maison, à l'exception des documents ayant échappé au broyeur, qui ne manqueraient pas d'intéresser Pendergast. D'un bond silencieux, elle s'approcha des documents et les examina rapidement. La plupart, rédigés en caractères gothiques sur des feuilles frappées de la croix gammée, dataient de la Seconde Guerre mondiale. Agacée de ne pouvoir les déchiffrer, elle s'entêta.

Elle avait passé en revue deux des piles lorsqu'elle s'aperçut que les documents les plus récents se trouvaient en dessous, et décida de s'y intéresser en priorité. Faute de comprendre ce qu'elle lisait, elle mettait de côté les courriers couronnés de tampons, ainsi que ceux sur lesquels figurait en grosses lettres rouges la mention « STRENG GEHEIM », probablement l'équivalent en allemand de Top Secret.

Ses yeux s'arrêtèrent brusquement sur un nom qu'elle reconnut : « ESTERHAZY ». Le nom de jeune fille d'Hélène, l'ancienne femme de Pendergast. Ce patronyme revenait à plusieurs reprises dans les documents suivants et elle fourra précieusement le tout dans son sac à dos.

Les paperasses suivantes étaient rédigées en espagnol, quelques autres dans ce qui devait être du portugais. Ses connaissances en espagnol lui permettaient de comprendre approximativement leur contenu, mais il s'agissait essentiellement de documents administratifs : factures, ordres de réquisition, listes de dépenses, demandes de remboursement, ainsi que les dossiers médicaux de malades dont les noms avaient été noircis lorsqu'ils ne se résumaient pas à de simples initiales. À tout hasard, elle les glissa dans son sac, déjà bien rempli.

Une lame de parquet craqua dans son dos.

Corrie sentit monter en elle une bouffée d'adrénaline et arrêta de respirer, tous les sens aux aguets.

Rien.

Elle referma son sac et se releva sans bruit. La porte de la pièce était restée entrouverte et un rai de lumière filtrait à travers l'interstice. En tendant l'oreille, elle perçut un autre craquement.

Elle se trouvait prise au piège dans le grenier. Aucune fenêtre par laquelle s'échapper, nulle part où se cacher.

Corrie refusa de se laisser gagner par la panique, se demandant si son imagination ne lui jouait pas des tours. Elle attendit, prête à bondir à la moindre alerte.

Un nouveau craquement, plus proche. Le doute n'était plus permis, quelqu'un montait les marches conduisant au grenier.

Tout à son tri, elle avait oublié de se montrer discrète ; restait à savoir si l'inconnu de l'escalier l'avait entendue.

Avançant centimètre par centimètre, elle se rapprocha du placard dont la porte ouverte lui tendait les bras et atteignit son but sans bruit. Elle se glissa à l'intérieur du réduit en tirant la porte à elle sans la fermer tout à fait, puis elle s'accroupit dans l'obscurité. Son cœur battait si fort qu'elle craignait d'être entendue par l'intrus.

Un nouveau craquement, suivi d'un léger grincement, lui indiqua qu'une main écartait la porte de la pièce. Retenant son souffle, Corrie glissa un œil depuis sa cachette et vit une silhouette s'avancer lentement au milieu des piles de dossiers.

Entièrement vêtu de noir, les yeux dissimulés derrière des lunettes à verres fumés, l'inconnu s'immobilisa au milieu du grenier, sortit un pistolet et se tourna vers le placard en levant le canon de son arme.

Corrie, tétanisée par la peur, ne respirait plus.

— Je vous demanderai de sortir, lui ordonna l'homme avec un fort accent.

Après une longue hésitation, Corrie se releva et sortit de sa cachette.

L'homme afficha un large sourire, ôta la sécurité de son arme d'un mouvement du pouce et la mit en joue.

— *Auf Wiedersehen*, dit-il froidement.

81

L'inspecteur Pendergast était assis sur le canapé en cuir du salon de son appartement du Dakota. La coupure reçue à la joue, soigneusement désinfectée, se résumait à une simple traînée rouge. Constance Greene, vêtue d'un pull blanc en cachemire et d'une jupe plissée couleur corail qui lui atteignait le genou, avait pris place à son côté. La pièce d'un rose soutenu, dépourvue de fenêtre, baignait dans une lumière douce émanant de coquilles en agate disposées sous les moulures du plafond. Un mince rideau d'une eau transparente s'écoulait dans un murmure le long d'une paroi de marbre noir au pied de laquelle flottaient des fleurs de lotus dans un bassin.

Une théière métallique et deux petites tasses d'un liquide vert reposaient sur une table basse en bois d'amarante. Pendergast et sa protégée discutaient à voix basse, leur conversation couverte par le bruit du mur d'eau.

— Je ne comprends toujours pas ce qui vous a poussé à le laisser partir cette nuit, s'étonnait Constance. Je me refuse à croire que vous puissiez accorder votre confiance à cet homme.

— Il n'est pas question de lui accorder ma *confiance*, mais de le *croire*, répliqua Pendergast. Il me disait la vérité au sujet d'Hélène lorsqu'il m'a laissé pour mort dans le Foulmire, et il était tout aussi sincère hier. En outre, ajouta-t-il d'une voix plus sourde encore, il sait que je le poursuivrais en enfer s'il s'avisait de ne pas tenir sa promesse.

— Si ce n'est pas vous, ce sera moi, insista Constance.

Pendergast l'observa en coin, inquiet. Ce n'était pas la première fois qu'il voyait briller une telle lueur de haine dans les yeux de sa pupille.

— Il est 17 h 30, remarqua-t-elle en consultant sa montre. Dans une demi-heure…

Elle marqua un léger temps d'arrêt avant de reprendre.

— Comment vous sentez-vous, Aloysius ?

Pendergast ne répondit pas immédiatement.

— Je dois à la vérité de dire que j'éprouve un sentiment d'angoisse extrêmement désagréable, déclara-t-il enfin en s'agitant sur le canapé.

Constance posa sur lui des yeux anxieux.

— Pendant ces douze années… s'il est avéré que votre femme a effectivement échappé à la mort, comment expliquer qu'elle n'ait jamais cherché à vous contacter ? Je suis confuse de poser la question, Aloysius, mais pourquoi tant de cruauté ?

— Je ne sais que vous dire. J'en déduis que son attitude lui aura été dictée par cette Alliance dont parlait Judson.

— Si elle était encore vivante… l'aimeriez-vous toujours ?

Constance rougit légèrement et baissa la tête.

— Je n'ai pas davantage de réponse à cette question, murmura Pendergast dans un souffle à peine audible.

La sonnerie du téléphone coupa court à la conversation et Pendergast décrocha.

— Oui ?

Il écouta son interlocuteur en silence et reposa l'appareil.

— Le lieutenant D'Agosta sera là dans un instant, annonça-t-il à sa compagne, avant d'ajouter, après une courte hésitation : Constance, je me dois de vous interroger à ce sujet. Si vous avez la moindre réserve, ou bien si rester incarcérée plus longtemps vous est insupportable, j'irai immédiatement chercher l'enfant. Rien ne nous oblige à… à aller jusqu'au bout.

— Il nous faut aller jusqu'au bout, au contraire. Ne vous inquiétez pas, Aloysius. Je suis heureuse de retrouver Mount Mercy. Curieusement, je m'y sens bien, loin des aléas et de la course effrénée du monde. Permettez-moi toutefois de vous avouer ceci : j'ai eu tort de ne voir dans cet enfant que le fils de votre frère. Dès le premier jour, j'aurais dû savoir qu'il était avant tout le neveu de… de mon très cher tuteur.

Elle ponctua sa phrase en serrant dans la sienne la main de Pendergast.

La sonnerie de l'entrée retentit et Pendergast se leva afin d'ouvrir à son visiteur. D'Agosta, les traits tirés, se tenait sur le seuil.

— Merci à vous d'être venu, Vincent. Tout est prêt ?

D'Agosta hocha la tête.

— La voiture est garée devant l'immeuble. Quand j'ai annoncé au docteur Ostrom que Constance était retrouvée, j'ai bien cru que le pauvre vieux allait avoir une syncope tellement il était soulagé.

Pendergast tira d'un placard son manteau de vigogne.

— Vincent, dit-il en aidant la jeune femme à enfiler le sien. Le docteur Ostrom doit bien comprendre que Constance revient à Mount Mercy de son plein gré, que sa disparition était le fruit d'un enlèvement et non d'une évasion. Précisez-lui que nous continuons à rechercher le faux docteur Poole, mais sans grand espoir.

D'Agosta hocha la tête.

— Je m'en occupe.

Quelques instants plus tard, le trio quittait l'appartement et s'engouffrait dans l'ascenseur.

— À votre arrivée à Mount Mercy, veillez bien à ce qu'on lui donne son ancienne chambre avec l'ensemble de ses livres et de ses notes. Le cas échéant, n'hésitez pas à protester avec la dernière énergie.

— Je leur ficherai un bazar de tous les diables s'il le faut, ne vous inquiétez pas.

— Excellent, mon cher Vincent.

— Bon sang, Pendergast ! Vous ne voulez vraiment pas que je vous accompagne ? Au cas où ça tournerait au vinaigre à Central Park ?

Pendergast secoua la tête.

— En toute autre circonstance, Vincent, j'aurais accepté votre aide avec plaisir, mais la sécurité de Constance prime sur le reste. Vous êtes armé, au moins ?

— Bien sûr.

La cabine s'immobilisa au rez-de-chaussée, les portes coulissèrent dans un soupir et le trio traversa la cour intérieure de l'immeuble.

D'Agosta fronça les sourcils.

— Et si Esterhazy vous tendait un piège ?

— J'en doute, mais j'ai pris quelques précautions, au cas où quiconque tenterait de s'interposer.

Le trio franchit la voûte du Dakota et déboucha sur la 72e Rue où attendait une voiture banalisée, conduite par un agent en uniforme. D'Agosta s'assura d'un regard que tout semblait normal, puis fit signe à Constance de s'avancer en lui tenant la portière.

La jeune femme se retourna et posa un long baiser sur la joue de Pendergast.

— Prenez soin de vous, Aloysius, lui déclara-t-elle dans un murmure.

— Je vous rejoins le plus tôt possible, répondit-il.

Elle serra une dernière fois dans la sienne la main de l'inspecteur et prit place sur la banquette arrière de l'auto. D'Agosta referma la portière et contourna le véhicule. Il allait se glisser à son tour sur la banquette lorsqu'il se tourna vers Pendergast.

— Faites gaffe à votre cul, mon vieux.

— Je m'emploierai à suivre cet heureux conseil. D'un point de vue purement métaphorique, j'entends.

L'instant d'après, le chauffeur démarrait.

Pendergast regarda la voiture se perdre au milieu de la circulation de cette fin de journée, puis il tira de la poche intérieure de sa veste une oreillette Bluetooth qu'il s'accrocha à l'oreille. Les mains dans les poches de son manteau, il traversa l'avenue, pénétra dans Central Park et se dirigea vers le plan d'eau de Conservatory Water.

82

À 17 h 55, les allées et les arbres, lentement rattrapés par le crépuscule sous un ciel encore lumineux, offraient à Central Park l'apparence magique d'une toile de Magritte. Le pouls de la ville s'était ralenti avec l'arrivée du soir, jusqu'aux taxis qui remontaient silencieusement la 5e Avenue en oubliant de klaxonner.

Le Kerbs Boathouse dessinait sa silhouette de brique coiffée de vert-de-gris derrière Conservatory Water. Au-delà d'un rideau d'arbres d'un vert presque noir se dressait le décor monolithique de la 5e Avenue dont les remparts de pierre avaient revêtu la teinte rose du soleil couchant.

L'inspecteur Pendergast traversa les cerisiers de Pilgrim Hill et s'arrêta dans un coin d'ombre afin d'observer le Boathouse et ses alentours. La température était inhabituellement tiède pour un mois de novembre, la pièce d'eau dessinait son ovale dans un chatoiement de carmins et de vermillons. Le café voisin de l'étang avait fermé ses portes pour la nuit et de rares amateurs testaient leurs talents de yachtman en manœuvrant des maquettes depuis la rive. Quelques enfants observaient la scène, une main dans l'eau, hypnotisés par le spectacle des bateaux miniatures.

Pendergast effectua lentement le tour du plan d'eau et passa devant la statue d'Alice aux Pays des merveilles en se dirigeant vers le Boathouse. Un violoniste, perché sur le parapet de pierre bordant le petit lac, l'étui de son instrument ouvert à ses pieds, interprétait les *Légendes de la forêt viennoise* avec un romantisme exacerbé. Deux jeunes gens, assis main dans la main devant le Boathouse, se bécotaient tendrement, deux sacs à dos identiques posés à côté d'eux. Sur le banc voisin avait pris place un Proctor très digne dans son costume de serge foncée, plongé dans la lecture du *Wall Street Journal*. Le vendeur de marrons et de bretzels s'apprêtait à fermer son échoppe et un clochard, à l'abri d'un massif de rhododendrons, dépliait pour la nuit un carton sous le regard des derniers passants pressés de rejoindre la 5e Avenue.

— Proctor ? murmura Pendergast dans le micro de son oreillette.

— Oui, monsieur.

— Rien d'anormal ?

— Non, monsieur. Tout a l'air calme. Deux amoureux persuadés que le monde leur appartient, un vagabond qui a dîné de restes ramassés dans les poubelles avant de se bercer avec une bouteille de Night Train. Les élèves d'un cours de dessin qui peignaient le lac sont repartis il y a un quart d'heure, les derniers amateurs de modélisme rangent leurs bateaux. Tous les clignotants sont au vert.

— Fort bien.

Pendergast, s'apercevant qu'il serrait machinalement les poings, s'obligea à écarter lentement les doigts. Il freina les battements de son cœur, se remplit longuement les poumons et s'approcha en flânant du parapet de pierre.

Un coup d'œil à sa montre lui confirma qu'il était tout juste 18 heures. Il embrassa les alentours d'un regard circulaire et se figea en voyant apparaître deux silhouettes près de la fontaine de Bethesda que l'on devinait sous la frondaison.

Les deux ombres traversèrent l'East Drive, franchirent le Trefoil Arch et dépassèrent la statue de Hans Christian Andersen. Les mains le long du corps à la façon d'un promeneur anonyme, Pendergast attendait. Un gamin éclata de rire dans son dos en voyant deux maquettes de bateaux entrer en collision dans le port miniature.

Les deux silhouettes s'arrêtèrent de l'autre côté de Conservatory Water, assez près pour que Pendergast puisse identifier un homme et une femme. Ils reprirent leur route et l'inspecteur crut défaillir en reconnaissant la démarche et le port altier de la femme. Les amateurs de modélisme, le couple d'amoureux, le violoniste et le clochard s'effacèrent de l'esprit de Pendergast, submergé par l'émotion. Le couple avançait toujours et un rai de lumière se posa sur le visage de la femme.

Pendergast était comme paralysé. Après un instant d'hésitation, la femme se détacha de son compagnon et s'approcha d'un pas hésitant.

Pouvait-il vraiment s'agir d'Hélène ? Les épais cheveux auburn, coupés plus court, avaient conservé leur brillant. Elle était aussi mince qu'à leur première rencontre, sinon plus, et se déplaçait avec cette grâce si particulière qu'il n'avait jamais pu oublier. Elle ne se trouvait plus qu'à quelques mètres lorsqu'il remarqua les altérations apportées par le temps. Des pattes-d'oie avaient tracé leurs sillons au coin de ses yeux d'un bleu proche du violet, ceux-là mêmes qu'il avait retrouvés fixés sur lui, ce jour terrible dans la savane africaine. Le visage d'Hélène, habituellement hâlé et piqué de taches de son, s'était éteint, tandis que l'assurance qui la caractérisait autrefois avait cédé la place à la soumission.

Elle s'immobilisa à quelques mètres de lui et ils se regardèrent longuement.

— Est-ce bien toi ? lui demanda-t-il d'une voix mal assurée.

Elle lui adressa un sourire songeur, empreint de désespoir.

— Je suis désolée, Aloysius. Si tu savais à quel point je suis désolée.

Pendergast chancela en reconnaissant la voix qui hantait ses nuits depuis tant d'années. Pour la première fois de son existence, il en perdait tous ses moyens, au point de ne plus pouvoir penser, parler, bouger.

Elle s'avança et lui caressa la joue d'un doigt, puis son regard se perdit dans le lointain. Elle pointa l'index en direction de l'est.

Il se retourna. Là, plantée au-dessus des arbres du parc, encadrée par les silhouettes majestueuses des immeubles de la 5e Avenue, une lune argentée les observait.

— Regarde, murmura-t-elle. Après toutes ces années, la lune continue de nous accompagner.

L'astre nocturne avait toujours été leur jardin secret. Parce qu'ils s'étaient rencontrés un soir de pleine lune, ils avaient religieusement veillé, au cours des trop brèves années qui avaient suivi, à assister ensemble au lever de la pleine lune, mois après mois.

Pendergast rendit les armes, acceptant enfin la vérité que lui dictait son cœur : Hélène se trouvait bien là, ce soir, devant lui.

83

Judson Esterhazy, par souci de discrétion, s'était réfugié près du Boathouse. Les mains dans les poches de son blouson, il contemplait le décor paisible qui l'entourait. Sa valse terminée, le violoniste avait enchaîné avec une version larmoyante de *Moon River*.

La terreur qu'inspirait l'Alliance à Esterhazy s'était légèrement estompée. Ses ennemis avaient beau savoir Hélène vivante, il pouvait compter désormais sur le soutien indéfectible de son beau-frère. Avec le temps, tout finirait par s'arranger.

À quelques mètres de lui, le dernier amateur de modélisme démontait sa maquette dont il rangeait les pièces dans un boîtier en aluminium aux alvéoles garnies de mousse. Pendergast et Hélène se promenaient d'un pas tranquille le long de l'eau. Jamais Esterhazy, échappant enfin au labyrinthe maléfique dans lequel il était enfermé depuis l'enfance, n'avait éprouvé un tel soulagement.

Pourtant, malgré l'atmosphère bucolique de cette soirée d'automne, il ne parvenait pas à chasser complètement le sentiment de crainte qui l'oppressait. L'habitude, sans doute, car rien n'aurait dû entamer sa sérénité. Le Dakota se trouvait tout près, à quelques minutes à pied…

Pendergast et Hélène revenaient à leur point de départ, près du Boathouse, lorsque l'inspecteur tira de la poche de sa veste une bague en or ornée d'un énorme saphir étoilé.

— La reconnais-tu ? demanda-t-il à sa femme.

Le visage d'Hélène s'empourpra.

— Je pensais ne jamais la revoir.

— Et je pensais ne jamais pouvoir un jour te la passer à nouveau au doigt. Le jour où Judson m'a annoncé que tu étais en vie, j'ai *su* qu'il me disait la vérité, quand bien même personne n'acceptait de me croire.

Il prit en tremblant le bras gauche d'Hélène, prêt à lui passer l'anneau au doigt, lorsqu'il se figea en découvrant qu'elle n'avait plus de main. Seul subsistait un moignon marqué d'une cicatrice.

Comment n'y avait-il pas pensé… Hélène avait dû sacrifier sa main afin d'accréditer le stratagème monstrueux qui l'avait officiellement rayée de la carte des vivants.

— Hélène, balbutia-t-il en relevant la tête. Pourquoi avoir accepté de te prêter à cette mascarade mortifère ? Pourquoi m'avoir tout caché : le *Cadre noir*, Audubon, la famille Doane et le reste ? Pourquoi ne pas m'avoir…

Elle baissa son bras mutilé.

— Ne parlons pas de ça. Pas maintenant. Plus tard… nous aurons tout le loisir d'en parler plus tard.

— Mais Emma, ta sœur… Tu devais pourtant savoir qu'elle allait mourir.

La jeune femme pâlit atrocement.

— Je ne l'ai appris… je ne l'ai appris que plus tard.

— Mais tu n'as jamais cherché à entrer en contact avec moi. Comment pourrais-je…

Elle l'arrêta d'un geste.

— Arrête, Aloysius. Tout ce drame avait une raison d'être. Il s'agit d'une histoire terrible, *terrible*. Je t'en donnerai tous les détails, mais ce n'est ni le lieu ni le moment. Je t'en prie, allons-nous-en d'ici.

Le sourire qu'elle lui adressa ne suffit pas à animer ses traits livides.

Elle avança la main droite et il lui glissa la bague à l'annulaire sans un mot en gravant dans sa mémoire la beauté calme de ce moment précieux. Deux joggeurs s'approchaient à petites foulées, un enfant pleurait après avoir chuté en se prenant les pieds dans la laisse d'un yorkshire un peu trop enthousiaste, le violoniste multipliait les coups d'archet besogneux.

Le regard de Pendergast s'arrêta sur l'amateur de modélisme qui peinait à ranger dans leur caisse les éléments de son bateau. Ses mains tremblaient curieusement et un voile de sueur lui couvrait le front.

Les pensées se bousculèrent dans la tête de Pendergast en un éclair.

Recouvrant son sang-froid, il se retourna vers Esterhazy qui venait de les rejoindre.

— Judson, murmura-t-il. Prends Hélène avec toi et éloignez-vous avec le plus de naturel possible. Vite.

Hélène posa sur lui un regard perdu.

— Aloysius, que…

Pendergast lui intima de se taire d'un léger mouvement de tête.

— Je vous rejoins tout de suite au Dakota. Je vous en prie. *Tout de suite*.

Pendergast attendit qu'ils se soient éloignés de quelques pas puis se tourna vers Proctor, plongé dans la lecture de son journal à une centaine de mètres de là.

— Nous avons un problème, lui glissa-t-il dans le micro attaché à son oreillette.

Tout en surveillant du coin de l'œil Esterhazy et Hélène qui remontaient rapidement le petit sentier, il longea la rive d'un pas faussement nonchalant et s'approcha de l'homme qui rangeait son bateau.

— Jolie maquette, remarqua-t-il. Est-ce un sloop ou bien un ketch ?

— Je ne sais pas exactement, répondit l'homme d'un air penaud. Je ne m'intéresse pas aux bateaux depuis longtemps, je ne connais pas trop la différence.

D'un geste fluide, Pendergast sortit son .45 et mit son interlocuteur en joue.

— Relevez-vous très lentement en écartant les mains, lui ordonna-t-il.

L'homme posa sur lui un regard étrangement vide.

— Vous êtes fou ?

— Faites ce que je vous dis.

L'homme au bateau fit semblant d'obéir. D'un mouvement fulgurant, il tira l'arme dissimulée sous son blouson et Pendergast l'abattit sans hésitation. Le bruit assourdissant de la détonation déchira le silence du soir.

— *Courez !* hurla-t-il en direction d'Esterhazy et d'Hélène.

Au même moment, l'enfer se déchaîna. Les deux amoureux tirèrent de leurs sacs à dos des Tec-9 automatiques et ouvrirent le feu sur Esterhazy qui courait en tirant Hélène par le bras. Fauché par une rafale, il s'écroula en griffant l'air de ses doigts.

Hélène s'arrêta net dans sa course.

Son hurlement couvrit un instant le tumulte ambiant.

— Judson !

— Cours ! lui enjoignit dans un souffle son frère qui se tordait de douleur sur la pelouse. Va-t…

Une seconde rafale l'acheva. Son corps, soulevé de terre par la violence des projectiles, retomba lourdement sur le dos.

Les promeneurs couraient dans tous les sens en hurlant, pris de panique. Pendergast tua le faux amoureux d'une balle et se précipita au secours d'Hélène tandis que Proctor, un Beretta 93 au poing, tirait en direction de la fille qui s'était réfugiée derrière le banc. Pendergast vit du coin de l'œil le clochard se relever de son lit de carton et sortir un fusil des buissons.

— Proctor ! voulut l'avertir Pendergast.

Trop tard. Le fusil aboya furieusement et Proctor se trouva projeté en arrière à l'instant où il pivotait sur lui-même. Son Beretta roula sur le sol avec un bruit métallique et il s'effondra lourdement, le corps secoué par un dernier spasme.

Le clochard se retournait avec l'intention de neutraliser Pendergast lorsque l'inspecteur le mit hors d'état de nuire d'une balle en pleine poitrine qui l'envoya rouler au milieu des buissons.

Pendergast tourna la tête et vit Hélène quelques dizaines de mètres plus loin, penchée au-dessus du corps de son frère dont elle tenait la tête serrée contre sa poitrine, hurlant son désespoir au milieu des promeneurs qui fuyaient de tous côtés.

— Hélène ! lui cria-t-il en se précipitant dans sa direction. La 5e Avenue ! Rejoins la 5e Avenue… !

Une détonation retentit derrière le banc et Pendergast ressentit une douleur vive au niveau des reins. Son gilet pare-balles lui avait sauvé la vie, mais la balle de gros calibre le projeta à terre en l'étourdissant à moitié. Il exécuta une roulade sur lui-même en tentant de reprendre son souffle et visa en direction de la fille dissimulée derrière le banc. Hélène s'était enfin relevée et courait en direction de l'avenue. Elle avait encore une chance de s'en tirer à condition que Pendergast parvienne à couvrir sa fuite.

La fille du banc pressa la détente et la balle souleva un nuage de poussière à quelques centimètres du visage de l'inspecteur. Il riposta et entendit le projectile ricocher sur l'armature métallique du banc. La fille répliqua en tirant à travers les lattes de bois, la balle se ficha dans le mollet de Pendergast. Sourd à la douleur, il bloqua l'air dans ses poumons et fit feu. Cette fois, la balle passa entre deux lattes et traversa le front de la fille qui tressauta en arrière en battant l'air des bras avant de s'effondrer sur le sol.

La fusillade s'arrêta, faute de combattants, et Pendergast compta machinalement les corps. Le carnage avait fait six victimes : les deux amoureux, le faux amateur de modélisme, le clochard, Proctor et Esterhazy. Au loin, la silhouette d'Hélène courait en direction de l'entrée de la 5e Avenue, accompagnée par le hululement des premières sirènes. Pendergast se releva. Il s'éloignait en boitant lorsque son attention fut attirée par le manège des deux joggeurs qui avaient obliqué en direction de la sortie, à la poursuite d'Hélène.

— Hélène ! hurla Pendergast qui claudiquait du mieux qu'il le pouvait, la jambe de son pantalon couverte de sang. Attention ! Sur ta gauche !

Hélène se retourna et comprit la manœuvre des joggeurs qui tentaient de lui couper la route. Elle changea aussitôt de cap et les joggeurs s'élancèrent à ses trousses. Pendergast, comprenant qu'il ne pourrait jamais les rattraper, mit à terre le genou de sa jambe valide, visa et tira, mais ses cibles se déplaçaient trop vite et se trouvaient trop loin. Il vida son chargeur, sans succès, tandis qu'Hélène sprintait de toutes ses forces vers un petit bois de sycomores longeant l'enceinte du parc. Pendergast se débarrassa du chargeur vide d'un mouvement rageur et le remplaça par un autre.

Un hurlement troua le crépuscule. Les deux joggeurs avaient rejoint Hélène, le premier s'était jeté sur elle et tentait de la relever avec l'aide de son complice.

— Aloysius ! cria-t-elle. Au secours ! Je sais de quoi ils sont capables ! Der Bund… l'Alliance ! Ils me tueront ! Aide-moi, je t'en prie…

Les deux hommes la traînaient vers l'entrée de la 5e Avenue. Pendergast se releva avec un rugissement de rage et clopina dans leur direction, porté par l'énergie du désespoir en dépit de sa blessure au mollet qui saignait abondamment.

Un taxi stationné le long du trottoir, face à l'entrée du parc, attendait les joggeurs et leur prisonnière. Jamais Pendergast n'arriverait à temps. Un genou à terre, les tempes bourdonnantes, il visa et la balle ricocha sur la vitre de l'une des portières avec un bruit mat. Du verre blindé. Il visa les pneus et tira à deux reprises, mais les jantes étaient également blindées.

— Aloysius ! hurla Hélène que ses ravisseurs traînaient jusqu'au taxi.

Ils ouvrirent la portière à la volée, la poussèrent et s'engouffrèrent à l'intérieur de l'auto derrière elle.

— *Los, verschwinden wir hier !* cria l'un des joggeurs au chauffeur. *Gib Gas !*

La portière claqua. Pendergast visa longuement, mais le taxi démarrait sur les chapeaux de roue et la balle s'écrasa contre le châssis sans occasionner de dégâts.

— Hélène ! s'écria-t-il. *Non !*

Il eut le temps de voir l'auto se fondre dans la masse des taxis qui remontaient la 5e Avenue dans le concert croissant des sirènes de police, et un voile noir s'abattit sur ses yeux.

— Hélène, murmura-t-il en perdant connaissance.

Sa femme à peine retrouvée, il la perdait à nouveau.

10336

Composition
FACOMPO

Achevé d'imprimer en Slovaquie
par NOVOPRINT SLK
le 2 avril 2013

Dépôt légal : avril 2013
EAN 9782290059210
L21EPNN000236N001

ÉDITIONS J'AI LU
87, quai Panhard-et-Levassor, 75013 Paris

Diffusion France et étranger : Flammarion